U0113274

「贵州反贫困丛书」

本丛书列入"十三五"国家重点图书出版物出版规划

决战武陵山

——新华社记者贵州挂职扶贫记

欧甸丘／著

贵州出版集团

贵州人民出版社

图书在版编目（CIP）数据

决战武陵山：新华社记者贵州挂职扶贫记／欧甸丘

著. -- 贵阳：贵州人民出版社, 2020.7

ISBN 978-7-221-15411-8

Ⅰ.①决… Ⅱ.①欧… Ⅲ.①报告文学－中国－当代

Ⅳ.①I25

中国版本图书馆CIP数据核字(2020)第057249号

决战武陵山

——新华社记者贵州挂职扶贫记

JUEZHAN WULING SHAN—XINHUA SHE JIZHE GUIZHOU GUAZHI FUPIN JI

欧甸丘／著

出 版 人：王　旭

责任编辑：黄蕙心　马文博　杨进梅

装帧设计：唐锡璋

出版发行：贵州出版集团　贵州人民出版社

　　　　　（贵阳市观山湖区会展东路SOHO办公区A座）

印　　刷：深圳市泰和精品印刷有限公司

版　　次：2020年7月第1版

印　　次：2020年7月第1次印刷

开　　本：787mm×1092mm　1／16

印　　张：24

字　　数：350千字

书　　号：ISBN 978-7-221-15411-8

定　　价：76.00元

序

把文章写在祖国的大地上

贵州和湖南毗邻的武陵山区是全国十四个集中连片特困区之一，也是贫困程度最深的地区之一。2013年11月，习近平总书记在地处武陵山区的湖南湘西花垣县十八洞村考察时第一次提出"精准扶贫"概念。2015年6月，习近平总书记在贵州考察和参加部分省区市党委主要负责人座谈会期间提出了扶贫脱贫"六个精准"的要求，即"扶持对象精准、项目安排精准、资金使用精准、措施到户精准、因村派人精准、脱贫成效精准"。2015年11月，中共中央、国务院印发《关于打赢脱贫攻坚战的决定》，对打赢脱贫攻坚战作出全面部署，要求到2020年，通过"五个一批"即发展生产脱贫一批、易地搬迁脱贫一批、生态补偿脱贫一批、发展教育脱贫一批、社会保障兜底脱贫一批等措施解决贫困人口脱贫问题。2017年10月，党的十九大提出坚持精准扶贫、精准脱贫，确保到2020年我国现行标准下农村贫困人口实现脱贫，贫困县全部摘帽，解决区域性整体贫困，做到真脱贫、脱真贫。

中国亿万人民摆脱贫困、奔向小康是人类历史上前所未有的伟大创举。新中国成立70年来，城乡居民收入大幅度提升，人民生活水平极大改善。1949年我国居民人均可支配收入仅为49.7元，2018年居民人均可支配收入达到28228元，名义增长566.6倍，扣除物价因素，实际增长59.2倍，年均实际增长6.1%。1949年，我国贫困发生率为97.5%；1978年末，我国农村贫困人口7.7亿人；

2012年底贫困人口9899万人，贫困发生率为10.2%；到2019年底，减少到551万人，贫困发生率降至0.6%，区域性整体贫困基本得到解决。中国在过去的40年让7亿多人脱贫，对世界减贫事业的贡献率超过70%，创造了人类发展史上的奇迹。世界上没有哪一个国家能在这么短的时间内帮助这么多人脱贫，这对中国和世界都具有重大意义。今年是脱贫攻坚、实现全面小康的决胜之年，我们要坚决夺取脱贫攻坚战全面胜利，坚决完成这项对中华民族、对全人类都具有重大意义的伟业。

把自己的青春和才华贡献给这项对中华民族、对全人类都具有重大意义的伟业，把文章写在祖国的大地上，对于一位年轻的记者和中国知识分子来说，是何其有幸、何其豪迈的一件事情，是人生难得的历练机会，是人生价值最好的体现。新华社记者欧甸丘的新著《决战武陵山——新华社记者贵州挂职扶贫记》记述了他人生中这一正确的抉择、这一难得的经历，通过他在贵州省铜仁市石阡县近三年的扶贫经历，管窥了党的十八大以来在以习近平总书记为核心的党中央坚强领导下，贵州推进精准扶贫的波澜壮阔的场景。他"试图从干部之重、群众之善、扶贫之艰、山区之变展现出自己所亲身经历、亲眼观察到的脱贫攻坚全过程，从微观角度反映出中国共产党领导全国人民立足千年大计，奋力推进脱贫攻坚的伟大历程"。欧甸丘放弃在广东工作的优越条件，抛下刚刚两岁的幼子，来到武陵山区最贫困的县。在这里的三年，他感受到前所未有的震撼，经历了前所未有的磨练。他了解了中国的农民、中国的贫困，了解了基层一线的党员干部，了解了带领全县脱贫攻坚的县委书记。三年的扶贫，让他找到了以往7年记者生涯中一次又一次试图寻找却反而加倍困扰着他的那些问题的答案。三年的扶贫让他体悟到，好的文章不是写在书房里，而是写在祖国的大地上。

习近平总书记要求，脱贫攻坚不仅要做得好，而且要讲得好。要重点宣传党中央关于脱贫攻坚的决策部署，宣传各地区各部门统筹推进脱贫攻坚工作的新举措、好办法，宣传基层扶贫干部的典型事迹和贫困地区人民群众艰苦奋斗的感人故事。欧甸丘的《决战武陵山——新华社记者贵州挂职扶贫记》就是扶贫攻坚做得好、讲得好的范例，他以记者敏锐的眼光、明快的笔触，给我们的镜头感、现场感非常强，人物和事件都是生动鲜活、有血有肉的，读后有让人身临其境之感。

作者让我来为该书作序，是由于一种特殊的机缘，我实乃诚惶诚恐。我之所以同意，是出于两个理由。一是作者是毕业于中国人民大学法学专业的硕士，因为我在中国人民大学做过八年的副校长，对于年轻校友的事业和取得的成就一贯是支持和肯定的。二是在过去的几年里，因为工作的原因，我和贵州的扶贫工作有过一些联系。记得在2016年6月，贵州省委、省政府学习落实习近平总书记到贵州调研提出"六个精准"一周年，专门召开了扶贫工作理论座谈会，时任贵州省委书记陈敏尔、省长孙志刚、省委副书记谌贻琴都在会上讲话，我在会议上建议贵州的党史研究部门围绕中心、服务大局，将贵州扶贫攻坚的伟大实践记录好、经验总结好、历史书写好。会后陈敏尔同志专门到党史部门调研并作出批示，将写好《贵州脱贫攻坚战略行动实录》作为省市县各级党史部门的一项重要工作，现在省级的党史部门几大卷《贵州脱贫攻坚战略行动实录》已经出版。2017年春天，为迎接党的十九大召开，我接受了中央布置的前期调研任务，有机会去贵州就扶贫工作进行调研，了解到改革开放以来贵州扶贫工作是一张蓝图绘到底、一茬接着一茬干。我们到了贵州省毕节市威宁县迤那镇五星村，那里曾经是栗战书同志任省委书记时的扶贫点，现在仍然是扶贫攻坚的示范村；调研中，陈敏尔同志亲自向我介绍了他的扶贫点威宁县的石门坎乡，他结合历史和现实讲道，在那里扶贫，要以实际行动和可见的获得感，让老百姓真正认识到中国共产党为什么能、中国特色社会主义为什么行、改革开放为什么好。2019年3月，我再去贵州扶贫第一线，给铜仁市委理论中心组、全市处级以上干部近500人讲了一场《意识形态是我们党的一项极端重要的工作——学习习近平总书记关于意识形态工作的重要论述》，还给我曾经的工作单位——中国浦东干部学院对口的扶贫点贵州省铜仁市江口县全县科

级以上干部培训，讲了一堂课，讲解在县乡和基层如何落实意识形态工作责任制。讲完课后，还去铜仁市和江口县的一些乡镇村组进行了调研。欧向丘所在的石阡县就是铜仁市下属的一个县，也是江口县的邻县。在这里之所以要赘述我与贵州扶贫有关的这些经历，是因为我觉得欧向丘的《决战武陵山——新华社记者贵州挂职扶贫记》写得真实，能够引起我的共鸣。我相信，它也能够为其他部门和单位做好扶贫攻坚工作提供借鉴和参考。

今年，我国现行标准下农村贫困人口实现脱贫、贫困县全部摘帽、解决区域性整体贫困的目标任务将全部完成，但是脱贫攻坚工作并不会就此完结，正像习近平总书记在决战决胜脱贫攻坚座谈会上强调的那样，全部脱贫不是终点，而是起点，要保持脱贫攻坚政策的稳定性，对退出的贫困县、贫困村、贫困人口，要保持现有帮扶政策总体稳定，扶上马送一程。要严格落实摘帽不摘责任、摘帽不摘政策、摘帽不摘帮扶、摘帽不摘监管的要求，主要政策措施不能急刹车，驻村工作队不能撤。我相信，《决战武陵山——新华社记者贵州挂职扶贫记》一书，将会在脱贫攻坚后续的工作中发挥更好的社会效益。

上面是我的一点感想，是为序。

冯 俊

2020年3月

[冯俊，哲学家、党史党建专家。曾先后担任过中国人民大学副校长、首批二级教授，中国浦东干部学院常务副院长，中共中央党史研究室副主任，中共中央党史和文献研究院院务委员(副部长级)。]

自 序

习近平总书记指出："全面建成小康社会、实现第一个百年奋斗目标，最艰巨的任务是脱贫攻坚，这是一个最大的短板，也是一个标志性指标。我们中国共产党人从党成立之日起，就确立了为天下劳苦人民谋幸福的目标。这就是我们的初心。"［《在中央政治局常委会会议审议〈关于二〇一六年省级党委和政府扶贫开发工作成效考核情况的汇报〉时的讲话》（2017年3月23日）］

习近平总书记的讲话阐明了脱贫攻坚工作的重大现实意义和历史价值，让长期从事农村新闻报道的我不断思考一个问题：在全面建成小康社会、实现第一个百年奋斗目标的伟大征程中，作为一名中共党员，作为新华社记者，应该怎样参与脱贫攻坚这个旷世之举？

2017年3月，恰逢总社扶贫办面向全社公开招聘第十二批定点扶贫工作队队员，赴定点扶贫县挂职扶贫。看到这个消息之后，有个声音便一直在脑海中回荡：还有什么时代主题比脱贫攻坚更为意义重大？还有什么行动比参与脱贫攻坚更能阐释一名共产党员的初心？还有什么文章比脱贫攻坚更能实实在在造福贫困群众？随后，我决定争取家人和分社领导支持，报名参加定点扶贫工作。

2017年4月，我来到石阡开始挂职石阡县委书记助理、县委办副主任，参

与定点扶贫工作。从记者到基层干部的身份转变，让我的视角也随之发生了转变，看到贫困，思考的不再仅仅是怎么写稿件，更多的是如何履行好新华社扶贫干部的职责，如何克服一切困难，和全县干部群众一起战贫斗困。

扶贫三年，是战斗不息的三年。我永远也不会忘记，无数次和石阡县委书记一起跋山涉水，深入到每一个深度贫困村、每一户贫困群众家中详细调研，无数次和县脱贫攻坚指挥部的同志们一起熬夜工作到天明，无数次和乡镇、村的干部们在群众大会上耐心做思想工作……一次次不分白天黑夜的连续作战、一场场不分你我各抒己见的工作讨论、一份份费尽心血的产业攻略，这一幕幕已经深深印在我的脑海。2019年4月，石阡正式脱贫，十余万贫困群众撕掉了贫困的标签，赋予了这一切奋斗不同寻常的意义。如今，回首往事，过往一切皆成美好记忆。岁月，忽然变得那么静谧，那么美好。

石阡是我挂职扶贫的主战场，但我的脚步并不局限于此。三年来，我还曾到武陵山集中连片特困区的印江县、德江县、江口县、玉屏县、思南县、松桃县、万山区、碧江区进行深入调研，得以管窥贵州省脱贫攻坚工作的整体面貌。在这片贫困程度深、贫困面大、贫困发生率高、脱贫难度大的土地上，勤劳的贵州人民在贵州省委、省政府的带领下，从实践中创造性地运用"五步工作法"，牢牢把握农村产业结构调整"八要素"，坚持以"六个坚持"贯穿易地扶贫搬迁工作始终，让曾经的穷山恶水变成了绿水青山和"金山银山"。在这场史无前例的脱贫攻坚战中，贵州省干部群众顽强拼搏，谱写了英雄辈出的脱贫攻坚故事，涌现出许多可歌可泣的先进典型，党的十八大以来有142位同志牺牲在脱贫攻坚一线。这是一场在中国共产党坚强领导下，精准发力、攻坚克难、越战越勇的全面之战，让我深刻体会到党组织的强大，体会到"制度自信"的真正含义；这是一场举全国之力、聚全国之智、凝全国之众开展的团结之战，让我深刻体会到集体奋进的可贵，体会到干群合力之伟大；这是一场付出无数人心血、考验无数人智慧、还无数人富裕的幸福之战，让我深刻体会到基层干部的可爱，体会到群众的疾苦。

在这场没有硝烟的战争里，我自身也受到了洗礼。我变得对面临的事情更有把握，更有清醒认识，更有自信。从事新闻工作所需要的脚力、眼力、脑力、笔力，得到更深层次的提升。

两年多的基层经历，让我改变了对自己过往所写的很多稿件的看法。如今，回过头去翻阅自己多年前写的稿件，时常扼腕叹息，那一篇篇文字总是在质问我：为什么当时考虑那么不周详？为什么稿件的漏洞那么多？为什么不能选择一个更好的新闻角度？"往者不可谏，来者犹可追。"在未来的记者生涯中，心中多了把戒尺，眼中多了一个角度，这笔无形财富将让我终身受益。

两年多的基层经历，让我改变了对基层干部的看法。杨雁、冯树舟、罗忠枢、李文锋……这一大批默默无闻、甘心奉献的基层干部给我留下了深刻的印象。在与他们朝夕相处、共同战斗的日子里，我同他们结下了深厚的友谊，长期近距离观察和面对面交流也让我更加理解他们的难处，宽容他们的错处，叹息他们的痛处。

两年多的基层经历，让我改变了对基层社会的看法。时刻牢记老社长穆青同志对新华社记者的告诫："勿忘人民。"作为一名出生、成长于农村的新华社记者，对基层群众尤其是农民，保有一份天然的醇厚感情；对基层群众的诉求和痛苦，保有一份天然的同情心。无论是扶贫，还是新闻工作，都需要站稳群众立场，摆正同人民群众的关系，对人民群众常怀感恩之心、心怀敬畏之感，始终保持同人民群众的血肉联系，以对党和人民高度负责的态度做好本职工作。

我来贵州扶贫，贵州也培养了我。这片人杰地灵的热土，早已经成为我的第二故乡，这里见到的每一个面孔都是那么可爱，每一片我曾走过的土地都是那么热情。在贵州农村的很多脱贫攻坚队的办公室，都悬挂着一个横幅，上书"让扶过贫的人像战争年代打过仗的人那样自豪"。作为扶贫干部，为曾经的脱贫攻坚付出过全部心血，为脱贫攻坚这样的世纪决战出过一份力，我由衷感觉到自豪与骄傲。只是这种自豪与骄傲的背后，是总社、分社各级领导的坚定

支持，是工作队同志的相互温暖，是石阡县委县政府各级领导的真诚关心，是家人长期默默的付出。有这么多人的支持、关心和付出，还有什么理由在脱贫攻坚的路上心存半分懈怠？

岁月东流逝水，人间古往今来。时代大潮呼啸而来，历史车轮滚滚碾过，脱贫攻坚也会渐渐成为历史教科书中的一个古老名词，但那份单纯的扶贫情感将永存我心、历久弥新。在我的成长历程中，外公卢毅先生对我的成长和学习影响最大，他是湖南宁乡的一名地方文化名人。外公弥留之际，仍旧念念不忘他当年曾在一个叫"木子塘"的地方插队的经历。我想，像外公一样，很多年后，我仍会怀念这段充满酸甜苦辣的日子，即便远离贵州，仍旧念兹在兹。

目　录

第五章　为政之道

第一章

山区之变

一、幸福源自奋斗

站在武陵山区上空，俯视中华大地，只见郁郁葱葱的武陵山脉从东北向西南延伸的山体将西北富庶的四川盆地与东南被称为"鱼米之乡"的"两湖"分隔开来。武陵山脉的狭长地带成了贫困程度最深的地区之一，这里是全国十四个集中连片特困区之一，也是红军长征部队经过的重要区域。

1934年，就在我挂职的石阡县境内，中国共产党人任弼时、萧克、王震带领红二、六军团在这里与敌军浴血奋战，成功完成了牵制敌人的任务，并为中央红军的战略转移起到了探路的作用，谱写了一曲可歌可泣的英雄赞歌。80多年后的今天，中国共产党带领石阡干部群众，在这里再次展开激烈战斗，只是这次战斗的对象变成了"贫困"。

石阡位于贵州省东北部，铜仁市西南部，国土面积2173平方公里，辖19个乡镇（街道）、311个行政村（社区），总人口46万。仡佬族、侗族、苗族、土家族等12个少数民族占总人口的74%，属典型的多民族聚居区。

穷　山

2017年4月21日上午，细雨蒙蒙，新华社贵州分社派出一辆越野车送扶贫队队长田朝晖和我从贵阳到石阡赴任。一路上，我都是盯着窗外无穷无尽、连绵不绝的山出神，一直在想这里有什么资源可以作为脱贫的凭借，雨水不时模糊了视野。

为了活跃车内气氛，一位同事开玩笑说："来扶贫千万别养'驴'，因为容易让人联想到'黔驴技穷'。"田朝晖来自河北衡水，我来自湖南长沙，车

上只有司机是贵州人，听到这话，大家忍不住笑出声来。"其实贵州根本没有驴，如果真的有驴，贵州早就发达了，你只需看看现在驴皮的价格像坐上了火箭一样往上涨。"分社性格开朗的司机笑着说。

抵达石阡后，我认真查看了关于驴的市场信息，果真发现分社司机说的有道理，随着阿胶价格上涨，市场上的驴皮价格在过去几年间翻了好几番。后来，在石阡的三年中，果真没见过驴，更没见过有人把养驴作为重要脱贫致富产业。看来，摆脱贫困，"驴"基本靠不住，只能依靠秀美的山和温柔的水。

▷ 石阡县城龙川河畔漂亮的夜景

石阡地处云贵高原向湘西丘陵过渡的梯级大斜坡地带，地貌是名副其实的"九山半水半分田"，无处不在的山峦构成了老百姓生活的基本环境。2018年，贵州以全省500亩集中连片的大坝作为调整农业产业结构的抓手。石阡县农业农村局经过详细摸查统计之后发现，全县2173平方公里的国土上连片面积在500亩以上的大坝仅20个，连片面积在1500亩以上的大坝仅3个。山峦上

▷ 石阡佛顶山风光（石阡县委宣传部供图）

大多是石头，连片土地少，土层薄，土壤贫瘠，成了制约当地经济发展的核心原因。

　　大山深处，交通不便自不待言。第一次到石阡县坪山乡大坪村调研，商务车陷在半路上的泥泞里动不了，我只好徒步数公里到村里开展调研工作。村里的货车司机开玩笑地跟我说，开货车上山基本不用把方向盘，因为马路上的车辙很深，货车的车轮会自动在车辙里走，就像火车运行在铁轨上一样。村里的扶贫干部说："他的摩托车就像小媳妇，上山的路上，一般是半程人骑车，半程车'骑'人。"

　　来到石阡的第一天，县长热情地接待了我们。他介绍说，这里属武陵山集中连片特困区，是贵州省66个贫困县之一，同时也是全国592个国家级扶贫开发重点县之一。2014年全县识别贫困群众28484户101929人，贫困村173个（深度贫困村29个），贫困发生率为27.07%；经过多轮精准识别、动态管理，实际识别建档立卡贫困群众27372户108523人。

"这里的贫困状况集中表现为贫困人口多、贫困面广、贫困程度深、脱贫难度大。"石阡县县长说。

旺　水

在石阡贫瘠的土地下，有非常丰富的地热温泉资源。水成了石阡最优质的自然资源，也是脱贫致富所能依靠的核心资源。石阡素有"泉都"之称，先后获得中国温泉之乡、中国矿泉水之乡、国家温泉群风景名胜区等称号。泡温泉之于石阡人，就如同早茶之于广州人，早已经习以为常。

石阡县副县长杨峡曾给我介绍，石阡温泉具有"自然流露、分布广、流量大、水质优"的特点。"与国内大部分温泉需要深入开采（或泵提）才能利用不同，石阡温泉大部分为地表自然流露，保持着原生态、无二次加工污染的特色。水位、流量、水温基本稳定，水温常年保持在38℃—55℃，不受当地气象因素影响。"杨峡说。

▷ 石阡佛顶山山间的山泉水（石阡县委宣传部供图）

石阡境内拥有20处36个地热矿泉水自然出露点，广泛分布于汤山、中坝、石固、花桥、大沙坝、本庄等12个乡镇（街道）。经权威部门地质勘查认定，石阡温泉日流量达2.23万吨，总资源储量为8.542亿吨，年可开采量791.75万吨。

经国家权威部门检测，石阡天然地热矿泉水年龄在8000—22000年，绝大多数是史前时期冰川深循环水，属饮用、医疗双达标矿泉水。石阡温泉富含锶、硒、锌等20余种对人体有益的微量元素，其中，锶含量0.52—3.70毫克／升，硒含量达0.001—0.008毫克／升。

石阡温泉综合开发利用较早。据记载，1978年利用温泉水养殖繁育热带鱼；1985年利用优质地热矿泉水生产刺梨饮料；1990年利用地热矿泉水生产优质矿泉水；1991年矿泉水系列产品获全国星火科技成果金奖。

为了"借水生财"，将资源优势转化为经济发展优势，石阡十多年来都围绕温泉洗浴、温泉矿泉水、温泉康养，全力推进温泉产业开发，县城已经建起了城南温泉酒店和佛顶山温泉酒店两处温泉项目。"经对客源分析，目前，温泉产业接待的游客大体可以分为三个'三分之一'：市内三分之一、省内三分之一、外省三分之一。"杨峡说。

花桥镇风光旖旎的凯峡河边上，有处尚未开发的温泉资源，水温常年保持在35℃左右。在温泉的出水口，村民用石头和水泥砌起一个简单的蓄水池，平常就在这里泡澡、洗衣服等。每到这里一次，就要感叹一次："好水，可惜白白流走了；好风景，可惜没有开发。"

▷ 石阡古温泉（石阡县委宣传部供图）

　　事实上，开发凯峡河温泉助力脱贫攻坚的呼声一浪高过一浪，石阡县委、县政府也借助各方力量寻求一个科学的开发利用方案。在守住生态和发展两条底线的前提下，温泉资源的保护和开发利用必须结合起来，但是在没有充分准备好，或者没有找到合适的开发方案的情况下，宁愿先缓一缓。

　　"像保护眼睛一样保护生态环境，像对待生命一样对待生态环境。"尽管脱贫攻坚任务迫在眉睫，但令我感动的是，任何脱贫产业的发展都在这个前提下开展。脱贫攻坚让群众迈入了全面小康的生活，而坚持在发展的同时，保护好生态环境则为老百姓的未来和社会的可持续发展奠定了坚实基础。这一片"穷山"，这一湾"旺水"，无疑是石阡人民从贫困走向富裕，从富裕走向幸福的核心依靠。

重　生

久困于穷，冀以小康。经过4年多的拼搏奋战，2018年底，石阡只剩下29个贫困村（其中深度贫困村14个）未出列，2336户7086名建档立卡贫困群众未脱贫，贫困发生率降至1.88％，干部和群众共同谱写出一曲涅槃重生的赞歌。

和石阡的干部群众私底下交流的时候，总能听到一些令人格外感动的声音，足以体现出这场声势浩大的脱贫攻坚战的气质。县委常委、宣传部长杨玲是五德镇脱贫攻坚指挥部指挥长，对全镇脱贫攻坚各项工作负总责。"对其他干部当然要关心，但我对自己的要求就是'只要干不死，就往死里干'。"杨玲说。交通局长杨胜高每天奔波在全县600多个道路施工点上，他常对我讲的一句话就是："天不下雨，我不停工。"

为有牺牲多壮志，敢教日月换新天。扶贫挂职的三年，也是石阡变化最快的三年，我常常在思考，该如何总结这几年的变化呢？总是感觉到个体力量的局限性，好比再优秀的画家，也难以全面细致描绘出这场伟大战役。

2019年8月，新华社驻石阡扶贫工作队队长、石阡县委副书记邓诗微带领我一起到佛顶山调研脱贫攻坚工作。此前的一年，邓诗微任中坝街道脱贫攻坚前线指挥部指挥长，全天候驻扎在中坝街道开展脱贫攻坚工作，熟悉基层情况的他很有发言权。

"邓书记，如果要全面评价一个村庄脱贫攻坚中发生的变化，你认为可以从哪些维度去观察比较好？"在车上，我向他请教。

"至少可以从农村面貌、人口结构、收入结构、矛盾纠纷、文化层次、观念变化这几个维度去观察。"邓诗微说。听罢，我深为佩服和赞同。

从农村面貌上看，尽管大多数农村离"美丽乡村"还有一段距离，但是一系列的变化很显著：通村路、通组路、联户路解决了老百姓的出行问题；大量安全饮水工程的实施解决了老百姓生活用水困难的问题；政府出资进行的危房

▷ 石阡县城周边交通（石阡县委宣传部供图）

改造解决了老百姓住房安全的问题。

从人口结构上看，尽管农村留守的主流仍旧是"386199部队"，但一系列的变化很显著：不少在外打工的村民回到村里成了致富带头人，不少年轻人回到村里当起了村干部，村级党组织党员队伍朝着年轻化方向迈进，不少外来企业家来到村里并把村庄当成了未来事业的蓝海，不少外来的县乡干部频频出入村里，与村民结下了脱贫攻坚的战斗友谊。

从收入结构上看，尽管打工收入仍旧占村民收入的大部分，但是一系列的变化很显著：就近打工的收入占比在逐年增长，农村居民的收入增长速度显著高于城镇居民的收入增长速度，村级集体经济发展带给村民的分红收入开始出现或实现增长，土地租金、股金开始成为村民收入的重要组成部分。

从矛盾纠纷上看，尽管农村仍旧存在各种各样的摩擦和矛盾，但是一系列的变化很显著：矛盾纠纷发生的总体数量在减少，历年来累积的历史矛盾纠纷在减少，处置矛盾纠纷的成本在减少，矛盾纠纷带来的次生影响在减小。

从文化层次上看，尽管农村的整体教育水平仍旧与发展的需要不相适应，但是一系列的变化很显著：掌握专业技术的村民数量在普遍增加，辍学的学生数量大为减少，乡村教学质量在显著提升。更令人振奋的是，在2019年高考中，石阡二中学生鲁炫以总分716分的成绩，一举夺得贵州省文科"状元"，顺利考入北京大学，这是改革开放以来石阡所不曾有过的事情。

从观念变化上看，尽管农村仍旧相对较为落后，但是一系列的变化很显著：农村随处可以使用微信支付购买农特产品，农民更加愿意尝试从事风险相对较大、效益相对较高的产业，贫困户更加愿意勤劳致富而非坐等"低保"，农民的产品市场意识逐步建立。

从微观的角度来看，无疑可以从山、路、水、房、茶、产业、集体经济、干部状态、生态环境九个角度去看当下的脱贫攻坚所取得的成效和变化。

二、山：沧桑巨变

我在贵州铜仁挂职期间，见到了自出生以来，最多的山，最美的山，最穷的山。群山阻隔、山高坡陡，是老百姓致贫的重要原因；但无处不在的山，也是老百姓脱贫致富的核心依靠。山之变，最能体现脱贫攻坚以来，武陵山区的蝶变之旅。

铜仁拥有世界自然遗产、国家5A级旅游景区、国家级自然保护区——梵净山，距离石阡仅1.5小时车程。石阡拥有梵净山的"姊妹山"——佛顶山，是贵州东部仅次于梵净山的第二大高山。两座大山之间数百公里的狭长区域，都是凸凹不平的石灰岩地质带，地下暗河像一条条行踪诡异的游龙，在此处入地，从彼处又暴露在阳光下。在这样的艰苦区域开展脱贫攻坚，真可谓是"明知山有虎，偏向虎山行"。尽管步履维艰、困难重重，但中国共产党人从来都不辱使命。

在这场战天斗地的贫困决战中，石山变成了青山，荒山变成了"金山"，穷山变成了靠山，生态保护、产业发展与脱贫攻坚前所未有地紧密结合在一起，筑起了一条通往全面小康的康庄大道。

石山变青山

石阡，顾名思义，石头多，故名石，山体呈南北走向，故名阡。初到石阡，便感受到大山上土壤之珍贵。石阡的村落绝大部分坐落在山梁和沟壑中，土层特别薄。相比于我老家湖南宁乡厚度达数百米的土层，这里的旱地一锄头下去就挖到了石头上。这里大部分地区属喀斯特地貌，也是武陵山区的重点生态功能区，素有"九山半水半分田"之名。无处不在的石林构成了一幅山区特有的天然画卷，也构筑了一道难以逾越的贫困鸿沟。生态脆弱导致难以快速发展，发展缓慢导致生态难以得到有效保护，曾是困扰地区经济发展的桎梏。

全县贫困发生率曾高达27%，不谋发展绝对不行，不计生态成本的发展同样不行。生态脆弱区的发展，唯有坚守发展和生态两条底线，走生态发展之路。

在石阡县龙塘镇，平地凸起的山梁蜿蜒向北，绵延十多公里，跨越11个村庄，数十平方公里的大山上，黑灰色的石头突然窜出，直插云霄，将贫瘠的土地切割成无数个"小窝窝"。

▷ 石阡县龙塘镇"十二山梁子"上茶园内套种中药材"头花蓼"，茶园一直向北延伸十多公里

官庄村位于山梁最北端，村主任李军禄两年前曾尴尬地对我说："地里除了长石头，其他都不长。地块小、土层薄，水土流失严重。村里历史上，没有搞成功过任何产业。"如今，环顾官庄，郁郁葱葱的樱花树、金丝皇菊、茶叶为长满石头的山梁盖上了高低不等、层次不同的绿色"被子"。

石头还是那些石头，但山已不再是那座山。"水土流失得到了有效治理，老百姓的腰包也慢慢鼓了起来。金丝皇菊今年进入丰产期，山梁上的3000亩新植茶园预计两年后可初产。"龙塘镇党委书记兰显君说。

▷ 石阡县龙塘镇"十二山梁子"上石林占据了大部分地面，土地被石头分割成破碎化的小块

石阡目前的森林覆盖率已经达到69.3%，比十年前提高了16个百分点。"开展脱贫攻坚以来，我们把'绿色发展'理念贯穿全程，把茶叶作为主导产业，把果蔬药、苗木苗圃、生态养殖作为重点产业，把生态保护和环境治理结合起来，力求实现生态保护与生态发展的共赢。"石阡县副县长杨峡说。

每年植树节前后，县四家班子主要领导都要带着全县干部到附近的山上开展义务植树活动，一方面是率先垂范植树造林，另一方面以实际行动引领群众增强生态环境保护的意识。在当下的石阡，虽然仍旧极少能看到高大挺拔的大树，但我坚信随着生态保护意识逐步增强，在大自然的自我修复过程中，刚刚种下的苗木必定会茁壮成长为参天大树。

荒山变"金山"

　　两年前，来到国荣乡楼上村可以看到，匍匐在山梁上的村庄一片萧条，农田大部分荒芜，无人居住的木房子破败不堪。经过农业产业结构调整，村里的一块块荒地如今变成了发展产业的高地，高效经济作物替代了低效的传统农作物。拥有近500年历史的历史文化名村——楼上村，如今成为石阡乡村旅游的一大景点。

▷　石阡县国荣乡楼上村等待出售的楠木苗

　　沿着楼上村的村道穿村而过，深红色的紫薇花挤满枝头，生机勃发的金丝楠木占据了每一块土地，新成熟的瓜果散发出清新的气息。国荣乡党委副书记罗洪军说，脱贫攻坚工作开展后，决定依靠楼上村本地树种——楠木，发展苗木苗圃产业，两年来已经发展了3000多亩苗木，替代了原来的玉米、番薯等低效农作物。

　　我在园区的育苗棚下看到，新育成的楠木苗已经生长到10厘米左右。"今

年播种1万斤楠木种子，已培育出楠木苗1200万株，可移栽15万亩国家用材储备林，育苗基地每年可达3000万元以上育苗产值。"负责经营这片农业园区的尹介华说。

农村产业发展给村庄带来了更多绿色，也带来了更多人气，不少曾在外务工的农民开始回到村里工作。"一天可以拿一百块工资，还可以学习楠木的育苗技术，还能照顾到家，比在外面打工强得多。"曾在浙江务工20多年的村民李德银说。

▷ 石阡县国荣乡楼上村育苗棚下刚刚育出的楠木苗

尹介华说："2018年以来，园区共发放农民工工资606万元，务工群众人均工资每年在2.7万元以上，其中有199名建档立卡贫困群众长期在园区务工。"

2018年石阡调减低效农作物15.5万亩，新植茶园6.2万亩、果树4.3万亩、苗木苗圃4810亩，茶园总面积达到36.47万亩，果园总面积达到15.4万亩。"村民正在从原来的'为吃而种'到'为卖而种'转变，经济效益激发了村民的生产积极性，山上再也找不到一块闲置的土地了。"罗洪军说。

就在几年前，当我奔波在全国各地农村地区调研时，发现农村的共性问题是：劳动力大量外出，导致土地撂荒严重。但在石阡这里看到的情况却是，在青壮年劳动力同样外出务工的情况下，几乎每一寸土地都被充分利用起来发展产业。我经常在思考，是一种什么"魔力"在支撑着这种"异常"现象？

30多年前，农村土地集体所有制架构下，农村生产承包责任制落实，农民拿到了土地经营权，极大地激发了生产积极性，解放了农村的生产力。时至今日，尽管法律制度并未发生太大变化，但现实生活却在蓬勃发展中进入了新阶段。原有的主要依靠个体开展生产的组织方式开始遇到了瓶颈，当下如雨后春笋般冒出来的农村合作社作为新的、先进的组织方式开始发挥其带动作用。回顾历史，农村生产组织方式从总到分，现在又从分到总，实现了一个螺旋式上升的过程，也见证着时代发展进入了新的阶段。

穷山变靠山

大自然的鬼斧神工把石阡大地切割成一幅沟壑纵横、奇峰险峻的山水画，也形成了无数道阻挡人们走出大山的地沟天堑。城镇和村庄镶嵌在大山的褶皱中，缺水、缺路的大山难以养活一方百姓。脱贫攻坚的英雄们把自来水送进了农村的千家万户，打通了通往外界的交通要道，曾几何时让群众苦恼不已的大山，已经成为老百姓追求幸福生活的靠山。

缺水一直是大沙坝乡芹菜塘村的"老大难"，以往每年七月到次年三月都是缺水季节，村民靠"望天水""屋檐水"为生。"实在没法时，只能靠消防车从山下运水，全村人排着队提着桶去接水。"村民冉如森说，最盼望下雨，便可以把院坝里、稻田中"窝窝"里的水，还有马路边上"牛蹄印"里的水，用锅铲铲起来备用。

▷ 石阡县大沙坝乡芹菜塘村村民用于装水的屋顶

　　冉如森从来都不敢想象，如今打开厨房的水龙头，便可获得源源不断的山泉水。石阡县水务局局长李正春说，2014年以来，投资3.9亿元，实施人饮安全项目411个，建设蓄水池1151个，铺设管网6215公里，全县所有村组均安装了自来水，基本实现家家户户"水质达标、水量充足、水压稳定"。

▷ 石阡县大沙坝乡芹菜塘村村民介绍自家的自来水

　　解决缺水问题的同时，农村公路的建设同步实施，道路通到哪里，产业便发展到哪里。时下正值石阡黄桃出产的旺季，中坝街道长坡村党支部书记冯再

▷ 石阡县中坝街道长坡村村民正将刚刚采摘下来的黄桃装进纸箱

刚没有再像过去那么焦虑黄桃的运输难题，村级合作社的六万多斤黄桃四天之内就全部销售一空。

"去年产业路修好之后，运输车辆可直接开到桃园旁边，不用再肩挑手扛好几公里，大大降低了黄桃的销售成本，提高了村民搞产业的积极性。"冯再刚说。

▷ 挖掘机正在悬崖峭壁下实施路基开挖作业

石阡县交通运输局局长杨胜高说，2014年以来，投资59亿元，在崇山峻岭间修建县、乡、村、组四级公路3143公里，解决了全县所有农户出行"最后一百米"的问题，基本实现"村寨公路户户连，走路不湿鞋"。

我常常和别人探讨：再过50年，回过头来看现在的脱贫攻坚工作，最有价值的工作是哪一部分？关于该问题的回答五花八门，有悲观者论调，也有乐观者的感叹。

我认为，穷山变成"靠山"对老百姓而言，最大的价值和意义在于"路通"和"水通"，不仅仅是直接给老百姓的口袋增加了钞票，而是给这里的老百姓提供了与其他地方老百姓相比相对公平的发展机会。扶贫地区产业如何才能持续发展的难题仍未从根本上破解，我对扶贫产业的持续健康发展甚为忧虑。如果把当下农村遍地开花的集体经济看成是一个个小微企业的话，把这些小微企业投入到市场经济大潮中，最终能成功成活、成长的会有多大比例？退一万步讲，即便村里的产业在市场经济大潮锤炼下消失殆尽，修好的路和建好的水利设施决不会消失，只要有了相对公平的发展机会，那些脱贫致富意愿强烈的老百姓即便离开了所有外在的帮扶，也能依靠自己的双手创造出令人羡慕的业绩。

三、路 : 天堑变畅途

明朝正德四年（公元1509年），被贬至贵州龙场的王阳明先生作文《瘗旅文》，讲述他埋葬及凭吊一名从中原来黔赴任、客死龙场的官吏及其家人、仆人。阳明先生怀着悲怆的基调为死者创作了悼词，第一句话就是："连峰际天兮，飞鸟不通。游子怀乡兮，莫知西东。莫知西东兮，维天则同。"

贵州之地"地无三尺平"，鸟尚且飞不过去，人通行则更为困难。500多年前，阳明先生的感叹，到了近现代仍旧没有得到太大改观，直到脱贫攻坚轰轰烈烈开展，切断群山的天堑才变为当下的畅途。

冲破大山

2004年9月，我第一次走出老家的小山村，前往云南读大学，搭乘的小火车沿着湘黔铁路缓缓前行；从长沙到昆明需24小时。路途中，人生中第一次看到了那么多隧洞，火车经过隧道时的"嗡嗡"声至今回想起来仍觉得头晕，那些从绝壁上穿过的铁轨让我感到心悸。

10多年之后，我重返贵州，此时多条高铁已经联通珠三角、长三角、大西北，有铜仁南站、三穗站、贵阳东站、贵阳北站等高铁站点，从长沙搭乘高铁到贵阳仅需2.5小时，出行的体验已远远优于2004年。截至2017年底，贵州高铁运营里程已经达到860公里，贵阳成了西部地区少数拥有"米字型"高铁的枢纽城市，同时奠定了贵阳成为全国19个综合性铁路枢纽之一和"中欧班列"主要铁路枢纽节点的地位。

刚到石阡挂职的时候，安江高速和思剑高速在县城交会互通，还有石湄高速、石玉高速正在建设之中；附近3小时经济圈里有贵阳龙洞堡机场、铜仁凤凰机场、黎平机场、遵义机场等。每每有朋友希望来石阡探望我时，问起石阡的交通条件，我都会很开心地告诉他们这里的高速、高铁、机场都很方便。

2015年12月31日，随着望谟至安龙高速公路通车，贵州成为全国第九个、西部首个实现"县县通高速"的省份，高速公路总通车里程达到5838公里，通车总里程排全国第九位、综合密度排全国第三位，实现与珠江三角洲、北部湾经济区、成渝经济区、长株潭城市群、滇中经济区的互联互通。

开车奔驰在贵州的高速公路上，眼前最令人震撼的风景就是无处不在的高架桥。"世界桥梁看中国，中国桥梁看贵州。"据统计，世界100座最高桥梁排行榜上中国有80多座，而这80多座中有46座来自贵州，贵州几乎囊括了当今世界的全部桥型。其中全球排名前10的高桥梁中贵州占5座、排名前20的桥梁中贵州省有11座。贵州有4座世界第一的桥梁：世界梁式桥梁最高墩——赫章大桥；世界跨径最大的预应力混凝土斜腿刚构桥——北盘江大桥；世界跨径最大的钢桁梁斜拉桥——鸭池河大桥；世界第一公路高桥——北盘江大桥。截至2018年，贵州省建成出路桥梁2.1万座，其中建成高速公路桥达8800多座（特大桥25座），桥梁总长度占通车里程的33%以上。[1]

土木工程专业内部有一句行话，叫"金隧银桥。"桥隧比如此之高的高速公路得花掉多少钱？据贵州省的统计数据显示，党的十八大以来，全省公路、水路固定资产投资累计完成6448亿元，年均增长13.9%，是1978—2012年共35年完成投资的2.8倍，进一步加快贵州交通基础设施建设，铁路营业里程从1978年的1365公里，增长到2017年的3550公里，增长了2.6倍；公路通车里程

[1] 贵州省发展和改革委员会，贵州省人民政府. 改革开放40年——贵州探索与实践［M］.贵阳：贵州人民出版社，2018：92.

▷ 2016年12月29日，杭瑞高速公路毕节至都格段北盘江大桥建成通车。大桥全长1341.4米，主跨720米，桥面离水面高达565米，是目前世界第一高桥。（贵州省交通运输厅供图）

从1978年的2.6万公里，增长到2017年的20万公里（进入全国前十位），增长了7.7倍。[1]

　　打通了交通大动脉，就打通了贵州开放发展的大闸门，资金、大数据产业等各类资源源源不断地从各方涌入曾被视为贫穷落后的贵州。习近平总书记在参加党的十九大贵州省代表团讨论时指出："贵州取得的成绩，是党的十八大以来党和国家事业大踏步前进的一个缩影。"过去，在很多人眼中，广州、深圳、上海这些沿海城市的发展才能代表中国的发展，如今西部的贵州成了全国发展的缩影。这一微妙的变化，折射出中国西部正在蓬勃向前发展。

"蛛网"入户

　　无数次回老家湖南宁乡，我都会不由自主把宁乡的农村和石阡的农村进行有意无意地对比。宁乡的一般公共预算收入，早在2017年便突破了70亿元，

［1］贵州省发展和改革委员会，贵州省人民政府.改革开放40年——贵州探索与实践［M］.贵阳：贵州人民出版社，2018：89.

而石阡2017年的一般公共预算收入仅3亿元左右。当老家人沾沾自喜于"全国百强县"的名头时，不得不说老家农村的通村路、通组路建设已经几乎全面落后于石阡，随处可见的泥土路曾让行人痛苦不堪。

2017年之前，在我最熟悉的广东农村地区，通村路的概念几乎等同于"通到村委会的路"，从村委会到自然村（组）的路很多都没有硬化，更不用谈论道路的规格及质量水平。

与之形成鲜明对比的是，贵州省规定，30户以上村民组通组公路路基宽度不得小于4.5米、路面宽度不得小于3.5米，错车道每公里不得少于3处。路面应优先采用水泥混凝土，路面厚度不得小于15厘米，混凝土强度不得低于C25；路面采用沥青表处的，厚度不得小于4厘米。

穷省"富"修路，无疑是抓住了脱贫攻坚的核心要素。《贵州省农村"组组通"公路三年大决战实施方案（2017—2019年）》规定，2017—2019年，共投资388亿元，对39110个30户以上具备条件的村民组实施9.7万公里通组公路硬化建设（其中，14个深度贫困县、20个极贫乡镇、2760个深度贫困村共3.3万公里），实现通组公路由"通不了"向"通得了""通得好"转变，全面提高农村公路通畅率，切实提升农村群众出行质量。

石阡县2018年公路投资共计完成投资20.4亿元。其中高速公路2条63.9公里；续建国省干线2条90.47公里；续建县乡道2条14.086公里；通村公路39条164.83公里；农村"组组通"公路585条1168.8公里，解决了46万人（涉及10.2万贫困人口）的出行问题。"通村通组公路的建设总里程，比过去十年的总和还多！"石阡县交通局局长杨胜高说。

如今，站在任何一个村庄的上空，俯视石阡乡村的道路，都可以看到蛛网状的道路把家家户户联通。通村通组路这些"毛细血管"结束了广大群众"望路兴叹"的漫长历史，越来越多的农村群众实现了"抬脚走上水泥路，家门口前能坐车"的梦想，更为道路两边产业的发展降低了成本，为村里的老百姓争取了更多发展的机会。

坪山乡大坪村是石阡县最南边的一个深度贫困村，地处石阡、施秉、镇远三县交界处。村监委会主任左艳是村里唯一一个走出去的土生土长的大学生。左艳说，读初中的时候，从村里走路到乡里的中学念书，要沿着山间一米左右宽的羊肠小道走四个多小时，现在4.5米宽的柏油路修到了几乎每家每户的门口，开车仅20分钟即可到乡政府。

大坪村的1200亩茶园重新焕发出了生机。"以前路不通，村里的茶叶采下来之后，要步行几个小时才能送到乡里的加工厂，半路上茶青就捂坏了，加工厂拼命压价才肯收购。现在每到采茶季节，很多茶叶加工厂直接开车到村里来收茶青。"大坪村村委会主任袁伟说。

毫无疑问，农村"组组通"硬化路已成为老百姓获得感最强、满意度最高的民生项目。2018年12月，贵州省交通运输厅负责同志在接受采访时说，随着一条条农村"组组通"硬化路的建成，一辆辆客车开进了村，一辆辆货车开进了山区，一辆辆农用车开到了田间地头，既改善了群众出行条件、美化了村容村貌，也方便群众运出了资源、换回了钞票，加快了市场经济发展，促进了科技种植养殖、电商服务平台等沿路传播，增强了农民创业致富的积极性，有效带动了农村特色产业快速发展。据统计，自"组组通"实施以来，直接参与项目建设的农村群众约135万人次，带动群众增收81.2亿元，其中贫困群众约25万人次，带动贫困群众增收27.1亿元。同时，也加快了农村地区产业结构的调整步伐，带动农业产业发展500万亩，乡村旅游村寨突破3000个，新增农用车等车辆20万辆，通组硬化路建设成为老百姓就近就业和增收脱贫的重要渠道。

"路长制"

"三分建，七分管。"道路修得再好，如果没有管护，新修的路很快就会遭到毁损。抵达石阡时，我只听说过"河长制"，但石阡县发挥想象力创造了

"路长制"，作为管护通村路、通组路的管理机制。后来，"路长制"还成了贵州省的优秀改革案例。

"'路长制'为村里开了财路，两公婆开农家乐一年赚七八万元纯利没问题，好过去外面打工。"贵州省石阡县枫香乡鸳鸯湖村村民蔡庆文认为，石阡的"路长制"改革改变了整个村庄的面貌和村民们的"钱途"。

鸳鸯湖村因辖区内的鸳鸯湖内栖息着数千对鸳鸯而闻名，但曾经一度因交通不便导致鸳鸯湖很少有人问津。蔡庆文和大多数村民一样只能依靠着"八山一水一分田"的自然条件，日出而作、日落而息，辛勤劳作、艰苦度日。从吃"农业饭"到试着吃"旅游饭"开始于2012年。那年，一条通往鸳鸯湖的旅游公路从蔡庆文家门前穿过，改变了原来公路上"雨天一滩泥，晴天一路灰"的状况。"电视里都在说要搞乡村旅游，我当时就决定开一家农家乐试试看，但连续几年生意并不好。"蔡庆文认为问题还是出在路上。

"有的人把公路当成了垃圾场、晒谷场，坍塌了没人修，结冰了无人管……没有路，没法发展；有了路，管不好，用不好，同样没法发展。"蔡庆文回忆起数年前的路况时说，很多游客都是来一次就不想再来第二次，公路重建设、轻管护与旅游业发展大势相脱节，成为乡村振兴发展的瓶颈。

石阡的"路长制"改革打通了这个瓶颈。2018年4月开始，石阡在全县推行"路长制"改革，县委书记、县长担任全县总路长，县级公路、乡镇公路、村级公路、高速公路全面设立以党政领导为主体的一级路长、二级路长，由"路长"负责公路可视范围内的公路管护、绿化养护、卫生保洁、安全巡视等。

石阡县的城区干道、乡村道路边上都树立一块牌匾，上面载明了该路段的一级路长、二级路长的姓名和电话以及路段的起止位置、里程等。"二级路长负责日常巡查、宣传，发现问题及时处理或向上报告，一级路长负责对突出问题进行协调处理、组织考核等。"枫香乡副乡长陶永福说。

蔡庆文作为二级路长，每天都要背上背篓拿着铁钳，巡视门前这条路。

▷ 五德镇的路长公示牌

"前几天低温，巡视时发现路面结冰了，还有几处坍塌，我立即叫上村民摆放路障，带上工具去修复塌方地带。"蔡庆文说，"公路维护好了，旅游环境变美了，沿线农家乐的生意也越来越旺，节假日期间我家要开十几桌，还得临时请帮手。"

因路致富的不仅仅只有农家乐，石阡围绕道路布局的80余万亩茶叶、烤烟、蔬菜等经济作物已经成为群众脱贫致富的武器，乡村路成了名副其实的产业路。"过去路难走，路边都是种植玉米、红薯这类低效的传统农作物，现在围绕道路两旁种植了茶叶、经果林、药材等高效经济作物，把道路对产业的带动效应充分发掘出来。"聚凤乡党委书记、一级路长黄晋说。

石阡还在新修大量乡村公路。"过去修路，路边的建筑垃圾乱堆乱放，往往容易导致路修好了、生态却破坏了。现在新修路，路长要严格要求施工队及时清理垃圾，把弯道改缓、坡度降低、路面拓宽，确保道路安全隐患降到最低。"石阡县交通局局长杨胜高说。

石阡的很多乡村公路的两边都已经种上了香樟、桂花树等花木，干干净净的道路上自驾游的车辆不时可见。"我主要负责保洁、维护苗木，保护好公路及两旁的生态环境。"路长制实施后，五德镇桃子园村贫困户王初宗被聘为公路管护员，负责管理家门口的4公里村级公路，一年能拿到6000元工资。石阡有3000余名建档立卡贫困群众被聘请为道路管护员，达到了既保护好乡村环境，又推进脱贫的双重效果。

农村公路的建设、管理、维护、运营取得实实在在的成效，为农村特别是贫困地区带去了人气、财气，也为党在基层凝聚了民心。农村公路是乡村振兴

▷ 本庄镇双山村连通两座山之间的村道

的关键，要大力推进"路长制"改革，把农村公路建成安全路、生态路、产业路、文化路、致富路，既要把农村公路建好，更要管好、护好、运营好，为广大农民致富奔小康、为加快推进农业农村现代化提供更好保障。

四、水：向水而生

贵州是水资源富裕之地，这从下面这组数据中可见一斑：据《2017年贵州省水资源公报》显示，2017年，全省年平均降水量1175.3毫米，折合年降水总量2070.42亿立方米，属平水年份。平均每平方公里产水量59.69万立方米，人均水资源量2937立方米。

此外，贵州主要有八大水系，分属两大流域。苗岭以北属于长江流域，有牛栏江—横江水系、乌江水系、赤水河—綦江水系和沅江水系四大水系。苗岭以南属于珠江流域，也有四大水系，它们是南盘江水系、北盘江水系、红水河水系和都柳江水系。

数字上看不出真正的"天下"，事实上贵州是老百姓饮水最为困难的地区之一。我曾多次到访贵州第一大河——乌江沿岸的村庄，矗立在乌江边上的很多村庄的老百姓居然没有水喝！"望得见乌江，喝不到乌江水"成了众多乌江沿岸缺水村庄老百姓的心中之痛。水资源总量较为丰沛，但水资源开发利用率低，仅为全国平均水平的一半左右，工程性缺水是贵州摆脱贫困必须啃下的"硬骨头"。

久困于水

走到了老百姓的家里，才知道喝上安全的水有多不容易。2018年春夏季节，石阡新一轮的安全饮水工程刚刚开始启动，安全饮用水设施尚未完善。农村老百姓喝的水大多是山泉水，没有山泉水泉眼的地方，饮用水来自于三个方面：一是家里用桶、盆等容器接下的雨水，二是把房子屋顶砌成的水窖储存的雨水，三是把院坝地下掏空砌成水窖储存的雨水。

在甘溪乡泥山村走访群众时，一位独居老太家里，用于装水的水桶摆放在屋外的阶梯上，水桶内壁长满了一条条毛茸茸、类似"山毛虫"的东西，无数一厘米左右长的虫子布满了水面。对于成长在从来没有缺过水的地方的我来说，实在无法想象，这样的水还要用来煮饭吃，更无法想象，连续几个月不下雨的时候即便是这样的水也难以喝到。

在中坝街道太坪村，村支书跟我讲起村里缺水的情况时，忍不住掉眼泪。他跟我讲了一个故事，几年前有户群众家里的木房子着火了，结果因为没有水可以拿去救火，村里人基本只能眼睁睁看着房子烧成灰烬。村里为了把进村的硬化路修好，从山底下运水上来的成本比水泥还贵。

在汤山街道北塔村，几乎家家户户都有两个以上的自制水窖，有的在屋檐下，有的在厨房里。分别从好几个水源，用黑色水管引水到家里的水窖。走在马路上，随处可以看到裸露在地面上的水管，杂乱无章穿过旱地和山林，接入群众的家中。村支书跟我说，每年都有1—2个月的枯水期，前年的枯水季节，只能用水车从山下运水来喝，用水成本达到每吨水50元左右。

打赢脱贫攻坚战，就是要抓住致贫根子，对症下药，精准施策，攻坚克难，才能使人民群众的获得感、幸福感、安全感更加完善、更有保障、更可持续。为了让群众喝上安全水，脱贫攻坚期间，石阡累计投资3.9亿元，规划实施人饮安全项目411个，铺设管网6215千米，家家户户基本实现自来水入户。

石阡缺水的情况在贵州具有典型性，生活用水与生产用水成了地方发展亟待突破的瓶颈。2009年7月至2010年5月，贵州遭受百年不遇的特大旱灾，全省1869万人、1272万亩农作物受灾，695万人、504万头大牲畜因旱出现饮水困难，因灾直接损失达132亿元。这是近年来贵州有记载的最大旱灾，工程性缺水历来是困扰这片土地的顽疾。

久困于水，但争取解困的努力从来都没有停止过。2002年开始，贵州实施《贵州省2001—2010年水利扶贫规划》，截至2010年，全省共新建成29座

中型水库、247座小（一）型水库，修建小山塘19785处、小水池478782处、小水窖56218座，全省水利工程供水量达到101.45亿立方米，实灌面积1220.45万亩。

"十二五"以来，贵州省共投入水利建设资金1900.96亿元，是新中国成立以来到"十一五"末总投资的5.01倍，其中2015年至2017年连续3年投入资金超过330亿元，创历史新高。新开工建设骨干水源工程281个，其中3个大型、95个中型、183个小型水库，新开工项目总数是"十一五"时期的17倍；实施抗旱引提调水工程205个，全省水利工程年供水能力由2010年底的92亿立方米提高到2017年的116亿立方米，增长24亿立方米。从2004年解决农村饮水困难到2015年基本解决农村安全饮水，再到2018年实施巩固提升农村饮水安全，基本实现了农村安全饮水的跨越发展。[1]

2018年8月，贵州省制定了《贵州省全面解决农村饮水安全问题攻坚决战行动方案》，明确按照每人854元的标准，投资23.87亿元，到2019年6月底前全面解决贵州省30户以上自然村寨279.54万农村人口饮水安全问题，确有特殊困难的个别项目，可延迟到2019年9月底完成。供水方式因地制宜，严格工程建设标准，小水窖建设规模户均不低于5立方米，备有沉淀池、过滤池，取水往返水平距离不超过一公里，垂直距离不超过100米，人均日用水量不低于35升。

尽管这个方案2018年夏天才发布，但实际上在轰轰烈烈开展的脱贫攻坚工作中，饮水安全没有保障的贫困县大多早已经将安全饮水建设纳入了工作计划，已脱贫的县已经基本解决了安全饮水保障的问题。

一个村的水之变

2019年夏，临近大暑，我到大沙坝乡芹菜塘村调研，在村委会大楼，现场聆听了村民们关于水的记忆。

---

[1]贵州省发展和改革委员会，贵州省人民政府.改革开放40年——贵州探索与实践[M].贵阳：贵州人民出版社，2018：100.

暑天的太阳炙烤着芹菜塘村的一块块巴掌大小的稻田。村主任刘泽辉在田边检查了一圈，回到村委会办公室说："以前这个时候，田都干得裂开几公分的缝，今年引水工程投入使用后，一直没缺过水，看来会有好收成。"

　　"不靠老天爷，也有饭吃了。"听到村主任的声音，几名在村委会歇凉的村民随声附和。芹菜塘村位于武陵山区海拔1000米左右的高山上，缺水困扰着村里的祖祖辈辈，贫困发生率曾经高达43.5%。说起村里的用水问题，村民们满肚的"苦水"恨不得一下子全倒出来。

　　"以前，别说灌溉水，喝的水都是大问题。"69岁的村民冉如森指着村委会不远处的一眼水池说，全村500多人以前都在那个"小坑坑"里排队舀水喝。

　　冉如森说的水池在村子的最低洼处，圆形的水池直径不过10米，深不足3米。池中的水呈墨绿色，上面漂浮着腐败的树叶和各种不知名的杂质。这个70年代生产队挖瓦泥时留下的坑，装的都是周边山上流过来的雨水，曾经竟一度是村民们的饮水之源。

▷ 芹菜塘村村民以前的取水坑一角

"我也在这里排队挑过好几年水喝，舀到最后，只剩下泥浆水，煮出来的饭都是黄泥巴颜色。"村民冉如强说，最盼望下雨，便可以把院坝里、稻田中"小窝窝"里的水，还有马路边上"牛蹄印"里的水，用锅铲铲起来，拿去煮饭。

村民陈学山说："有一年干旱得厉害，那个小水池彻底干了，我老妈背着一个罐子到5公里外的邻村背水回来做饭，结果半路上不小心把罐子打翻了，一家人一整天没水煮饭吃。那时候，舅舅来家里做客，不送别的就送一瓶水。"

为了解决喝水难题，芹菜塘村几乎家家户户都把屋顶砌成水池储存"望天水"，把院坝底下掏空储蓄"屋檐水"。"每年七月到次年三月是村里的枯水季，经常能见到村民们浩浩荡荡排着长队到5公里外挑水喝。"村民冉如森对此记忆犹新。

喝水难，发展产业更难。乡里流传着"满身泥土双脚光，有女不嫁芹菜塘"的说法，芹菜塘村40岁以上的"光棍"有十多个。"2009年我养了80多只羊和25头牛，但刚好碰上干旱，牛羊找不到水喝，逼得没办法，亏本3万多元把羊和牛全部贱卖了。"刘泽辉回忆起自己搞养殖的经历感慨很深。

"水稻种下去，三年两不收。地里撒下玉米种子，长出来的玉米经常没有撒下的种子多。直到后来外出打工赚了钱为止，家里人一直吃的都是红薯、玉米杂粮饭。"村民王登林说。

久困于水，冀以小康。2018年，投资316万元的引水工程竣工，结束了芹菜塘村缺水的历史，今年自来水通到了每家每户的厨房。村民王登华在自家大门上贴了一副对联"感恩不忘共产党，吃水不忘挖井人"，横批是"党恩浩荡"。

打通了水的瓶颈，就有了发展的希望。芹菜塘村脱贫攻坚队队长陈德邦说，现在全村种植了600亩茶园、600亩中药材、50亩"八月瓜"、50亩软籽石榴，老百姓有了脱贫致富的依靠。经过几年的脱贫攻坚，如今的芹菜塘村贫困发生率下降至1.38%，只剩下3户贫困群众未脱贫。

夕阳西下，芹菜塘村村委会的"苦水"记忆已经慢慢远去，附近响起了喜庆的鞭炮声。有村民告诉我，那是村里曾经的"老光棍"正在办婚礼。芹菜塘村的积极变化是国家级贫困县石阡脱贫的一个缩影。

水之后续

如今，走入石阡农村的老百姓家中，可以看到原来面临季节性缺水的家庭大多拥有两套供水系统。一套是村民自建的饮水系统，只要泉眼不枯竭，就可以免费使用；另一套是政府出资建设的安全饮水系统，由于需要用电抽水，大多需要村民支付水费。辩证唯物主义认为，矛盾是普遍存在的，是事物联系的实质内容和发展的根本动力；人的认识活动和实践活动就是不断认识矛盾、化解矛盾的过程。解决了"有水用"的问题之后，马上就面临着如何"用好水""好用水"等问题。

水费收不上来该怎么办？让祖祖辈辈喝免费水的农村群众每天都支付水费，这个习惯并非一下子就能扭转过来。

水费高昂的问题该怎么解决？有的地方饮水工程需要通过三级提灌才能将水从水源地送进村民家中，生活用水价格高达6元/吨，远远高出城市生活用水价格（广州市居民生活用水价格为1.32元/吨）。四口之家，平均每天用1吨水，一年的水费就多达2190元。在刚刚脱贫的地区，用水成本高昂必定会影响到村民生活的获得感，甚至影响到脱贫的成效。

安全饮水设施的维护和管理成本谁来承担？很多政府出资修建的饮水系统在一年中只需使用1—2个月（枯水季节），其余时间则基本闲置，极易出现自然毁损的情况。当下的管理大多是采取"谁使用、谁维护"的方式，管理和维护的职责多数是落在了村干部头上。事实上，在经费缺乏、没有额外收入的情况下，村干部管理和维护饮水设施的积极性尚未得到充分激发。村民、村委会、村干部需要找到一个利益平衡点，才能形成一个良性管理体制，才能确保

安全引水设施的持久稳定使用。

　　解决一个问题，总是又会产生新的问题；再解决新的问题，事物的发展就进入了新的阶段。基层社会面临的种种问题不可能一蹴而就、一夜之间全部解决，在逐步发展中解决问题的时机将慢慢成熟。我始终相信，基层干部群众的智慧必定会解决好新阶段农村饮水安全存在的问题和困难，彻底解决好农村生活用水、生产用水困难的历史性难题。

五、房：万象更新

2016年夏，我陪同总社某编辑部一位资深记者到粤北调研当地的贫困状况，试图找到"人畜混居"的特困群体。但调研一周下来，却根本没有找到典型案例——多年来的广东省扶贫"双到"（规划到户、责任到人）工作基本扫除了农村"人畜混居"的现象。

到石阡扶贫之初，我惊讶地发现，这里居然有如此多"上层住人、下层养猪"人畜基本混居的木房子，这里居然有如此多墙板上有拳头大小缝隙的木房子，这里居然有如此多歪歪斜斜矗立的木房子，这里居然有如此多房龄几百年的木房子！

"脱贫攻坚让贫困群众一步住上了好房子，快步过上了好日子。"这是武陵山区住房变化的真实写照。

修 房

2017年冬天，在一次下乡暗访督查过程中，我来到龙井乡某村，看到的群众生活环境令我震撼。村子只有一条不足一米宽的羊肠小道通往外面，三分之一的道路路面是30度以上的斜坡。不足30户的村庄里，我看到五六户的房子存在严重安全隐患，有的甚至没有基本的遮风挡雨功能。最严重的一户危房（如下页图），钉几块木板来充当木房子的墙壁，木板间的缝隙可以塞进去一个拳头。

▷ 一户贫困户家的墙壁是由木板拼成（摄于2017年冬）

　　如此四壁透风的房子，如何才能抵挡得住贵州冬天的严寒？当天的调研结束以后，我和同去的同事们说："人们常常用'家徒四壁'来形容贫困，而这里的贫困户连'壁'都没有。"诚然，像这样极端的案例毕竟是极少数，但是住房不安全的问题的确是每个村都客观存在的大问题。

　　"住房安全有保障"是贫困人口脱贫的硬指标之一，贫困县无不把扫除农村危房作为核心工作来做。经过排查，石阡县2018年有危房5746户，疑似危房6212户，需要进行房屋维修61482户。不仅如此，为了把问题住房识别出来，全县对每一户农村群众家庭的住房安全情况进行了评价，共出具住房鉴定报告80926户。

　　石阡农村的住房安全情况在贵州省的贫困县中具有代表性和典型性，住房安全问题历来受到贵州省委省政府高度重视。党的十八大以来，贵州大力实施农村危房改造和小康房建设，2013年至2017年，各级财政累计投入资金171亿元，完成约150万户农村危房改造；2014年至2016年，累计建成小康房10万户，数百万农村困难群众实现了"住有所居"的梦想。[1]

消除农村危房主要有两个途径：一是危房改造，将原有危房就地维修或重建；二是易地搬迁安置，同时将危房拆除。无论是哪种途径消除危房，对如此大量的房屋进行安全评估及维修是一个浩大的工程。如何才能把这项工作做到滴水不漏呢？

县委要求所有驻村干部遍访辖区内的每户群众，详细登记每户家庭的住房情况，不安全的要写明具体不安全的位置，以及需要更换的零件名称、需要更换的瓦片数量等，造册上报给县脱贫攻坚指挥部。

2018年夏天开始，我便天天陪同县委书记，拿着乡镇上报的住房问题清册走村串户进行对照核实，看到破旧房屋就进去检查，村里检查结束以后马上召集乡、村干部举行会议研讨消除住房安全隐患的问题和困难。担任乡镇脱贫攻坚前线指挥部指挥长的副县级干部，天天蹲在村里督促工作进度。看似简单的工作却怎么做都留有漏洞，不时有扶贫干部因工作未落实到位遭到批评和处分。

2018年9月，危房改造、维修进度仍旧缓慢，但距离第三方评估检查仅剩不到100天的时间。"火烧眉毛"的时候，脱贫攻坚指挥部采取每周一调度的方式，强力推进住房安全工作。县脱贫攻坚指挥部的墙壁上，挂上了各个乡镇房屋问题的任务数和进度，名曰"挂图作战"。每周五汇总本周住房问题进度之后，由县委书记或县委副书记将进度发在"县乡领导"微信群，星期六、星期日集中约谈工作排名靠后的乡镇的党政一把手。

2018年11月，住房安全隐患终于基本消除。我亲眼见证了这个历时大半年的住房安全攻坚战，从工作部署，到督促落实，到啃"硬骨头"，无不体现出基层干部推进工作的智慧。同时不难看出基层工作的一个规律：有了工作计

---

［1］贵州省发展和改革委员会，贵州省人民政府. 改革开放40年——贵州探索与实践［M］. 贵阳：贵州人民出版社，2018：237.

划和工作安排，如果没有督促落实，不管口头上说得有多重视，这些计划大多最终会沦为"空头"计划。

劝　房

安全住房是民生保障的核心问题，也成了扶贫资金投入的重点项目。尽管财政紧张，但对安全住房的投入则一点不含糊，从如下关于住房的政策中可见一斑。

农村危房改造方面，石阡的资金补助分为贫困户补助和困难户补助两类，设定了不同等级的补助标准：贫困户一级危房户均补助3.5万元，二级危房户均补助1.5万元，三级危房户均补助1万元；困难户一级危房户均补助0.5万元，二级危房户均补助0.3万元，三级危房户均补助0.2万元。

易地扶贫搬迁补助方面，建档立卡贫困人口人均住房补助2万元，非贫困人口人均住房补助1.2万元，签订旧房拆除协议并按期拆除的，人均奖励1.5万元，配套基础设施建设投资概算为人均2万元以内。

住房维护方面，改厕补助2000元/户，改厨房补助1500元/户，改圈补助2000元/户，改水补助500元/户，室内及房前屋后硬化补助3000元/户，房屋维修补助6000元/户。

统计数据显示，2014年以来，石阡县累计投入资金3.6亿元，实施农村危房改造32462户；2018年全县筹集资金8.6亿元，对61482户进行住房维护，实现安全住房全覆盖。

在国家投入如此大规模的人力、物力，试图解决住房问题的时候，令很多扶贫干部感觉到疑惑的是，把好政策落实到家家户户并不是件容易的事情，扶贫干部的精力很多都花在了与群众沟通协调方面，政策落实过程是个考验扶贫干部智慧及耐心的过程。

确保住房安全领域方面，最难做的事莫过于劝老百姓进行易地扶贫搬迁。易地扶贫搬迁政策是所有住房保障政策里面对贫困户最优惠的政策，基本无需贫困群众掏钱，便可以获得人均20平方米的一套位于县城或市区的房产。没有去到扶贫一线，真的难以想象得到，居然会有很多符合条件的群众拒绝搬迁。

2018年夏，我随同大沙坝乡党委书记杨雁到该乡鲁家寨村一户拒绝易地扶贫搬迁的群众家做思想工作，这已经是杨雁第六次登门做动员工作了。该户群众的五间木房子建在地质滑坡点上，整体存在安全隐患，家里户主夫妻带着2个儿子，务农为生，大儿子在读大学，小儿子在贵阳务工。按照政策可以在铜仁市区获得一套80平方米（三房一厅）的安置房，但是必须把现在居住的旧房拆除掉。

在做思想工作的两个多小时里，我和杨雁从各方面进行了详细分析，建议其搬迁，但仍旧无济于事。铜仁市区80平方米的房子价值24万元左右，自搬迁之日起5年后可以上市交易，搬迁以后还会给夫妻两个安排工作，老家的田土山林权属不变。女主人只有一句话："搬迁可以，要么给我两套房，要么保留旧房不拆除，孩子都长大了，必须给他们每人都有一个房子住。"政策底线显然不可能突破，"谈判"只好宣告失败，我不禁为这户家庭感到惋惜。

2016年以来，石阡县累计投入资金13亿元（其中县级配套资金1.7亿元），建成县内易地扶贫搬迁安置点14个，实现建档立卡贫困群众5042户21841人（其中跨区县易地搬迁建档立卡贫困群众1267户5727人）搬出大山、住进新居。21841名贫困群众搬进新居，绝不是一个简单的贫困群众提交申请—政府审核—发放钥匙的过程，几乎每一个搬迁家庭身后都有一个艰难的思想斗争过程，都有基层干部耐心解释政策做通思想工作的过程。

贵州"十三五"期间将实施易地扶贫搬迁188万人，涉及全省83个县9449个村，搬迁贫困人口占全省贫困人口的三分之一、占全国搬迁贫困人口的六分之一，是全国搬迁人数最多的省份。数字后面是党和政府对民生的关怀，也凝聚着基层干部对老百姓的深情厚谊，凝聚着无数思想斗争和自我斗争的心血。

安全住房的几个问题

早在2018年春季，县脱贫攻坚指挥部就发布指令，要求县住建局和各乡镇党委政府，挨家挨户查验老百姓的住房，摸清楚贫困群众的住房底数，确保最终的检查评估中不出现住房不安全的现象。开展这项工作过程中，困扰基层干部的几个问题值得引起高度关注。

享受过危房改造的人能否易地搬迁？大部分省市关于易地扶贫搬迁的政策明文规定：享受过危房改造的家庭不得再进行易地扶贫搬迁。政策的初衷在于，防止危改资金浪费，促使基层干部在确定危房改造家庭时尽力提高精准度。然而，现实情况却是千差万别，比如：1年前危改之后的房屋又变成了危房。又如：进行了危房改造之后的房子发现仍旧处在地质滑坡点上。这种情况下政策该如何执行呢？作为一个共性问题，基层面对问题的态度截然不同。有的县机械式执行政策，并不考虑现实情况，"一刀切"不允许"危改户"转为"搬迁户"，与此同时并没有很好地解决住房安全隐患。有的县则从政策设计的初衷出发，允许"危改户"转为"搬迁户"，同时要求"危改户"必须退回政府补贴的危改资金。两种不同面对问题的态度和思路，折射出基层干部的担当精神，考验了基层干部的智慧，留下了太多令人值得思考和琢磨的空间。

非贫困家庭的房子是否要改？石阡对所有存在安全隐患的农村住房进行了排查，并通过政府出资进行改造或维修。此举后来被贵州师范大学的有关专家指责为工作不精准。这位专家的理由是：改造和维修只需针对建档立卡贫困户的房子，非贫困户的房子问题不是脱贫攻坚要解决的问题，那是群众自己要掏钱解决的问题。然而，县里这么做的理由也很充分。县脱贫攻坚指挥部的领导说，如果单纯只聚焦建档立卡贫困户房屋的排查和维修，容易造成非贫困群众家庭因为住房安全存在隐患而产生"漏评"，也容易使得非贫困群众由于攀比心理而降低对脱贫攻坚工作的满意度。围绕所有农户做工作，和围绕建档立卡贫困户做工作相比，前者的工作量显然要大得多，资金付出显然要多得多。

地方政府选择如此操作这项工作的动因在哪里呢？理论派和实践派的本质分歧是什么呢？在当下的扶贫实践中，提出这个问题似乎比试图去解决问题更为迫切。

住房分类贴牌是否科学？走访武陵山区的贫困县时，随时随地都可以看到扶贫干部贴在老百姓房屋上的各种标牌，光住房分类卡就有：国家公务人员住房、无人居住房、建档立卡贫困户房等。类似的标牌还有帮扶信息卡、收入明白卡、政策宣传卡等。一个10万名贫困人口的县，贫困户家庭数按照2.5万户计算，如果每家有2张前述标牌，那么全县的标牌数量就有5万张。按照每张标牌2元的价格计算，光制作标牌本身就要花去10万元！不能说这些标牌对老百姓完全没有意义，但事实上基层的这种做法更多的原因可能是为了工作"留痕"……

故意只修一层的房子怎么办？建档立卡贫困家庭被确定为危房改造户之后，就开始自行重建房屋。按照政策规定，农村危房改造的建筑面积原则上1—3人户控制在40—60平方米以内，且1人户不低于20平方米，2人户不低于30平方米，3人户不低于40平方米，3人以上户人均建筑面积不超过18平方米，不得低于13平方米。在部分农村里走访时，我曾遇到这样的现象：有户四口之家的贫困家庭获评危房改造户之后，建起了100平方米的一楼（刚好用完危改资金），保持不封顶、不粉刷，同时向扶贫干部提出要求增加危改资金补贴，如果不答应，房子就保持原状永远不再继续修建。扶贫干部当然不能同意这种要求，但如果该户贫困户不继续把房子封顶，则仍然属于住房安全无保障户，在迎接第三方评估检查的时候，这户极可能成为问题户，扶贫干部仍旧难逃干系。这种左右为难的事情，只能靠时间和智慧去化解，问题化解前唯有包保该户贫困户的扶贫干部备受煎熬。

六、茶：睡觉都在长GDP

中国是茶的故乡，茶为"国饮"。作为中国种茶、制茶和饮茶最早的地区之一，贵州茶的生产、加工、贸易、饮用、食用，历经岁月洗礼，沉淀了厚重的茶文化。清朝时期，贵州茶叶市场已经初具规模，贵定云雾茶、都匀鱼钩茶、金沙清池茶、开阳南贡茶、海马宫茶、都濡月兔茶、石阡苔茶等20余个地域名茶因作为贡茶被广为熟知。

石阡苔茶有茶叶"活化石"之称，之所以叫苔茶，是因为这种茶树新长出来的嫩梢，持嫩性好，木质化速度比较慢，就像菜苔一样鲜嫩。当地人把它叫作"苔茶树"或"苔子茶"，久而久之就叫"苔茶"了。苔茶新长的嫩叶会随着气温升高而变红发紫，富含抗氧化的花青素，所以也被叫成"苔紫茶"。

脱贫攻坚过程中，茶叶担当起了支柱产业的核心角色，被寄予深厚期望。石阡拥有茶园36.47万亩，是名副其实的"中国苔茶之乡"。核心产业该如何打造？一个产业发展蓝图，最终能不能顺利实现关键要看村这一级如何落实。石阡县龙塘镇大屯村是全县茶叶生产的"明星村"，大屯村茶产业由衰转盛的历程，正是全县茶叶主导产业发展的真实写照。

党员干部必须懂茶

11月上旬，冬寒料峭，贵州省石阡县大屯村茶叶合作社的茶园中，茶农们依旧劳作繁忙，冒着严寒对茶园进行冬季修剪和管护，成堆除掉的杂草就地被晒干充当培育茶叶的绿肥。

"思想健康，产业才能健康。村干部必须懂茶，党员必须懂茶，入党积极分子必须懂茶，不仅要自己懂，还要教会群众。"这是大屯村党支部和当地干部群众形成的共识。

大屯村5名村干部各有专长，覆盖了茶叶种植、管护、加工、市场等整个茶叶产业链。"刚刚跟新疆的一家企业洽谈，准备在新疆建设茶厂，打通面向'一带一路'沿线国家和地区的茶叶市场。"曾在广东打拼过十多年的大屯村党支部书记周绍军说，必须逐步减轻对中间商的依赖，才能提高合作社的利润率。

▷ 石阡苔茶园区风光（石阡县委宣传部供图）

大屯村监委会主任李明从事茶产业将近10年，不仅具有财务会计专业知识，还熟悉合作社所有机械设备的操作和维修。"不懂利用现代科技技术，产品的竞争力就跟不上时代发展。"他说。

党员成了带领群众发展茶产业的领头人。培训不断、学习不断，让村里50名党员主动担当起茶叶产业宣传员、产业发展辅导员、茶叶销售员的角色。过去两年中，李明共参加了5次各级政府组织的培训，培训内容涉及病虫害防治、农机维修与管理、合作社财务、合作社管理等。

61岁的老党员熊茂贵学会了操作采茶机、防虫等技术，成了合作社的"高

级工"。"除草等普通工种的工价是70元/天,操作采茶机的工价是100元/天。"熊茂贵说。

入党积极分子必须懂茶成为大屯村发展党员的"入门"考虑条件,为充实后备人才队伍奠定了基础。大屯村的入党积极分子柴邦文现年48岁,今年1月放弃了珠三角的工程承包事业,回村当起了茶叶加工专家的学生。"传统加工技术下,只有绿茶和红茶两款产品,但今年改进加工工艺,产出了6款新产品。"柴邦文说。

人才是发展产业的关键,党组织和党员是产业发展的核心动力。产业发展是果,人才成长是因。茶叶产业发展背后是农村大批产业人才开始成长起来,到村干部带动党员,党员带动群众,形成了农村产业发展的"人才积累"。产业人才短缺历来是农村发展的短板,推动产业发展的过程恰恰也是培养产业人才的过程,如果每个村都能把村干部、党员培养成技术能手,产业发展的障碍必定会大大减少。

创新技术推进产业发展

2019年11月上旬,尽管已经进入冬季,在大屯村兆丰茶叶合作社茶园中,采茶机"嗡嗡"地穿梭于一行行茶树之间,机器下面新鲜的茶青装袋后立即被送到合作社的茶叶加工厂。

"以前,合作社只能加工清明茶,仅3月份到4月份采茶,采茶期不到2个月;现在可以加工大宗茶了,从3月到11月均可采茶,采茶期延长到将近9个月。"操作采茶机的大屯村村民柴家军说。

采茶期延长增加了茶农收入。周绍军说,茶青下树率提高使每亩茶园可增产3000元左右,目前产值最高达到了7000元/亩,另一方面增加了茶农的务工机会,今年应发的务工工资已经超过100万元,比去年增加了40多万元。

▷ 石阡的长寿老人正在欣赏刚刚泡好的苔茶（石阡县茶叶局供图）

精心管护让园区内的老茶园焕发出新生机。兆丰合作社邀请贵州省农业科学院茶叶研究所结合茶园内土壤及茶苗的特点研制出特供的肥料，并按照科学的时间施肥、除草。"施肥跟吃饭一样，不能把早餐当晚餐吃，也不能在睡觉的时候去给茶苗喂饭。"合作社的技术员熊兴强说。

"以前，茶园老化严重，茶农干一天活，可以背好几捆干枯的茶枝回家烧饭。现在这里成了培育苔茶苗的母本园，按照0.2元/支的价格计算，明年光卖茶苗就可收入20万元。"李明说。

尝到甜头的村民们正在不断新植茶园。"今年茶园纯收入达到了每亩3000元左右，准备今冬把原来种玉米和魔芋的旱地也种上茶。"柴家军说。

王安石有言曰："看似寻常最奇崛，成如容易却艰辛。"石阡苔茶的历史已经超过千年，长期以来形成的种植、加工、管护、销售模式似乎已经形成了一种"历史惯性"。在科技革命和产业分工细化的冲击下，茶叶生产本身也面临着深层次、精细化的自我革命。通过更精细化的市场调研，茶农们才明白原来产品包装会具有如此极端的重要性，才明白单份产品的规格需要更加科学的设计；通过更深层次的科学研究，茶农们才明白原来传统的施肥"老规矩"并

不科学，才知道那些能让茶叶疯长的肥料并不适合用于种植高端茶；通过更讲究的管护，茶农们才懂得不是所有的茶园都具有培育高附加值产品的潜质，才懂得不是所有茶青都必须通过人工采摘。

创新机制凝聚人心

产业发展不光要让合作社及社员受益，更要注重把集体经济和所有贫困户带动起来，通过利益联结机制壮大集体经济，推动建档立卡贫困户稳步脱贫。

按照这个产业发展思路，大屯村村级集体经济合作社和大屯村兆丰茶叶专业合作社建立了不同的利益联结机制，互为补充，相互促进，将集体经济和贫困户的问题统筹解决。

大屯村集体经济合作社的章程规定，合作社净利润按照"5212"的利益联结机制进行分配，即50%用于全体社员分红，20%用于村级集体经济积累，10%用作合作社管理人员报酬，20%给建档立卡贫困户分红。"今年村级集体经济合作社已有15.6万元利润，每户建档立卡贫困户可以分到302元。"大屯村村级集体经济合作社副理事长文德彬说。

▷ 周绍军（右二）在茶园指导茶园管护（大屯村村委会供图）

大屯村兆丰茶叶专业合作社共有206户社员，2018年的收入达到130万元。"每年都拿出收购茶青的总金额的20%作为合作社固定成本，用于茶园管护和分红，分配比例是'622'，即60%用于全村村民管护茶园的奖励，20%用于村集体经济积累，20%给建档立卡贫困户分红，剩余的净利润则按照社员所占股份进行分红。"大屯村兆丰茶叶专业合作社监事长郭营芝说。

石阡县龙塘镇党委书记兰显君说，这种分配模式一方面激励老百姓主动积极管护好茶园，另一方面让合作社的茶青质量随着管护水平提升而不断得到提高，最终提高了茶产品的整体市场竞争力。

体制机制的建设、创新与完善历来是党和国家高度重视的改革重点区域，任何道德说教都不如好的制度那样能够使好人有积极性干好事。像大屯村这样的分配机制创新是在长期的基层工作实践中，才逐步发展起来的，在一定程度上将村干部、村集体、村民的共同利益捆绑在一起，无疑对于开启农村集体经济发展新阶段具有重要意义。

▷ 旺盛生长的石阡苔茶

　　贵州省委提出，"四场硬仗"中最难的是产业扶贫，贵州将在全省"来一场振兴农村经济的深刻的产业革命"，精心谋划组织好脱贫攻坚"春风行动"，选准主导产业，抓好农民培训，加强农业技术服务，用好脱贫攻坚产业基金，创新生产经营方式、产销对接机制和利益联结机制，更好推动农村经济结构战略性调整。建立利益联结机制是扶贫开发的必由之路，也是农村产业革命持续运转的根本动力；其根本任务是培养现代农业新型经营主体，做好机制建设、惠农增收大文章，使农户特别是贫困户成为最大、最终、最广泛的受益者，明确企业、合作社、村集体、农户在产业链及利益链中的利益份额，帮助农户稳定获得订单生产、劳务务工、返租倒包、政策红利等收益，不断增加农民的工资性收入、经营性收入等，确保参加产业扶贫的贫困户实现稳定脱贫并持续增收。

　　根据产业发展"到村到户到人"的要求，石阡县把建档立卡贫困户联结到每个产业上去，让贫困群众通过土地流转、进园务工、按股分红等形式，从发展产业过程中获得实实在在收益。2018年通过产业发展吸纳农民务工26万余人次，发放务工工资2165.6万元。2018年全县茶叶面积达36.47万亩，覆盖建档立卡贫困户10709户，户均增收1505元；水果面积15.4万亩，覆盖贫困户4863户，户均增收586元；生态养殖业覆盖贫困户8019户，户均增收830元。利益联结机制是我在石阡扶贫期间碰到的高频词，自上而下推动形成的新机制把产业发展成果牢牢控制在村级集体经济组织成员当中，夯实了发展后劲，也凝聚了人心。

七、产业：一场革命

　　没有产业，就没有真扶贫；没有好产业，就没有好的扶贫成效。2018年脱贫攻坚行动中，贵州省调减玉米种植面积七百多万亩，改种蔬菜173万亩、茶叶37万亩、食用菌5万亩、中药材92万亩、水果170万亩、其他经济作物313万亩。

　　就农业产业而言，贵州具有推进产业扶贫的后发优势，这里植被好、气候好、空气好、土壤好、水质好，加之近年来持续推进的交通基础设施建设大大改善了农产品的流通条件。但也面临着很多困难和挑战，农业经营主体小、散、弱的问题仍旧突出；科技支撑引领作用与现代农业发展的迫切需求之间差距较大；农产品加工产业链短，产品附加值低；农业基础设施薄弱，农业生产条件较差，劳动生产成本高；产地环境污染风险凸显，农业产品质量安全存在隐患；市场体系不够健全，品牌建设相对滞后；同时面临产业选择短期化、涉农项目资金分散化、市场手段运用不足的挑战。[1]

　　2018年贵州省委农村工作会议提出，在全省来一场振兴农村经济的深刻的产业革命，必须在转变思想观念上来一场革命，必须在转变产业发展方式上来一场革命，必须在转变作风上来一场革命。牢牢把握农村产业发展产业选择、培训农民、技术服务、资金筹措、组织方式、产销对接、利益联结和基层党建"八要素"，全面推行政策设计、工作部署、干部培训、监督检查、追责问责"五步工作法"，形成了一整套推进农村产业革命的系统方法。

　　"三场革命""八要素""五步工作法"成了石阡脱贫攻坚过程中每天都

---

　　[1] 李裴.贵州发展重点问题观察 [M].贵阳：贵州人民出版社，2019：25.

可以听到的高频词。石阡县委、县政府提出了以茶叶为主导，以果蔬药、苗木苗圃、生态养殖为重点的"1+3"农业产业发展体系。毫无疑问，这些产业的蓬勃发展托起了贫困群众发展的底盘，尽管仍旧存在种种问题，但瑕不掩瑜，产业发展带来的积极意义不仅仅在于群众增收，更有助于农村农业技术更新迭代，更有助于激发农民的市场意识。

告别玉米种花木

石阡县委书记下乡的时候，总是喜欢观察道路沿途的产业发展情况，碰上任何苗木苗圃基地就忍不住感叹："我三年前就叫林业局赶紧搞，但是已经太晚了，政策的窗口期即将过去。"他讲的政策窗口期是指，近几年来大量修建的道路两边的绿化工程需要大量花木，国家的"六绿"攻坚行动需要大量苗木。石阡毕竟还是抓住了政策的"尾巴"，截至2019年4月，全县成规模的苗木苗圃基地有4800多亩。苗木苗圃产业发展意味着农民的生产意识实现从"什么安全种什么"到"什么好卖种什么"的转变。

"同样是种这块地，去年种玉米赚了不到1500元；今年把地租给了公司，还是在这里种地，一个月赚的工资就有2000多元。"贵州省石阡县国荣乡65岁的老农民、贫困户邓宗芝虽然不知道怎么写自己的名字，但这笔账，她算得很清楚。

邓宗芝所在的国荣乡是贵州省的极度贫困乡。同众多中国乡村一样，这里的年轻人大多外出"讨生活"，剩下的大都是"386199部队"（指农村留守的妇女、儿童、老人这一群体），上了年纪的老人和没法外出务工的妇女构成了村里劳动力的主体。"种花、种树不如种玉米实在，花和树可不能吃！"邓宗芝曾跟前来动员她流转土地的村干部说。几番思想斗争后，种了50多年玉米的邓宗芝决定彻底告别"玉米生涯"。她认识到"能吃的玉米的确没有花木这么赚钱"，于是，把家里近10亩地流转给了国荣乡长荣生态产业园经营花卉苗木。

"早上七点半上班，中午回去吃个饭，下午六点下班，一天八小时，工钱

80元。碰上中途下雨，工作了1小时以上，公司会进行累计计算。"邓宗芝一边熟练地锄着紫薇园里的草，一边说。

国荣乡长荣生态产业园的核心区共有1200亩土地，种植了涵盖红叶石楠、海棠、朱砂丹桂、紫薇、樱花等在内的67种花卉苗木共19万棵。2018年冬，我在这片基地上看到，近两百名农民散布在园区各处劳作，两米多高的紫薇开出了一串串红色的花朵，地面上各色月季花迎风招展，大棚里刚刚育出的金丝楠木苗已经破土长出。

▷ 本书作者在国荣乡长荣生态产业园采访（新华社记者田朝晖摄）

国荣乡长荣生态产业园自2017年10月新建以来，已发放民工工资141万元，发放土地流转租金78万元。对村民而言，除土地流转费、打工工资带来的实惠外，更重要的是能跟着园区的技师学育苗技术。"国荣乡生长着很多野生金丝楠木，但村民却没法把楠木的种子培育成金丝楠的苗。"国荣乡村民李德银在浙江打工近20年，今年初回到村里，一边在园区务工，一边学习金丝楠的育苗技术。

"已经掌握了基本的技术，成活率达到了99%以上，现在已经长出了第五片叶子，年底能长到60—80厘米高，那时候可以卖到8元每棵左右。"李德银蹲在金丝楠育苗大棚里说，"今年三月份育的苗，现在已经有5万株栽进了营养袋了，还有8万株马上要装袋。"

▷ 国荣乡长荣生态产业园培育的金丝楠木苗

在龙头企业带动下，一个农业项目带富一方人，园区景区化、农旅一体化雏形初现。国荣乡长荣生态产业园总经理尹介华说："把农民培养成技术工人、把农业园区打造成旅游景区延伸了产业链条，一、二、三产业融合发展，提高了企业和农民抗风险的能力。"

国荣乡长荣生态产业园由湖南长浏园林集团和石阡县国荣乡扶贫开发有限责任公司共同出资组建，后者将所得产业收益的10%用于示范区域土地流转户分红，5%用于所在村集体经济积累。"选准产业是前提，流转土地是基础，技术培训是保障，龙头企业是关键，利益联结是动力，群众增收是目的。"石阡县委常委、国荣乡党委书记龚朝清说，"园区结合了外来企业的市场开拓、

▷ 国荣乡长荣生态产业园内培育的紫薇

技术能力优势和本地企业的资源整合优势，将打造成集花木研发、生产销售、观光旅游及绿化工程于一体的综合经营型现代农业产业园。"

贵州省委要求，对于"种什么""养什么"的产业选择，必须坚持市场导向、因地制宜、凸显特色。国荣乡"拔掉玉米种花木"的实践，不正是落实省委产业发展战略的典型案例吗？从这一点看，尽管苗木苗圃产业规模很小，但其实际给老百姓带来的积极影响则远远超出了看得见的园区。

黄花菜也热了

推进产业扶贫要宜农则农、宜林则林、宜牧则牧、宜商则商、宜游则游，适宜发展什么就发展什么，真正把自身比较优势发挥好，要做到人无我有、人有我优、人优我特、人特我精。如何才能真正做到"宜"和"特"？

坪地场乡是石阡的黄花菜之乡，黄花菜种植历史长达数百年。长期以来，黄花菜一直被视为低贱、廉价的农作物不受重视。但近年来，贴上了绿色、生

态、养生的标签之后，大众口味似乎为之一变，让黄花菜成了健康食品、抢手货。全县唯一一个黄花菜之乡，黄花菜成了带动老百姓脱贫致富的特色产业。

"新接订单额5000斤，但合作社只剩下2000斤了，其余产品还得设法去筹集。"石阡县坪地场乡黄花菜专业合作社理事长覃礼勇说，黄花菜在县里成了"抢手货"。黄花菜被"炒热"得益于数家驻石阡扶贫单位的热心帮扶，产销对接打通了石阡农特产品的"出山"通道。产业结构调整带来的多样农产品有了市场保障，进一步增强了老百姓继续调整好产业结构、加快脱贫致富的信心。

"别人努力，我也努力，但苦干了一辈子，到头来还戴着贫困户的帽子，不能再像过去那样熬下去了。"石阡县坪地场乡毛家营村66岁的贫困户毛元海终于想通了。他准备把家里剩下的两亩旱地也租给村集体经济合作社用于种植黄花菜。

2018年县里搞产业结构调整，村干部来做工作，希望他把土地流转给村集体，用于种植黄花菜。毛元海当时心里就嘀咕：村里黄花菜的种植历史都超过200年了，但从来没见哪家发过财，村集体能搞得好？

抱着试试看的心情，毛元海出租了1.7亩地给村集体种植黄花菜。今年这块地带给他的收入包括：土地流转费680元、黄花菜地管护费340元、黄花菜出售收入1050元。"以前都是拿来种玉米，每亩收入不超过800元，还是种黄花菜划算。"毛元海说。

黄花菜属于多年生草本农作物，生长周期达20年，新植次年就会有收益，第三年进入丰产期。第一年每亩可产出鲜黄花约500斤，第二年达到2000斤，第三或第四年每亩可产出生鲜黄花约4000斤。坪地场乡黄花菜专业合作社理事长覃礼勇给我算了一笔明细账：

按达到丰产时亩产值计算：亩产鲜黄花4000斤，按每8斤鲜黄花制成1斤干品计算，每亩可生产干黄花500斤，按市场每斤35元计算（目前，农民通过电商平台销售每斤60元），亩产可实现产值17500元。1.农户自种自销亩收入：17500 - 2500 = 15000元（注：2500元为包装、销售等成本，没有计算管护成本）。2.农户自种合作社保底价收购方式收入分配：种植户获得的收入为：4000×2=8000元（注：合作社按每斤2元向种植户保底价收购）；合作社获得的收入为：17500-4000×2-500×10=4500元（注：每斤鲜黄花收购保底价为2元，每斤黄花菜干品所需烘烤、包装等费用为10元）。3.村合作社统建统销收益分配方式：土地流转费为300元/亩，管护费1000元/亩，采摘按0.5元/斤计算。农户可获得收入为：1000+2000+300=3300元（注：1000元管护费和2000元采摘费主要由农户通过务工形式获得，300元为土地流转费）；合作社获得收益为：17500-1000-2000-300-5000=9200元（注：1000元管护费和2000元采摘费主要是劳务支出，300元为土地流转费，5000元为烘烤、包装等成本）。

2019年合作社实现收益情况：村级集体经济合作社300亩黄花菜实现初产。每亩初产收益：经初步统计，获得黄花菜干品14吨，平均每亩产出鲜黄花750斤，干黄花每亩94斤，略好于预期收益。按当前市场价35元/斤测算，实现总产值98.7万元，实现亩产值3290元。每亩初产支出：每亩管护费1000元，采摘费375元，烘烤、包装费用940元，土地流转费300元，每亩合计为2615元。2019年实现初产的300亩总计支出为78.45万元，实现利润20.25万元，每亩实现利润675元，产业覆盖区域1510户群众可实现户均务工收入332元，其中737户贫困户还可实现户均分红108.5元。

坪地场乡党委副书记安元周说，根据县委县政府战略部署，拟今冬明春再新植黄花菜2000亩左右，实现全乡种植面积4800亩。若4800亩黄花菜全部实现丰产，可年产出鲜黄花1920万斤，可加工黄花菜干品240万斤，预计实现产值8400万元，可带动农户1510户5250人增收，联结贫困群众737户2930人稳定脱贫。

目前，石阡正借力新华社、贵州师范大学、苏州市相城区等派驻石阡的帮扶力量，通过农企对接、农超对接、农校对接等形式，全力打开"阡货出山"

的大门。走进贵州师范大学花溪校区第二食堂楼下的"贵州省贫困县农特产品直销超市",可以看到左边一排货架上摆放着来自石阡的黄花菜、皮蛋、糖大蒜、豆瓣酱、红薯粉、糯米鸡等20多种农特产品。该超市的负责人说："8月份开张以来,已经卖出了近6万元的石阡产品。"

▷ 贵州师范大学食堂内的石阡农特产品专柜(石阡县扶贫开发投资有限公司供图)

"产销对接顺畅之后,不仅为农产品找到了精准的市场,更增强了农民推进产业结构调整的信心和决心,逐步引导农民从种植传统农作物转向市场需要的高效经济作物,并逐步解决了群众对于高效经济作物不敢种、不愿种的问题。"坪地场乡党委副书记安元周说。

必须坚持"借力不省力"的原则,在借助外力推出石阡产品的同时,在保障产品质量、培育产品品牌、提升产品市场竞争力上绝不"省力",立足长远推进农业产业高效化、规模化发展,夯实贫困群众稳定脱贫基础。

产业扶贫呼唤进一步解放思想

开展脱贫攻坚以来，贫困地区农村产业发展取得了有目共睹的成就，一改偏远农村产业空心化的落后面貌，为贫困群众脱贫致富打下了基础。农村产业发展进入新阶段以后，如何在现有基础上实现"升级换代"，产业基础如何进一步夯实，成为当下面临的核心问题。解决这个核心难题，需要进一步解放思想，实事求是调动农村一切积极因素共同发力。

从基层调研的实际看，当下的产业扶贫存在如下潜在风险：

一是长效产业缺乏有效管护带来的夭折风险。长效产业顾名思义，其见效周期大多需要2—3年，甚至更长时间。投入周期长，回报周期长，其间的市场风险难以预料，往往让缺乏有效引导，且急于脱贫致富的老百姓失去等待的耐心，以至于有的地方产业"见效"的前夜悉数被群众破坏。而对直接负责长效产业扶贫项目的基层干部而言，最难过的莫过于大多数产业扶贫项目只提供种植的资金，没有提供持续管护的资金，后续管护成本没有资金来源。有基层干部说："给了种植200亩的资金，管护周期5年，但我很清楚，这些钱只够'种植+管护'50亩，如果选择种植200亩，审计基本可以通过，但3年后产业肯定'死翘'；如果选择种植50亩，审计基本通不过，但3年以后可以保证还有50亩的产业在。"按照能通过审计的方式做，产业做坏了，基层干部不会有被处分风险，没有得到较好管护的产业基本上难以存活；按照审计通不过的方式做，产业即便成功了，基层干部仍旧可能面临被处分。产业管护资金不足的情况下，要想使产业得到有效管护，只能依靠驻村帮扶干部和村干部投入智慧，找来资金，或者亲自付出汗水上阵进行管护。

二是大众产业缺乏有效市场带来的产品滞销风险。当下的扶贫产业出产的农产品中，同质化、大众化、低端化的产品相对过多，特色化、个性化、高端化的产品相对较少。举例来说，某乡镇黄桃盛产，出现滞销现象。某高端企业客户闻讯后，前来高价采购100箱黄桃，但产品要求标准是：桃表面没有斑

点，且每个重量达到0.3千克。结果，接到订单的乡长赶回乡里的桃园组织摘桃，发现达到企业需求标准的黄桃怎么也凑不足50箱。农特产品销售的高端市场通道进不去，低端市场通道严重"堵车"，这大概是当下产业扶贫中常见的现象。为了解决这个问题，众多基层干部和群众采取的方式不是从产业本身着手让产品满足市场需要，而是将销售包袱甩给了帮扶单位，请帮扶单位采购、消化。帮扶单位适度采购扶贫地农产品在一定程度上可以将扶贫产业"扶上马、送一程"，但绝不是扶贫产业长远可以依赖的发展之计。产品与市场如何实现有效对接，考验的还是驻村帮扶干部和村干部的智慧。

三是驻村扶贫干部撤回后，有产业"撂荒"的风险。脱贫攻坚期间，中央、省、市、县、乡五级国家机关的大量干部被派出驻村帮扶，尤其是县、乡机关干部的派出比例甚至超过50%。国家机关干部驻村为推进农村扶贫工作注入了强劲动力，成了谋划产业种类、管护产业成长、组织销售农特产品的核心力量；但脱贫摘帽之后，驻村干部将陆续从农村撤离，回到其原来正常工作岗位上。这就意味着原来支撑产业扶贫的核心力量被抽走，谁能承担起原来驻村工作组承担的工作任务？此外，脱贫摘帽之后，没有了第三方评估检查的"高压"态势，考核与督查压力和频次减少，部分下派的驻村帮扶干部开始出现动力不足，身赴田间地头推进产业扶贫的动力随之减退。越是在驻村干部发挥作用越大的地区，驻村干部队伍弱化后，产业地重新被撂荒的风险就越大。可能出现的一个例外就是，驻村干部在驻村期间培养出了大批本地产业人才（大多是懂得经营产业的村干部），足以弥补后继人才不足。只是这种情况并不多见，培养人才的过程远比培育产业要困难。

综上，产业能否最终取得成功，取决于农村里"人"这个关键因素。当下扶贫重点地区的农村，核心居住人口多是60岁以上的老人、无劳动能力的幼儿、需要照顾小孩的妇女，精壮劳动力只占极小比例。广大农村地区，有意愿、有智慧、有能力带动村民脱贫致富的群体并不多，大体可以分为三类：一是村干部，二是驻村帮扶的国家干部，三是农村致富带头人。农村致富带头人凤毛麟角、可遇不可求，在带领村民发展致富的路上，他们属于"不需扬鞭自奋蹄"的那种类型，只要给予适当的政策支持便能激发其积极性。推进当下产业扶贫的核心问题在于，村干部及驻村帮扶干部这个"精英群体"的积极性没有得到充分激发。总体上讲，产业发展与农村精英利益联结机制僵化，导致这个"精英群体"发展产业要承担的风险，与其从中得到的效益并不相匹配，绝大多数干部都是在凭党性、讲奉献中推进工作，受各种客观因素影响并不能全心全意投入扶贫产业。

从村干部群体的角度看，他们作为半脱产干部，从国家财政获得的收入远低于国家公务员，无法单纯依靠地方财政发给的收入维持生活。这就决定了，村干部群体（尤其是村支书、村主任）在履行自身职责的同时，不得不分身去赚钱补贴家用，无法拿出所有时间和精力放在推动群众脱贫致富最重要的产业扶贫工作上。

从驻村扶贫的国家干部角度看，他们大多不敢从自己全心付出心血、亲手带领发展好的扶贫产业中获得一分钱利益或分红，否则结果不难预料。经济学上有个"花钱矩阵理论"：（1）花自己的钱办自己的事，既讲节约，又讲效果；（2）花自己的钱，办人家的事，只讲节约，不讲效果；（3）花人家的钱，办自己的事，只讲效果，不讲节约；（4）花人家的钱办人家的事，既不讲效果，又不讲节约。以高尚的品德、无私的奉献精神、勇敢的担当精神投入扶贫工作的干部当然大有人在，他们都是值得所有人学习的榜样。但也有部分基层扶贫干部认为产业扶贫就是典型的"花人家的钱办人家的事"，怎么才能避免"既不讲效果，又不讲节约"的结果出现呢？

总之，需要一种能够更加充分调动村干部、驻村干部产业扶贫积极性的机制，才能突破当下产业扶贫面临的瓶颈。

在极个别的基层农村，我看到了这样一种新的做法：村干部、驻村的国家机关干部入股本村集体经济推进产业扶贫所要发展的产业，按照投资比例承担风险，分享产业发展红利。

这种做法把村集体经济产业扶贫的效益与农村"精英群体"的利益紧紧捆绑在一起，无需个人很高的奉献精神或高尚的品德，便足以推动其自发为发展扶贫产业呕心沥血。无论是发展长效产业还是短效产业，无论驻村干部是否还在驻村，无论村干部是否本身生活窘迫，无论是产品滞销还是脱销，"精英群体"总是会自发奋力去克服一切困难和障碍，推动产业扶贫向前发展。这种"入股分红"的创新做法把原来通过产业扶贫发展起来的集体经济的所有制形式进行了变革，从单一的集体所有制，变成了集体、村干部、驻村干部、村民的混合所有制。这种机制恰恰能够把产业扶贫，从"花人家的钱办人家的事"转变成"花自己的钱办自己的事"，最大限度地激发农村现有"精英群体"的干事创业热情，而不仅仅是把产业扶贫当成一项不得不完成的任务。

然而，当下这种"入股分红"的创新做法冒着极大的政策风险，甚至不能为一般社会舆论所理解。批评一个新生事物是容易的，对其进行道德价值的批评也不难，但关键是要能够从中找到解决问题的有效途径。改革开放40多年来的实践证明，改革和创新是突破发展瓶颈的重要法宝，基层的创新精神是解决矛盾的尖兵。在发展集体经济的路上，能不能进一步解放思想、开拓创新？能不能让带头推进产业扶贫的"农村精英"成为集体经济混合所有者之一？能不能对这种干部敢于"入股承担风险及分红"的做法予以鼓励和倡导？

农村的产业扶贫已经走了太多太多的弯路，唯愿历史能够实事求是、客观公正评价基层的创新探索，为突破新一轮产业扶贫的瓶颈闯出一条康庄大道。

八、集体经济：突破重围

村级党组织是中国农村最重要的组织力量，脱贫攻坚、抗洪抢险、意识形态斗争……无论碰到什么急难险重的任务，村级党组织及其党员永远是冲在最前面。但随着改革开放以来农村人口和经济结构改变，部分地区村级党组织的凝聚力、影响力、战斗力有弱化趋势，有的党组织软弱涣散甚至丧失了组织群众、服务群众的能力和抓手。以家庭承包经营为基础，统分结合的双层经营体制确立以后，村级党组织领办的村级集体经济也呈现出弱化趋势。曾有村支书跟我抱怨："想给老百姓修座桥，村集体都掏不出钱，缺乏给老百姓服务的资源，村干部说话都不硬气。"

党中央一贯要求，发展壮大村级集体经济，提升党组织凝聚服务群众的能力。集体经济是基层党组织凝聚群众、服务群众的重要抓手，也是带领群众战贫斗困的重要途径。为了发展村级集体经济，石阡县提出了"4个100%"的发展思路，实现100%的村组建集体经济合作组织、100%的贫困户链接集体经济合作组织、100%的村实现集体经济收入5万元以上、100%的贫困户有稳定的脱贫致富门路。

如今，历经3年多的奋斗，"4个100%"的目标已经基本实现。在石阡工作的日子里，我见证了许许多多村党支部带领群众发展、壮大集体经济的感人故事，切实从集体经济蓬勃发展中感受到了基层党组织的极端重要性。大沙坝乡任家寨村发展集体经济的历程非常具有典型性，村党支部为了发动群众"借水生财"，利用天然的泉水建设矿泉水厂，共召开了77次群众会，最终让水厂顺利生产运营。从这一只"麻雀"可以管窥村级集体经济发展的艰辛之路。

从"鼓动干"到"带着干"

蕴藏于人民之中的力量一旦被激发出来，就会创造出改天换地的成就。"组织群众、发动群众，话好说，事难办。"不少基层干部曾向我吐槽，有的村长期以来矛盾纠纷积累导致人心不齐、力量涣散。如何才能把类似一盘"散沙"的群众拧成一股绳？这是中国农村社会很多村庄都面临的共性问题。

第一次到任家寨村调研，村支书李文锋便拿出一沓厚厚的会议记录，充满激情地对我说，从发动村民集资建厂，到水厂正常运行，期间举行的77次群众会没有白开。77次群众会议记录着基层党组织带领下，依靠群众，发动群众，干群团结一心发展集体经济艰辛而光荣的历程。

2016年春，贵州省地矿部门在常年缺水的任家寨进行地质勘查；拔出钻头后，居然发现钻孔处泉水汩汩往外流。"地下269米处有泉眼，自然出水量大约为30立方米/天；如果用水泵抽，出水量会大大增加。"地勘专家告诉任家寨村民。

正在思考脱贫攻坚工作的李文锋灵光一闪，产生了"借水生财"的灵感——建桶装水厂。当时，任家寨村贫困发生率高达29%。

为了确定水质是否符合桶装水标准，李文锋取出水样送到贵阳进行检测，检测结果显示：109项指标中，107项符合一类水标准，另外2项符合二类水标准。拿到检测结果的第二天，他便召集村支两委干部开会讨论建设桶装水厂。"最大的问题是缺钱，村集体经济现有资金不足2万元，且无法从银行贷款，建厂至少要300万元。"村委会副主任彭俊说。

第一次村委会会议讨论出的办法是鼓励村民集资，4个村干部每人负责2个村小组，到组里举行群众会动员群众集资入股。然而，鼓动群众集资入股的效果并不明显。"群众会开了将近一个月，就是没有人愿意掏钱，我的一个'发小'居然还背着我说，'掏多少钱最后都会被村干部吃掉'。"李文锋说，"借水生财"的计划几乎停滞。

▷ 任家寨村民正在开群众会讨论水厂建设问题（任家寨村委会供图）

　　"我去给亲戚们做工作，让他们掏钱入股，直接问我一年能分多少钱？"监委会主任任光胜说："回馈不确定，他们不掏钱。他们积攒的都是辛苦钱，不敢投资我能理解。"

　　熟悉农民心理和农村工作的李文锋深知，鼓动农民"给我冲"不如跟农民说"跟我冲"。为了打破僵局，李文锋决定以私人名义贷款50万元，先对地勘部门钻出的出水孔进行"扩孔"。"我也不顾爱人反对，贷款10万块投进去。"彭俊说。

　　2017年冬天，"扩孔"结束，60万元的贷款也基本花完了。李文锋拿着深水泵放进出水孔做抽水试验，连续抽水1个月。"水没有干，证明水源稳定。"李文锋说。

　　白花花流淌出的水给村民们打了一剂强心针，4名村干部重新扎进8个村民

小组，召开群众会讨论集资入股。"看到出水了，原来说风凉话的人也知道，村干部是在干实事，支持建设水厂的人越来越多。"李文锋说。

截至2017年8月28日，全村村民集资184万元，共1840股。全村287户农户，有148户参与入股。其中，村支书李文锋个人入股48万元，其他村干部共入股35万元。大沙坝乡党委书记杨雁说："起步阶段风险较大，村干部占大股、村民占小股，就是要给老百姓吃'定心丸'。村干部作为'领头人'要承担主要风险，把集体的事当成自己的事来做，最终与群众实现'成果共享、风险共担'。"

从"说了算"到"算了说"

干部如何与村民打交道，如何把组织的决定转化为村民集体的自觉行动，历来是困扰基层干部的"拦路虎"。任家寨村的实践启示我们，"一把手"告别"一言堂"，民主协商、民主决策才能推动组织意图成为大多数群众的共同意志，才能团结一切可以团结的力量攻坚克难。

任家寨村水厂实体建设进行的同时，机制建设也在同步进行。"发展共商"是任家寨村级集体经济发展的基本原则，一项项重要决策都在一次次群众会中慢慢酝酿，逐步达成共识。

构建水厂管理机制面临的第一个核心问题就是："资源股"该占多少比例？"泉水是集体的，集体经济要占一定比例大家没有异议，但在占股比例上分歧大。这不是哪一个人'说了算'，而是要算清楚了再和群众去商量。"李文锋说。

村委会会议讨论后，提出的方案是：水厂机器的产能是600桶/小时，每天开工10小时，一年按照300个工作日计算，全年出产桶装水180万桶。每桶水提取1元作为资源使用费入股，共180万元。再加上水厂占用集体的一块土地作价10万元，以及村级集体经济投入的2万元现金，集体经济入股总费用为192万元。集体经济入股费用，加上村民集资的184万元，计算出集体经济占股51%。

村委会的方案一经提出，群众会便炸开了锅。有的村民说："集体经济占股多占一分，我的股份实际上就'缩水'一分，这不是损害投资人利益吗？"有的村民说："没有这184万元，这项目根本搞不起来，所以集体经济的占比不能控股。"还有的村民当场提出要求退股。

群众会又在8个村民组进行，陆续开了将近一个月，最后大家基本赞成了村委会提出的方案，也没有人退股。4名村干部到每场群众会上，耐心阐述这个方案的合理性。"首先，如果没有水厂，有184万块钱，也没法'钱生钱'，除非存银行。其次，集体的钱也是大家共有。第三，入股较多的富裕家庭要带头做点利益牺牲，帮带着村里入不起股的农户和贫困农户脱贫致富。"李文锋讲的这三点得到了大多数人的认同。

解决了集体经济占股问题，另一个问题就是：集体经济占股分得的利润的再分配比例该如何确定？

石阡县村级集体经济的利润分配机制多采用"6211"模式，即村级集体经济纯利润的60%分配给全村所有农户，20%分配给贫困户，10%作为村级集体经济管理人员报酬，10%留作村级集体经济积累。村委会会议提出了"6211""3223"的分配模式供群众会讨论。

在决定分配模式的群众会上，不少村民提出"全村村民的分配比例应该降低，增加村级集体经济的积累，为水厂的后续发展提供资金支持"。还有村民提出"凭什么拿出20%分给贫困户？"

"最后吸纳了村民提出的合理建议，把全体村民分配比例降低10%，村级集体经济积累分配比例提高10%，形成'2224'的分配模式。同时约定，分配给贫困户的20%，随着贫困户数量逐年减少将不断降低其分配比例。"李文锋说。

从任家寨村留下的会议记录上看，每次遇到重大问题，都是召开群众会充分讨论决定。比如：关于选用水厂机器设备、选择厂房建设方、水厂岗位及工资标准等，均通过多轮群众会才敲定。

从少数人富到全村都富

让一部分人先富起来，然后"先富带后富"，不仅仅是一句口号，更要落实在制度上。村级集体经济拥有了带动村民脱贫致富的能力，必然会增强村级党组织和村干部在老百姓心中的"向心力"。

2018年，任家寨村集体经济用于分红的利润达到61.5万元，户均分红2144元，全村人均可支配收入达到9500元/年，只剩下8户贫困群众未脱贫。产业兴旺让任家寨村走上了"先富带后富"的阳光大道。

贫困群众彭胜科在水厂担任搬运工，工资3000元/月。"在村里就可以务工，一年的收入就可以让全家人都脱贫。还可以照顾家庭，比在外面务工强。"彭胜科说。共有13名贫困群众在任家寨村水厂找到了工作。

水厂建设伊始，在广东打工23年之久的村民任明政回到村里担任水厂厂长，月薪4000元。"我回来就是要把沿海地区的工厂管理经验拿过来，解决水厂管理粗放的问题，尤其要加强市场开拓、人员管理、耗材管理。比如，丢掉一个水桶，可能要卖15桶水才能赚回丢掉水桶的成本。"任明政说。

2017年10月18日，任家寨村水厂正式投入运营。能人带动，加上村民支持，水厂运行很快进入正轨。投产当年，水厂便实现销售收入超30万元。

任家寨村还专门成立了"大兴源泉山泉水专业合作社"，对水厂运营进行管理。4名村干部和11名群众代表分别担任合作社的理事、监事，李文锋任理事长。为了打开桶装水市场，李文锋带着合作社的同志一起闯市场。

"进不去的单位和企业，就请乡党委书记出面，带着桶装水上门推销。跟拜访的单位讲，第一桶水是送的，如果喝了觉得好，那就买；如果不好，把桶退回就好。"李文锋说。我采访时，任家寨村的桶装水已经打进了贵阳市及临近石阡的几个县的市场。

为了让村级集体经济实现多元化发展，任家寨村召开群众大会决定，在发展水厂的同时开发其他产业。"不能把所有鸡蛋都放在同一个篮子里。"李文锋说。

如今，任家寨村水厂附近的400亩土地全部种上了"八月瓜"。"预计今年十月可产出6万斤鲜果。明年进入丰产期，能产80万斤鲜果。今年九月，'八月瓜'加工厂可以全面建成投产。"彭俊说。

77次群众会见证了任家寨村"组织共建、发展共商、资源共用、风险共担、成果共享"的发展路径，聚集了民心，盘活了闲置资源，实现了村集体、合作社、村民"三方共赢"，真正干出了"1+1+1>3"的效果，打下了乡村振兴的坚实基础。

"领头雁"羽翼渐丰

当下仍然选择留在农村的人口中，村干部群体无疑属于名副其实的"精英"，他们是领导农村各方面工作发展的"领头雁"。然而，尴尬之处在于，如何才能让经济上自顾不暇的村干部全身心投入领头发展？石阡探索设立了村干部职业化管理模式，以更科学、更可持续的方式夯实党和政府的基层队伍。

"今年我的收入突破12万元没问题。"贵州省石阡县凉山村党支部书记李文安语出惊人。"去年集体经济分红，我拿到9万元；今年县财政发的村支书工资又翻了一倍，涨到每月3600多元。只要今年分红不降，平均一个月拿1万元没问题。"李文安说。

"月薪"1万元！这对于贫困县村干部来说，像个天文数字。李文安是怎么做到的？

长期以来，村干部收入不高，导致干劲不足，是困扰贫困地区农村发展的难题。一面是脱贫攻坚需要村干部全身心投入，发展集体经济，跑市场；另一面却是工资不够高，不得不分心去"赚生活"。经常外出跑市场的猫寨村村主任罗忠枢就感慨道："以前每月收入1800元，我来回一趟县城的车费就要30元，工资很大一部分都用在交通上了。"

为解决这个矛盾，石阡县尝试推行"合作社分红+村干部职业化"方式，

改善了李文安们的待遇，使他们心无旁骛干工作，真正成为脱贫致富、集体经济发展的"火车头"。

李文安所在的凉山村，2014年贫困发生率为26.3%，集体经济几乎是个空壳。但在李文安的带领下，2016年凉山村村级集体资产已达1500余万元，合作社分红180万元。"合作社利润采取'62155'分配模式，即180万元的60%用于社员分红，20%用于合作社滚动发展和村基础设施建设，10%作为管理人员报酬，5%用于村集体经济积累，5%赠予社会兜底保障的贫困户。"李文安说。

▷ 2018年2月5日，凉山村举行集体经济分红大会（凉山村村委会供图）

激励不只体现在分配机制上。"石阡还把发展势头好、达到一定指标的村纳入村干部职业化管理，让村干部收入有保障、干好有希望、退后有所养。"石阡县委常委、组织部长敖华说。

首批纳入石阡县村干部职业化管理的共有8个村，8个村的村支书和村主任的报酬从每月1800元提高到每月3612元，而且村干部报酬实行两年一增长，连续两年考核合格的，村支书、村主任报酬可参照"副乡级"发放，相当于在收入上享受国家干部待遇。

但职业化管理并不是"只进不出"。准入有门槛、工作有考核、退出有标准，石阡会对纳入职业化管理的村实行动态管理。在年终考核中，未达到考核要求的村，取消其职业化管理资格和村干部相关待遇；对现在未纳入但经过努力达到标准的村，将逐步纳入职业化管理。

"没有对比就没有进步，现在我们看到了差距，接下来要全力争取被纳入下一批职业化管理村。"周家湾村支书罗世海说。

集体经济发展背后的核心力量是村级党组织。衡量一个地方的基层基础工作怎么样，主要不是看开了多少会议、发了多少文件，而是要看基层组织是不是实现了功能、发挥了作用，看基层干部是不是提高了素质、改进了作风，看党的路线方针政策和中央决策部署是不是落实到位、执行中有没有走样，看基层矛盾是不是得到了及时有效化解，看经济社会是不是持续健康发展、人民群众是不是得到了更多实惠。

脱贫攻坚期间，贵州省选派了7368名第一书记，4.3万名驻村干部，组成8519个工作组驻村帮扶。[1]"两委一队三个人（村党支部、村委会、驻村工作队；村党支部书记、村委会主任及第一书记）"成了农村经济发展的"领头雁"。全省集体经济积累5万元以上的有7787个村，占57.19%，其中100万元的村592个。[2]在脱贫攻坚的时代潮流中，驻扎在村的干部们成了做大经济蛋糕的核心力量，市场经济浪潮培养的不仅仅是致富带头人，更培育了整个农村的市场意识，这预示着新一轮农村发展的机遇正在缓缓到来。

[1]李裴.贵州发展重点问题观察［M］.贵阳：贵州人民出版社，2019：189.

[2]李裴.贵州发展重点问题观察［M］.贵阳：贵州人民出版社，2019：191.

九、干部状态：脱胎换骨

尽管采访的时候会不时遇到基层干部，并与之打交道，但记忆深处基层干部给我留下的印象却并不高大。幼时，母亲曾多次带着我去村委会参加群众会，有位人称"何眼镜"的中年男性干部几乎每次开会都会大开嗓门对着老百姓吼，声音大得连他戴的眼镜都似乎要震掉，"何眼镜"那副模样至今仍旧清晰地留在我的记忆中。初中时代的一个冬天，父亲在乡里的煤矿遭遇矿难，受重伤卧床，家里几乎要揭不开锅。拿着煤矿出具的工资欠条，我独自到乡政府大楼找乡党委书记签字领取工资。战战兢兢地在党委书记办公室外面排队等了两个多小时之后，乡党委书记在这张1万多元的欠条上，批示同意支付2000元，我本想再向乡党委书记争取多批一点钱，但当即被工作人员赶了出来。来到新华社从事采编工作之后，孩提时代对基层干部的不愉快记忆并没有远去，我曾对这个群体保持高度警惕。

脱贫攻坚改变了贫困群众的生活，同时实实在在改变了基层干部，他们的作风、能力出现了脱胎换骨的变化。在脱贫攻坚的战场上，与贵州农村大多数年轻人奋力走出大山相反，数万名80后、90后年轻扶贫干部一头扎进大山深处的贫困山村，成为当地脱贫攻坚的领路人、贫困群众的"主心骨"，与农村结下了一辈子的不解之缘。众多年轻的驻村扶贫干部成为贫困山村里最活跃的元素。他们扎根深山，甘心奉献，把满腔热情奉献给农村的每一寸土地，让地处武陵山集中连片特困区的这片热土呈现出欣欣向荣的面貌，全面小康生活越来越近。

改变自己：从怕讲话到会讲"群众话"

要改变贫困，先改变自己。石阡县共选派了3300名干部长期驻村扶贫，与贫困群众同吃、同住、同劳动。他们很多都经历了从没有群众工作经验，到会讲"群众话"、会吃"群众饭"、会做群众工作的历程，年轻扶贫干部们的自身升华成为带领群众脱贫攻坚的基础。

尽管家距离所驻村仅半小时车程，但石阡县工业和商务局派驻枫香乡黄金山村的第一书记樊正敏每周只回家一次，而且时间不超过一天，其余时间都工作在村里、吃住在贫困户家里。

"只能抓紧早上七点前和晚上八点以后的'黄金时间'走访老百姓，其他时间他们都上坡干活去了。"有了两年半驻村工作经验的樊正敏说，"不这样扎根在村里，不和他们吃住在一起，就没法和群众真正搞成一条心，睡在家里也睡不踏实。"

▷ 樊正敏（右一）和村民在一起割牧草（新华社记者杨文斌摄）

从机关到乡镇，扎下根来，才能把"两条心"变成"一条心"。还有的干部则是放弃相对优越的县城工作，主动回到农村参与脱贫攻坚工作。

"收入从每月四千多元降到了现在的两千多元，工作时间从原来的每天八小时左右延长到现在的十几个小时，工作内容从单纯的导游，变成了现在繁琐、复杂的群众工作。"坪山乡大坪村监委会主任左艳去年辞去了在县城从事的导游工作，如今成了村里唯一的大学生村干部。"再多付出都值得，这是生我养我的地方，但贫困发生率在20%以上，不能让家乡总戴着深度贫困村的帽子。"左艳说。

▷ 大坪村监委会主任左艳（中）在贫困户家中调研（新华社记者杨文斌摄）

缺少群众工作经验的年轻扶贫干部们在做中学、在学中成长。"做三年村干部，抵得上读三年大学"，中坝街道大湾村党支部副书记罗忠俊说，"以前最怕开群众会，开口怕遭骂，开口了说错话更怕遭骂。第一次开群众会发言，我是照着事先写好的稿子念，但现在不用看稿子，连续讲两个小时没问题。"

扶贫干部们的付出，群众看在眼里，感激在心里。两年前，中坝街道脱贫攻坚指挥部办公室副主任莫若被委派到大湾村担任党支部书记。"第一次去群众家里走访。我还没开口，群众先当着我的面骂了村干部半个多小时。后来帮村里修好了路，搞好了自来水，群众开始认可我们。今年6月，我爸过世，出殡那天，30多户村民自发来帮忙端盘子，砍柴烧火，摆桌子。"莫若感动地说。

改变作风：从走基层到住基层

跟开展脱贫攻坚工作的这段时间相比，以前干部是走基层，一个月难得下去一次，现在是多数时间都住在村里，住在贫困户家里。

"住下来了，我才知道门板上头发丝细的缝隙都会透风，油纸贴的木板墙抵御不了冬天的寒冷，晚上走5公里山路去看病有多难。"江口县扶贫办副主任王天华在贫困户杨满妹家住了一段时间后感悟很深。

"我们把原来那种把群众集中起来开会的模式，变为把驻村干部集中起来到群众家里开会，逐户宣讲政策、了解家庭实际情况。"碧江区委书记陈代文说。

深入基层，才能找准基层的问题，才能找到行之有效的工作方法。为了把识别和帮扶的工作做精准，玉屏县朱家场镇前光村第一书记罗康元坚持在工作中做到"五个一致"，即"客观有的、系统录的、袋里装的、墙上挂的、嘴上说的"必须全部一致。

"这就是说，群众的客观实际情况，要与扶贫系统里登记的信息、贫困户档案袋内的信息、墙上挂着的帮扶信息、群众嘴上承认的信息做到一致，才能切实做到扶真贫、真扶贫，脱真贫、真脱贫。"罗康元说。

为防止错退，实现按标准脱贫，铜仁市各区县普遍采用看"家里摆的、身上穿的、锅里煮的、柜里放的、床上铺的"来检验脱贫成效。

瓦屋乡党委委员、司前村党支部书记龙大超说，以看"身上穿的"为例，先看"健康"，看家庭成员健康状况，看其是否残疾或患病，直观评估家庭的劳动力状况和素质；再看"衣装"，看家庭成员身上的衣服着装是否符合四季

特点，看家里是否有防寒保暖衣物，看脚上穿的鞋袜是否整洁完好；后看"容光"，看家庭成员是否"穿金戴银"，感受其精神面貌是否良好，判断其是否"不愁穿"。

改变思维：从送温暖到造温暖

说起村集体合作社的养鸡产业，让万山区敖寨乡党委副书记、瓮背村党支部书记王宝兴最难忘怀的是"凌晨三点数钱的感觉"。

那是在村里合作社养殖的第一批成品鸡卖到湖南怀化的时候。"载鸡的货车半夜出发，在高速公路上碰上了瓢泼大雨，我立即下车拿雨布盖鸡。凌晨三点抵达收购的超市才发现头上、脸上、衣服上全是鸡屎，超市的老板很感动，立即把一万多元货款掏给我。"王宝兴说，养了一年的鸡终于换到钱，数着那一张张钞票，感觉身上的鸡屎都不那么臭了。

▷ 瓮背村的养鸡场

脱贫攻坚不仅仅是"送温暖"，更是要发展产业长久地给贫困群众"造温暖"。大多数村的集体经济都是在驻村干部及村"两委"干部的带头引领下发展起来的。"就是要通过干部带头引领，充分增强群众脱贫增收的内生动力，引导他们自强不自卑、期待不等待、依靠不依赖、苦干不苦熬、借力不省力，不让贫困户当'看客'。"王宝兴说。

与此同时，农村的各项基础设施与产业共同发展、完善起来。统计数据显示，2017年以来，铜仁市启动实施"组组通"硬化路12103公里，总投资达80.6亿元，完成路面12103公里，工程总体进度达100%，辐射区域人口124万人；农村饮水安全巩固提升工程投资6.11亿元，有效解决43.15万建档立卡贫困人口的饮水安全问题。

大批资金正投入脱贫攻坚各类项目之中。2017年以来，铜仁市获批贵州省扶贫产业子基金项目116个、资金96.64亿元，市级自筹匹配脱贫攻坚专项资金投放42亿元，重点建设了生态茶、中药材、生态畜牧、蔬果、食用菌、油茶六大主导产业。

为确保贫困群众实现"一达标两不愁三保障"，铜仁市坚持把"七个补"作为脱贫摘帽的重要抓手。"就是要掌握和利用好亡羊补牢、取长补短、查漏补缺、勤能补拙、合力补位、将功补过、激励补偿这几个词中蕴含的工作方法，把脱贫攻坚工作做在实处，让老百姓真正有获得感。"碧江区扶贫办主任田源说。

改变关系：从"油水"到"鱼水"

"第一次参加群众会，有的群众'一开会就闹场，一开口就骂娘'，当时都感觉到害怕。但经过一年多时间耐心做工作之后，群众的怨气没有了，村里历年来积累的矛盾纠纷也调解完毕，百姓跟干部之间的关系从'油水关系'变成了'鱼水关系'。"碧江区一名驻村干部说。

从怕群众到亲群众，靠的是扎扎实实为群众做好事、做实事。"家里的鸭

子很快就长大了，再过一阵宰了请你们来吃。"碧江区瓦屋乡71岁的独居老人周国芬对前来家访的驻村干部说："一杯水都没有喝过我的，你们却帮我把房子修好了，马路硬化了，真得好好感谢你们。"

今年56岁的万山区高楼坪乡安监站扶贫干部龙绍成晚上十一点骑摩托车去村里给贫困户送医疗本，不慎连人带车撞到树上，当场昏迷。"路过的群众救了我一条命，把我送到医院检查，全身15个地方骨折，门牙全部被撞掉了。"龙绍成说。

用心用情给老百姓做事，铜仁的扶贫干部们把党的政策好、环境卫生好、社会风气好、干群关系好的"四个好"作为检验群众满意与否的标准，用于评估脱贫攻坚的成果。

玉屏县县长说，坚持把群众"脸色变化"作为评估党的政策落实得好不好的"晴雨表"，坚持把创建"美丽乡村·文明家园"作为评估脱贫群众精神面貌的标准，把"乡风文明"作为评估社会风气好坏的标准，坚持把"群众认可度"作为评估干群关系好坏的标准。

铜仁市统计数据显示，从脱贫结果看，碧江区、万山区、玉屏县、江口县"群众认可度"分别为97.64%、96.37%、95.13%、99.05%，均高于国家规定的90%的标准。

改变农民：从授人以"鱼"到授人以渔

村看村、户看户，群众看干部。充满活力、积极有为的驻村干部们身体力行，帮助农民发展产业，学习技能，大大增强了农民脱贫致富的信心，更激发了他们的内生动力。

站在大湾村村口，可以看到陡峭的大山上漫山遍野都是新植的枣树，一米多高的枣树上正挂满拇指大小、即将成熟的酥脆枣。两年前，大湾村党支部副书记罗忠俊带着村民去外省考察，结合本地土壤和气候条件选定了酥脆枣作为脱贫产业。

62岁的大湾村村民邹黔平指着枣子基地说："这座山上种过杜仲，种过柚子，种过药材，但十几年来就没有成功过，村民都失去了希望，但现在枣子成功了，增强了村民发展产业的信心。"

不少外出打工的农民信心十足地选择回乡工作。五德镇桃子园村贫困户黎国权结束了多年在外打工的生涯，去年开始跟着驻村第一书记游龙学习养兔技术，如今成了村集体经济合作社的养兔技术员。"喂料、防疫、打针的技术都掌握了，每个月的工资共有2600元，还能在家里照顾孩子和老人，强过在外面打工。"黎国权说。

驻村扶贫干部们的引导大大激发了群众脱贫致富的内生动力。坪山乡大坪村贫困户左直海近日住进了驻村干部帮忙新修的三间砖房，还特意规划了一个猪圈，准备马上养猪。然而，数月前，50多岁的左直海还住在祖辈八代人曾居住过的木房子里，对劳动致富提不起兴趣。

"不断跟他讲，政策不养懒人，都要勤劳致富。驻村干部轮番到他家做思想工作不下20次，直到几个月前他才坚定自力更生的决心。"左艳说，"村里帮他争取了危房改造资金，他自己投工投劳，一个月就把房子建好了。他还主动要求养几头猪，争取尽快脱贫。"

"扶贫先扶志，治穷先治愚。扶贫干部可能有一天会撤离，但帮贫困户培育起来的内生动力将永远伴随他们，这是最强大的脱贫致富推动力。"大沙坝乡组织委员、邵家寨村党支部书记安繁华说。

改变农村：从贫困"天堑"到致富坦途

要想富，先修路。在石山林立、沟壑纵横的石阡，基础设施欠账多和产业发展缓慢两大短板曾是横亘在贫困群众与致富之门之间的"天堑"，如今农村公路四通八达，扶贫产业随处可见，每条路、每个产业都凝聚着驻村干部们的心血。

左艳永远也忘不了，几年前，她从村里去乡里读书，背着十多斤重的油、

米去学校，走山路要走六小时，现在六点五米宽的柏油路已经修好，到学校车程仅半小时。莫若依旧记得第一次进村帮扶的景象："第一次进村碰上下雨天，道路泥泞不堪，摩托车是抬着进的村。那时村里没有一条硬化路，现在水泥路几乎修到每家每户的家门口，出门鞋不粘泥。"2014年以来，石阡县投入140多亿元，修建各类道路3500多公里，硬化路通到每个自然村。确保巨额投资安全、顺利、有效落实到每条路、每个水利设施上，凝聚着扶贫干部们一丝不苟的作风、费尽心血的付出。"为了把项目落实到位，哭过、累过、苦过，但就是没有放弃过。"大沙坝乡付家坪村党支部书记邓真霞说。

石阡县委书记说："必须下大力气补齐基础设施建设短板，才能让脱贫攻坚成果惠及全体老百姓，才能夯实贫困人口稳定脱贫基础，确保坚决打赢脱贫这场硬仗。"

每个村随处可见的成片产业是石阡农村的另一道风景，尤其是由驻村干部们领导的集体经济所发展的产业正成为群众脱贫致富的重要支撑。在枫香乡黄金山村，两米多高的牧草沿着山脚一直绵延到山顶，山脚下的牧草加工厂每年7月开工，一直运营到11月份牧草加工结束。"石阡有280多家养牛场，但饲草大多要从外省'进口'，进货价高达720元/吨；我们自己搞牧草加工，售价650元/吨，价格优势明显，利润可观。去年，牧草加工厂纯赚13.6万元，给全村贫困群众分红5万元。"樊正敏说，下一步要继续扩大牧草种植规模，带领全村从草里"淘金"。

"因地制宜发展起来的扶贫产业搭起了通往富裕生活的桥梁，农村面貌日新月异，农村的绿水青山正在变成'金山银山'。"新华社驻石阡扶贫工作队队长、石阡县委副书记邓诗微说。

贵州省委提出："贫困不除、愧对历史，群众不富、寝食难安，小康不达、誓不罢休。"正是在这样一种精神的激励下，石阡乃至贵州的脱贫攻坚进程才会如此顺利、如此成效卓著。前面的"六个改变"，记录着基层干部践行中央和省委决策部署的脚印，给经历过脱贫攻坚战的基层干部打下了深深的时代烙印。和平年代,从脱贫攻坚战场上百战归来的干部,能够拍着胸脯说,无愧于这个时代,无愧于历史赐予我辈的使命。正是这批敢于战斗、善于战斗的基层干部,塑造了贵州"脱贫攻坚"的崭新形象,塑造了"开放包容"的时代形象,塑造了民风淳朴的文明形象,构筑起"不怕困难、艰苦奋斗、攻坚克难、永不退缩"的贵州精神,铸就了"团结奋进、拼搏创新、苦干实干、后发赶超"的新时代贵州精神,彰显了贵州傲立新时代潮头的乐观与自信。

十、生态环境：望见乡愁

重要生态功能区、生态脆弱区，往往也是贫困人口集中区，是精准脱贫和污染防治两大攻坚战的共同战场。脱贫攻坚历程中，贵州最令我感动的是，没有透支环保资源来换取脱贫摘帽的成果，没有走上部分中国经济发达地区曾经走过的"先污染、后治理"的老路。

贵州省农村贫困人口从2011年的1149万人减少到2017年的280.32万人，贫困发生率也相应地从33.4%下降到7.75%，累计35个贫困县744个贫困乡镇实现减贫摘帽，贫困人口占全国比重从9.4%下降到8.77%。农村常住居民收入水平实现"五连增"，农村常住居民人均可支配收入从2012年的4257元提高到2017年的8869元，年均增长11.4%，增速居全国第三位。5年累计投入产业化项目财政专项扶贫资金159亿元，打造出了茶叶、中药材、辣椒等十大扶贫产业，成了全国茶叶种植第一大省。[1]

与此同时，贵州的森林、大气、水体质量明显提升。贵州的森林覆盖率由2012年的47%提高到2017年的55.3%。9个市（州）中心城市空气质量优良天数平均比例达95.6%，比2012年提高5个百分点；全省79条河流151个省控断面水质优良比例在94.7%，出境断面水质优良率100%，分别比2012年提升了16个百分点和14.3个百分点。特别值得一提的是，建立省、市、县、乡、村五级河长体系，设河长22755名，实现各类水域全覆盖，在乌江、赤水河等八大水系干流及主要支流聘请河湖监督员11220名、保洁员13738名，构建了全流域监督体系。

---

[1] 贵州省发展和改革委员会，贵州省人民政府.改革开放40年——贵州探索与实践 [M].贵阳：贵州人民出版社，2018：29.

乌江是流经石阡的最大河流，石阡段河道有40多公里。对石阡而言，推进脱贫攻坚的同时，能否保护好乌江沿途的生态环境，成了检验县委、县政府能否真正推动绿色发展的标志。

拆网箱

2017年4月，我抵达石阡后，领到的第一个采访任务就是：取缔乌江网箱养殖。赶到本庄镇葛闪渡乌江码头时，生平第一次看到为数如此多、密密麻麻分布的养鱼网箱盖住了沿江几十公里的河道，第一次见到乌江的水竟然如此浑浊不堪。各种浮游水草和残留的鱼食飘荡在水面，给我留下了深刻印象。

网箱是乌江沿岸老百姓的主要收入来源，但由于网箱养殖带来的污染，贵州省委、省政府仍旧决定取缔乌江上的所有网箱。"取缔网箱养殖要做好养殖户的思想工作，给予合理补偿，要关心他们的生产生活，积极解决他们的生活困难。同时要充分利用政策予以适当扶持，帮助他们搞好转型发展。"贵州省铜仁市市委书记说，必须在坚决落实国家环保政策的同时，充分保护好养殖户的权益。

2017年5月10日，拆网箱紧张进行的时候，我到乌江沿线调研。"5、6、7月是鱼苗生长旺盛期，现在拆网卖鱼肯定心痛。但是我落实政策决不打折扣，按政府要求拆网上岸，这点觉悟还是有的。"石阡县本庄镇养殖户王顺江说。接到政府取缔网箱养殖指令的第二天，王顺江就叫来30多个亲戚朋友帮忙捞鱼、运鱼，准备尽快拆网。

王顺江是附近最早开始网箱养殖的村民之一，也是当地最大的养殖户，共有180个网箱，网箱内的存鱼超过25万斤，其中10万斤是刚刚放养不久的鱼苗。"成品鱼现在卖掉基本不会亏本，但鱼苗会亏损得厉害，比如，草鱼苗是24块一斤买进的，现在只能卖到八块钱一斤左右。"王顺江说。

尽管如此，落实取缔网箱养殖政策的步伐并未减缓。"现在是晚上捞鱼，白天卖鱼，一天只能睡三四个小时，三台运鱼车连轴转，按照这个进度，5月

▷ 网箱拆除后，巡逻船只畅通无阻

15号前拆网上岸应该没问题。"王顺江说。

乌江岸边，陆续拆除的网箱、丝网、钢管的数量公示在码头的墙壁上。石阡县制定了乌江干流石阡段库区网箱清理的补偿标准：2017年1月1日之前建设的网箱，钢质油桶网箱70元/平方米，钢质泡沫网箱60元/平方米，钢质网箱40元/平方米，简易网箱21元/平方米；1月1日后从外县购进或自建的网箱，且在规定时限内主动拆除的，钢质网箱20元/平方米，简易网箱10元/平方米；管理房补偿标准为：钢木质标准房105元/平方米、简易房21元/平方米。

为了切实改善乌江流域水域生态环境质量，确保水面清洁、水质优良，接到上级拆网命令之后的半个月内，石阡全面拆除了乌江干流石阡段800多口网箱及附属设施。

致富转型

不让老百姓在乌江养鱼，老百姓何以为生？

在拆网上岸的那些日子，我亲眼看见石阡社会各界为了减少渔民们的损失，纷纷购买爱心鱼的场面。石阡县城佛顶山大道附近的餐馆"葛闪渡渔村"

是群众排队购买"爱心鱼"的热点区域。2017年5月12日下午5点左右，我在"葛闪渡渔村"餐馆的卖鱼点看到，当天运来的2.4万斤鱼全部销售一空。"最近几天，这里几乎每天可以卖出三四万斤鱼。"该售鱼点的负责人廖希说。

多买一斤"爱心鱼"，养殖户便少一分损失风险。石阡县亿强蛋鸡农民专业合作社购买了650斤鱼，送给56户贫困户；石阡庄正农牧专业合作社购买了1000斤鱼苗，用于池塘放养；石阡县公安局大院内"爱心鱼"购买活动拉开帷幕，3000余公斤来自网箱取缔区域的乌江鱼被公安干警、辅警及附近闻讯赶来的群众购买一空。

为了帮助养殖户卖鱼，石阡县工商业联合会12日召开动员大会，向全县企业发出了购买"爱心鱼"的倡议。石阡县的主要微信公众号、微博账号、群众的微信朋友圈纷纷转发帮助卖鱼的号召。80余万斤鱼在短短两周的时间内就地全部销售完毕，有力保障了渔民的基本利益。

▷　网箱拆除后，乌江重现蓝天碧水

在走访附近村庄的渔民家庭时，石阡县本庄镇石头溪村61岁的村民庹祯华说："鱼不能养了，准备下半年多养羊，还准备养几头母猪，以后再慢慢扩大规模。"我在庹祯华家看到，他一边在销售剩余的鱼，一边在谋划扩充猪舍和羊舍，附近的建筑材料堆了一地。

从2010年开始，庹祯华就带着妻子、儿子在乌江上从事网箱养殖，130口网箱的养鱼收入是家里的主要经济来源。"取缔了网箱养殖，就把空出来的劳动力和资金拿去干别的，儿子准备出去打工，我和老伴就在家里养鸡、养羊，生活差不了。"庹祯华说。

我在乌江边调研时，刚好碰上本庄镇辛庄村村民杨仕忠，他正将刚刚捞起来的成品鱼装车。"家里还有一个餐馆，一辆运鱼的货车，今后不养鱼了，老婆和儿子全力把餐馆经营好，我就去开货车，一家人只要不偷懒，致富是没问题的。"杨仕忠说。

在养殖户依靠自己特长自发寻找新出路时，石阡县近年来发展起来的各类产业也为养殖户转行提供了基础保障。"这些养殖户分别来自乌江沿线的6个村，在近年来精准扶贫过程中，每个村都形成了自己的特色产业，包括石榴、红心柚、马铃薯、茶叶等，不少养殖户都准备拿着网箱拆除补贴的款项、卖鱼的收入入股村里的合作社，通过参与种植业发展致富。"本庄镇党委书记冯树舟说。

又见鸳鸯

再次到乌江调研已经是2017年的深秋，乌江碧波荡漾，一群群鸳鸯竞相戏水，不知名的鸟贴着江面飞过，郁郁葱葱的夹岸高山中时有调皮的小动物闪过。

贵州在2017年开始全面推行省、市、县、乡、村五级河长制。"建设生态文明是民族永续发展的千年大计，必须树立和践行绿水青山就是金山银山的理念，像对待生命一样对待生态环境，实行最严格的生态环境保护制度。"作

▷　乌江（石阡段）水面景色

为乌江（石阡段）的县级河长，石阡县委书记在巡河后说。

　　乌江生态改善随着河长制落实而深化，河长巡河、义务监督员督导、严格的考核制度……为保护乌江安上了一道道保护锁。"从县级层面要求季度巡河、半年督察、年度考核，乡镇河长月度巡河，村级河长每周要去巡河，义务监督员不定期去巡河，发现问题就地解决，不能解决的及时反馈相关部门解决。"石阡县副县长石凌燕说。

　　"巡河时发现，有的村民把河当成天然垃圾池，其原因除了不良卫生习惯外，与村级垃圾处理设施建设滞后有关，于是建议镇里抓紧建设好垃圾收集池，推动县里尽快完善农村垃圾转运处理机制。"乌江（石阡段）河道义务监督员陈朝富说。乌江（石阡段）的8名河道义务监督员先后提出了收缴非法电鱼工具、完善垃圾收集设施、拆除存在安全隐患的养殖基地等多条建议，均被相关政府部门采纳。

　　"河道属地管理，但涉及环保、水务、航道、林业、公安等多个部门，河

长制确立了'河长负责、部门履职、专人管理、社会监督'的机制，在河长统领下，协调更加顺畅，形成了管理合力。"石阡县本庄镇镇长卓天明说，"在各部门的通力配合下，拆除了乌江上的800多口养鱼网箱，彻底消除了乌江（石阡段）的主要污染源，并对周边的养殖企业进行了整顿。"

"污染没了，江水清了，飞走的鸳鸯又飞回来了，河长制让大家保护'母亲河'的意识逐步提高，生态美了，最终受益的还是我们自己。"住在乌江边上的本庄镇辛庄村村民杨仕忠说。

"石阡将加大财政投入，设立河道管理的专门岗位，聘请熟悉水性的建档立卡贫困户，按照管理河道的长度给予适当报酬，把落实河长制和脱贫攻坚一起推进。"石阡县副县长石凌燕说。

第二章

干部之重

一、"刁官"存辨

来石阡挂职扶贫前夕，我去拜访一位专门跑"三农"的老记者、老先生，请他就未来几年的扶贫生涯提些针对性的建议。老先生信手拈来许多他曾经历的真实案例，足足给我讲了一个下午，总结起来就是三句话：第一句是"刁民背后定有刁官"；第二句是"基层的水很深，不要跟基层的干部交往太深"；第三句是"不要把屁股坐到了'当官'的位置"。

老先生的话如雷贯耳，时时记在心头，在为期三年的挂职生涯中反复体味，不断琢磨。吾爱吾师，吾亦爱真理。借助于县委书记助理这个特殊的挂职岗位，得以用显微镜观察形形色色的基层干部，全方位认识他们，也让我更懂得他们的无奈和辛苦。

作为新闻生产者的记者，认识基层干部的主渠道在于阅读、采访新闻的过程，其次在于采访时的一面之缘或数面之遇，再次在于几个关系非常好的基层干部朋友。毫不夸张地说，过去一段时间的新闻报道里，关于基层干部的负面报道数量绝对远远超过正面报道，基层干部被"妖魔化""污名化"的情况非常严重。记者由于某件新闻事件采访某个基层干部的时候，往往也是"问题导向"比较多，干好了是应该的，没干好才会"被采访"。基于此，站在大部分记者的角度看基层干部，没有太多好印象也就不足为怪。

当了几年基层干部之后，我觉得是时候把我所认识的基层干部群像详细说一说了，既是为了给基层干部正名，更要为这些可爱的基层干部立传。

"颜色"记录历史

"吾家洗砚池头树，朵朵花开淡墨痕。不要人夸颜色好，只留清气满乾坤。"元代诗人王冕这首《墨梅》通过描绘出墨梅朴素的颜色，映衬出淡雅、清丽的脱俗气质。自然形成的颜色同样给扶贫干部们留下了深刻的印记，无需太多语言，看到扶贫干部身上的"颜色"，就看到了那一个个鞠躬尽瘁、忘我付出的身影。

▷ 甘溪乡双龙村的宣传标语

白色——一日，我下乡督查脱贫攻坚工作，40岁左右的女性乡镇党委书记陪同调研。分开的时候，她弯腰系鞋带的那一刹那，刚好站在她身边的我无意间看到她的头顶发根处白了一片。"都是搞脱贫攻坚这一两年白的。"她苦笑了一下。当舆论正在狂炒80后"白发书记"——云南省楚雄州大姚县湾碧乡党委书记李忠凯的时候，我在石阡脱贫攻坚一线也看到了很多年富力强的"白发干部"，甚至有的年轻干部头发全白了。

黑色——2017年夏天，黄昏时分，我来到坪地场乡某村暗访，督导干部到岗到位情况——所有驻村干部必须吃住在村。当我来到一位驻村干部居住的地方时，这名干部正穿着一条短裤蹲在地坪上的水桶边洗澡。他满是肌肉的背上有黑白分明的印迹，白色部分恰恰是他天天穿着走村串户的背心形状。修建通村通组公路、进村入户识别贫困户、推进产业扶贫……大量扶贫工作都是在露天下进行，太阳晒出来的黝黑是上天给扶贫干部们颁发的奖章。

黄色——七月份正值石阡雨季，下雨天我到村里调研，交通局长杨胜高跑来跟我介绍情况，他鞋子上、裤腿上、身上满是黄泥。我打趣地说："你这个杨局长，变成了'黄局长'了。"干部脚底板有泥，脱贫攻坚心里才会有底。"天不下雨，我不下班""只要干不死，就往死里干"成了这位交通局长的口头禅。2018年，石阡修了1400多公里的通村通组路，解决了20多万群众出行"最后一公里"的难题，为此这位交通局长跑坏了7双鞋。

幸福都是奋斗出来的，所不同的是，扶贫干部们的艰苦奋斗都是为了那些贫困群众的幸福，而不是为他们自己谋利。在2019年石阡县委第十三届五次全会召开期间，针对全会报告的分组讨论会上，全会报告里有这样一段话引发全体干部共鸣："这一年来，广大干部战晴天、斗雨天，工作'5+2''白+黑'，风里来、雨里去，用脚步丈量民生，用真情服务基层，走尽了千山万水，说尽了千言万语，想尽了千方百计，吃尽了千辛万苦，为脱贫攻坚付出了艰辛的劳动。"

分组讨论会上，一位担任过正县级领导职务的"老三届"退休老干部说："这个'四千万'讲到了我的心坎上，讲出了干部驻村扶贫的真实情况。我的女儿、女婿、儿子、儿媳全部都在驻村扶贫，他们真的太苦了。40多年来，第一次看到干部这样把老百姓当佛菩萨一样供着，改善了干群关系，锻炼了干部，这是脱贫攻坚带给我们的一笔巨大财富。"

不能否认扶贫干部中也有问题干部，或因违纪被处分，或因工作不力被调

整岗位。石阡3300多名干部驻村扶贫，其中个别干部因为所涉问题较大被立案调查，有的干部曾被纪委通报批评，有的乡镇主要领导甚至被"悬帽攻坚"。但毫无疑问，基层干部队伍的主流是好的，并且我相信99%以上的干部都在兢兢业业履职尽责，一如石阡县委书记所言："绝大部分的干部都想把工作做好，没有故意要把事情搞砸的想法。"

为有牺牲多壮志，敢教日月换新天。最喜欢自卫反击战战斗英雄徐良唱的那首《血染的风采》，来扶贫之后，每每听到歌词"如果是这样，你不要悲哀，共和国的土壤里有我们付出的爱。如果是这样，你不要悲哀，共和国的旗帜上有我们血染的风采"，鼻子里就酸酸的。没有扶贫干部们舍小家、顾大家，全心全意的付出，哪有今天农业、农村、农民的全新面貌？哪能实现同步全面小康社会的路上不落一人？青山常在，碧水长流，那些播撒在扶贫征程上的鲜血和青春，必将永久铭刻这段特殊的扶贫历史。

时间都去哪了？

才参加工作不久，总是对基层提出的"5+2""白+黑"工作"经验"嗤之以鼻。然而，三年的基层干部亲历，让我深刻体会到：基层的工作不向黑夜要时间能干得好吗？

在石阡工作的三年中，关于"时间"的概念有两个记忆最为深刻：一个是为节约时间吃简餐，一个是熬夜。

在石阡吃过的简餐有两种，第一种是和县委书记下乡时吃的。2018年冬天，我和司机曹国明陪同县委书记共三人到本庄镇下面的一个村暗访。走访完贫困户，饿着肚子来到村委会时，已经是下午两点左右。村支书难为情地说，驻村干部刚刚吃完午餐又下村去了，熟菜全部被吃完了，厨房里蔬菜、肉、蛋都没了，只剩下米饭。县委书记跑到厨房，一面吩咐村支书去拔几棵新鲜白菜来，一面在液化气灶上煮上一锅开水，放上油、盐和辣椒粉。白菜弄来后，切成小块放在那锅煮好的开水里，一个白菜火锅就弄成了。三人围着白菜火锅狼吞虎咽，20分钟搞定，吃完继续进村入户调研。

第二种简餐是在会议室吃的。为了不因开会影响乡镇开展脱贫攻坚工作，"四大办（县委办、县人大办、县政府办、县政协办）"把每周要开的会议都集中安排在周六或周日，经常一开就是一整天。政府大院没有食堂，但政府旁边几百米处就有好几个卖简餐的餐馆。为了节省时间，中午休息15分钟，让大家在会场吃简餐。简餐就是酸菜炒饭或者蛋炒饭，盛在两个直径约半米长的大脸盆里。县委书记、县长带着大家拿着碗筷，排队舀饭，就地吃完继续开会。有干部私底下开玩笑说，不要说炒饭吃腻了，在会议室吃饭都吃腻了。

简餐意味着挤出吃饭的时间用于工作，熬夜则意味着缩减休息时间用于工作。贵州省委提出，以脱贫攻坚统揽经济社会发展全局，落实大扶贫、大生态、大数据三大战略。在这段特殊的扶贫岁月里，脱贫攻坚成了所有工作的核心，成了所有资源聚集的焦点。我曾经问一位基层干部是不是把自己90%的精力都用在了脱贫攻坚工作上，他回答说："不是的，是99.9%，还有0.1%是在睡觉。"

石阡县委书记要求全县19个乡镇（街道）党委书记每天都在"县乡领导"微信群里发当天的工作日志，绝大多数情况下，最后一个党委书记发完已经是凌晨一点以后，有的甚至是凌晨五点。晚上十一点至十二点之间，往往是"县乡领导"群最热闹的时候，各个乡镇会把当晚正在举行的群众会现场照片发入群，或者把当天的重要事件的照片、视频、简报等发入群。就我自己的亲身体验而言，在石阡工作的三年中熬夜的数量，比自2010年到新华社广东分社参加工作至2017年4月来扶贫前夕——七年时间里熬夜的数量全部加起来还多得多。为什么熬夜如此频繁？

扶贫开发推进到今天这样的程度，贵在精准，重在精准，成败之举在于精准。搞大水漫灌、走马观花、大而化之、"手榴弹炸跳蚤"不行。要做到"六个精准"，即扶持对象精准、项目安排精准、资金使用精准、措施到户精准、因村派人（第一书记）精准、脱贫成效精准。

做到精准的关键一步在于找到老百姓，并和他深入交流。但对基层干部而言，要找全村老百姓，或找到老百姓家里能管事的那个人并不容易。石阡农村跟全国大多数乡村情况基本相似，青壮年劳动力几乎全部外出务工，农村留下的都是"386199部队"，60多岁的老年人在乡村里还被当作强壮劳动力在用。在我的家乡湖南宁乡，雇佣一个农村劳动力干农活的工资标准是200元/天以上，而在石阡农村大部分"劳动力"的工资标准是60—80元/天。平常老百姓家里，多是管不了事、干不了活的人留在家里看家，能干活的人都会出门劳作，作息时间一般都是早上天刚刚亮就带着盒饭"上坡"干活，中午干活累了便把带来的盒饭吃掉，天黑再回家。干部要想找到老百姓深入交流，只能等到老百姓收工回到家里，并且把饭吃了、猪喂了以后，也就意味着多数情况下扶贫干部只能晚上八九点以后才能正式入户开展工作。不依靠晚上加班，不找到老百姓，怎能实现扶贫对象精准？更遑论实现"六个精准"！

另外，迎检的时候是加班的高峰期。迎检前的加班大多是在完善所需检查的资料，或者是在布置迎检保障相关工作。基层的现实就是，即便实体工作已经做完了，但如果与工作相关的迎检资料没有做好，汇报没有做好，很可能就是"白干"。迎检接待工作同样重要，基层有句话叫"接待出生产力"。这里所说的"接待"，并非是指吃喝玩乐的接待；事实上，"八项规定"出台以后，基层的这类"接待"已经基本销声匿迹。以"禁酒令"为例，自从2017年下半年，贵州省委省政府发布"禁酒令"之后，我几乎再未见过有人在公务接待场合喝酒，更多的是跟客人强调"对不起啊，我们这里有'禁酒令'，不能喝酒"。这里的接待是指，如何安排好迎检的路线、项目点、介绍人等，以便充分展示出踏实工作之后的成绩。做好了工作的基层干部们，期望其工作得到上级领导的肯定，这并没有什么可值得苛责的。

也许有人会继续追问：如果平时的工作做扎实了，迎检的时候还用忙吗？举例来说，有个较大乡镇，2018年大大小小的建设项目有一百多个，但该乡镇的所有干部加起来不超过70个。该乡镇党委书记屡次因为项目推进慢或者是基础资料不完善被上级点名批评，他私底下跟我说："70个干部里，要扣除掉生病不能干活的、年少不会干活的、慵懒不愿干活的，能用的人有多少？况且，每个项目都需要厚厚的一堆资料，随便派个普通干部去，光资料的个数、规范性都搞不清楚，更不论还要拿出时间去沟通群众、协调施工等，哪能一开始就把所有资料都做完美？"

法国启蒙思想家卢梭在其自传《忏悔录》中写道："请你把那无数的众生叫到我跟前来！让他们听听我的忏悔，让他们为我的种种堕落而叹息，让他们为我的种种恶行而羞愧。然后，让他们每一个人在您的宝座前面，同样真诚地披露自己的心灵，看看有谁敢于对您说：'我比这个人好！'"

"上面千条线，下面一根针"，基层的工作问题很多，难以全部妥善应付。坦率地说，以一个记者的眼光去审视，几乎每项工作都能找到可批评的点。但问题的关键不在于批判，而在于如何才能做好。面对基层干部，将心比心，如果处在跟他们同样的位置上、同样的境况下，谁能保证比他们干得更好？至少我不能保证。

"蜗牛奖"颁给谁？

在隔壁县采访的时候，有位乡镇党委书记得意地给我介绍他的一项施政政策：对工作推进缓慢、效果不明显的村级攻坚队长颁发"蜗牛奖"，每周评一次，被评上的攻坚队长要上台"领奖"，并做表态发言。批评不实在，则表扬无意义，不用回避一小撮基层干部工作效率低到绝对能够胜任"蜗牛奖"。

石阡县委副书记邵明波分析说，有的基层干部工作效率低主要来自三个方面的原因，一是缺乏能力不会干，二是缺乏动力不想干，三是缺乏担当不敢干。邵书记的分析颇有道理，但不得不说要激发这部分同志的工作积极性，还远没有找到合适的良方。

"当官不为民做主，不如回家卖红薯"的道理谁都懂，但对于这个无可奈何的小群体，我竟没法说服他接受"努力工作不能全为了当官"的观点。后

来，我发现，在这个问题上，不仅我没有办法，很多县领导也没有更好的办法。在隔壁县采访一位县长时，说到激动处，这位县长拍着桌子气呼呼地说："有的局长，连我都指挥不动。"

"蜗牛作风"的另一个关键因素在于"不敢干"，没有担当精神绝不可能干好基层工作。对基层干部的问责，尽管都是针对违法违规行为，尽管形式上都是被处分，但在基层干部群体里对于处分结果却有两种截然不同的看法：如果是因为违规牟取个人私利而被处分，显然会被人鄙视；但如果是为了推动某项重大工作，且本人并没有从中牟取私利，因"踩红线"而被处分，则会受到同事们的格外尊敬。但"蜗牛奖"的获得者们，绝不会成为那种受尊敬的类型，他们恨不得远离"红线"八百里。

就拿推动乡村人居环境改善的"五改一维一化（即政府出资给群众改水、改厕、改圈、改电、改厨，进行房屋维修和房前屋后硬化）"政策来说，项目要求2018年全部完工，但是所需资金至少要2019年才能到位。暂时没有钱，但项目必须立即做完——很多时候县、乡两级党委政府接到的都是这种任务。不做肯定不行，要做的话钱从哪来？乡镇（街道）接到任务以后，乡镇党委书记开始各显神通奋力完成任务，至于完成的方式有的可能会挨着或踩着政策"红线"。

为了公家的事情谁愿意冒险挨着"红线"走？有的乡镇为了避免挨着"红线"，同时也为了推进相关工作，其领导干脆自掏腰包数十万元垫付给施工队，用于购买材料和支付农民工工资。有的乡镇则选择了拖延、等待、观望，直到被逼无奈不得不做才开始动手。

但好在我们的制度存在优越性，组织的力量总是能弥补个人的迟钝。平心而论，在石阡虽然有的工作完成得迟一点、慢一点，但真的由于干部不担当、不作为，导致严重后果的情况还是比较少，大部分干部的工作效率跟得上时代发展的需要，同时也不乏工作效率高的正面典型。2017年3月底，枫香乡黄金山村村集体经济决定建设一个年产800吨牧草的加工厂，用1个月时间建好了厂房，4月份买来机器并调试好，6月份就正式开始生产，当年就产生了经济效益。黄金山村的第一书记樊正敏告诉我，项目从白手起家，到实现生产，只用了3个多月时间，所有手续全部办妥。我很清楚，这个项目如果放在其他省份，3个多月的时间里可能连项目报批程序都没走完。

我还留意到，基层的工作大多留有"提前量"，这在一定程度上也避免了局部地方工作效率低影响全局。比如：县里要求乡镇10月前必须完成某项工作，但个别乡镇由于种种原因未能按时完成，于是在跟县说明情况之后请求延迟到11月底完成，最终12月初完成了这项工作。虽然这项工作推迟了两个月才完成，但并不会影响12月底对这项工作的考核。

一日，在食堂吃午饭，刚好碰上县委常委、纪委书记蔡文艺，聊起基层干部的工作积极性话题。我问道："除了提拔干部的正面激励和处分干部的负面激励之外，还有什么招可以激发基层干部的干事创业积极性？"

蔡文艺说："首先要肯定，基层干部绝大部分都是有意愿干事且有能力干事，只是意愿强烈的程度、干事的能力水平不同。要激发一个干部的积极性就要把交给他的任务，匹配好他的能力，处于他的能力范围内，或者踮踮脚能够完成的范围内，这样积极性就出来了。这就好比是一个本来只能背得动100斤重的人，你让他'走空路'，他会闲得心慌，你若让他背上200斤，那他就直接'撂挑子'了。现在每个村都有一个驻村工作组，每个人做群众工作的能力并不一样，如果让一个没有任何工作经验的人单独去做'钉子户'的工作，往往效果不好，久而久之反而会打击这个做工作的干部的积极性。如果发挥驻村工作组的组织优势，相互补台，派出群众工作经验丰富的干部带着没有经验的干部一起去做'钉子户'的工作，这样'钉子户'的工作能做下来，没经验的干部也会从中受到启发从而增加工作信心和积极性。"

采访一位乡镇党委书记时，我问他："你如何调动你的班子成员的积极性？"他回答说："第一，我带头干，最难干的活我去干，最难啃的骨头，我去啃，我做不到的也不要求别人能做到；第二，带着不会干的跟着我干，把不

会干的教会；第三，感染不愿意干的人跟着我干，给他们灌输'30岁的现在不要想着过60岁的生活'，想通了就开始干起来了。"

当从基层干部付出的真心、工作的时间、工作的效率方面综合认识他们时，我由衷地感觉到基层干部的主流都是极好的，三年里看到他们睡办公室加班、苦口婆心地劝说"两争两隐户（争当贫困户、争要扶贫政策，隐瞒收入、隐瞒住房）"、背着贫困群众进医院……无数个场面令我万分感动，万分钦佩。在一次脱贫攻坚工作交流会上，有位领导动情地说："扶贫干部起得比鸡早，睡得比狗晚，每天工作十几个小时，放着自家的老人孩子不管，要去拼命照顾好贫困户。这不会给他增加一分收入，也几乎没可能被提拔，到底为了什么？难道不是全心全意在为人民服务？"这话深深打动了我，唯有在中国共产党的领导下，干部才会像今天这样忘我工作，把群众当亲人，唯有在中国特色社会主义道路上，脱贫攻坚的大旗才会如此熠熠生辉，这就是我所理解的道路自信、理论自信、制度自信、文化自信的内涵之一。

二、田朝晖朝晖

田朝晖是我的好战友，好老师，好哥哥。

2017年4月，出发前往石阡扶贫的前几天，我接到总社扶贫办的电话，获悉一起到贵州石阡扶贫的是《新华每日电讯》的编委田朝晖。尽管在此之前，在《新华每日电讯》上发表过不少稿件，但并不认识田朝晖。第一次和田朝晖见面还是在抵达贵州第一天的贵州分社的晚餐饭桌上。当时因为吃饭的人比较多，我恰巧坐在他的对面，没说上几句话，第二天便一起奔赴石阡。

因为我和他的挂职期限均为两年，才到石阡的时候，还经常半开玩笑地说我们要"长期作战、共同进退、荣辱与共"，但不料田朝晖由于家庭变故提前结束挂职扶贫回北京，我则坚守了三年。

噩耗下的坚韧

2017年8月的一天，《新华每日电讯》总编辑方立新来石阡调研，当日同时来石阡的还有总社其他部门的另一支队伍。于是朝晖决定兵分两路，他陪方立新调研，我去陪总社另一支队伍。

晚上九点左右，我正在陪客人吃晚餐。一起就餐的贵州分社办公室主任杨俊江出去接了好几个电话，回来后说，不知道朝晖有什么急事今晚就要马上回北京，他正在帮忙协调交通。不久，副县长石凌燕打来电话，告知我：朝晖的父母今晚散步时同时被车撞了，现在两老都躺在医院重症监护室，同时要求我不要给朝晖打电话，现在他很焦急。

▷ 田朝晖在坪山乡大坪村调研

　　晚上十二点，回到宿舍，我发了个信息给朝晖，一是表示安慰，二是表示我会全力扛起这边的扶贫工作。凌晨三点，他回信息给我说，他可能要离开石阡一段时间，要我遇事多向龚主任（县委常委、县委办主任龚朝清）、石县长（副县长石凌燕）多请教。

　　不久，就传来了田朝晖的母亲去世的消息，但时至今日朝晖的父亲还在昏迷之中。2018年1月，我去总社参加有关会议期间，到海军总医院探望正在那里住院的田朝晖的父亲。老人家还没有醒过来，靠一根管子从喉咙处插下去的流食维持生命，部分肌肉有些僵硬。朝晖一面跟我聊着天，一面给他父亲做全身按摩。"每天都要做按摩，要不然以后醒来了，这肌肉也很难恢复。"他说："再过一段，我就回石阡。"

　　看着他父亲的境况，不由得想起10多年前我母亲躺在病床上痛苦挣扎的场景。我劝他留在北京"遥控"指挥，负责对接总社各个部门，由我在一线抓好落实，这样对各个方面都有一个妥善的交代。为了让他放心，那段时间我坚持把自己每天的工作日志发给他。

出于工作的责任，也是出于兑现对总社的扶贫承诺，朝晖很快就回了石阡。直到2018年6月份，在总社关心下提前结束扶贫，他才回到北京。

我感觉得到，他是顶着所有压力和痛苦在坚强地开展扶贫工作，真的是用意志在支撑自己。工作不那么忙的时候，晚餐之后，我经常和他一边聊，一边沿着穿越石阡县城的龙川河上的步道走上半小时，或者爬上县城边上的五老山看落日、摄影。他的压力主要是经济压力和精神压力。父母遭祸后，肇事方赔的钱远远不够治病的花费，朝晖甚至要把北京的房子卖掉去给父母治病。精神压力还是最大的，他常跟我讲的一句话就是"没想到（父亲）这么久了，还没醒过来"。父亲的昏迷时间已经远远超过了朝晖的心理预期，但他一直在坚持把那个预期往后一推再推。

▷ 田朝晖在大沙坝乡产业基地调研

但压力再大，田朝晖也没有放下工作，甚至更加卖力地工作。那段时间，他几乎天天都在乡下跑，为他挂点的那几个村谋划基础设施建设、布局产业项目等。在他的带领下，这段时间内，新华社援建的坪山乡大坪村党员活动中心

大楼启动建设，大坪村集体经济种植的50亩冬瓜卖出了好价钱，几名无法外出打工的贫困户顺利争取到公益性岗位……

有人说："痛苦是最好的学校，困难是最好的老师。"但作为亲历者，不得不面对生活强加的痛苦和困难的时候，没有谁会想要去这"最好的学校"，也没有谁会想要这个"最好的老师"。朝晖的坚韧，让他扛起了扶贫的重任，扛起了家庭的责任，扛起了作为男人的尊严，也深深教育了我，深深地感动了石阡的干部群众，深深地在新华社扶贫史上打下了一个鲜红的烙印。

朝晖返回北京后，石阡县委副书记周迪撰文道："朝晖作风正派、能吃苦、肯付出，能力强，处逆境却不怨天尤人，困难重重却积极向上。但我们私底下都叫他'三流干部'——流血、流汗，又流泪。"唯愿朝晖坚韧之性常在，而痛苦困难不再有。

藏不住的才气

有人说："一个人怀才，就像女人怀孕。刚开始的时候，别人看不出来，时间久了，藏都藏不住。"朝晖的才气就属于想藏都藏不住的那种。

朝晖是国内有名的篮球评论员，到处都有他的粉丝。有一次，上面一支督察队来石阡检查相关工作，县里安排朝晖作陪吃饭。席间，督察队的一位同志是个篮球迷，憋了很久，忍不住跟朝晖说，你跟一个姓田的篮球评论员长得很像！朝晖说，是很像，我就是那个篮球评论员。满座皆惊，篮球赛场上那个资深解说老师，居然来到石阡这个小县城当县委副书记，令人不可思议。

朝晖的摄影技术非常好，县里好些同志的手机屏幕照片都是请朝晖帮忙拍下来的生活照。只要是出门调研，朝晖的手里总是拿着相机，我和同事们经常开玩笑说："田书记是我的随行摄影师。"

朝晖的主业是新闻采编，2011年便当选为"新华社十佳编辑"。在新华社内部，"新华社十佳编辑"是给编辑们的最高荣誉。我在石阡发表的新闻稿件，大多曾经过他精心编辑。印象最深刻的是，他帮我编辑的第一篇稿件《搬迁户的牛终于卖掉了》，这也是我到石阡来写的第一篇新闻稿。初稿写成后，自己并不满意，总觉得文章是拧巴着的，半夜十二点把稿件交给朝晖后就没有再管。等到第二天看到《新华每日电讯》刊发出来的稿件，令我大吃一惊，经朝晖化腐朽为神奇，"丑媳妇"已经变成了"靓妹妹"，并且还挤进了头版。曾经，我很反感编辑过多修改我的稿件，但从此我非常欢迎和感谢朝晖帮我修改稿件。即便是在扶贫岗位上，也有一位业务导师带领着我，这是件多么幸福的事情！

来石阡扶贫后不久，朝晖陆续在《新华每日电讯》刊发《"当代白求恩"夏爱克云南行医扶贫记》系列报道，掀起新一波正面报道浪潮，引起中央领导高度关注。

大儒王阳明在传世之作《传习录·薛侃录》中警示弟子们："不知自己是桀纣心地，动辄要做尧舜事业，如何做得？"细读朝晖的这组能高度体现出新华社记者脚力、眼力、脑力、笔力的系列报道，我得出一个结论：如果作者没有"尧舜心地"，哪能写得出这等读后令人涕泪皆落之作？

2019年元月，机缘巧合之下，在石阡读到一本书《神灵之手》，讲述的是英国传教士薄复礼历尽千辛万苦随同红军长征的亲身经历，萧克将军为该书作序。读着薄复礼写下的箴言，又让我想起了夏爱克，还想起了朝晖。我想他们都是有坚定信仰的人，尽管前二位信的是上帝，而朝晖信的是共产主义。

朝晖集著名篮球评论员，新华社名编辑、名记者于一身，但从来都是低调为人处世，给我诸多启发。世人常常为前途心怀忧虑，患得患失，争这争那，到头来却是"机关算尽太聪明，反误了卿卿性命"，但凡能像朝晖一样，学得一身本领在，凭本事吃饭，又何须到处求爷爷告奶奶，又何须担心这个担心那个？

最要好的兄弟

获悉朝晖要提前结束挂职回北京，我既为他感到高兴，又从心底舍不得他离开。高兴的是，他从此可以回去与妻儿长相厮守，把昏迷的父亲照顾得更

好，舍不得的是从此再难得到这位好哥哥的贴心照顾。

2017年7月，新华社中国财富传媒集团组织了70多家上市公司来到石阡开展捐赠活动，需要在石阡县财政局六楼会议室开会并举行签约捐赠仪式。会议的前一个晚上，朝晖带着县委办、政府办的同志连夜布置会场、安排活动程序、拟定签约程序等，安排我负责所有文字材料。晚上十二点，我完成了所有材料，致电问他是否还有什么工作需要我去做。朝晖说，差不多布置好了，让我回宿舍早点休息。第二天，县里一位领导批评我说："昨晚，朝晖书记布置会场搞到凌晨四点多，你跑到哪里去了？"我甚是感到惭愧，作为一个组织整体，朝晖宁愿自己熬夜奋战，也要照顾好我的休息。

朝晖离开石阡前几天的一个晚上，我和另一个同事买了些毛豆、黄瓜、青椒、土豆来到朝晖宿舍搞夜宵，权当给他饯行。朝晖的厨艺不错，另一个同事负责洗菜，我负责满屋子找吃的，然后看着电视等着吃夜宵。等吃的时候，朝晖还让我看了他写的一些私人日记，其中一篇就是写的来到石阡以后他第一次找我谈话的情况。他在日记里写道："听罢甸丘对扶贫工作的诸多想法，我感觉到，今后要跟他相处好很考验智慧。"

我当场半开玩笑地说："书记，我有那么难相处吗？"

朝晖说："哈哈，那是第一印象，第一印象往往都靠不住！"

从晚上八点多开始，一边吃一边聊，一直到凌晨两点多。先是一边聊一起笑，到最后大家聊着聊着就聊哭了。朝晖说，他很讨厌把离别的气氛搞得这么凄惨。由于我的宿舍离得比较远（我住县政府招待所，他住在消防大队宿舍楼，相隔约4公里），朝晖留我住下来，坚持让我睡他的床，他睡沙发。

朝晖离开石阡的那天晚上，我参加县委常委会直到晚上十一点半才散会，与他约定当晚凌晨三点去他住的宿舍楼下送送他，他要去贵阳赶最早的航班回北京。凌晨两点半，我走到县政府招待所楼下时，他正坐在前台的沙发上等着我。"你没有车，我过来比较方便，你就在这里送我吧。"朝晖说。

天亮之后，我站在宿舍楼顶看到，天空乌云的缝隙里射出万道金光，感觉到这分明是一个"祥兆"，这分明象征着朝晖即将迈进新的光明的前途。我配上天空的祥云照片，发了一条朋友圈："极目烟波远，何日再相逢。送战友，踏征程，朝晖即将迎朝晖。"

2018年11月，应铜仁市委、市政府请求，新华社举行第二届铜仁市宣传干部培训班，我随同到北京参与会务工作。当时，朝晖正在参加总社的一项极其重要的工作，繁忙且走不开，我以为这次来北京可能没法见到他了。但是，离开北京的前一天晚上九点多，他风尘仆仆地赶来我居住的宾馆看望"战友"。

尽管当时他正在重要部门连续作战，但精神状态比在石阡的时候好很多了，心态也调整得非常好。只是他告诉我，他父亲还没有醒过来，妻子又患上了青光眼，增加了他的忧虑。我跟他说，你从扶贫战线上百战归来，在老天爷面前积了德，他老人家一定会庇佑你和你全家。

来石阡第一次和朝晖下乡时，朝晖拍了一张照片并发朋友圈告知亲友他已经到石阡挂职扶贫。这张照片背景是青山，照片中央是一幅标语"不忘初心，继续前进"，标语的旁边有两座墓碑。唯愿在这场战天斗地、可歌可泣的扶贫大战之后，老百姓的贫困一去不复返。

▷ 石阡农村的宣传标语（新华社记者田朝晖摄）

三、"大侠"刘建刚

▷ 刘建刚在贵州省2018年对口扶贫工作表彰会上获奖

　　苏州大学附属第一医院医生、石阡县人民医院副院长刘建刚是我在石阡工作时认识的老大哥。两年前，受东西部扶贫协作对口帮扶城市——苏州的派遣，刘建刚来到石阡援助三个月，结束后又被留下来挂职石阡县人民医院副院长，最近刚刚获得贵州省委、省政府颁发的"援黔医疗卫生对口帮扶工作特别贡献奖"。

田朝晖结束挂职离开石阡的前一天下午，到医院和刘建刚告别。在石阡县人民医院大门口，田朝晖和刘建刚紧紧地拥抱在一起，然后转身上车离开。中国人其实不太习惯于用拥抱来表达感情，尤其是两个男人之间，但那一刻这两个中原男人拥抱在一起，却让我十分感动。当时，田朝晖带着满心的遗憾结束挂职回北京，而刘建刚正满怀着激情刚刚从苏州来挂职。这一来一去，让两个人的拥抱似乎增添了不同寻常的意义。

此后，虽然多次听闻刘建刚在石阡创下一次又一次奇迹，但始终难以见面交流。再次见到刘建刚，便到了2019年1月上旬。国家对贵州省脱贫攻坚成效进行考核，东西部扶贫协作成效考核部分抽检石阡。上午刘建刚接受考核组专家访谈的效果很好，下午我就奉命去采访他。

对刘建刚的采访进行了整整一天半时间，我发觉找到了一个有着跟自己同样出身、同样经历、同样选择的大哥哥，不同的是他拿的是苏州大学附属第一医院神经外科的手术刀，我拿的是新华社的笔杆子。

下刀救人

救死扶伤、悬壶济世使得医生历来是最受人尊重的职业。刘建刚是神经外科专家，长于颅内手术；在他的手术刀下，许多石阡人"起死回生"。

石阡县甘溪乡的驻村干部兰军就是被拯救的幸运儿之一。2018年10月15日，正在村里开展帮扶工作的兰军出现头痛、意识恍惚症状，当地政府立即将其送到石阡县人民医院。入院半小时后，兰军头痛加重，神志浅昏迷，右侧肢体偏瘫。"当时诊断，兰军的病应为静脉血栓导致的脑出血，如果不立即手术，会有生命危险，今后即便能保住生命，偏瘫几乎是难免的。"石阡县人民医院院长史超说。

苏州大学附属第一医院驻点帮扶专家没有来的时候，石阡县人民医院也能够做简单的开颅手术，但对于稍为复杂的颅内手术就无能为力。开颅手术恰好

是刘建刚的专长，19：57将兰军送入手术室，凌晨1：28成功完成"开颅血肿清除+去骨瓣减压术"。手术后的兰军像普通人一样走出了医院，四肢肌力正常，说话口齿清晰，已完全康复。

花桥镇扶贫干部符宁伟颅内动脉瘤破裂，危在旦夕，患该病第一次肿瘤破裂死亡率为50%，第二次肿瘤破裂死亡率为90%。颅内动脉瘤破裂后，病人只能保持卧床，且不能颠簸转运。"如果当天转运到贵阳，很可能会死在路途上。"石阡县人民医院院长史超说，刘建刚立即对病人动手术，从晚上十一点一直到凌晨五点半，终于完美结束手术，挽救了这名扶贫干部的生命。

众所周知，脑中风发病率高，致残、致死率非常高。刘建刚凭借高超的技术，在石阡县人民医院这个名不见经传的小医院亲手做了40多例高难度手术，挽救了一个又一个濒临死亡的生命，挽回了一个又一个家庭的幸福。

走进石阡县人民医院住院大楼的12楼便可看到，群众送来的锦旗、感谢信从电梯口一直排到了走廊尽头。每一面锦旗、每一封感谢信背后都有一个感人的故事，都是几个平凡家庭的幸福。

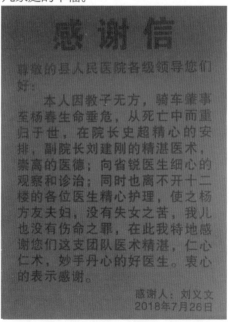

▷ 石阡县人民医院住院部12楼墙上的感谢信

老百姓这种朴素的表达感激的方式，折射出基层群众对优质医疗服务的渴求。石阡县人民医院是县域内各方面条件最好的医院，但远远无法满足当地的医疗需求。刘建刚才来的时候，全院没有一个市级重点专科，医疗设施全面落后：由于没有做手术用的显微镜，做颅内手术全凭裸眼；医院的止血工具——双极电凝的箭头氧化严重，几乎止不住血；医院开颅用的还是手摇式开颅设备……先进手术设备至少落后苏州20年！

这样的条件下，"小病不出乡、大病不出县"又如何能够做到呢？好在国家大力推进东西部扶贫协作，在东部城市的对口帮扶下，如今的石阡县人民医院有了手术用显微镜、电动开颅机、核磁共振机等一批先进技术设备，大大提高了医院的诊疗技术。

侠骨柔情

英国哲学家罗素在他的自传中写道："对爱情的渴望，对知识的追求，对人类苦难不可遏制的同情心，这三种纯洁但无比强烈的激情支配着我的一生。"如果没有一点理想主义，在举目无亲的石阡挂职扶贫的一年或两年真的会很漫长，对自己的身体、心理、家庭都是一个严峻的考验。

在刘建刚这里，对贫困病人的"不可遏制的同情心"大概就是他的理想主义内涵之一。刘建刚曾跟我讲，他最怕看贫困户的那种渴求医疗的眼神，最怕看到衣衫破旧的老百姓来了医院却看不起病。"来扶贫，媳妇很支持，但刚上小学的儿子很反对。我离开家时，他都不理我。我只好不断跟儿子解释说，那里的病人需要我。"

有一次，刘建刚正在坐门诊，一个老奶奶带着小孙子来看病，小孙子因摔伤，呕吐、恶心不止。他初步检查后，便开单子给老奶奶，建议给小孙子做个头部CT。但等刘建刚看完十几个病人之后，那个老奶奶一直在门口徘徊，并没有去做CT。一问才知道，原来老奶奶没钱。刘建刚说："没钱早说啊"，立即从自己口袋里掏了500元钱交给老奶奶去交费。这一幕刚好被来看病的另

一个病人拍照记录了下来。

除了在医院坐诊和做手术之外，率队下乡义诊也是刘建刚的一项重要扶贫工作。19岁的女生小廖罹患癫痫多年，三四天便发作一次，四处求医看病，但多年来一直没有取得很好的疗效。刘建刚义诊时给她开了两种药，但这两种药本地医院都没有。刘建刚获悉后，立即请苏州大学附属第一医院的同事寄了两个疗程的药来。

"服了两个疗程后，小廖发作的频率降低到了一个月一次，后来又给他寄了2个疗程的药。"刘建刚说，"有一天，孩子的父亲找到医院要把4个疗程的药费给我，说孩子康复得很好，出去打工赚到钱了。"

除了义诊，刘建刚还做了一项开创性的工作——成立了贵州省县级医院首个脑卒中中心。下乡开展脑卒中高危人群免费筛查，是脑卒中中心很重要的一块工作。脑卒中已经成为我们国民的第一死因，尤其是脑梗死、脑溢血等潜在高危人群多，且存在高发病率、高死亡率、高致残率、高复发率的"四高"现象。截至2018年底，刘建刚的团队在石阡筛查了1154名群众，发现高危人群占比29%，这一比例远远高于沿海地区。"如果把关口前移，针对脑卒中高危因素早期进行目标干预，预防卒中发生，那么就能够有效遏制脑卒中导致的后遗症，大大减少对家庭和社会的危害。"刘建刚说。

为了提高农村群众对脑卒中的认知度，刘建刚自掏腰包一万多元，做了几千份诸如围裙、水杯、扇子、手提袋之类的小礼品，并在上面印上预防脑卒中的知识。每逢赶集的时候，医生们便一面进行脑卒中筛查，一面把小礼品免费赠送给群众。

刘建刚还做了一个时长120秒的脑卒中知识公益宣传视频，并在全县的电梯广告、公交车广告上滚动播放。"有个县领导来看病，我跟他建议能否把这个视频放到全县的公交车上播放，这个领导欣然同意，马上帮忙联系，几个电话就把事情办妥了。"刘建刚说。

在金庸的武侠世界里，有句经典名言："侠之大者，为国为民。"尽管没有郭靖降龙十八掌式的威武，也没有张无忌乾坤大挪移式的震撼，也没有段誉六脉神剑式的霸气，但从刘建刚这位河北大汉所做的点点滴滴里，我看出了侠气、看出了情怀。这位出生于农村，成长于贫困家庭，奋斗在江南一线城市的汉子，终归是没有丢掉农民的淳朴本色，懂得农村老百姓就是需要他这份单纯与平淡。

师道流布

谈起在石阡挂职扶贫所做工作的重要性，刘建刚把治病救人放在第一位，把人才培养放在第二位。我原本不赞同他这个说法，对他说："人才培养应该放在第一位，因为你治病救人只能是救一个算一个，终究要离开，但培养出了医疗人才，他们则可以在你离开之后救无数的人。"

很久之后，我才明白，其实对刘建刚而言，治病救人与人才培养早已融为一体。石阡县人民医院神经外科医生刘忠杰是刘建刚重点培养的弟子。刘忠杰告诉我，最大的收获就是："我在旁边看和听，刘老师站在手术台上一边给病人做手术，一边讲解每一个手术细节如何处理，细致到手术工具如何摆放，如何保护好神经和血管。"

刘忠杰掌握了高难度的动脉瘤夹闭术、显微镜下经侧裂入路治疗高血压脑出血、耳前直切口小骨窗清除基底节区血肿技术等多项手术，并可以独自主刀。"手术台上，有时碰到疑难问题拿不准，立即呼叫刘老师指导。有刘老师在，没有不敢做的手术。"刘忠杰说。

刘建刚带徒弟有自己的一套。"刘忠杰开始独自主刀的时候，有次碰到难题，直接打电话请我过去手术室。我说不去，让他把问题说一下，然后在电话里指导他怎么做，很快他就把问题解决了。我相信他的技术能扛过去，他需要解决的只是心理上的依赖感。"刘建刚说。

韩愈说："师者，所以传道授业解惑也。"刘建刚既授业解惑，又传道；既授人以鱼，又授人以渔，坚持带领同事们医疗治病和医学科研两条腿走路。

跟全国很多基层医院一样，2017年，石阡真正意义上的医学科研论文还没有实现零的突破。石阡县人民医院神经外科主任王克仁跟我说，他上次做科研还是在2002年，全院绝大部分医生都不懂如何做科研，也没有这方面的考核，因此几乎没有人在正式期刊上发表过科研论文。

刘建刚向医院提出创建市级重点专科的建议。"创建市级重点专科，科研项目和论文是硬指标，通过这个抓手就可以调动各个科室搞科研的积极性。"刘建刚说。

对于一个数十年不搞科研的医院，突然在一个挂职副院长的动议下开始搞科研，难度和阻力可想而知。"平时下班后，喝酒打牌的时间，现在要用来搞科研，被逼着干活，不同的人有不同的看法。有的人自己不想搞科研；有的人是自己不想搞，也不希望别人搞；有的人是反对所有人搞。"石阡县人民医院一位医生说。

对一项新出台的政策，总是会存在三类人：积极响应者、既不支持也不反对者、坚决反对者。刘建刚抓住那些积极响应者，率先与刘忠杰一起推出了第一个科研成果——发表了一篇国外权威医学SCI期刊论文。这个在整个贵州医学界都罕见的医学成果像一颗炸弹，炸醒了所有人的科研热情。

2018年，石阡县人民医院申请7个市级重点专科，最终3个顺利获批市级重点专科，4个顺利成为市级重点建设专科，打破了石阡县人民医院历史上市级重点专科数量为零的纪录。"整个医院已经写成的科研论文有十几篇，正在投稿、审稿、修改过程中，有的科室已经独立发表了核心期刊的科研论文，全院的科研热情持续高涨，科研风气已经开始形成。"石阡县人民医院院长史超说。

四、"老黄牛"冯树舟

冯树舟是我在石阡最先认识的乡镇党委书记，也是第一个愿意跟我分享他的真实想法的基层干部。记忆中的他头发长而凌乱，为人坦诚，做事雷厉风行，喜欢抽烟，就是一头只顾埋头工作的"老黄牛"。

第一次认识冯树舟的时候，他正担任石阡县本庄镇党委书记，此前他在五德镇、中坝街道等多个乡镇工作过，具有丰富的基层工作经验。几位担任过本庄镇党委书记的老领导谈起在本庄的任职经历时都有一丝骄傲闪过面颊，因为本庄几乎是石阡最牛的乡镇。

本庄镇地理位置优越，位于石阡县西北部，是铜仁市连接遵义市的交通枢纽，是两市四县九镇区域中心集镇，也是全国重点镇、全省示范小城镇、全省三大农村禽蛋市场之一。本庄历史悠久，全镇总面积252.9平方千米，总人口5.3万，是石阡最大的乡镇，也是人口最多的乡镇，还是经济最发达的乡镇。

那双眼睛里布满血丝

2017年4月到石阡挂职，5月全省上下就开始掀起迎接中央环保督察的热潮。石阡县委书记安排我对全县迎接环保督查的相关工作进行深入报道，我选择报道的第一个切入点就是——取缔乌江网箱养殖。

乌江在石阡过境43公里，绝大部分位于本庄镇境内，这里有最古老的码头——葛闪渡码头。葛闪渡，古称河闪渡、仡闪渡、葛商渡，位于乌江上游，为秦置夜郎郡的古渡口，取缔乌江网箱养殖的序幕就从这个千年古码头开始拉开。

从县城出发来葛闪渡采访时，县委办提前通知了冯树舟。等我坐了将近两个小时车，被山路晃得晕头转向来到葛闪渡码头时，冯树舟正在指挥来来往往的渔民们把鱼从网箱里捞出来、抬上岸。见到我到来，头发像乱草窝一样的他马上过来握手。

葛闪渡码头高出水面约5米，岸边停泊着乌江航道管理局的船舶，约有两层楼高，临岸有一座两层洋房当办公楼，离岸更远处便是零星散布的渔家餐馆。站在码头上放眼望去，艳阳高照下，乌江的水面被密密麻麻的网箱覆盖，钢管串着蓝色的网箱被固定在圆柱状空铁皮箱上，拥挤得几乎看不到水面。以江心为界，这边是本庄老百姓的网箱，对面是凤冈县的网箱，中间留出一条窄窄的水道。

我望着江上的网箱问："网箱拆得怎么样了？"

"现在，都在捞鱼上岸，下一步就是拆网，十天内全部拆完。"冯树舟说。我转身一看，看到他围着一双黑眼圈的大眼睛里满是血丝，眼睛红红的就像刚刚哭过，红与黑之间透露出无尽的疲惫。"养殖户的工作不好做，这几天晚上为了动员养殖户主动拆网，连续搞到凌晨三四点钟，现在不愿意拆的养殖户很少了。"冯树舟说。

一位老渔民见到有记者来了，赶紧拉着我诉苦：三年前，政府号召大家在乌江上养鱼，每平方米网箱还补贴钱，于是他就投资了几十万元下去。结果两年前碰上大水，鱼苗全跑了，这两年经营刚刚走上正轨，现在正处于产出效益最大的时候，政府却一声令下要在半个月之内全部拆掉，他无论如何不心甘。

过去发展经济放在第一位，现在保护生态放在第一位，不同的时期两个工作都是政治任务，两个都必须完成。但是这种转身对于老百姓却是一种痛苦，对于乡镇干部来说，要说服他们通过网箱养殖来发展经济很难，要说服他们取缔网箱养殖来保护生态则更难。

十天后，我陪同县委书记来到葛闪渡回访。见到冯树舟时，他那双布满血丝的红色眼睛，再次引起我的关注。他说，过去这十多天中，他天天都睡在码头上，盯着把一个个网箱拆掉运上岸。我和大家登上快艇，沿着乌江走了10多公里。此时的乌江江面再也看不到一个网箱，碧波荡漾，风光旖旎。

在半个月的时间内，冯树舟带领干部群众全面拆除乌江干流石阡段的近800口网箱及附属设施，切实改善了乌江流域水域生态环境质量，确保水面清洁、水质优良。

站在快艇上，我忽然想起了那首"白日放歌须纵酒，青春作伴好还乡。即从巴峡穿巫峡，便下襄阳向洛阳。"只是我清楚地知道，此时看到江水清澈的轻快心情，来源于冯树舟带着他的班子连续作战、昼夜奋战的成果，那红红的眼睛总镌刻在我的记忆中。

从乡镇党委书记到教育局长

战斗力强的乡镇班子总是进步最快。不久，冯树舟被调到县城担任教育局局长，跟他搭班子的镇长升任党委书记，人大主席升任镇长，一批干部在他的带领下成长、成熟起来。

有次跟随大部队到本庄调研，晚餐后大家各自回城，冯树舟邀请他的一位老领导到镇上吃夜宵，我恰巧跟他的这位老领导同车，便一同赴宴。尽管冯树舟所在职位的重要性已经超过了昔日的这位老领导，但仍旧对老领导非常尊敬，谈起昔日在一起搭班子工作的经历，两个人乐乐呵呵，似乎又回到了七八年前。我也把我昔日在农村调研的经历拿出来跟他们聊，几杯酒下肚以后，他们也不再把我当外人。

聊了很多之后，我说："我知道乡镇干部工作很辛苦，待遇低，没啥权力，但责任比天大。"

冯树舟反问我道："你知道乡镇干部为什么辛苦吗？"

我大概说了几分钟，然后被他打断。

冯树舟说，你们记者只看到了表象。他说，他们镇70个左右的编制，60个左右的职工，但职工分为三类：第一类是"评论家"，光吃饭不干活，一天

到晚只知道批评这个批评那个；第二类是长期被各个县直部门抽调去干活的精壮劳动力；第三类是留在乡镇能干活的，这其中包括少数"熟练工"、部分"半熟练工"和刚刚参加工作的"新手"。第一类人的比例是……，第二类人的比例是……，第三类人要把全部60个人的活干完，你说乡镇干部累不累？

我说："你是'一把手'，你把那些'评论家'处理了不就可以了吗？"

冯树舟跟我讲起了一个令他心酸的例子。镇政府有个老"评论家"到处惹是生非，在一次老"评论家"踩"红线"之后，冯树舟忍无可忍，召开党政班子会集体决定给了老"评论家"一个处分。这一下捅了马蜂窝，老"评论家"天天缠着他要镇里给他"平反"，还找到了他们家一个在北京某部委食堂打工的厨师给冯树舟打电话"威胁"。

冯树舟说："那个厨师打电话来说，他认识石阡县委书记，如果我不给他亲戚平反，就叫县委书记撤了我的职；如果县委书记不听话，就叫市里把县委书记调走。搞得我哭笑不得。后来我跟那个厨师讲，他既然跟那么多首长熟悉，不如请他帮忙协调给本庄建一个天安门广场那么大的飞机场。那个厨师还没反应过来，满口答应尽快去协调。"听了冯树舟的这一席话，我忍不住笑出声来。

来到县直机关工作之后，工作的性质与在乡镇有了很大的不同。教育部门管的是纵向从县到乡镇的教育工作，乡镇则几乎是所有横向综合工作的承担方。在脱贫攻坚期内，考核教育局的主要指标有如下几项：一是负责全县所有建档立卡贫困户家庭学生应当享受的教育补助政策落实到位，确保不漏一户、不落一人。从铜仁市的情况来看，对贫困户家庭的在读子女，从幼儿园到研究生阶段，均有补助，补助标准在每人每年1000元到5000元，项目资金来自于中央、省、市各级政府。二是确保贫困学生家庭义务教育阶段学生没有因贫辍学。尽管理论上只需做到没有因贫辍学即可，但实际上为了确保万无一失，全市都要求所有贫困学生家庭的义务教育阶段学生均不得辍学，已经辍学的必须100%全部劝返回校。三是加强教育基础设施建设，增加学位数量，化解大班额。

国家识别贫困户的标准就是"一达标两不愁三保障"，即收入达标，年人均可支配收入达到3535元（2018年标准），不愁吃、不愁穿，义务教育、基本医疗、住房安全有保障。教育局负责的正是这6个指标之一——义务教育有保障。

冯树舟是个细致认真的人，为了搞清楚每个乡镇各有多少贫困学生家庭的义务教育学生辍学，他通过各乡镇的学校逐个班级自查，然后安排教师逐个上门核查，通过这样地毯式排查得出一个教育局的数据。同时，各个乡镇则通过驻村扶贫干部逐户上门，摸排贫困学生家庭的义务教育阶段学生辍学情况，由此得出乡镇的数据。然后把这两个数据进行对照，以便及时发现和解决问题。

2018年10月至11月期间，我随同县委书记领着教育局、住建局、卫计局等主要县直部门，逐个乡镇听取各个乡镇（街道）脱贫攻坚工作的情况汇报。关于贫困家庭义务教育阶段辍学学生的数据却出了问题。比如，某乡在汇报时说，本乡贫困家庭义务教育阶段辍学的学生有7个，目前已经劝返4个。但教育局提交给贵怀书记的该乡的数据则是辍学学生有8个，且已经劝返的学生只有3个。在开会的时候，经常因为数据矛盾而搞得很尴尬，要么教育局被批评，要么乡镇主要领导被批评。其他县直部门负责的某项数据也往往与乡镇掌握的数据不一样，有的就出现部门和乡镇相互指责，甚至争得不可开交。但我从没见过冯树舟与哪个乡镇发生过争吵，只要出现了问题，就接受批评，会后去整改。

我可以肯定，无论是各乡镇还是教育局，都在以高度的政治责任感投入这项工作，但无论怎样努力都难以达到100%的精准——这大概是基层存在的一条客观规律。我不由得为国务院扶贫办脱贫攻坚第三方评估指标设定的科学性表示由衷赞叹，因为他们在设定漏评率、错退率的时候，设定了2%—3%的误差区间，接受评估的待出列县只要相关工作失误率在前面这个误差区间内，仍然能够顺利出列。

我从来都是完美主义者，但冯树舟的工作却教育了我，有时候适度的不完美才是真正意义上的完美。

从教育局长到"村长"

基层有个不成文的惯例，副县级干部往往从较大乡镇的党委书记和较大科局的"一把手"群体中选拔产生。教育局管理着全县所有学校及教师，绝对是"大局"，担负着县委、县政府的核心工作。没有细致缜密的工作作风，没有认真努力的态度，绝不可能承担起这样的工作职责。但即便是再认真的人，也会有疏漏、有尴尬的时候。

冯树舟到县城担任教育局局长以后，曾多次邀请我到教育局调研，但一直未能成行。由于各自工作都很忙，距离近了，反而见面交流的时间更少了。少有的几次见面他给我的印象都很深刻。

2017年11月，新华社保育院派出11名教师到石阡开展对口帮扶工作，到石阡县第二幼儿园现场指导教学。听闻我要去看望慰问保育院的老师，冯树舟尽管工作繁忙，但仍旧抽时间全程陪同，以示对新华社扶贫工作的重视。坦率地说，保育院老师对县第二幼儿园的帮扶工作在全县教育工作这个"大盘子"中是微乎其微的，况且我本人也并非石阡县的在职干部，也非副县级干部，他完全可以不来陪同。冯树舟对新华社定点扶贫工作的重视和支持，令我很感动，印象也很深刻。

在此期间，还听闻了关于冯树舟的一件小事，给茶余饭后的闲聊增添了笑料。有一天，我和几个县领导在县政府招待所的小食堂吃饭，一位县领导一边吃饭一边跟大家讲了个关于冯树舟去学校调研的事情：在该学校校长的强烈要求下，冯树舟拿起笔给这个学校题了几个字。结果这个校长专门请人写了篇报道，标题是"教育局长为我校工作题词"，并发到了互联网上，随后便被县里有关部门发现并立即删除。此事一时被传为热点，有位县领导给冯树舟打电话，"祝贺"他成为今日舆论焦点，并对他的书法水平表示"钦佩"，同时希望他今后不再犯这样的错误。

2018年9月，县委决定全县所有县直部门的"一把手"带头驻村，白天当"村长"，对村里的精准识别、基础设施建设、产业发展一包到底；晚上当"局长"，加班兼顾好所在部门的日常工作。那个时候，石阡县从县直机关和乡镇街道共派出3300多名国家干部驻村扶贫，大部分县直部门90%以上的干部都到了村里开展脱贫攻坚工作。同时，县里还实行了"1+9+N"的包保帮扶机制，即一个帮扶干部包保9户贫困户，联系N户（根据所在村实际非贫困户数量而定）非贫困户。县里已经放了狠话，谁包的贫困户出现识别不精准，谁承担责任。此时，冯树舟被派到中坝街道的一个村驻村，同时也包保了9户贫困户。

2018年12月，铜仁市印江县、石阡县两个当年拟脱贫摘帽县，对脱贫攻坚工作进行相互交叉检查。印江的检查组到石阡检查得很细致、很深入，恰巧查到冯树舟所在的村，恰巧查到冯树舟所包保的贫困户，恰巧查到该贫困户有户内漏人现象。事情是这样的：检查之前，冯树舟多次到该贫困户家中走访了解家庭情况，并制定帮扶措施。但该户的儿子在外面领了结婚证之后，儿媳妇就立马携款失踪了；家里的父母亲认为儿子被骗婚，觉得很丢人。于是，在冯树舟前来了解和登记家里有几口人的时候，这家贫困户便没有把儿媳妇算为家庭人口，也就没有纳入国务院扶贫办的贫困人口登记系统。然而，在印江检查组到家里访谈时，该户的父母亲不小心透露了儿媳妇的信息。印江检查组立即把这个贫困户家庭"户内漏人"的严重情况反馈给县脱贫攻坚指挥部。

"户内漏人"的问题性质很严重，意味着贫困户识别不精准。在迎接第三方评估验收的时候，漏评率不得超过2%，否则整县无法脱贫摘帽。因为县里就"户内漏人"问题进行过多次排查，多数领导都认为这种情况几乎不可能再存在。坐在脱贫攻坚指挥部的几位县领导一听到冯树舟包保的贫困户居然出现"户内漏人"：一是表示不可思议，二是表示查实之后先给冯树舟一个处分再说。我为冯树舟捏了一把汗，他当乡镇党委书记、教育局长的时候没有被处

分，当"村长"的时候却面临处分风险，实在不可思议。

后来，有市里来的扶贫干部指点，冯树舟所包保的贫困户出现的这种情况，只要能提供佐证材料，证明这家儿媳妇从来没有和这个贫困家庭的其他成员共同生活半年以上，这种情况就可以不算"户内漏人"。冯树舟连夜把相关佐证材料准备好，交给了检查组，一场危机就此化解。

在我临近结束两年挂职任期的时候，冯树舟还在村里勤勤恳恳地工作，他们的驻村工作要持续到2019年5月。基层的工作点多面广、千头万绪，尽管绝大多数干部都如冯树舟一样勤勉认真，但仍旧难免出现纰漏。每当出现问题的时候，就"兵来将挡、水来土掩"，基层干部们的心情也像是在坐"过山车"一样。

五、"朝天椒"杨雁

　　跟脱贫攻坚工作的难度和"苦度"相比，女子的柔弱真可令人心生怜惜。但总是有那么几个"女将"冲杀在脱贫攻坚的最前线，她们忘记了性别，忘记了柔弱，其工作气势不输于任何男子汉。石阡县大沙坝乡党委书记杨雁就是这样一位"女将"，她是石阡三个女性乡镇党委书记之一。

　　2018年下半年，新华社参考新闻部派出4个国内分社记者组成的调研小分队到石阡进行了为期一周的脱贫退出风险评估，深入大沙坝乡、国荣乡、甘溪乡等11个乡镇23个村进行调研。领队的贵州分社副总编王新明跟我讲起他们在大沙坝乡访谈杨雁时的一个小细节。"我说她（杨雁）的性格和脾气感觉就像

▷　"朝天椒"书记杨雁

红辣椒，到处能让人感觉到辣味，结果她回答说'对，不光是红辣椒，而且是红辣椒中的朝天椒'。"王新明说。

"朝天椒"大概最能概括这位"85后"少数民族、女性党委书记最典型的性格特征。我抵达石阡扶贫时，杨雁刚刚担任大沙坝乡党委书记不足2个月，此前，她曾担任过团县委书记、青阳乡乡长、大沙坝乡乡长，在县内同龄正科级干部中，她的资历应该是最深的之一。

冰上的"娃娃书记"

2017年1月26日，石阡普降大雪，气温骤降，城乡核心干道均出现严重凝冻现象。我为了完成总社编辑关于"基层干部的一天"的策划，决定跟访杨雁一整天，而这一天便成了石阡基层干部最让我感动的一天。

这一天杨雁的时间是这样安排的：7：30—12：00巡视乡内结冰路段；12：00—13：00午餐；13：30—14：30开会讨论为推进脱贫产业成果而推出的"年货节"；15：00—16：00市里安全维稳工作电视电话会议；16：00—17：30督促邵家寨村中药材种植；18：00—20：00任家寨村村干部座谈讨论村集体经济年终分红事宜；20：30—22：00任家寨村群众会。"今天的工作还算是比较轻松的，繁忙是我们的工作常态。"杨雁说。

早上七点半左右，杨雁就带着乡镇分管负责同志，出发巡视乡内多个海拔较高、通行车辆较多的路段，整个上午都穿行在事故易发的路段。上午八点，我跟随杨雁赶到大沙坝乡何家坝村巡视省道S203，车开上了海拔600米左右的山口后，就无法再继续往前开，车轮在路面的冰上打滑。一行人下车步行，踩在冰面上都只能一边走，一边滑着前进。眼睁睁看着一辆大货车刹车后仍然向前滑行，撞上了路边的山体。我一步一挪地跟在她身后，生怕一不小心便摔个头破血流，她却一边滑，一边淡定地和我说："交警队七点半左右就开始撒盐化冰，但现在还没有化掉。"

冰冻天气发生交通事故是贵州山区常见的情况。"出现这种极端天气或者发生像火灾这样的突发事故，书记和乡长肯定是率队冲在最前面，因为你不知道这个突发的事情到底能产生多大破坏力，乡里其他人去了做不了主。去年有一天，凌晨一点多一个山上的村发生火灾，我们在泥巴路上，徒步一个多小时爬上山去，搞到凌晨四点多。同去的乡里同志还担心我爬到半路爬不动，要拖他们的后腿。我说，你们不要担心，你们只要跟得上我就好。"杨雁说。

作为乡镇党委书记，不光要在极端天气、特殊时节冲锋在危险一线，还要对付大量繁重的日常工作，对体力和脑力都是一个强大的挑战。跟访当天，杨雁说，脱贫攻坚占了她精力的百分之八九十，平均每天的工作时间至少十个小时，开会基本在晚上，上个月去村里开群众会五六次，每次都是十一二点散会。加班的次数比较多，最近一次加班是带着乡里的干部们干到凌晨六点。当下的任务主要有三个：一是推进产业建设，这几天主要在种植中药材；二是搞基础设施建设，现在正在推进农村"改水、改厕、改圈、改卫"的人居环境改造工程；三是推进易地扶贫搬迁。乡里的易地扶贫搬迁任务数超过400人，这些人大多居住在地质灾害多发地带，但要动员他们搬迁的难度很大，很多思想工作要做。

16:30，我气喘吁吁地跟随杨雁爬上邵家寨村的罗家山。在这海拔800多米的高山上，看到满山的番石榴苗底下，白雪覆盖着刚刚种下的玄参。另外一批玄参的种子刚刚运到村委会。杨雁说，全乡共1.6万亩耕地，1.5万亩已经种植了经果林，现在就是要在经果林里套种中药材金银花、玄参等。"我们全乡现在就是插空式发展，原来都是寻找连片30亩的地来发展产业，现在再也找不到连片30亩的闲地了，我们就开始找连片15亩的地来发展产业。能够利用的土地都基本用上了，再难找到一块闲置的地块了。"杨雁说。

邵家寨村党支部书记安繁华说，玄参已经种了100多亩，按计划年前还得种植200多亩，但由于劳动力严重缺乏，加上土地冰冻起来了，40个人一天只能种20亩左右，而玄参的种子不能久放，必须克服困难尽快种下去。

杨雁带着我和所有乡、村干部一行人沿着山上的泥巴路穿行了近一个小

时，查看了番石榴种植基地，爬上了罗家山山顶视察玄参种植现场，一边走一边嘱咐村干部们务必克服困难抓住年前的这段时间把药材种下去，确保二季度初的收成。跟着她在"雪山"上逛了一个多小时下来，我的双脚几乎冻得失去了知觉，几斤重的泥巴把鞋子裹得像两个土馒头，双腿像灌了铅一样沉重，汗水湿透了保暖内衣。我有些疑惑她为啥一定要亲自到这山头上来督促中药材种植。"不到现场，不知道村干部和群众干活的辛苦，也难对这项工作做到心中有数。"杨雁解释说。

晚上十点左右，结束采访准备和杨雁分手时，我早已筋疲力尽，刚好接到县委书记打来的电话。县委书记问我采访的情况怎么样，我脱口而出："基层干部太苦了，太累了，如果是我的老婆要来做乡镇党委书记，我是决不会同意的。"

尽管距离采访已经过去很长时间，但是我的脑海中常常会浮现出一幅画面：在冰雪覆盖的那个交通路口，大货车撞上了路边的山体，性格坚韧的杨雁一步一滑地在冰上飘着走近那个大货车查看情况。有时候基层干部让我感动的并不是他们干了什么轰轰烈烈的大事，而是换作如果他们是我的亲人，他们做出的点点滴滴、他们的全心全意付出，就是会令我感到心疼。

创意就是生产力：八月瓜与年货节

治贫之本在于产业，产业之本在于市场。产业扶贫的核心问题就是要把农民种出的产品卖得出、卖出好价钱。毫无疑问，在当下农村的现实状况中，处于最基层的乡镇党委书记的思路直接决定了农村产业的出路。

大沙坝乡是石阡的北大门，也是全县水果产业最丰富的一个乡镇，水果产业规模多达1.3万亩，红心李、黄桃、红肉蜜柚、枇杷粗具规模。所有水果产业中，最能代表大沙坝乡产业发展思路的当属该乡任家寨村的八月瓜产业。

八月瓜，又名野香蕉和八月，中药名称"预知子"，具有清热利湿、活血通脉、行气止痛的功效。2017年，在杨雁的领导下，投入200多万元发展种植

400亩八月瓜，并与贵州柯康利生物科技有限公司签订了合同，以保底价8元一斤的价格收购鲜果。保底价收购完全可以确保旱涝保收，是当下农村产业发展中难得实现的情况。

在杨雁的倡导下，大沙坝乡成立绿野康专业合作社，26名社员全部由在家妇女组成，合作社分季度定期组织社员，就特色水果产业管护做培训，把社员都培养成为特色经果林种植的行家里手。现在的社员中，有11名社员精通八月瓜种植，有15名社员擅长经果林管护。就是这些农村在家妇女，开启了种植八月瓜的征程。经过两年以来的管护，先期种植的50亩在2018年初已经挂果，产值10余万元，2019年预计产值达50万元。

2018年11月，我到任家寨村的八月瓜基地调研，看到两米多高的架子上类似香蕉形状和大小的八月瓜爬满了架子。虽然种植八月瓜的成本远高于普通农作物，但杨雁对八月瓜的前景充满信心。谈起八月瓜，杨雁如数家珍，她说："八月瓜全身是宝，果肉可以鲜吃，也可以加工成果酱、果汁、果酒、果醋；八月瓜的花、嫩叶、嫩稍、鲜果、果皮都可以被加工成为保健茶；籽还可以榨油，是最好的保健食用油；根、茎、叶、花、果、籽、果皮还可以加工成中药。"

更令我意外的是，在随后几个月中，八月瓜产业立即从第一产业衍生到了第二产业，八月瓜茶、八月瓜酱、八月瓜子精油等产品相继试产。目前，乡政府正在积极向上争取项目，修建八月瓜的加工厂。

八月瓜及其衍生产品的出现，昭示着国家倡导的第一产业、第二产业融合发展在这里成了现实，特色产品引导农民脱贫致富成了现实。从此，任家寨村的农民不仅可以分享八月瓜种植环节的利润，还可以分享深加工、销售环节的利润。做特色农产品，赚产业链上的利润大概已经成了杨雁领导大沙坝乡扶贫产业发展的思路。

特色产品不愁销路，但大众产品又该如何破解产销对接难题？杨雁给出了一个独特的思路——举办大沙坝乡年货节。在石阡县19个乡镇（街道）中，大

沙坝乡的年货节成了一道独特风景。

2019年1月23日至25日，石阡县2019年电商年货节暨大沙坝乡第三届"忆乡愁·购年货·助脱贫"年货节活动在大沙坝乡政府旁边的空地上举行，汇聚了来自大沙坝乡特色生态农产品企业、地方农业合作社、农户及县内其他乡镇（街道）的腊制品、特色小吃、果蔬等14个大类年货，200多个摊位上年货琳琅满目，令人目不暇接。

三天的时间，共吸引了1万余人到年货节现场采购年货，销售农特产品300余万元，除了线下年货销售火爆，线上销售也崭露头角，接到腊制品、红肉蜜柚、八月瓜果酱等订单30余万元。数百万元销售金额下连着数千户群众，直接帮助全乡老百姓把家里的存货变成了现金。

杨雁说，第三届年货节规模之大前所未有，销售量及金额创三年之最，来往宾客今年最多，群众收益最好，把产品变成商品，把能人变成商人，把勤民变富民，为今年整乡脱贫摘帽增加了底气和信心。

县委副书记周迪对大沙坝乡的年货节给予了高度评价，他认为大沙坝乡年货节品牌形象正在深入人心，将成为石阡呈现给外界的一张亮丽名片。年货节通过电子商务促进产销衔接，搭建高效率、低成本的"阡货出山"平台，将原生态生产、安全可靠的地方土特产烙下属于当下最独特的乡愁记忆，必将为推进产业扶贫打下坚实基础。

一个普通的年货节，对乡里的老百姓而言是增收的大好机会，对乡里的干部却是一场考验。平安举行这场一万多人的公共活动，背后凝聚着杨雁和全乡干部的心血。我曾参加过大沙坝乡年货节的一次筹备会，杨雁考虑问题细致、全面令我赞叹。她把全乡干部组织发动起来，分成安保组、宣传组、医疗组等多个小组，还制定了突发事件的应急预案，与党政班子集体商定了"最佳年货奖"的评比标准，甚至连举行年货节开幕式现场摆几张凳子、如何摆放都事先梳理得清清楚楚。

在脱贫攻坚工作节奏如此紧张的时候，对如此劳神费力的事情，有的地方领导原本就避之唯恐不及。但为了群众的脱贫致富，杨雁主动扛起这份责任，让我看到了一个乡镇党委书记的创新精神和奉献精神。

水厂的智慧

杨雁每次到我的办公室，总是要先检查一下饮水机上用的桶装水是不是大沙坝乡任家寨村生产的"黔域一方"桶装水。如果发现不是，便会立即要求我"纠正错误"。

杨雁似乎把任家寨村集体经济举办的矿泉水厂——大兴源泉桶装水厂，当成了她自己的"儿子"一样对待，不遗余力帮助矿泉水厂把桶装水卖出去。2018年，大兴源泉桶装水厂在贵阳、余庆、石阡、思南等地设立了70多个销售点，服务中小学校15所。2018年共计销售桶装水46.3万桶，共计销售额为231.5万元。

2016年7月，有关科研人员在任家寨村曹家园组进行地质勘探时，往地下钻孔400米便发现地下水喷涌而出，且水质清澈、口感香甜。正为集体经济"空壳"头痛的村党支部书记李文锋得知消息后欣喜若狂，立即把建水厂"以水生财"的想法向杨雁做了报告。

李文锋说，当时面临的困难有两个：一是多年来少数群众与村干部存在矛盾，干群关系不融洽导致农民认为村干部带头搞产业都是为了给他们自己创造捞钱的机会；另一个就是没有资金建设矿泉水厂及购买机器设备。

为了一揽子解决这两个矛盾，杨雁先是组织乡、村干部分赴8个村民小组挨组召开群众会，与群众面对面就产业扶贫进行沟通，先后召开了多次群众会，然后制定了一个全村人都能接受的利益联结机制。

为了让任家寨村全村的老百姓充分享受山泉水的收益，在杨雁的指导下，村民以每股1000元的资金入股，成立大兴源泉山泉水专业合作社，全村共有148户村民共入股184.3万元，其中贫困户33户；村民占合作社48.9%的股权，村集体和水资源入股占合作社51.1%的股权。合作社收益按照入股比例进行分

红，其中集体分红的部分又按照"2422"的比例进行再次分红，20%按户进行分红，40%作为滚动发展资金，20%作为管理者报酬，20%对贫困户进行再次分红，2017年村民共分红301040元。

这种独一无二的利益联结机制较好地处理了贫困户和非贫困户、投资人和村民、村集体和村民之间的利益关系，促成了水厂以最快的速度完成建设并投产。2017年5月16日，大兴源泉桶装水厂举行开工仪式，同年10月16日，正式运营开业。

2019年初，任家寨村党支部书记李文锋给我算了一笔账：水厂现有工人、销售人员、送水工共计30余人，人工工资3000—6000元/月不等，全年工资支出139.2万元，耗材及电费年共计支出29.76万元，年纯收入62.54万元。其中支付四个村的保底分红资金163000元（孙家坪村3万元、余家寨村3万元、芹菜塘村3万元、大沙坝村8000元、县扶投公司6.5万元），合作社流动资金86100元。按"2422"的比例分配，376300元作为集体经济分红资金（20%用于全村人民分红282户1077人，40%用于滚动发展资金，20%用于管理者报酬，20%用于贫困户分红74户285人）。

我相信，只有像杨雁这样在基层摸爬滚打多年的干部，才会懂得农村各种利益之间该如何平衡，找得准何处才是各方的最大公约数。这种与人打交道的智慧，除了在实践中能获得外，在任何一本书中都无法看到。

激情的来源在哪里？

无论何时见到杨雁，她总是精神抖擞、笑容满面，似乎有永远也使不完的精力，似乎工作压力在她面前从来都是浮云。

2018年冬天的一个晚上，我陪同县委书记和司机深夜十一点半到大沙坝乡埃山村暗访督查干部到岗到位情况，结果在大山里彻底迷路了。我只好给杨雁打电话，她十分钟不到就开着私家车从邻村的群众会现场赶来带路。刚刚足够一辆车通行的村道上，杨雁丝毫没有倦意，把车开得飞快，让我为之捏了一把汗，也让我由衷赞叹她精力的旺盛。

常常有人讲，拥有权力有时就像"打鸡血"一样能带给人无穷的精力。我有些怀疑，是权力让杨雁充满工作的激情，于是问了一句："你觉得自己现在还有多少权力？"

杨雁说，坦率地说，除了对乡里的干部有些管理的权力之外，对老百姓已经没什么权力可言，有的只是服务的义务。过去很多年前，也许可以依靠权力去和老百姓打交道，去树立威信，但是现在要想跟老百姓打好交道，只能靠服务，依靠我能协调的资源去给老百姓服务。前几天有个养殖户找到我，他在银行贷不到款，养殖陷入困境，请求我帮忙。我跟他非亲非故，但是还是帮他协调银行来评估，最后在政策允许的范围内帮他解决了贷款，渡过了难关。只有靠这样的服务，老百姓才会买你的账，他会尊称你为书记，如果不买账他就直呼你的名字。

我又问道："你工作的动力是什么？拿什么激励你的团队？"

杨雁说："我中专毕业后就到县里工作，现在才32岁，当正科级干部已经六七年，组织对我的用心培养让我觉得不好好工作，对不起组织。另外一个就是家庭环境的影响。11岁时，我的父亲因公过世，他当时是乡里的农业技术干部，他认真负责的工作作风对我影响很大。在我成长过程中很多人也帮助我，如果不好好工作，就觉得对不起这些对我好的人。我常常跟我的团队讲，20岁的时候不要想着过40岁的生活，30岁的时候不要想着过退休的生活，什么年龄该承担的工作要去做好。当然这是项很难的工作，但我一直都在激励大家一起努力。"

六、蒲恒江处理"尴尬事"

蒲恒江是贵州省铜仁市玉屏县朱家场镇党委书记，朱家场镇是红军长征的过境地，西电东送的中转站，素有"油茶之乡"的美誉。周恩来总理曾亲笔题词"油茶之乡"。

2018年夏天，刚刚经历了脱贫攻坚第三方评估验收的朱家场镇到处洋溢着比过节还浓厚的喜庆气氛。阳光下，宽阔的马路上见不到一片纸屑或垃圾。长得高高大大、声音特别洪亮的蒲恒江怀着抑制不住的兴奋之情跟我介绍他的脱贫攻坚历程，一谈就是三个小时。

作为最基层的"一把手"，蒲恒江投入精力最多的就是那些一般干部啃不动的"硬骨头"，解决不了的难中之难。然而，正是处理这些"尴尬事"，最能够看出基层工作的实际情况。

小组长关了会场的灯

朱家场镇洪家湾村的驻村干部反映，村里的群众会很难开，请蒲恒江现场指导。夏天的一个晚上，蒲恒江应邀来到洪家湾村的一个村民组组长家的院坝参加群众会，同来指导工作的还有一名副县长和一名县人大常委会副主任两名副县级干部。

群众会上讨论的焦点问题就是村里的2公里路能不能尽快修好。数年前，乡里通过"一事一议"，弄了点钱修成了水泥路。但是由于资金有限，水泥路的等级和质量都比较差，如今路况差，且宽度仅3米，难以错车。村里就该组修路的问题反映了很多年，但始终没有解决。

村民修路的愿望极其强烈，会议上一位村干部说："这里有几百亩的经果林，还有一个养殖场，水果和生猪的运输都离不开一条宽阔的马路。"另一位群众说："党的政策说得好，要让贫困群众达到'一达标两不愁三保障'，不用算都知道，我们村的人均收入肯定达到3500元以上，如果真正想持续稳定脱贫，就把路给我们修好了，全村都稳定脱贫了。"

　　一位参会的乡镇干部正想向群众解释这条路为什么不能修，他说："因为经过'一事一议'修过的路纳不进省财政兜底的'组组通'项目，现在乡里根本没有钱来修这路。"该干部的话还没有说完，便被群众打断了。群众开始七嘴八舌骂开了，村民组长气得直接把家里的灯全部关了，躺床上睡觉去了。会场上一片漆黑，参会的老百姓开始散场。

　　当着县领导的面，突如其来的灭灯让蒲恒江陷入了暂时的尴尬。但他马上就反应过来了，蒲恒江立即把小组长从床上喊出来，当场就说："解决老百姓心坎上的问题是党和政府的责任，资金我们会尽快去多方筹集，但是村里要去协调好修路的占地问题，你们什么时候协调好了土地问题，什么时候就开始修路。"

　　村民们听到镇党委书记的表态，将信将疑，群众会不欢而散。不久，县财政拨款100万元到村里专门用于修路，不到一个月5.5米宽的通村路全部修建完毕，群众自发组织投工投劳修路，没有任何村民对修路占去自家大量土地心存芥蒂。

　　在国家级贫困县玉屏县，财政紧张是毫无疑问的，年年都摆脱不了"吃饭财政"的困境。该为老百姓做的事情有很多很多，但是钱远远满足不了需求。一位干部曾跟我诉苦说："手里有10万元，东村的桥要修，需要花10万元；西村的路要修，需要花10万元；如果拿给东村去修桥，西村的老百姓就有意见；如果拿给西村去修路，东村的老百姓有意见。手背手心都是肉，怎么样都找不到万全之策。"

　　我格外佩服乡镇的"一把手"，核心原因是他们往往能用1元钱，给老百

姓办成需要花100元钱的事情。在各种上面来的资金大都纷纷要求"买油的钱,不能拿去买醋"的情况下,为了把老百姓强烈要求的那些事情办好,事实上众多乡镇"一把手"们不得不顶着被摘掉"乌纱帽"的风险"打擦边球"。

有想辞职的干部

蒲恒江跟我说,干部下乡驻村不久,有的干部因为顶不住基层的工作压力,产生了辞职的想法。脱贫攻坚的战场上,战鼓已经擂响,个别士兵却要后退,这不仅仅是损失一个士兵的问题,恐怕会对整个"部队"的气势都要产生致命的打击。

蒲恒江一面教年轻干部做农村工作,一面鼓励年轻干部坚定信心,终于稳住了局面。他常常给年轻干部们举的一个例子就是,洪家湾村的驻村干部杜含琴。

杜含琴是县疾控中心的干部,生完二孩,产假快结束的时候就被派去驻村,带着哺乳期的孩子和一个保姆住在村委会的活动室坚持工作。杜含琴没有农村工作经验,但还是带着孩子去村民家里开展工作。比如,村里有户独居老人住的地方卫生条件很差,一排猪圈里的污水从老人的家门口流过,臭气熏天,走路连插脚的地方都没有。杜含琴带着扫把,到老人家帮老人把屋外的污水、垃圾处理得干干净净,又帮老人把屋内的陈设收拾得整整齐齐。收拾完之后,又把老人的儿女请到家里宣讲脱贫攻坚政策,带着老人的儿女到附近几家卫生条件特别好的人家户参观学习。从此,老人和他的儿女都深刻认识到了卫生的重要性,改变了原来脏乱差的生活习惯。

"人家一个刚刚生完孩子的女孩子都能把群众工作做好,哪个还不能做好呢?"蒲恒江总是这样鼓励那些年轻干部们沉入基层,把心态调整好,把身段放低,工作才会干得好。

干部得到有效磨炼是脱贫攻坚的一大财富——蒲恒江反复跟我强调这个观点。蒲恒江说,过去,很多出生成长在农村的干部都不知道怎么给群众做工作，但通过脱贫攻坚增强了与老百姓打交道的能力，以前到老百姓家"坐不下来"，说完两句话就没得可说的了，现在一谈就是几个小时，能直接到老百姓家里去煮饭吃。

"经历了那些艰难的农村工作的煎熬之后，干部们的骨头得到了锤炼，以前他们只是群众的信息传递员，但现在是到老百姓家里服务的勤务员；以前干部随时都是干干净净一身，现在因为要干农活，衣服同刚刚干完活的农民一样脏，皮肤和农民一样黑。"蒲恒江说。

朱家场镇在迎接国家第三方评估检查前，对全镇存在的有可能影响到脱贫退出的"疑难杂症"进行了摸底排查，共排查出来问题283个。在不到两个月的时间内，所有问题全部解决并销号。"我为干部们舍小家为大家的精神感动，为干部身上的这种奉献精神、首创精神感动。"蒲恒江说。

马蜂窝也要捅一捅

朱家场镇柴冲村有户有名的"钉子户"，在公共道路上堆了一万多块红砖，一堆就是大半年。由于堆在马路上的砖头严重影响通行安全，左邻右舍要求他尽快清理。没想到"钉子户"反而肆意对前去劝说的人进行谩骂，成了人人都不愿去捅的"马蜂窝"。

"谁都想做好事，都想做好人，但这种'得罪'个别人的事情如果不去做，就会得罪更多人。"在发了一次要求清理的通知给"钉子户"之后，仍看不到有丝毫清理的痕迹。于是蒲恒江带着镇政府的六七名同志亲到现场把砖头一块块搬上车准备运走。看到镇党委书记亲自带队来清理砖头了，附近的50多名群众不约而同汇集一起帮忙搬砖。"开始的时候，'钉子户'在一旁骂，骂着骂着就不再骂了，看着人来得越来越多，便跟我一起来搬砖头了。"蒲恒江说。

做好一件小事情，引导一大片群众。估计柴冲村自这件事情之后，再不会有人敢去做犯众怒的事情。老百姓从来就是最聪明的群体，不会单单听你说了

什么，而是更加看重你到底做了什么。罗马不是一天建成的，农村的淳朴风气也并非形成于一朝一夕，往往就是从一个人、一件事的处理上面，慢慢孕育了新的习惯、新的观念。

铜仁市在脱贫攻坚过程中要求扶贫干部在所有可能的场合都要宣传"四个好"，即党的政策好，把群众"脸色变化"作为评估党的政策落实得好不好的"晴雨表"，让群众了解党和政府的政策，真正感受到政策带来的红利，从内心深处"感党恩、听党话、跟党走"；环境卫生好，通过看村容村貌、连户道路、房前屋后是否干净整洁，以及看屋里屋外的家什收拾得是否有序，来判断贫困群众脱贫的决心和信心；社会风气好，坚持把"乡风文明"作为评估社会风气好坏的标准，有效培树文明乡风，严厉打击"两个争（争当贫困户、争要扶贫政策）"和"两个隐瞒（隐瞒收入、隐瞒家庭财产）"、不赡养老人、破坏扶贫设施等现象；干群关系好，坚持把"群众认可度"作为评估干群关系好坏的标准，做到村村有领导干部联系、户户贫困户有干部结对帮扶，用真心赢得群众认可。

"四个好"承载的价值观念随着铜仁市各区县相继脱贫出列，正在逐步深入人心。农村越来越多的感人故事都在不断展示着农民全新的精神面貌，乡村振兴的基础正在逐步夯实，我似乎看到一个新的乡村纪元正在走来。

七、张红波眼中的山乡巨变

　　张红波是贵州省铜仁市玉屏县皂角坪街道党工委书记，皂角坪不仅是玉屏县政治、经济、文化中心，更是西部大开发的桥头堡，历史上素有"黔东咽喉"之称。

　　2018年夏天，我坐在张红波的办公室一边喝茶，一边听他谈街道脱贫攻坚的故事。张红波担任皂角坪街道党工委书记前的职务是县委宣传部副部长、县文明办主任，口才了得，激情澎湃。谈起脱贫攻坚过程中的事情，他的情绪显得非常激动，时而叫人取刚刚谈到相关事情的证明材料，时而站起来指着材料给我介绍情况，似乎恨不得把他的所有心得体会一股脑儿全交给我。

干部的成长最大

　　回顾刚刚才告一段落的脱贫攻坚工作第三方评估，张红波认为：干部的成长最大。

　　张红波如此总结干部队伍经历脱贫攻坚之后的成长变化：会讲群众话、会吃群众饭、会做群众工作。脱贫攻坚工作开始之初，张红波对街道的年轻干部能否胜任艰苦的农村工作甚是不放心。街道60多个干部，一大半以上是"80后"，三分之一是"90后"，最小的干部生于1996年。"'90后'干部大多没有接触过农村，而且大多是家里的'独苗'，几乎没有受过什么挫折和打击，天生有种优越感，他们潜意识里可能将原来的'贵族情绪'带到工作中去，这远不是我这个街道党工委书记说一句话就能够解决的。"张红波说。

　　街道的干部驻村后，按照县里的要求，必须与群众同吃、同住、同劳动，

而且必须把群众的满意度提高到95％以上。令张红波感到意外的是，经过大半年的历练，干部队伍出现了他曾意想不到的变化。"每天都在'千家长、万家短'里接受历练，以前的'公主病''公子病'已经荡然无存，皮肤变黑了，手变粗了，但精神有了，年轻人的朝气更足了，工作的激情自然流露出来，这是一场脱贫攻坚战役，也是一场干部成长战役，我们的干部在这场脱贫攻坚战役中已经脱胎换骨。"张红波说。

干部的担当精神得到进一步夯实。铁家溪村有个群众唐某，两口之家，夫妻两个常年罹患冠心病、肺结核等病，没有劳动能力，也没有任何其他收入，完全符合建档立卡贫困户的基本条件。但由于夫妻两个跟村里其他群众的关系没搞好，每次村里提议将其夫妻两个纳为建档立卡贫困户时，村民代表大会投票环节就因其得票数量不足无法纳为贫困户。驻村干部、街道办事处副主任刘朝乾带领扶贫队成立专门工作组，挨家挨户阐述唐某家庭的特殊困难情况，不要因为唐某夫妇二人的社会关系不太好就否决他们享受扶贫政策的资格，请他们在下次投票评审贫困户的时候要酌情考虑。在下一次投票中，唐某一家便顺利通过投票程序成了建档立卡贫困户。

老百姓也感受到了干部队伍正在发生的变化。皂角坪街道党工委委员、政协联络组主任高泽锡说，群众跟我讲，以前找政府办事都觉得干部们高高在上，现在去办事干部们会主动和我们打招呼；以前有的干部喊口号的比较多，现在落实在行动上了。"不少老百姓感叹'党的队伍又回来了'。"

农村人口在回流

张洪波感受到脱贫攻坚带来的另一个变化是农村人口在回流，他给我讲起了铁家溪村的故事。

铁家溪村村情复杂，贫困发生率高达33.21％，全村357户，有111户在乡镇或县内另购了房屋，村里的其他房屋则停留在20世纪70年代的状态。逃离铁家溪几乎成了村里人的共识。2017年初，这个村7公里环村路仍旧没有硬化，电话是唯一一个可以联系村外的通信渠道。街道党工委派出32岁的街道办事处副主任刘朝乾到该村担任村支书，同时担任该村攻坚队长。

刘朝乾刚到铁家溪村的时候，村民代表大会开不起来，老百姓根本不愿意来开会。老百姓的态度就是"你们干部尽玩虚的，不解决实际问题，会开不开意义不大"。刘朝乾决心把实事做好，扭转干部在群众心中的形象。在刘朝乾的带领下，村支两委一起谋划种植了200亩黄花菜。动员老百姓加入合作社的时候，村里的老百姓不仅不加入，还在一旁说风凉话。冬天的时候，黄花菜的地面部分已经全部枯死，更是让个别群众找到了"村里什么也干不成"的口实。村里有户群众四处给群众做反面工作，要求其他群众不要相信干部们发展产业的"鬼话"，也不要把土地拿给干部们糟蹋。

没想到第二年春天，黄花菜长势旺盛，当年就产生了很好的效益。"不少老百姓自觉转变了观念，当时给群众做反面工作的村民主动找上门来，要求加入合作社，请村委会带着他们一起搞产业。"刘朝乾说。有了产业作为纽带，干部与群众的关系变得日益紧密。

刘朝乾带领的驻村工作队和村里的大部分家庭都成了微信好友，碰上特殊重大节日，外出打工的群众经常还会发微信消息祝福干部们节日快乐。刘朝乾则通过微信朋友圈把铁家溪村日新月异的变化展示出去：公路通了、自来水装上了、4G宽带通了……家乡的变化让在外打工的村民们看到了发展的前景，有的选择回乡创业，有的把已经破败的老房子翻修重建。

张红波认为，人是农村发展的核心要素；只要有了劳动力，农村的产业发展就有希望，农村就不会走向萧条。脱贫攻坚给农村发展打下了很好的人才基础，为下一步建设美丽乡村，落实乡村振兴战略积蓄了力量。

凝聚力在增强

枹木垗村则是另外一番境况，全村40多户，仅6户老人常住，稍微年轻一点的群众都逃离了村庄，全村人的心头都笼罩着一种对乡村发展失望的情绪。

脱贫攻坚队进驻村里之后，枹木垅村便发生了翻天覆地的变化。2018年夏天，我到枹木垅村调研时，不少群众重新搬回来农村居住，6户人家正在修建新房。在外经商的老板龙必燕捐款10万元，带动全村群众投工投劳，在村子中心修建起来千余平方米的广场和村民活动室。

枹木垅村从来就不缺乏有钱人，也不缺乏劳动力，但最缺的就是凝聚力。驻村扶贫干部们的到来恰恰给予了这个村凝聚力，把全村所有人的积极性调动了起来。"如果早知道村里会发生这么大的变化，就用不着在外面费尽心机去建房子，还是老家舒服。"村民杨前旭说，扶贫干部们来了以后，一个月内到各个组整整开了9次群众会，号召大家参加集体义务劳动，推进村级集体经济建设。

33岁的村民龙灯明在临县开店，他说："以前村里不通硬化路，一年都难得回来一次，也没有人牵头集资来修路搞建设，对老家也就没什么太多概念。扶贫干部们来了以后，深更半夜还在村里入户，动员大家捐款修路，有了领头人，我们这些村民没有不支持的道理。"村里一位老人说，村里上一次集体劳动还是在1987年，村里组织从3公里外的地方抬来电线杆装电。

从一心只想逃离乡村，往城里搬，到齐心协力把农村老家建设好的变化凝聚着扶贫干部们的心血。事实上，扶贫干部来到枹木垅村，就是起了个带头作用，带头参加集体劳动、带头捐款建设村民活动室、带头慰问贫困村民，做出了众多村民想做而未能做的工作，让整个村子的群众拧成了一股绳，真正做到了让农村变成了有魅力的地方、令人向往的地方。

村民龙金海是村里的低保户，看到村里集资建设村民活动室和广场，激动得捐出一个月的低保金260元。龙必燕看到住在烂房子里的单身汉——龙金海如此"慷慨"，感动之下自掏腰包3.5万元，亲自帮龙金海建起了3间砖房，驻村干部帮忙买来了衣柜、电视机等家具。我在龙金海家里看到，电视机零件摆满了堂屋，以前靠四处流浪为生的龙金海刚刚学会了修理电视机，现在正依靠自己的双手争取幸福的生活。

　　枹木垅村党支部书记冉志雄说，过去村里除了有红白喜事，村民会聚集到一起，其他时间几乎都难见到面，人心都散了。村庄建得漂亮之后，在外工作的人回来的次数也多了，坐在一起聊天的时间也多，群众之间的关系更加融洽了。群众的积极性一旦被调动起来，就能爆发出很大的力量，现在村里最边缘的村小组都修起了5.5米宽的水泥路，村级集体经济还种植了300亩猕猴桃，正准备规划养殖1.5万头生猪。

八、龙大超和他的"亲戚"们

认识龙大超的时候，他正担任贵州省铜仁市碧江区瓦屋乡副乡长，兼任深度贫困村司前村的党支部书记。脱贫攻坚过程中，大超与很多群众结下了深厚的情谊，他所负责的司前村也成了群众满意度最高的深度贫困村之一。

走在司前村宽阔、干净的马路上，似乎进入了一幅大自然绘就的画卷中。然而，龙大超刚刚到司前村驻村的时候，最大的印象就是村庄环境脏乱差，后来的每一分变化都凝聚着他的心血。"那个时候，端着饭，不知道走到哪里才吃得下。"龙大超说。他决心改变这个村民们世代生存的环境面貌。龙大超想了个办法，组织在全村开展环境卫生大评比活动，11个村小组进行交叉检查和评比，查找卫生死角，卫生好的村寨授予"清洁文明村寨"的牌匾；家庭之间也相互评比，评出"清洁文明家庭"然后挂牌，并发放洗衣粉、扫把等小奖品。卫生评比的办法果然奏效，有的原来室内外卫生很差的家庭把卫生搞好之后，主动找到村委会要求挂"清洁文明家庭"的牌。

村庄的环境、产业、群众观念等一点一滴的变化都在龙大超的带领下慢慢进行，但最难改变的还是思想观念。龙大超和他的几家"亲戚"就思想观念的转变，开展了艰难的互动历程。

凭什么只给贫困户发油发米？

司前村的孤寡老人周某依靠丈夫生前留下的积蓄过着比较富裕的生活，住着面积超大、质量很好的木房子，但仍旧认为"只给贫困户发油、发米，却不发给她的做法不公平"。为此，每次开群众大会，周某都会情绪激动、大吵大闹，甚至在会议上大喊"干部是骗人的，做事不公平"。

龙大超在半年的时间里拜访周某家超过30次，终于让周某的抵触心理变成了合作心理，让周某从坐等钱粮的观念转变为靠自己过好日子的观念。刚开始去周某家时，周某态度甚是冷淡，见面主要以哭诉为主。后来去的次数多了，周某渐渐地减少了哭诉，不再对来看望她的干部产生抵触心理。大多数去周某家的时候，龙大超都是自己掏钱带着肉和菜，去和周某一起做菜、一起吃饭，吃完饭之后，马上帮着洗碗、洗衣服、搞卫生。"尤其是冬天大雪纷飞的时候，我提着菜来她家一起陪她做饭，让她很感动。她无儿无女，就把我当成了她的儿子一样。"龙大超说。

消除了周某的抵触心理之后，龙大超就邀请周某参加村里举行的感恩教育大会，回顾村里这几年道路、房屋、产业、收入各个方面发生的积极变化和产生这些变化的原因。"当时在会上的群众互动环节，有人就问周某：'你享受到了村里的发展带来的好处了吗？'周某说：'享受了，就是你们发米、发油的时候没发给我。'在场的几户贫困户就指着她一个人说：'那是专门给贫困户的，你并不缺这个东西，你拿走了，贫困户就少拿了，你忍心吗？'周某便不再言语，在以后的会上也不再提起发米发油的事情了。"龙大超说。

龙大超明白，周某的观念问题背后其实是缺乏关爱所造成的偏执。为了让周某感受到"被关爱"，在对周某家落实碧江区农村人居环境改造政策的时候，龙大超带着全村的干部来帮周某运送沙子、水泥、砖头等。周某渐渐接受了龙大超和救济粮、救济油只能发给贫困户的观念，同时帮助龙大超做其他思想观念仍旧没有转变的群众的思想工作。

2018年夏天，我和龙大超来到周某家拜访。周某正赶着几十只鸭子到院坝中喂养，笑容满面地对我们说："鸭子很快就长大了，到时候宰了请你们来吃。"在和周某闲聊的时候，她不停地叮嘱我："年轻人啊，一定要靠自己，自力更生，靠政府要不得啊。"在谈起她对扶贫干部的印象的时候，周某说："他们经常来看我，就像我的亲儿子一样，不要为难他们。"

"死也死在危房里"

司前村的黄某已经80多岁，5个儿子全部成家立业，重孙子都开始读小学了。但是，5个儿子无人愿意赡养黄某，黄某孤身一人曾住在10平方米不到、漏雨又漏风的危房里。黄某气得和龙大超说："死也死在危房里，不要他们（儿子）管。"

2018年夏天，我到黄某家拜访时，黄某已经和二儿子住到了一起，单独做饭吃。黄某居住的木房子被重新打磨、装修，腊肉挂满了厨房的房梁，卧室里被子叠得整整齐齐，四季换洗衣物齐齐整整挂在衣架上。黄某告诉我，现在5个儿子每人每年给800元钱给她，轮流在5个儿子家居住，住在哪家，就由哪家负责解决油、米、菜等生活用品。

黄某生活的转变基础还在于龙大超改变了黄某子女的不赡养父母的思想。龙大超经过一番调查之后，发现5个儿子均有赡养父母的能力，母子、兄弟之间并无深仇大恨，只是黄某的脾气不好，且兄弟之间多年前产生过纠纷。龙大超把村里辈分最高的老人请来，上门给5兄弟挨家挨户做工作，义正词严地指责黄某的儿子不该让母亲住烂房子，更不应该不承担赡养义务，指责他们已经给村里的整体形象带来了极坏的影响。

老人做完工作之后，龙大超立即召开群众会趁热打铁。把黄某的儿子、孙子都叫来和全村的群众代表一起开会，当场给他们讲养儿防老的古训。当场问黄某的第四个儿子："你老了，你儿子不养你，你怎么办？四儿子回答说：'打死他。'我又问：'那你现在该不该养你的老母亲？''该！'"龙大超跟我讲起当时会场上的情况。

五个儿子当着全村人的面签下了赡养协议，并保证把母亲赡养好。自那以后，二儿子主动把母亲接到自己家居住，多年前就互不来往的老三和老四也开始见面打招呼了。最开心的还是黄某，"早就想跟儿子住，但是怕儿子们相互扯皮，反而闹出家庭矛盾，多亏了扶贫干部们。"黄某说。

在脱贫攻坚战场上，我曾碰到过不少子女对父母不尽赡养义务的案例，也曾耳闻目睹有的不孝子女被拘留、处罚的情况。对不赡养父母的现象，龙大超采取了一种更加柔和的处理方式，尽管花心思更多，但取得的效果也会更好些。

扶贫干部驻村扶贫，其实做了很多扶贫工作以外的工作，大都发挥着"政策宣传员、致富领航员、党建指导员、民生服务员、矛盾调解员"的"五员干部"作用，这些工作对于重构农村思想观念起到了至关重要的作用。很多年之后，回过头去看当下这场声势浩大的脱贫攻坚战，我相信扶贫干部们给村里带去的先进思想观念将会是对农村影响最为持久的一笔财富。

拒绝易地扶贫搬迁

在所有单项扶贫工作中，易地扶贫搬迁的动员工作可能是很多基层干部认为最难干的一项工作。尽管政府给贫困户在更好的地段（一般都是城区或城区周边）修好了实用、美观的住宅，基本无需贫困户掏钱，贫困户只需同意便可入住人均20平方米的安置房。但是不少群众困于旧有思想观念，不肯搬迁、害怕搬迁的情况比较严重。

龙大超的"亲戚"晏某就是典型案例。晏某2014年被精准识别为贫困户，全家5口人，2个儿子，1个孙女，儿媳忍受不了家庭的贫穷抛家远去，不知所踪。全家人居住在"一方水土养不活一方人"的山坡上，道路崎岖，回家靠爬，喝水靠天。龙大超走访晏某家多次，但很少遇到过早出晚归劳作的晏某，好不容易有一次碰上了晏某，动员其举家搬迁却遭遇了晏某的冷淡态度。龙大超磨破了嘴皮子，讲尽了搬迁的道理，晏某就是两个字回复："不搬！"

2017年10月，龙大超带着村组干部再次到晏某家做思想工作动员搬迁。天气异常寒冷，龙大超拉着晏某在堂屋里聊了5个多小时，跟随去做工作的干部都摇着头失望地走开了，唯有龙大超还在仔细和晏某算搬迁账。

龙大超问："你在老家能干啥？"

晏某回答："种谷子，种油菜。"

问："算种谷子、油菜的收入，加上打零工的收入，一年总共收入1万元左右。你有没有去算过搬过去之后你家的收入增长情况？"

答："你说说看。"

问："搬过去之后，首先挣了房子的钱，你们家总共能拿到108平方米的房子，按照3000元/平方米计算，至少是30万元的价值。搬迁之后，你儿子在城区扎钢筋一天可以拿到200元左右，一个月做20天就抵得上你做半年。同时也方便了你小儿子读完大学后到铜仁市去找工作。我们还可以帮你在铜仁市区里找份工作，至少2000元/月的工资。你看看这样合算不？"

晏某问："我的户口迁到城里后，这里的土地、山林怎么办？"

龙大超："土地和山林还是你的，你们可以流转给村级集体经济，如果把旧房子拆了，进行宅基地复垦，还另有奖励。"

……

经过5个小时的"拉锯战"，晏某终于同意搬迁，约定第二天早上八点半签搬迁协议。第二天，龙大超带着协议和帮忙搬东西的村干部一起来到晏某家，但晏某已经离家干活去了，电话里说搬迁的事情还要再考虑考虑。尽管火冒三丈，但龙大超还是耐心地问晏某："你是不是还有什么担心的？"

晏某说："除非你写个保证书给我。搬迁过去后，如果我找不到工作，你赔我2万元。"龙大超犹豫了一下，还是同意了，晏某便再次同意搬迁。

正式搬迁的前一天，龙大超给晏某买好了电饭锅、电磁炉等家用电器，带着晏某去看了将要搬迁的房子和将要去上班的公司。龙大超把晏某安置在一家保安公司做保安，试用期工资1900元/月，转正后的工资2200元/月。

搬过去一周以后，晏某给龙大超打来电话说，老婆病了不知道怎么去医院。龙大超立即跑到晏某的安置房，带着晏某的老婆去医院看病。随后的一个多月中，安排干部轮番上门走访、慰问晏某，直至让晏某基本适应了城区的新生活。

　　龙大超以一种几乎"保姆式"的服务，帮助晏某一家住进了新居，一步住上了好房子，快步过上了好日子。令我感动的是，扶贫干部会为老百姓的幸福设身处地、顾虑周全，搬迁前、搬迁中、搬迁后的各种细节都考虑到，并且愿意为群众的未来做负责的"保证"，这种担当精神不正是现在的基层干部所需要的吗？不正是这种担当精神在引领着农民群众的思想观念逐步转变吗？

九、田维宽的"扶贫经"

在贵州省铜仁市扶贫干部的圈子里，大概没有人不熟悉玉屏县扶贫办副主任田维宽这个"强悍"的人物。在县级政府里面，扶贫办副主任的职位看上去似乎无足轻重，但田维宽这个扶贫办副主任却发挥着脱贫攻坚中流砥柱的作用，是玉屏县所有扶贫政策最权威的专家（没有之一），也是玉屏县落实各级扶贫政策的掌舵者之一。

不少玉屏县的干部告诉我，任何扶贫政策的落实，如果出现争议或模糊地带，玉屏县全体干部不以县委书记说的为准，以田维宽说的为准。田维宽的"牛气"由此可见一斑。

满意度的核心

国务院扶贫办关于反馈贵州省2017年贫困县退出专项评估检查结果显示，玉屏县以错评率0.04%、漏评率0、群众认可度95.13%的优异成绩，顺利通过国家验收，摘掉了国家级贫困县的帽子。错退率和漏评率远低于国家限定的2%，群众认可度高于国家规定的最低线90%。田维宽认为，群众满意度的核心就是要抓住村民最迫切、最现实的需要去做工作。

玉屏县皂角坪街道铁家溪村是玉屏县的深度贫困村，贫困发生率最高时超过33%，全村有118户建档立卡贫困户。村里的核心问题是交通不畅，原来仅一条泥路进村，群众抱怨多年"晴天一身土，雨天一身泥"。村里凡是经济条件稍微好些的家庭都会想方设法离开村子，到外面置办房产，曾经一度60%的农户都因为路的问题要求全部搬迁到外面居住。

"后来路修通了，6.5米宽的硬化路环绕村庄，不仅村民们不想再搬出去，甚至原来很多搬出去的人又搬回老家来住了。因为铁家溪村的气候非常好，夏天最热的时候都不用开风扇。解决了路的问题，也就从根本上解决了全村人的认可度的问题。"田维宽说。

　　玉屏县朱家场镇深度贫困村前光村是全县的黄桃产业基地，但缺水特别严重。前几年，村民纷纷外出务工，前光村成了留守儿童、留守老人的聚集地。前光村的村支书万建华说，2014年底，全村10个组，有安全稳定饮水的只有5个组，全村土地2000多亩，大部分都荒废了。"饮水最'老火（铜仁方言，意思为：糟糕）'，就解决水的问题。政府组织给当地村民打了5口深井，解决了村民们的喝水问题，谁还能对脱贫攻坚工作不满意呢？"田维宽说。

　　完善基础设施是脱贫攻坚工作提升群众满意度的核心举措，但田维宽的思路并不止于此。在历次脱贫攻坚检查中，总是会出现个别群众故意隐瞒收入"哭穷"的现象，导致检查工作和正常的脱贫攻坚工作受到影响。田维宽想出了一个办法——制作干群连心袋，把能证明贫困户"一达标两不愁三保障"的相关证明材料装入袋中，放在贫困户家里，防止脱贫攻坚工作出现漏人漏户，以备各方检查。

　　干群连心袋里装证明材料的好处在于，帮扶干部需要上门和贫困户详细沟

▷ 挂在贫困户家中的"干群连心袋"

通，算清楚群众的收入账、享受的优惠政策等，一方面让群众清楚了解到党和政府对自己的关心，另一方面也让干部和群众加强沟通交流，增进相互理解。

玉屏县的"连心袋"创新举措随后便被推广到铜仁市其他区县。铜仁市委书记提出，扶贫干部对于贫困户的资料信息要做到：客观有的、系统录的、袋里装的、墙上挂的、嘴上说的全部一致，才能确保贫困户的信息不出差错。不得不说，"连心袋"是落实这"五个一致"的良好途径。

基层的创意总是层出不穷，基层干部总是能够围绕那些考核重点或者核心难题想到解决问题的办法。在石阡挂职扶贫的三年中，我先后见过不下十种重要的基层制度创新，这些接地气的做法不仅稳妥且有效推进了工作，更让人深切体会到这些举措背后的深刻智慧。但毫无疑问，每一项行之有效的创新举措背后，都离不开一个核心——贴群众的心、为群众的利益着想。

▷ "干群连心袋"里装的部分资料

和时间赛跑

田维宽是脱贫攻坚指挥部的核心指挥人物，与一线扶贫干部承担的职责有较大差异，制定、解释政策、解决疑难问题、进行业务指导是他的主要职责。他大部分时间都在下乡的车上，或者在乡镇、村里或贫困户家里，宣讲政策，答疑解惑。脱贫攻坚要取得胜利，离不开一个"勤"字。

从2017年9月开始，田维宽就吃住都在办公室，上车睡觉、下车工作成了他工作的常态，每天正式睡觉的时间大约3—4个小时。田维宽向全县扶贫干部公布了自己的手机号码，并告知所有人：凌晨两点前和早上六点以后都可以打电话。田维宽开玩笑地说，真的有扶贫干部故意在凌晨一点五十分左右专门打电话给他，就是为了核实一下他是不是真的在上班。

长时间的特殊工作，让田维宽练就了特殊的本领——"一上车，闭上眼睛，就能睡着；休息10分钟，就能马上神采奕奕"。田维宽说，全县4000多名扶贫干部，几乎人人都打过他的电话，最多的一天接到过400多个电话。"白天要奔赴各乡镇做政策业务指导，晚上要做下周、下月工作计划，并完成当天的日常工作。如果哪天是早上七点起床，晚上十二点睡觉，心里就会觉得今天的工作肯定没干好，得不到好的效果。"

时间宝贵，但该花时间的地方一点都不吝惜。为了提高各乡镇精准识别的精度，田维宽把全县所有贫困户和疑似贫困户的信息，挨个乡镇通过视频会议在他面前一一通过、把关。对于极个别的"疑难杂症"，他要亲临贫困户家里现场调研评估。

大湾村有户贫困户认为政策执行不公平，认为没有享受到与同村人同等标准的人居环境优惠政策，不断向各级领导反映情况。"我到他家现场调查，明明看到贫困户搬来的凳子上有灰，我也一屁股坐下；明明看到递过来的茶杯不干净，我也端起来一饮而尽，然后坐下来听贫困户发泄。"田维宽一边说，一边详细地记录贫困户反映的情况，能够解决的问题当场解决，当场解决不了的

问题承诺回到县城请示汇报之后再解决，同时强调政策规定能够给的全都给，但政策规定不能给的一分钱都不能给。田维宽经常这样做贫困户的工作。

"一旦违规给了你们家，干部要受处罚，换成你的子女如果是扶贫干部，你也于心不忍吧？"田维宽说。

田维宽成长于贵州省铜仁市思南县的农村，2002年毕业于江西省新余学院，毕业后先后在乡镇、市直机关、县直部门工作过，尽管历经不同岗位磨炼，但身上的农民情结和农民的勤劳精神始终保持着。他经常跟同事们说："老百姓是很淳朴的，有的就是想找干部倾诉一下，绝大多数的老百姓对国家的政策非常感激，只是讨厌政策执行过程中的不公平。"

1+1只能等于2

所有扶贫政策，在玉屏如何具体执行，执行政策的解释权归于田维宽。这是一种劳神费力、只有责任没有实权且风险系数极大的"权力"。如果某一个政策执行得不对，田维宽就将带着全县干部群众"跑偏"。田维宽自有他的专业精神。

脱贫攻坚工作由于点多面广，各种政策文件繁多，且有的政策变化较快。铜仁市碧江区关于脱贫攻坚的区级政策文件汇集到一起，用A4纸打印出来共有800多页，如果再加上市级、省级、国家级的政策文件，需要掌握的政策数量、细节几乎不可想象。因此，无论哪个县，敢于宣称精通所有扶贫政策的人找不出几个。

正因为如此，很多基层扶贫干部经常会抱怨，同一项工作，这个领导来说要这样做，那个领导来说要那样做，各说各的理，让基层无所适从。田维宽跟我讲起一个例子，一位上级机关的处长来玉屏督查脱贫攻坚工作，对玉屏没有全部把低保户纳为建档立卡户的做法提出严厉批评，认为这不符合政策要求。陪同调研的县领导和乡镇干部紧张得出了一身汗，唯有田维宽不慌不忙地拿出一份权威文件给这位处长看，文件上明确写道：精准扶贫对象达到了"一达标两不愁三保障"标准的可以不纳为低保户，低保户、五保户、特殊困难群体已经达到"一达标两不愁三保障"标准的可以不纳为建档立卡贫困户。那位处长尴尬地收回了刚才批评过的话语。

田维宽始终坚持的一条原则就是：政策执行必须统一，且保持稳定；只能是"1+1=2"，不能今天等于3，明天等于4；否则会让基层的扶贫干部无所适从、劳而无获。"政策把握精准了，就好比是给扶贫干部们的工作建好了一条高速公路，他们可以放心大胆加速往前开；如果政策执行老是要发生变化，就等于是在高速公路上设置了无数个急转弯，一线扶贫干部疲于应对转弯，哪里能跑出好的速度呢？如果安排工作的时候就做了错误的安排，以后全部都得重新来过，将会花费更多的时间和精力去纠正。"田维宽说。

为了让全县扶贫干部都精准掌握核心的扶贫政策，玉屏县每个月都要举行一次千人以上的集体业务培训活动，全县副县级以上领导干部、乡镇党政主要领导、驻村攻坚队长、副科级以上干部全部参加。田维宽每次都是亲自授课，详细讲解。除了集中培训，还有分散培训的形式。田维宽先后到玉屏县80个村13个社区进行过脱贫攻坚业务专题培训。

田维宽还跟我讲起几个很有意思的细节：有的乡镇打电话咨询政策的时候会偷偷录音，作为今后上级领导来检查工作执行情况的依据；有的乡镇就某项政策下发给村里的文件，会如此表述："根据田维宽说，应该……""易地扶贫搬迁、教育补贴、危房改造等工作分别由生态移民局、教育局、住建局负责，政策也不应该由扶贫办来解释；但是所有人已经习惯了打电话给我，我也只好来者不拒。"田维宽说。

十、王宝兴的"三把火"

王宝兴是贵州省铜仁市万山区敖寨乡党委副书记、政法委书记，兼任乡深度贫困村瓮背村村支书。在该乡党政班子里，1989年出生的他是最年轻的一个。

2018年7月，我到瓮背村采访，他作为瓮背村的脱贫攻坚队长陪同我步行进村入户。午餐后，我和他顶着烈日走到村里时，全身的衣服几乎都被汗湿透了。他一路跟我讲起做农村工作经验的各种故事和心得，让我感觉到，复杂、艰难的农村工作已经把这个参加工作不久的年轻同志锤炼成了技术娴熟的"老手"。取信于民、公平落实政策、搞好农村产业是他在瓮背村烧的"三把火"。

取信于民

2017年9月开始，王宝兴全脱产驻村扶贫，从那时候开始到脱贫验收结束这段时间，便没有了周末和节假日的概念。初到农村，他面临的是一个"烂摊子"。

上一届村支两委班子不和，干群关系甚是紧张。时任村党支部副书记杨昌喜说，村里一开会就有人来闹场、拍桌子，有的老百姓一看到村支两委的同志来了就"骂娘"。王宝兴刚来开的第一次开群众会，没能正常开下去，"一开会就闹场、一开腔就骂娘"的混乱场面让所有干部在尴尬中匆匆结束了会议，原本想在会议上宣布的瓮背村发展蓝图也不好意思再公布。

王宝兴花了一个多月的时间走访了全村所有农户，终于摸清了村里的基本情况。每到一户农户，王宝兴自己主动搬张凳子坐下，听老百姓倾诉。等到老百姓说累了，骂累了，没得可说的了，王宝兴才开始带着笑脸做工作。在一些意见较大的农户家，王宝兴一坐就是四五个小时。"群众对村干部已经失去了信任，陈年积累的矛盾纠纷在集中爆发，'两争两隐'的风气比较严重。"王宝兴决定消除这三个痛点。

王宝兴认为，群众对干部失去信任的原因主要是一方面近年来村干部并没有带头给村里搞建设、谋发展；另一方面是干部优亲厚友，惠农政策落实不到位，"一碗水没有端平"。

杨昌喜说，5400多米的村道还是泥巴路，经常有骑摩托车的村民摔伤在路边，多年不搞建设，现在突然又跟群众说要修路，老百姓不仅不相信真正要修路了，还在怀疑村干部们正要以修路的名义捞钱。

充分了解情况之后，王宝兴开了第二次群众会。"开会的时候，我详细记录，同时充分让群众发言，把想说的说出来，把想骂的骂出来，有的群众把二十年前陈芝麻烂谷子的事情都讲出来了。群众讲完之后，我来做总结，首先向大家公布了我的手机号码。我跟他们说，针对大家反映的问题，新一届村委会能够弥补的马上弥补，不能解决的请大家给予一段时间来慢慢解决；如果还有没有说完的问题可以随时打电话给我或者到村委会找我讲。同时把村里的基础设施建设、产业发展规划的基本思路跟大家进行了初步沟通。我反复讲，本届村委会就是要为群众谋幸福，以后村里的日子会越来越好过，到处都会亮堂堂。"王宝兴说，当时并没有几个老百姓相信他说的话。

为了以实际行动取信于民，王宝兴和村委会从整顿村庄卫生开始着手。"村里的垃圾原来都是扔在村口的河里，水冲不走的垃圾累积了一米多深。我和所有村组干部、党员跳到河里清理垃圾，整整捞了5天，30吨载重的大卡车运走了整整8车垃圾。"王宝兴说。

清理完垃圾，就开始谋划给村里修路。为了凑齐修路的钱，王宝兴到区直部门挨家挨户"化缘"得到了28万元，随后又争取到"组组通"项目资金支

持。半年时间，一条6.5米宽、5.4公里长的村道环绕整个村庄。

为了发展集体经济，王宝兴决定先搞200亩土地来种植荷花。村集体拿不出一分钱发展产业，于是村支书、村主任每人从自家腰包中掏出2万元，给村里购买莲藕种子种下去。在瓮背村采访时，正是荷花盛开的季节，太阳底下，荷花池穿村而过，绿油油的荷叶裹着四处点缀的白色荷花迎风招展。

原来出租车不敢到瓮背村来，因为晴天凸凹不平的道路会触到车底盘，雨天会陷在道路的泥泞中动不了。经过王宝兴的几番努力，瓮背村的面貌来了个一百八十度的大变样，卫生变好了、道路硬化了、产业开始发展起来了。不少老百姓开始感觉到，这个新来的村支书还是有点魄力，能干点事。

一碗水端平

农村的社会矛盾曾日积月累，程度最尖锐、数量最多的恐怕要数低保户的评定。老百姓说得最多的一句话就是：国家政策是好的，就是被这帮村干部念歪了。

贵州省的低保政策甚是优厚，补偿最多的低保户每人每年可获4000元左右，这就意味着普通的一家三口一年可以获得1.2万元左右，完全可以维持比较好的生活水平。国家对低保户评议设定了非常严格的程序，比如要求村委会必须对评上低保户的家庭信息进行不少于七天的公示。

有一次在某县调研时，刚好看到村里的公示栏里正在对刚刚评完的低保户情况进行公示。但是公示栏里，我只看到公示通知，却并没有看到具体的低保户名单。不解地问村支书："怎么只有公示通知，不见公示的名单呢？"村支书回答说："公示是乡里的要求，所以公示的通知一定要贴出来，对上要有个交代；但如何公示是我们的事情，如果那个低保名单公示出来，肯定很多人又要出来闹，还不如不公布。"我愕然无语。

瓮背村碰到的则是另外一番情况。村民张某有两个已成年的非贫困户儿子，家庭经济条件并不符合低保户的条件，但多次跑到村委会要求王宝兴将其评为低保户。"有一次，她在村委会坐了一天，愤怒地骂了一天，最后威胁我说'光脚的不怕穿鞋的'，拍着办公室的桌子说要去告我。"王宝兴说，没钱也不能抢银行，按照国家规定不该享受的政策就决不能享受，不能搞成"一闹就有、大闹大有、小闹小有"。

王宝兴坚持对村干部和群众做到"一碗水端平"。他说这个话的时候，刚刚按照规定，取消了两位村干部的近亲属的低保。难于拒绝群众的不合理要求，更难的还在于把群众"得罪"之后，还要去继续做工作提高群众满意度。因为群众的满意度是当时脱贫攻坚第三方评估验收的核心指标之一，如果群众满意度低于90%，则不能通过脱贫验收。如果被王宝兴拒绝的群众的家庭都对前来验收评估的同志们表示不满意，则不仅瓮背村不能脱贫，还可能"拖累"整个万山区不能如期脱贫。

村里有位70多岁的独居老人对王宝兴极其不满，因为王宝兴刚到村里工作便取消了她的低保。为了取得老人的理解，王宝兴几乎每周都要上门1—2次，去看望老人，有时提着肉和菜去和老人一起做饭吃，有时帮老人打扫卫生、换灯泡、修水龙头等。"后来，老人被感动了，也听得进我给她宣讲的政策了，说我比他儿子对她都亲，还请我帮忙骂骂他儿子。"王宝兴说。

人心都是肉长的，王宝兴用自己的真心、诚心，换取了那些曾被认为是"钉子户"的群众的暖心，把很多干部避之唯恐不及的人变成了自己的好朋友，把很多干部认为不可能做成的事情变成了现实。王宝兴的这些做法给我很多启示，无论是处理家庭关系，还是处理工作关系，不都需要他这种精神吗？

鸡屎都没那么臭了

村级集体经济的发展情况不是脱贫攻坚第三方评估验收的指标，但却是全村群众脱贫致富的重要依靠。王宝兴给我算了一笔账：2017年瓮背村集体经济毛收入有70万元，其中养鸡产业贡献了39万元，荷花产业贡献了17万元，食用菌产业贡献了13万元。

让王宝兴倾注心血最多的是村里合作社的养鸡产业。王宝兴读大学学的是动物医学专业，对养殖肉鸡有一定技术基础。从来到瓮背村驻村扶贫开始，王宝兴便考虑利用村里山坳里的那块将近20亩的荒山养鸡，并依托敖寨乡农业服务中心的技术支持，成立了铜仁市万山区民信生态种养殖有限公司，争取到财政专项扶贫资金10万元。

▷ 瓮背村养鸡项目的公示牌

2018年7月，我在瓮背村秧田湾组所在的山坳里看到，5000多只鸡散布在山林和山脚的空地上，公鸡叫声此起彼伏。"母鸡5斤一只了，马上就拖出去卖掉。"王宝兴说，2017年6月开始养鸡，当年国庆节卖了7000多只，由于坚持只喂玉米，不喂其他饲料保持肉质，当年只赚回了管理费；2018年接了9000只的订单，现在已经卖了7000多只了。

▷ 瓮背村秧田湾组山坳里"散步"的走地鸡

　　王宝兴把村里的鸡卖到了湖南芷江。几乎每次卖鸡，都是他带着村支书和另外一名驻村干部，凌晨开始抓鸡装车，然后开着车送到芷江的早市上。王宝兴对第一次去湖南送鸡的情景记忆犹新：那时送鸡的车开到高速公路上便下起了瓢泼大雨，三个人急急忙忙地停下车拿起雨布去盖车，然后又匆匆忙忙开车赶到芷江交货。直到收鸡的老板把钱数给王宝兴之后，王宝兴才留意到三个人浑身都是鸡屎，鸡屎味弥漫在每个人的身边。王宝兴说："凌晨两三点数钱的感觉真是忘不了，一边数着钱，仿佛那些鸡屎都没那么臭了。"

　　为了卖莲子，王宝兴跑到铜仁市联系了5家愿意接收的超市，天天都送货。超市老板得知，王宝兴并不是为了卖自己的货，而是帮集体经济卖货，于是主动少要了3个点的抽成。

　　众所周知，产业扶贫是脱贫攻坚的核心，但产业扶贫也是最难的扶贫举

措。武陵山区的大部分地区山高坡陡、沟谷纵横，素有"九山半水半分田"之称，老百姓经常开玩笑说：地里什么也不长，就长石头。改革开放40多年后的今天，铜仁的很多农村村级集体经济仍旧是"空壳"，如果单靠市场的力量能够推动这里产业发展的话，恐怕村级集体经济和产业不至于如此落后。往往会碰到这种情况：一车铜仁生产的蔬菜，运到贵阳市场去销售，成本价就比贵阳当地生产的蔬菜的销售价高。

农产品的遭遇如此，人才资源也遭遇类似的瓶颈。越是穷，越是留不住人才，尤其留不住农业生产所需要的优等人才。因此，贫困地区产业发展既要依靠"市场之手"，又必须依靠"政府之手"。"政府之手"除了包括产业政策、金融政策等优惠政策之外，最核心的就是人才。毋庸回避，在广大贫困农村，尤其是深度贫困地区，乡镇干部和村干部正是能够带动村级集体经济及农村产业发展的核心力量。

然而，鼓励乡镇干部、村干部带头发展产业的机制并不完善，尤其是产业蓬勃发展与产业带头人的利益联结机制仍旧是个敏感话题。这直接导致乡镇干部、村干部带头发展产业和集体经济必须具有相当程度的奉献精神、牺牲精神、冒险精神，因为产业搞亏了，可能要承担相应责任，产业搞好了，并不会多增加他们自己一分钱的收入。

在铜仁，我亲眼看到很多很多乡镇干部、村干部全然不顾带头发展可能面临的自身风险，带着老百姓发展产业，披荆斩棘、负重前行。无数个王宝兴们的担当精神，总是让我一次又一次被感动着。

十一、从张举看群众工作的"痛点"

张举是贵州省铜仁市万山区高楼坪乡党委的组织委员，小湾村的包村乡领导。2018年7月，我到高楼坪乡采访，尽管刚刚经历了第三方评估验收，作为乡领导的张举特别累，但是仍旧非常热情地接待了我。

脱贫攻坚过程中，高楼坪乡有很多别出心裁的做法令我记忆犹新，这里的干部群体非常善于想办法。乡政府办公楼一楼贴着一张三米长两米宽的图表，左侧是全乡所有主要驻村帮扶的干部的姓名，上侧写着日期，下面填写着相应日期该干部的体重。图表下面是一个磅秤，干部每半个月都要来称一次体重，并且自己把体重数据填到上面的表格上去。

张举告诉我，如果体重变重了，那就说明该干部在村里走访老百姓的路走得少了，很可能就是待在办公室没有到老百姓家里开展工作，乡党委政府的主要领导就会去约谈这个体重变重的干部，核实了解情况。尽管我觉得依据体重变化来判断一个干部的工作情况可能并不准确，但是让干部每半月来称一次体重、填一次数据，无疑都是在提醒干部要多下村，到老百姓家里去开展工作，不失为一种调动干部积极性的创新举措。

张举在跟我谈起他在村里做群众思想工作时，各种细节迸发出创新的火花，更有无穷的感慨。

一声"姨妈"

小湾村的群众吴某有3个儿子，同年老的父母（均残疾）一起居住，家庭生活比较富裕，其中1个儿子拥有一辆轿车。2017年，按照政策标准，吴某不

再符合享受低保待遇的条件，于是张举召开村民代表大会，决定从低保户名单中删除吴某。从此，吴某便和张举"杠上了"。吴某一看到村委会开会，就跑过来反映家里的特殊困难情况，要求给予低保待遇，还威胁村干部"如果不给低保，就请记者来曝光"。

张举为了做通吴某的工作，每周至少要去一次吴某家，一坐就是两小时以上。"每次去都跟他讲政策，但吴某几乎不为所动，宣讲政策讲到口干舌燥，他最后还是只有一句话，就是要求给低保待遇给他。"张举说。

长期政策宣讲并未奏效之后，张举决定迂回包抄，打感情牌。张举打听到吴某的妻子姚某的老家是在隔壁乡的一个村，恰好张举曾在这个村当过村支书，对姚某在老家的亲戚都非常熟悉。"我跟姚某说，我的妈妈也姓姚，年龄跟她也差不多，论辈分我应该叫她姨妈，改变了以前'孃孃'（阿姨）的叫法，从此拉近了和姚某的距离，同时请了姚某老家的亲戚来做工作。"张举说。

张举的一声"姨妈"冰释了所有矛盾。不久，吴某的顽固思想就被他老婆的训斥融化，不仅理解了低保政策，还更加体谅驻村干部们的难处，帮着驻村干部去做村里其他"钉子户"的工作。驻村干部来到吴某家，吴某都要留着干部们喝茶、吃饭，热情备至。

"如果那一刻，我母亲不姓姚，而贫困户姓姚的话，那我母亲那一刻也得先姓姚。"张举跟我说了句开玩笑的话。张举这句玩笑话，恰恰令我的心情很是复杂。

我出生、成长于农村，见过许多村干部、乡镇干部下乡工作的情况，除了干部们高高在上的印象留在我记忆深处之外，从来没见过干部为拉近群众关系，主动去认群众做"干亲"的情况。

我相信，张举在叫姚某"姨妈"的时候是带着感情的，要不然光凭一句亲热的话解不了群众的心结。但无论如何，从这一声"姨妈"里，我似乎看到，驻村扶贫干部为了做通群众的思想工作，真的放下了自我，放下了身段，放下了高傲。谁都无法否认，这里的扶贫干部是真正用"心"在跟老百姓打交道，是真正将心比心，去弥补过去干群关系产生的裂缝，同时为迎接新的时代打下良好的群众基础。

帮群众找到了牛

小湾村周某原来被评为贫困户，但由于后来被发现她3个女儿的经济条件都很好，其中有一个还开宝马轿车，被作为"错评"取消了贫困户资格。从此，周某对张举心怀不满。

张举坦言，开始的时候，很害怕去周某家，因为一进周某家，就必定会被缠住，不知道怎么才能脱身。但经过几件小事情之后，张举成了周某家最受欢迎的客人。

周某和丈夫都是勤劳的农民，家里养着一匹马和4头牛，夫妻俩整天都在田里、土里干活。有一天，夫妻俩把牛扔在山坡上吃草之后，便到附近的旱地锄土。天黑的时候，却发现牛不见了，急得夫妻俩四处大声呼喊。张举听到消息后，带领全村驻村干部打着手电筒四处帮忙寻找，终于在半夜时分从其他村的山林里找到了走失的牛。"周某夫妻俩千恩万谢，他们根本没想过平时'得罪'得很厉害的驻村干部居然会主动帮忙找牛。"张举说。

又过了一些时候，周某家的玉米地被邻村群众家的牛糟蹋了，30多棵玉米苗被牛吃掉。周某要求对方赔款200元，但对方坚决只赔100元。由于矛盾无法自行解决，她便到村委会请张举去帮忙解决。张举和邻村的工作组进行了对接，据理力争，按照被毁玉米苗棵数赔款，最终让责任方赔偿了周某200元。

群众的小事，都是干部的大事。帮群众解决了细小的事情，群众的思想工作就做通了，群众对干部的满意度就提升了。两件"牛事"彻底消除了张举和周某之间的隔阂和误解，让张举再也不害怕进周某的家门。

张举每次到周某家都不闲着。初次到周某家，张举看到周某的厨房漏雨、采光很差，于是根据区政府的相关政策，把周某厨房的瓦重新翻盖了一遍，把

墙壁加高了几寸。后来，张举看到周某的家里不够整洁，卫生不够清洁，于是便主动帮忙折被子、擦玻璃、打扫屋里屋外卫生。"帮他家搞了几次卫生以后，他们自己都觉得不好意思了，坚决不让我们再帮忙搞卫生，他们自己慢慢养成了讲卫生的好习惯。"张举说。

见到周某的时候，周某满怀感激地对我说，他活了60多年，张举来家里以前，从来没有见过这么好的干部，从来没有见过哪个干部会帮老百姓找牛，从来没见过哪个干部会到家里帮忙搞卫生。

细节里见真情，细节里看成败。脱贫攻坚的战场上，总能听到不少干部抱怨，有的群众太难缠，其实应该反思的是干部们有没有真正去想过老百姓真正需要什么？老百姓的需要从来都很简单，他们从来都是最容易被感动的一个群体。

独居老人的"脉"

小湾村有位60多岁的独居老人潘某，育有一个儿子。但潘某与儿子、儿媳关系很差，经常吵架，拒绝住在儿子的大房子里，一个人卷起铺盖住到了祖屋（已成危房的老木房子）里。潘某的儿子、儿媳也拒绝赡养潘某。潘某几次三番到村委会要求评为贫困户，但因为不符合条件未能如愿。每次有上级领导到村里视察，潘某总要拉着领导的手来看她居住的危房，同时哭诉村里不给她评贫困户。

新产生的干群矛盾和陈年累积的家庭矛盾交织在一起，足以让任何一个干部为之头疼。张举采取的第一步措施就是解决老人暂时的收入问题，让老人能过上相对充裕的物质生活。"村里需要人打扫卫生，我就去请潘某来，工资70元一天，让她有活干，有收入，生活不至于没有着落。"张举说。

按照危房改造补贴政策，如果儿子有大房大屋，便不能给父母的危房进行"危改"。唯一的方法就是让潘某愿意住到儿子家去，让潘某的儿子也愿意接纳其母亲。

张举先是带着工作队到潘某的儿子家做思想工作。张举说："我跟她儿子说，让母亲住危房，不赡养，决不仅仅是道德问题，更是涉嫌违法，情况严重的时候司法部门是可能要抓你去坐牢的。"工作队同时把万山区公安局、司法局、法院、检察院联合制定的关于打击不赡养父母的相关法律文件张贴到了潘某儿子家的大门上。潘某的儿子、儿媳开始意识到必须处理好跟母亲的关系，立即同意马上去请潘某到家里居住。随后，张举便带着潘某的儿子一起劝说潘某离开危房，到儿子家居住，但潘某仍旧不为所动。

适逢潘某的孙子骑摩托车摔断了小腿骨，花费医疗费几万元，全家经济情况陷入困境。心疼孙子的潘某立即跑来看望孙子，并拿出自己的有限积蓄来给孙子治疗。张举了解到情况之后，立即倡议全村所有干部群众为潘某家捐款，同时通过"轻松筹"发布募捐信息，共为潘某家捐款1万多元。"当工作队带着1万多元募捐款送到潘某手中时，潘某同意了去儿子家居住。潘某的'脉'终于号准了。"张举说。

张举再到潘某家时，儿子、儿媳已经开始尽赡养义务，签订了赡养协议，潘某也尽力帮儿子、儿媳照顾好孙子，一家人又重新回归了亲密、融合的和谐状态。

一把钥匙开一把锁，抓住群众的"痛点"才能做好群众工作。一个优秀的干部，应当要清楚，潘某的"痛点"在于她的孙子，潘某儿子的"痛点"在于对法律的敬畏。事实上，当我回过头去审视近两年来所碰到的做群众思想工作的各种各样案例，发现成功的案例无一不是站在群众视角，消除群众"痛点"，而失败的案例中总是有自以为是、不得要领的基层干部身影。

第三章

群众之善

一、源头活水

"半亩方塘一鉴开，天光云影共徘徊。问渠哪得清如许？为有源头活水来。"闲暇时光，总喜欢独自朗诵和品味朱熹的这首小诗。树有根，水有源，近三年的扎根，让我深深体会到基层群众就是社会一切活力的源泉，群众的智慧和力量是所有一切工作的源头活水。

经历了脱贫攻坚过程之后，回过头去读《毛泽东思想概论》，不得不佩服当年中国共产党把"群众路线"作为革命胜利的"三大法宝"之一，作为毛泽东思想"活的灵魂"的核心内容。党章指出："党在任何时候都把群众利益放在第一位，同群众同甘共苦，保持最密切的联系，坚持权为民所用、情为民所系、利为民所谋，不允许任何党员脱离群众，凌驾于群众之上。我们党的最大政治优势是密切联系群众，党执政后的最大危险是脱离群众。"

在中国共产党领导下的脱贫攻坚不正是对这段话的生动阐释吗？在一次次群众会中，在一个个党组织引领下发展的项目中，在一回回干部上门拜访中，广大党员干部真正做到了密切联系群众、相信群众、依靠群众。淳朴、智慧、勤劳的石阡群众，正是擎起脱贫攻坚历史重任的中流砥柱。

群众会算账吗？

产业结构调整是贵州省推进脱贫攻坚产业扶贫工作的核心内容，具体而言，就是要逐步淘汰或减少传统低效农作物，如玉米、红薯、水稻等，改种经济效益更高的农作物。

"乡村振兴，产业兴旺是重点。没有产业发展，就难以如期脱贫、全面小

▷ 龙井乡老君山村的宣传标语

康，也难以实现乡村振兴。"贵州省委书记提出，按老办法解决不了贵州脱贫攻坚的一系列问题，必须采取超常规、革命性的手段，来一场振兴农村经济的深刻的产业革命。贵州省将"为吃而生产"转变到"为卖而生产"，坚决打好玉米种植调整硬仗，加快推进农业由增产导向转向提质导向，加快发展生态养殖业和农产品加工业，推进农业与旅游、体育等产业深度融合。

2018年春，贵州省委提出，利用春耕生产有利时机，调减玉米560万亩，大幅度提高蔬菜、茶叶、食用菌等经济作物的比重。农村产业结构调整对农村的思想观念、生产方式、市场培育、基层组织、工作作风等都是一种挑战，必须适应农业主要矛盾变化和供给侧结构性改革的要求，体现山地特色，突出现代高效，不得不采取革命性的办法。

省委的政策最终都要落实在县乡，纸上的文字才能真正变成推动经济发展和脱贫攻坚的动力。石阡的产业结构调整进度走在全省前列，但在产业结构调整之初，也出现过一些波折。

2018年春，贵州省委发动的产业结构调整运动被称为"春季攻势"。在省委开完产业结构调整动员会之后，石阡县委书记风尘仆仆地赶回来，立即召开产业结构调整的县级动员部署会，提出的口号是"控制水稻、减少苕类、淘汰玉米"。在随后的半个多月中，我被派到各个乡镇村督导产业结构调整情况。

县里的产业结构调整摸查数据显示，石固乡某村的玉米种植面积仍旧居高不下，于是我前往调研。50多岁的村民王某和80多岁的父母生活在一起，在家养了9头猪、3头牛。王某给我算了一笔他为什么坚持种玉米的明细账。"猪要吃的东西，都是从那个地里出，不种玉米和红薯，猪吃什么？不养猪我能干什么？一亩地上种玉米的同时，套种了红薯在最底下，套种了大豆在中间，一年至少可以收获3次，每亩地算下来收入也有2000多元，还免去了到外地购买猪饲料的奔波。"王某说完，拉着我就到他的地里看他套种的玉米、红薯和大豆。

从产业结构调整的政策来看，单纯种植玉米的效益极低，应当尽快得到调整。但现实中，很多种植玉米的土地实际上套种了大量其他农作物在其中，多种套作、轮作的农作物的收益加起来并不必然会产生"低效"现象。对于后面这种情况下如何进行产业结构调整，政策上并没有明确的指导。

再加上那个时候，就近务工难以吸纳所有农村剩余劳动力，能够确保风险小、投资小、收益多的可供选择种植的山地农作物并不多。在这种情况下，农民的明细账显然可以说明，如果"一刀切"地消灭玉米种植并不现实，条件成熟时逐步淘汰低效农作物也许是能够行得通的路径。农民对自身利益的考量并不糊涂，算起账来甚至比一般商人更为精到。

群众真的刁蛮吗？

来石阡之前的7年中，借助于参加新华社调研小分队的机会，我曾到过南方绝大部分省份的农村地区，采访接触得最多的就是普通老百姓和基层乡镇干部。每到一处，几乎总能听到干部们抱怨有的老百姓难以相处，甚至有的可以说是"刁蛮"，更别说合作共事了。

来到石阡之后，接触群众，尤其是接待反映问题的群众的时间和机会更多了。石阡县委大楼坐落在龙川河东边，是个完完全全没有围墙、开放式的办公场所，任何人都可以直接走进楼里，见到任何他希望见到的干部。

我的办公室在县委书记办公室的对门，于是便成了接待反映问题的群众的核心地带。两年多的时间里，面对上访的群众，我已经由原来的手足无措，变得游刃有余。在一次应县委组织部之邀，为县直机关遴选公务员出面试题目的时候，我还以如何在办公室接待上访群众为场景设计了一道面试考题。

从我接访的经历来看，来找县委书记反映问题的群众，大多已经在乡镇、村的层面多次反映但仍旧没有顺利解决，又没有得到合理的解释；与此同时，对所反映的问题，来访群众真正理由充分、证据确凿的情况并不占绝对多数比例，所提出的诉求的合理性和合法性存在模糊。

大多数时候，群众所需要的是所提出的诉求得到认真、客观的处理，诉求无法满足的时候得到一个合理而耐心的解释。所谓"大闹大解决，小闹小解决，不闹不解决"，其实并不是日常矛盾纠纷化解的常态。循着能解决的问题解决好，解决不了的问题解释好的思路，我相信绝大多数上访的问题都能得到妥善解决，只是需要干部真心付出、认真对待。

一位驻村干部曾和我讲起这样一个故事：某村一位独居老太太，多年来一直为了达到一个明显违背政策的诉求，到各级政府上访，无论谁的解释都听不进去，几乎成了乡村干部见着都害怕的"刺头"。

后来，村里来了一个年轻的驻村干部，默默跑到老太太的家里，每天都帮她挑水灌满水缸。连续挑了十天水以后，老太太彻底被感动了，立刻就听进去了这位驻村干部对不能满足老太太诉求的解释，从此再也没有发生过上访的事情了。

每次听到有个别干部说起"刁民"的字眼，我就恨不得跑上前去怒斥"刁官"。在做群众工作方面，县委书记带领我去亲身处理过的很多事情，让我有了切身体悟。

▷ 石阡农村的脱贫攻坚标语

有次和县委书记两人一起到白沙镇某村入户走访，步行数公里泥巴路才抵达村里的群众家中。一听到县委书记到了村里，村里的"族长"立即把能说得上话的族人都叫过来，围着县委书记提出要求："请求把进村的3公里路全部硬化成4.5米宽的标准水泥路。"

在了解清楚情况之后，县委书记解释说："首先，这里是地质滑坡地带，不适于人居，不宜再修路进来；第二，全村只有12户人家，不符合当前修通

组路的硬性规定（村庄户数需30户以上）；第三，全村所有群众都可以享受易地扶贫搬迁政策，整体搬迁到集镇或县城的保障房内居住，无需村民掏钱购房。"坐在群众的院坝里，县委书记一边分析利弊，一边讲述这三条意见，讲了将近两个小时。在规则和道理面前，县委书记寸步不让，终于让"族长"心悦诚服，还邀请县委书记和我到家里做客，亲自拿出自家出产的蜂蜜进行招待。

托尔斯泰在他的著作《忏悔录》里表达了这样一个体会：越到基层，越能碰到更多心地善良的好人。石阡就是这样一个典型的基层，大部分老百姓淳朴的底色令我感动。我常常跟朋友讲："石阡农村的老百姓对陌生人都不设防，只要向他们讲明白来意，他们会热情邀请你进门喝茶，甚至参观他的房间，绝不会用充满敌意和戒备的眼神盯着你。"

群众的智慧在哪里？

在本章的内容中，我记录了十个具有典型性的基层群众，从他们所做的事情中大体能够体味到什么叫群众智慧，能够认识到"人民群众一旦被发动起来，就会迸发出无穷的力量"，也能为最基层老百姓的善良和智慧所感动。

需要说明的是，在当下的法律体系中，村支书、村主任并不属于严格意义上的"国家工作人员"，尽管常被称为"村干部"，但他们仅仅是农村群众的领头人，实际上也是普普通通的群众。

习近平总书记指出："群众路线是我们党的生命线和根本工作路线，是我们党永葆青春活力和战斗力的重要传家宝。"坚持走群众路线，绝不是喊喊口号走走过场，而是要真心诚意、实打实做，善于从人民的实践创造和发展要求中完善政策主张，善于从群众中寻找解决问题的方案和办法。

在石阡脱贫攻坚的实践中，村级集体经济的发展历程充分体现了依靠群众路线，从群众中寻找问题解决之道的精彩演绎。2015年，全县村级集体经济收入只有584.7万元，80%以上的村级集体经济十分薄弱甚至是"空壳"。经过几年的努力，目前，全县村级集体经济积累已达8976万元（含固定资产），其中2018年收入达2062.5万元，彻底消除了"空壳村"。集体经济的蝶变凝聚着基层群众的智慧和心血。

2018年初，我到坪地场乡大水井村调研，村里发展集体经济的情况颇让我感动。村级集体经济开办了一个制砖厂，核心员工只有三个：村支书、村主任、监委会主任，三人的分工是村支书跑市场、负责销售，村主任负责操作机器和砖的生产，监委会主任负责驾驶货车送货。一个轰轰烈烈的村级集体经济大车，就这样被三个奋力拉车的村干部带上了飞速发展的轨道。

早在2010年，我曾赴广东省南海区调研当地的成功经验"政经分离"，并认为这是集体经济发展的必然趋势。但大水井村的集体经济发展架构，几乎被大部分石阡农村基层所采用，无疑有与"政经分离"的方向背道而驰的嫌疑。在实践面前，理论似乎永远是苍白的；无论如何，实践已经证明：大水井村的发展模式取得了很好的成效，集体经济活力被激发，村级党组织凝聚力和战斗力进一步增强，老百姓得到了实惠。

在石阡工作的岁月中，我见过许许多多基层解决问题的创新、有效之举，大到经济社会发展，小到村民基本生活皆是如此。

来到石阡以后，有两个日常生活中的事物让我非常佩服老百姓的生活智慧。一个是餐桌正上方从天花板上放下一根电线连着一个插座：坐在餐桌前吃火锅的时候，把火锅的电线插头竖起来往上直接插在餐桌正上方的插电板上，这样吃火锅的时候也可以转动餐桌，并不影响其他人就餐。另一个是冬天使用的烤火桌：桌子的四条腿内置电热管，不仅把桌子和烤火炉合二为一，而且可以随时控制桌子四边的不同温度确保舒适。

在这千帆竞发、百舸争流的时代，具有如此创新精神的石阡人怎会久困于穷？勇立潮头、奋勇搏击的石阡人怎会不创造出一个又一个新的奇迹？淳朴善良、坚定不移的石阡人的伟大梦想怎会不快速实现？

二、"绣爷"的春天

石阡最励志的故事，要数五德镇团结村人称"绣爷"、44岁的吴琰。他身上有很多特殊的标签：残疾人、贫困户、单身汉、重症患者，但这个被生活的艰辛磨炼出来的具有顽强意志的人，曾深深地打动了我。

"清明上河图"

清明上河图是中国十大传世名画之一，北宋画家张择端的存世精品，但在吴琰的家里也有一幅"清明上河图"。

2018年4月，我陪同县委书记到五德镇调研，每到一个村都选择走访几户贫困户。当来到团结村时，镇党委书记周胜带领我们走进了吴琰的家。县委书记来到贫困户家里，贫困户大多是以诉苦为主。但来到吴琰家时，吴琰立即拿出自己刺绣的得意之作——七米长的"清明上河图"，展示在县委书记面前。

七米多长的刺绣，需要三个人一起拿着才能全部展示，刺绣上面一个个人物栩栩如生，完全按照那幅古画的样式精心刺绣而成。吴琰说，共花了三年时间，用了72种不同颜色的线，绣成了这幅400多个人物形象的十字绣。"桥这个地方最难绣，人流太密集，光这一小段就花了三个多月时间。"他指着刺绣上的那座人流如织的大桥说。

面前的刺绣和吴琰淡淡说出的这组数据当时就把县委书记和我都震惊了。令我惊诧的是，一个偏远山村的农民居然知道"清明上河图"，更不可思议的是身为残疾人的吴琰居然能亲手绣出七米多长的十字绣。

吴琰罹患的是一种罕见病，渐行性肌营养不良，四肢上的肌肉全部萎缩，

▷ 吴琰在介绍"清明上河图"

没有力气。他绝大多数时候都只能蹲在地上，站起来需要耗费很大的力气，右手抬不起来。我摸了一下他的大腿和手臂，就像直接摸到了骨头上。他的大腿还够不上我的手臂粗，他的手臂就像十三四岁孩子的手臂那么小。

"没有肌肉了，只剩下皮包骨，如果再恶化下去，可能左手也抬不起来了。但是我的手指很灵活。"吴琰坦然地说，似乎已经完全接受了这个尚未来临的后果。他的病开始于1990年，那时他刚刚初中毕业，才开始只是感觉手脚发酸、没有力气，后来慢慢地严重到站不起来才决心去治疗。尽管随后的十多年间四处求医问药，但几乎没有取得任何效果，他只好放弃了治疗。

2018年12月，我和新华社贵州分社的几名记者再次来到吴琰家里，坐在那间烧着柴火的厨房里，一边烤火，一边聊天。柴火烟把来自北方的一名贵州分社记者熏得直掉眼泪。我问："你为什么要绣这样一幅'清明上河图'？"

吴琰说，2013年看电视的时候，有个综艺节目上，一位得了白血病的孩子的母亲为了给孩子治病，刺绣了一幅"清明上河图"，在当天的节目上卖出

了18万元的价格。当时，他就决定刺绣一幅同样的出来，认为如果也能够卖出18万元那就太好了。

凭借着小时候纳鞋底的"刺绣"基础和从县城花了1000元买回来的全套布、线、针、剪刀、架子，第二天，他就开始坐在二楼开始了刺绣"清明上河图"的伟大征程。一绣就是三年，从2013年10月28日开工，到2016年10月28日结束，他天天都坐在房间里的草凳子上，趴在刺绣架子前针走如飞。"每天除了睡觉和吃饭，大部分时间都在搞刺绣，一天至少绣12个小时，稻草编织的草凳子坐坏了3个。"吴琰说。

吴琰的房间里，仍旧摆着当年刺绣的工具。几根竹竿架起织布，被固定在桌子和几块砖头上，旁边放着一个一尺高的草凳，附近摆着一堆丝线。谁能想象一个简单得不能再简单了的小作坊里，竟然出现了这么一个奇迹！"才开始刺绣的时候，村里有人说我疯了，异想天开。不去好好养点猪和羊，天天搞这些女人才做的刺绣。"吴琰说。

"那是我的梦想，成与不成，做了才知道。"吴琰说，绣到一半的时候想过放弃，但是觉得都绣了几亿针了，放弃太可惜，又坚持了下来。

"清明上河图"完工后，吴琰立即把照片挂到淘宝网上标价15万元出售。"江苏那边有人还价7万元，后来有人出价10万元，但我都没有同意。如果卖不出去，我就自己收藏着，反正现在不缺吃饭的钱。"吴琰说。

任何智力、体力正常的人，只要肯在三年时间内，每天花12小时用于做同一件事情，这种坚韧的精神必定能使他在这个领域获得非凡的成就。以人为镜，我觉得很是惭愧，有多少事情就是没能坚持下去，在某一个领域缺乏持久耕耘，就像总社国内部李文川老师曾经批评我说："东一榔头西一棒子，怎么成为专家型记者？"

快乐把歌唱

歌声最能震撼人心，也最能传递乐观的态度。吴琰的爱好就是唱歌，他的歌声尽管粗糙，但他却通过歌声用他的乐观和快乐感染了身边所有人。

在吴琰的宿舍里，有一个三脚架、麦克风、耳机，旁边还有一个草凳子。平时，吴琰就坐在这个小凳子上，用手机连接起麦克风和Wi-Fi，戴着耳机，便开始纵情歌唱，通过唱歌软件跟他的粉丝们互动。我在他的手机上看到，有个唱歌软件上吴琰的粉丝数量已经有4000多个。每次吴琰开唱，总有人"打赏"。"'YY'上，我已经有了512个粉丝，每天唱歌能赚2—3块钱，火山小视频上这一年多来已经赚了100多元。"吴琰说。

▷ 吴琰在向来访的新华社记者介绍如何使用唱歌软件

采访他的那天，"只为那次你深情的眼神，从此我就为你丢了魂，人只为你相思，心只为你封存，好想好想做你今生最爱的人，只为那次你优雅的转身，从此你就带走了我的心。"吴琰坐在草凳子上唱起了这首《多想做你最爱的人》，虽然他的歌声近乎是吟唱，但我却感到比以往听过的所有歌声更令我感到灵魂的震撼。

吴琰还有两个哥哥、一个姐姐、一个妹妹。尽管哥哥姐姐的经济条件比他好，但是79岁的老父亲还是乐意跟这个最小的儿子住。用他父亲的话说，"经常有记者来采访，我这个儿子肯定不一般。"

这是一个怎样的家庭呢？至少在我看来，这里有太多悲惨的因素：儿子残疾且单身，家庭贫困，房屋简陋，父亲年老体衰……但从这共同生活的两父子身上，绝看不出半点沮丧和颓废。相反，吴琰反复跟我说，有梦就去追，没钱就想办法去赚，没房子就想办法去盖房子，有病就去努力治，想来想去自己有多痛苦除了给自己增加痛苦之外不会有任何用处。

2007年，吴琰的老房子已经烂得不能再住，于是他决定用手中仅存的1万元开始建房子。"当时政府补助我5000元，然后我再去信用社借了3.6万元，就把现在这个两层小楼修起来了。"吴琰说，后来还债还了3年多。

吴琰说，现在他需要去买一个新的手机，因为这个手机里装满了各种各样的软件，内存不够用，唱歌的时候老是卡壳，跟不上时代形势了。

一个在我看来生活极其卑微的乡村中年单身汉，居然并不缺乏生活情趣；在通往幸福和快乐彼岸的路上，他绝不比任何健全人差。我不禁又想起了一个小时候在语文课本上读过的一则故事：一日，穷和尚和富和尚相遇，决定今年去南海朝拜观音。一年以后，穷和尚朝拜结束后回来见到富和尚，发现富和尚还在为去南海筹集路费。富和尚很惊奇地问："你没有钱，怎么去的南海？"穷和尚说："我不需要钱，带着一个饭钵、一双筷子就走到了南海。"

借用佛家的话来说，人生各异，求佛之路各有不同，而吴琰本身已经成了那尊站在幸福彼岸观望、启发世人的佛。

顽强的生命力

"为了生活，要像寻宝一样，身体动不了的时候，脑筋在动，体力不行的时候就用脑力。"吴琰是这样说的，也是这样做的。

跟石阡农村大部分家庭一样，家家户户都养两头猪，快过年的时候，卖掉一头便有钱过年，宰掉一头做成腊肉，未来一年便有肉和油吃。尽管行动不便，但吴琰也养了两头大肥猪，平时就在房子旁边的地上种些红薯，用厨房的大铁锅把大米、红薯藤、红薯熬成一锅当饲料。"过年的时候杀一头猪，做成腊肉，可以吃一年。"吴琰指着厨房的火炉上挂着的黑色腊肉说，"这是去年的腊肉，还没吃完。"

喂猪能解决吃肉的问题，但没法解决经济上的贫困。2001年和兄弟们分家之后，吴琰便独立生活。当年，他就承包了10亩烤烟，自己没法干活就雇人去干，别人一亩烤烟能赚3000多元，他种烤烟的收入除去雇人的成本后只剩下2000多元一亩。后来几年，他又开始养羊和鸭子，最多的时候养过49只羊。"2014年因为天气不好，到处发洪水，当年烤烟就亏了4000多元，从此便不敢再搞了。"吴琰说。

不搞烤烟，吴琰又寻到了另一个致富门路——搞网络代购。侄女教他用会智能手机之后，他偶然间发现淘宝上的很多货物要比镇上的同类货物便宜很多。他悄悄地跑到镇上的那些商店，把很多种商品的价格都暗暗记下来，拿回来后一一与淘宝上的最低价进行对比，再从网上把价格更低的商品买回来再拿出去卖。

"镇上的机油50元一瓶，我20元从网上买回来，28元一个卖出去；搞焊接的气瓶镇上卖150元一个，我98元从网上买下来，120元一个卖掉……还趁'双十一'搞活动的时候抢些货回来，慢慢地卖。"吴琰说，在搞代购这条路上，他从来没有亏过本，只是赚多赚少的问题。但随着智能手机普及，农村十个人里有九个人都会操作网购了，吴琰的代购财路慢慢收窄，以至于最终他只

▷ 吴琰家中摆放商品的货架

好彻底放弃。

代购搞不成了，吴琰又开发了新的生意，一是搞中草药，一是打纸钱（冥钱）。

云贵高原是中国最大的天然药材宝库。吴琰一边跟着村里的老中医学习中药，一边拿着药书认真攻读，掌握了几百种草药的性状、药性及使用方法。在他的宿舍里，堆着六个大筐子，里面装的全是他从山上采回来的野生中药。"这个是刺梨果，清热解毒；这个是肺心草，清肺用的；这个是鸡冠花，治疗妇科病；这个是车前草，治疗咳嗽的……"吴琰一边清理药材，一边详细跟我介绍。

打纸钱是他现在的主要收入来源，一年要赚3000多元。他从网上买来黄纸和打纸钱的工具，每天就坐在房间里一锤子一锤子地把黄纸做成纸钱。"每叠纸钱要钉七个眼，并且要用力打，要不然钉不穿就废了。做好的纸钱每把成本3元，能卖到5元。"吴琰说。

▷　吴琰在炉火旁边打纸钱

　　每逢农历二、五、八之期，村里赶场的时候，吴琰就开着小三轮带着自采的中药材和纸钱去集场卖。

　　2014年，吴琰的家庭就被村民评为贫困户，一直享受着国家的低保政策和残疾人补助政策。自身努力，干部帮扶，加上政策补贴，吴琰和他父亲的生活质量在一天一天地提升。吴琰一直有个心愿，就是能找个女伴成家。我诚心祈祷，在这即将迈入全面小康社会的春天里，吴琰的心愿都能得到实现，这样高贵的灵魂配得上所有荣耀。

三、林荣峰的红茶梦

茶叶市场上常常能够看到普洱茶茶饼、黑茶茶饼，但极少能够看到红茶的茶饼。石阡苔茶里就有这样一个独特的产品——红茶饼，石阡的"红茶饼之父"便是我的好友林荣峰。1987年出生的林荣峰自称是"新石阡人"，实则祖籍福建省宁德市柘荣县。自2007年到石阡，他已经扎根石阡足足12年。在石阡的时间久了，林荣峰的身上便不知不觉有了石阡人的品性。他把做茶与做人融合在一起，体现出新生代石阡茶叶人的独特气质——专注。

孤独红茶饼

林荣峰在贵阳和石阡各开了一个茶馆，一个在贵州饭店（贵州省国际会议中心）的二楼，一个在石阡城南温泉酒店（石阡最大的酒店）的一楼，均占据了所在城市的标志性建筑内的核心铺位。他石阡的茶馆名叫"楼上楼"，几乎每天晚上都是客房爆满。

红茶饼就摆在"楼上楼"最显眼的货架上，价格为299元/饼，是店里最热门的产品。在石阡180多家茶叶企业中，生产、销售红茶饼的企业只此一家。我喜欢喝茶，但不太喜欢茶饼，因为取茶比较麻烦，包装看上去似乎不够卫生。我曾认真地问他："为什么把红茶做成饼？为什么不能做成球形，或者三角形，或者圆柱形？"他说，也可以做成饼以外的其他形状，但普洱茶、黑茶都是做成茶饼卖，市场最接受的就是饼状，这是一种消费习惯。

"为什么要把红茶做成饼？做成散茶卖岂不更加节省时间和工序？"我又问。

▷ 林荣峰茶园中的晨曦（石阡县委宣传部供图）

　　"我想把红茶饼作为实现我人生价值的产品来做。"林荣峰的话一下子把做茶叶提高到了人生价值的高度让我颇为意外。

　　2007年，林荣峰初次来到这里的时候，石阡几乎还是个经济发展缓慢且信息封闭的"世外桃源"。那时候的石阡没有高速公路，从石阡到贵阳要坐整整一天汽车，自驾车从铜仁市区到石阡县城需四五个小时。一位汽车司机曾告诉我，从铜仁市到石阡县的老路上共有576道弯，一般人开车一小段路就会头晕。林荣峰记得，那时候县城菜档里，猪骨头免费拿，猪脚的价格是猪肉的一半。"进了石阡就不想出去，出去后就不想回来，因为路太难走了。"林荣峰说。

　　那时候，石阡县城内五老山上的400多亩茶园正遭受灭顶之灾，干旱加上虫害几乎要把这片保有石阡苔茶老茶树规模最大、品种最纯的茶园吞噬殆尽。"老百姓很勤劳，但老百姓真可怜。"看到茶园荒废、茶农贫穷，林荣峰一声长叹。随后便决定，把正遭受灭顶之灾的茶园承租了下来，准备花大代价让茶园起死回生。林荣峰把2米多高的问题茶树全部砍掉，并将砍下来的茶枝转移到一个场地销毁。

"贵州省最权威的茶叶技术专家跟我说，让这片遭虫害的茶园恢复生产的成本至少是新植六个同样面积大小茶园的成本。第一年的维护就花掉了150万元，灭一次虫的花销就是十几万元。每天都雇二三十个人在茶园里劳动，足足搞了200多天，才基本收拾出了一个样子。"林荣峰如是说。

茶园管护出来后，面临最难的问题就是如何让老百姓增加收入，让老百姓能够以茶为生。林荣峰走遍了大江南北的茶园进行调研之后，回过头来思考石阡茶产业的出路，他发现石阡茶农不挣钱的原因有二：一是茶叶加工厂只加工春茶，导致茶农每年只有2个月可以采茶、卖茶；二是部分茶园里茶树品种繁杂，多种茶青混杂在一起，导致难以提高成品茶叶的质量。

▷ 石阡县城五老山上林荣峰精耕细作的茶园（林荣峰摄）

"春茶的利润率在50%以上，而夏秋茶利润比纸薄，管理不好就会亏损。成品秋茶30多元一斤，其中光茶青成本就要25元左右，还要减去加工费、包装费、运输费、销售费用。大部分茶叶加工厂都是小作坊，一年只做2个月茶，其余10个月就卖这2个月的茶，老板身兼技术员、销售员、茶青收购员、司机等多个角色。"林荣峰说，加工厂老板小富即安带来的后果就是，老百姓赚不到钱而放任茶园自生自灭，大的茶叶加工厂则无法收购到足够的茶青导致产能闲置，产业陷入恶性循环。

林荣峰还发现，部分茶农不认识茶叶品种，也未能意识到石阡苔茶的价值。"茶园需要补种的时候，有的茶农采购的是价格便宜的其他品种茶苗，久而久之，有的茶园里能找到十几种茶树。不同的茶青放在一起做不出优质成品茶叶，就好比把大白菜和小白菜放在一锅里炒，小白菜可能熟烂了，大白菜还没有熟。"林荣峰说。

种种难题的破解之道就是在保持茶青纯度的条件下，做红茶饼提高附加值。"七两重的红茶饼，价格299元，茶青的成本20元左右。市场上只有我有这个产品，定价权我说了算，至少未来几年内不会有竞争对手。"林荣峰说。

夏秋茶利润空间提高了，茶青消耗量与日俱增，直接带动茶农的收入往上涨。林荣峰的茶园除了冬天管护的2个月时间茶农无法采茶外，其余10个月基本都可以为茶农提供采茶赚钱的机会。如今，开车进入石阡县城，往西边最高的那座山看去，郁郁葱葱的一大片就是林荣峰的茶园。

十年只做一件事

2018年，林荣峰的红茶饼开始试产，出产2万饼。2019年，红茶饼的产量预计将达到3万饼。当大部分的茶叶加工厂都在试图开发出更多新的茶叶产品种类的时候，林荣峰却毅然砍掉了很多品种的产品，朝着精细化方向发展。10多年来，他专注于做红茶，并且力求把红茶饼做成他的拳头产品。

任正非曾在接受新华社记者采访时表示，华为28年来只对准一个城墙口冲锋，最终站在了世界之巅。林荣峰十年磨一剑，做出的红茶先后获得两次中国茶叶协会举办的斗茶大赛一等奖。红茶饼的技术更是独步红茶界，难以找到相匹敌的对手。

10多年前，林荣峰在石阡开茶馆遭遇困境的时候，不得不到广场上摆地摊卖女装。"正在摆摊的时候，认识了一个在石阡卖服装20多年的浙江老乡，

他当时是石阡最大的服装销售老板。他告诉我，他也是从摆地摊开始，20年把这个产业做到了石阡第一。我相信，我也可以把红茶做到业界第一。"林荣峰说。当年摆地摊得到的启示，事实上，在林荣峰心中埋下了坚持做一个行业、一个产品的原始种子。

红茶饼虽然一直到2018年才正式出产，但实际上凝聚了林荣峰十多年来的做茶心得和技术积累。在成功研制出满意的红茶饼的时候，他已经先后做坏了一万多饼红茶饼。最后，成功终于踏着失败的台阶翩然而至。"把红茶做成红茶饼的形状很容易，但是要让做出来的每一批次红茶饼保持相同的、稳定的、舒服的口感就非常困难。我的技术能解决这个难题。"林荣峰说。突破了技术瓶颈，产品可以实现量产，才能带动茶叶链各个环节分享更多利润。

▷ 正在茶园采茶的白发老太太

我跟他开玩笑说，过不了多久就会有模仿的产品出来。他说："模仿是肯定会有的，但模仿只会得到我的形，得不到我的神，除非我的技术出现泄密，或者竞争对手把我的团队挖走了。别人光靠自己去试验，没有几年摸索，很难摸索到门路。我相信未来五六年内我的产品很有竞争力。"

林荣峰还有遗憾，那就是石阡县保有茶园近40万亩，但是其中相当部分的优质茶青，尤其是野生茶、古树茶茶青却得不到很好的利用。以坪山乡大坪村为例，海拔800米左右的高山上，野生的古茶树零星散布在面积广袤、山体陡峭的佛顶山上。由于分布零散，"清明茶"采摘时节，茶农采一天的量难以达到1斤。"古茶树的茶青质量高，采摘也更加困难，但是市场的茶青收购价是按照普通茶树的茶青确定的，这就会出现优质茶青卖不到它应该有的价格，自然就没有茶农愿意去采摘。"林荣峰说。

为了解决这个问题，林荣峰希望政府能够牵头组建专门的茶青销售团队，并多次向政府相关部门提交建议书。令人遗憾的是，贵州虽然是全国的一大茶区，但是却缺乏专业的茶青流通市场。这就好比，对电子产业而言，在东莞的街上骑着自行车十分钟内就可以买回需要的零件，而在内陆地区，要买到同样的零件，需要一个月才能寄到。茶青收购的原理也与之类似，希望加工古茶树茶青的加工企业找不到足够的茶青，加工厂自行收购茶青的成本非常高。"从县城到龙塘镇收购茶青，一天只能收购到几百斤茶青，但我得租一个车，派一个人，跑上20多公里，收购成本可能要占到最终成品茶叶成本的20%以上，远远超出了加工企业能够承受的标准。"林荣峰说。

茶叶之路漫漫，在市场的风云变幻中，林荣峰始终坚守着他的信念，专注于他的红茶和红茶饼。2019年春天，林荣峰又扩展了他的茶园地盘，把聚凤乡面积最大的一片茶园（约2000亩）收入囊中，这里即将成为他红茶事业新的起点。

那个当年的辍学生

福建以茶闻名于世，原本以为林荣峰是茶叶世家，但深入交流之后才知道他家里除他之外基本没有其他人从事与茶叶有关的工作。"楼上楼"的前台挂着一大幅茶园照片，照片里面是一片紫色的茶园，吸引他到石阡从事茶叶工作的正是这一片紫芽。

2007年，他刚刚从云南结束修隧道的打工生涯，到铜仁度假。偶然听闻

石阡有紫色的土茶茶青——那是所有茶青里面质量最高等级的茶青。在好奇心的引领下，他决定到石阡寻访紫芽，没想到却开启了他的茶叶生涯。"在云南修的那个隧道叫'凤凰山隧道'，当时我负责拿着电锯开凿石头，条件极其艰苦，有时一小时会烧毁三把电锯，渴了就喝山上流下来的山泉水，困了就在隧道的塑料布上席地而睡。石阡优美的自然环境，让我从原来的劳累中彻底解脱出来，从此就喜欢上了这个地方。"林荣峰说。

初中二年级时，林荣峰决定辍学，跟随他父亲的一个朋友到江西赣州的高速公路工地上学习挖掘机技术。到了工地后，个把月的时间里，林荣峰连挖掘机都没有正式操作过。林荣峰跑到挖掘机老板那里说，要么现在自己走人，要么允许他每天早上5点到6点之间（这个时间正常情况下不上班）把挖机拿给他练习，干了活算老板完成的任务，弄坏了也算老板的成本。挖掘机老板同意他的第二种建议，随后的一个月里，林荣峰自己摸索着掌握了全套挖掘机技术。"全靠自己摸索，一个月就学会了，虽然赚的工钱都拿去修机器了，但最终学会了一技之长。"林荣峰说。

学会挖掘机之后，林荣峰跑到陕西的一家铅锌矿厂当挖掘机师傅。"90年代初，3000元/月的收入并不低，但是铅锌矿的条件太恶劣，好多人得了尘肺病。一整天下来，取下口罩，鼻子里仍旧是一鼻子灰。我怕赚的钱不够将来治病，于是逃离了铅锌矿，跑到福建莆田的一家制鞋厂找了份工作。"林荣峰说。

初到鞋厂的模具开发部门工作，林荣峰同样碰上了不愿意教技术的师傅。"当时师傅的工资1万元一个月，我只有2000多元一个月，我只能自己拿着旧的模型琢磨，缺乏实际操作机会。"林荣峰说。

机会总是留给有准备的人。琢磨了三个月之后，林荣峰终于迎来了他的一个机会。开模的师傅因病请假，工厂临时接到一个急单需要立即开模。林荣峰临危受命，拿起工具和平时记录心得的笔记本就进了车间。林荣峰后来回忆道："在进入车间后的23个小时里面，没喝过水，也没吃过饭，不记得谁跟我说过话，全神贯注地集中在模具上，终于成功做出来了。"

在制鞋厂，还有个学习电脑技术的故事。制鞋厂有30多台电脑，经常出现故障，有时候一次就坏掉两三台，但厂里没有专门修电脑的技术人员。林荣峰一次买了20根已经坏掉的内存条，跑到电脑城找到熟悉技术的人修理，每天带一根去修理。连续去了好多天之后，修理师傅忍不住问："到底你是来干什么的？"林荣峰说："我想跟你学习修电脑。"随后，深受感动的老师傅收下了林荣峰这个徒弟。

林荣峰开过挖掘机，当过制衣工，修过电脑，摆过地摊，开过茶馆，可谓基层经历丰富。但是不论是在哪一个岗位上，都表现出一个共同的特质：对工作百分之百的专注，无疑这值得包括我和很多基层干部认真学习。

四、茶油"狂人"罗忠枢

熟悉石阡县龙井乡猫寨村的人，绝不会不认识猫寨村村委会主任——茶油界的"狂人"罗忠枢。这个50多岁的老村干部硬生生地带领全村老百姓把村里数百亩原来当柴烧的油茶林，变成了如今面积达1.5万亩年产值近千万的油茶产业。

罗忠枢对油茶真可谓一片痴心，光从他自己的微信名就可以看出来。他的微信名为"大其成·仙人街有机+森林茶油"，"大其成"是猫寨村茶油产品的注册商标，"仙人街"既是猫寨村油茶林所在地的地名又是注册商标，"有机+森林"则折射出这里出产的茶油的特点。

▷ 猫寨村的宣传牌

前卫的理念

村干部年龄结构偏大、文化水平偏低是困扰中国农村发展的重要原因。猫寨村的成功之处恰恰在于，村支书和村主任都是当地的文化人和"笔杆子"，均属于当地有见识、有能力的乡贤。

罗忠枢的简历如下：1982年从铜仁师范专科学校大学毕业；1982年至1987年，先后在村小学、龙井乡中学教书；1988年至1992年，担任报刊编辑；1993年至1995年，在县内工作；1996年至2011年，自学法律，被当地法律服务中心聘为法律服务工作者。

村支书罗忠武比罗忠枢小十岁，1993年至1997年，在村小学教书；1997年至2007年，前往广东进工厂打工；2007年至2010年，在本地做泥水工，承揽建筑工程项目。

2011年村委会换届的时候，罗忠武成了村支书，罗忠枢全票当选为村主任。罗忠枢当选的时候，正在福建出庭所承揽的案件，当律师的优厚待遇使他并不想来当村干部。"忠武给我打电话说，我不回来做主任，他就辞去支书的职务。同时也考虑到，人这一辈子的价值不能都用钱来衡量，于是便回来了。"罗忠枢说。

村支书、村主任的特殊人生经历奠定了他们带动群众发展产业的知识基础。罗忠枢跟我说，他有几条核心、前卫的农村发展思路：第一是发展集体经济是中国农村发展的必经之路；第二是发展规模经济是中国农村产业发展的关键；第三是产业要成功，必须延长产业链，实现一、二、三产业融合发展。面对中央级媒体记者，56岁的村委会主任罗忠枢滔滔不绝、头头是道地谈起他对中国农村发展道路的思考，令我感到非常意外。虽然罗忠枢的理念在近几年的中央一号文件中都有重点篇幅进行说明，但多年的农村采访经历告诉我，能够对中央一号文件精神脱口而出、如此熟悉的村委会主任并不多，能付诸实践的村干部更是少之又少。

　　罗忠枢的发展理念得到了罗忠武的支持，两人带领全村群众几乎白手起家开始发展猫寨村的产业。

　　为了发展集体经济，罗忠枢在全县率先成立村级集体经济合作社。2011年2月，石阡县猫寨农林专业合作社正式成立，龙井乡猫寨村全村群众用林地、土地折资入股，以猫寨村罗氏家族"守法、诚信、勤朴、仁厚、孝谦、达理"的族训为合作社社训，旨在建设村级集体经济，探索偏远极贫山区农业产业结构调整的路子，推动全村人民共同致富奔小康。

　　猫寨村的村民如今都有一个共同的信念："合作社是我们村的'央企'，全村人都指望着它过日子。"既然是"央企"，就要有一个完整的机构。在罗忠枢的精心安排下，村里制定了合作社章程，规定合作社设理事会、监事会，其成员由社员（或社员代表）大会选举产生，每届任期与村级基层组织任期相同，同时还安排了一系列的人员和岗位：

　　法人代表：罗忠枢，男，侗族，1963年生，大专学历，中共党员，村委会主任；

　　理事长：罗忠武，男，侗族，1974年生，高中学历，中共党员，村党支部书记，第十二届贵州省党代表，县委委员；

　　监事长：罗忠文，男，侗族，1959年生，高中学历，村监委会主任，县人大代表。

　　专职财务人员2名、油茶生产技术员1名、茶油加工技术员2名、质检化验人员1名。设园区生产管理部、财务部、加工厂、质检部、市场部、后勤物供部共6个部门。

　　功夫不负有心人。石阡县猫寨农林专业合作社自组建营运以来，经数年极其艰辛、不懈的努力，现已建成15000余亩的市级生态油茶产业示范园区，其中低产林改造7000亩，新植8000余亩。第一个年产冷榨低温精炼茶油加工厂于2016年投入生产运作，另一个年产1600吨的冷榨低温精炼茶籽油生产线已经基本建设完毕。注册并获批"大其成""仙人街"两个商标。茶籽及茶油生产均获有机认证，并正在通过CPCC、PEFC认证，拥有茶籽油低温精炼专利技术，获评市扶贫龙头企业、省级示范合作社、林业龙头企业等。

合作社的茶油加工厂2016年投产试运行后，2017年生产低温冷榨精炼茶油72吨，实现销售收入830万元，利润141万元。

在罗忠枢的带领下，合作社同时在油茶林下发展林下中药材种植。2018年，新植党参700亩，抚育管护2017年种植的党参3200亩，生产精炼茶油72吨，销售收入870万元，利润210万元。

▷ 猫寨村的茶油产品（猫寨村委会供图）

2018年底，猫寨村脱贫攻坚队、村委会组织召开村民代表大会。将合作社的实际经营情况和猫寨油茶产业建设发展的需要结合起来，会议讨论后，一致决定猫寨村2018年集体经济分红方案如下：

1.合作社正处于建设发展最关键的时机。上万亩油茶园区，每年仍需数百万元的投入。目前虽然加工厂有微利，但产能提升、市场推广、品牌建设、各项认证仍需投入很多资金，特别是市场营销投入大，整个合作社正处于负重爬坡的最困难时刻。因此，会议决定，猫寨村2018年集体经济分红不超过20万

元，号召全村人民奋力建设自己的子孙产业，共赢美好未来。

2.全村以户为单位户均分红1130元。

3.全村所有建档立卡贫困户增发200元。

4.2018年未脱贫户再增发200元。

5.全村实际分红190470元。

在贵州石阡这样的贫困山村，一个人口不足160户的村寨，村级集体经济一年能够实现分红近20万元，实在是一个了不起的奇迹。2014年，石阡全县304个村的村级集体经济年总收入仅200多万元，村级集体经济资产积累仅600多万元，大多数村的集体经济是"空壳"。2018年底，全县304个村的村级集体年总收入超过1500万元，村级集体经济资产积累超过1亿元，基本消灭了集体经济"空壳村"。

然而，合作社带来的实惠还不止于此。龙井乡的一份报告还显示，2018年，石阡县猫寨农林专业合作社支付劳务工资106.3万元，其中猫寨村村民获得62.63万元，仅劳务收入一项便实现全村人均增收1265元。

奇迹的背后

回过头去审示猫寨油茶产业崛起的奇迹，不得不佩服罗忠枢的远见卓识。

罗忠武告诉我，2011年他刚刚上任时，村集体有几百亩20世纪80年代种植的油茶，但基本无人管护，两三米高的油茶林被老百姓砍去当柴烧。村集体基本没有收入，也没有像样的资产。村民贫困至极，庄稼被别人家的牛吃掉了，主人家会站在村口骂上一整天。村里没有一条硬化路，下雨村民就没法上山干活。

罗忠枢上任村委会主任后，立即谋划村集体经济发展的道路，做出了两个重要的决定：一是选择油茶产业作为发展方向；二是要走一、二、三产业融合发展道路。

"刚上任的时候，我就开始考虑产业结构调整，考虑过把核桃、黄桃、油茶等作为村级集体经济的主导产业，但最后综合考虑产品附加值、运输成本、管理成本等，决定选择油茶产业。"罗忠枢说。

　　油茶已经在村里存在了几百年，村民砍油茶林当柴烧的历史已经十多年。当村委会号召一贫如洗、一盘散沙的百多户群众齐心协力发展油茶的时候，罗忠枢首先要做的事情是增强群众对发展油茶的信心。

　　罗忠枢当时患有腰椎间盘突出症，背着"药罐子"挨家挨户地做工作，磨破了嘴皮子，给村民们分析通过集体经济发展油茶的好处：一是村里有产业基础，村里现有油茶数百亩，村民对油茶不陌生；二是集体经营可以解决产业小、散、乱的问题，节约经营成本，形成规模化效应；三是集体经营可以统一筹集资金持续投入、统一技术标准便于产品销售。罗忠枢还租用3个中巴车，组织村干部和50多名群众代表到石阡县油茶之乡——聚凤乡，去考察油茶产业发展情况。"回来就开群众大会，60%以上的村民代表表态支持把油茶产业作为主导产业；于是就敲定了发展的主要路径，同时还说服全村群众把159户的林权证整合成一本林权证。"罗忠枢说。

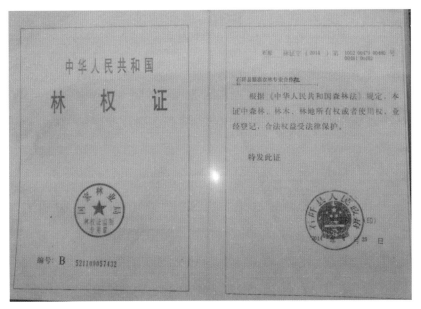

▷ 全村的林权证整合成一本

产业定了，土地有了，最缺的就是资金。"村集体没钱、没房，只有3个村干部，于是在村支书家办公，自己掏钱买纸、笔等办公用品，骑自行车去油茶园带头劳动。"罗忠枢说，他坚持带着村支书和村监委会主任去乡政府和县直部门"化缘"来发展油茶。

罗忠枢"化缘"的脚步走到县林业局时，终于获得一个喜忧参半的消息。喜的是，当时刚好有相关政策支持发展油茶产业，省级财政补助400元/亩，县林业局补助52元/亩的施工费；忧的是，乡镇和村还需配套400元/亩的建设资金。依照罗忠枢的脾气，认准了的事情，再难也要干下去。

"2012年是种植油茶最关键的一年，给老百姓开60元一天的工资，最多的时候40多人同时在山上给合作社干活。快过春节的时候，还老百姓欠20多万元的工资，头发都愁白了，心烦的时候就骑着自行车去逛油茶园。腊月二十九日，我从亲戚处借了钱来把老百姓的工资付清了。"罗忠枢说。

罗忠枢的另一个信念就是，必须走一、二、三产业融合发展的道路，才能赚取整个产业链上的利润。2016年秋，猫寨村一座小型冷榨低温精炼茶油加工厂投入运营，同时开始新建年产1600吨的冷榨低温精炼茶籽油生产线一条。2019年初，罗忠枢跟我说，现在猫寨村的所有产业里面，最赚钱的就是油茶加工厂。

在罗忠枢的油茶产业发展蓝图里，他还想建设两个油茶深加工厂，用于生产茶皂素和油酸。"4吨茶油可以提炼出1吨油酸，茶油32万元/吨，优质油酸500万元/吨，你说赚不赚钱？但是那个加工厂的投资要上千万元，现在正在想办法筹集资金，包括去争取世界银行的贷款。"罗忠枢说。

尽管身处在石阡的贫困山村，但罗忠枢的思维却在全世界的范围里打转，他设法把一切有利于村里油茶产业发展的资源都拉过来为己所用。2017年7月，合作社投资120万元，与江南大学签订茶籽油低温精炼技术转让协议，并达成共建江南大学贵州大其成研究生工作站的共识，共同研发油茶系列产品及进行市场开拓。2017年8月，合作社投资122万元，用于世行贷款项目实施征地、场坪和智能化茶籽烘干设施建设，其中，征地、场坪2860平方米花费26万元，智能化烘干设施建设及设备采购花费96万元。

2018年冬天，我再次走进猫寨村的油茶园区，看到6.5米宽的水泥路一直环绕整个村寨，万多亩郁郁葱葱的油茶林到处开满了亮晶晶的白色茶花。罗忠枢告诉我，现在他正在考虑将油茶园区变为一个旅游景点，实现农旅融合发展。

梦想是要有的，万一被实现了呢？要知道，56岁的老村干部罗忠枢如今都还在日夜梦想着，有一天能够用村里的油茶做出优质油酸，有一天这里能成为游客聚集的著名景点。

三张罚单

猫寨村合作社的产品展示大厅里陈列着十多种油茶产品，不同规格、不同包装的茶油、油茶饼、精油等摆满了橱柜，旁边的墙上则贴着合作社的利益联结机制、油茶产品详细介绍以及历年来猫寨村获得的各种各样的荣誉。

市场仍然是合作社生存的生命线。罗忠枢长袖善舞，把猫寨的茶油从线上、线下两个渠道同时推出，进入上海、北京、郑州等各大城市的超市。但初出大山探索市场的罗忠枢也吃了不少令他刻骨铭心的罚单，为猫寨的茶油走出大山交足了"学费"。

罗忠枢的第一张罚单是在上海"吃"的。猫寨的茶油在上海某超市销售时，被顾客投诉涉嫌虚假宣传，因为外包装说明上写了"食用人群妇幼皆宜、疗效显著"等字样。被有关部门罚款5000元，同时勒令改正。

第二次是通过电商快递茶油到郑州一位消费者，中途因为快递公司运输原因导致外包装破损，引发消费者投诉。于是第二张罚单产生了——被相关部门罚款6800元。

第三次是产品包装上的标签多处不规范，比如标签上的单位不能用"克"，只能用mg。又被相关部门罚款6800元。

罗忠枢讲起这三张罚单时很激动。"因为刚刚起步，我们能省的钱就都省了，能勉强的就都勉强了，以至于那些标签、包装、广告都是我们几个自己设计的，没有花钱请专业技术人员来做，结果就被罚款了。"罗忠枢说，从那以后该花钱的地方就绝不再勉强。

为了把产品顺利推向市场，2017年5月，合作社投资50万元由合作社市场部组建市场营销团队，构建"会员+众筹"的营销网络。罗忠枢对销售有自己独到的见解，"会员+众筹"的营销网络是从碧桂园小区开始推广的。"住在这些高档小区里的人对健康食用油有着特殊嗜好，今年找到300个精准客户，隐性的客户就达到了1000户，到时候设法邀请客户来园区旅游、参与众筹，客户就会相对稳定，只需3—5年，我们的销售就会化被动为主动。"罗忠枢说。

合作社的资金特别紧张，成长期的合作社和油茶园仍旧需要大量资金投入。罗忠枢曾给我算了一笔账，2017年管护园区的工资、肥料、苗的成本就花去350万元，加工厂的材料采购花去400多万元，新厂征地及车间建设花费100万元，购买低温精炼设备花去120万元，营销费用70多万元。

对集体的钱，一分钱恨不得掰成两半花。2018年夏天我去采访罗忠枢的时候，他正戴着眼镜做一本百多页厚的森林食品认证资料。他说："请外面的专业公司做资料要花40万元，我一边上网查询资料，一边自己来做会省很多钱。"与此同时，罗忠枢自己每月从合作社领1500元工资，其他管理人员都是3000元/月。

罗忠枢经常要到县城开会或联络销售业务，从猫寨村搭乘公共汽车到县城，单程车票要10元，如果还吃一顿中午饭又花去12元，出差一天的基本花费至少要32元。罗忠枢说，这些钱都不好意思拿回合作社报销，都是他自掏腰包，每个月的工资拿来出不了几趟差。

罗忠枢从不放过任何一个宣传、销售茶油产品的机会，以至于我第一次到猫寨村采访时差点产生误会。2017年秋，我独自到猫寨村调研油茶产业，专程去采访猫寨村的村支书罗忠武。去之前并不知道村委会主任罗忠枢比村支书罗忠武的名气响亮得多。

正在采访罗忠武之际，听闻有新华社记者来采访的消息，罗忠枢风尘仆仆从外面赶回来，一屁股便坐在罗忠武旁边，滔滔不绝地向我介绍猫寨村和油茶产业的情况。我问罗忠武的问题，倒有一半被罗忠枢抢过去回答了，导致罗忠武被晾在一边，感觉到气氛甚是尴尬。

我几次暗示罗忠枢，应该多让村支书来介绍情况，毕竟他自己是村委会主任，还得在党支部的领导下工作，但似乎毫不影响罗忠枢侃侃而谈"霸场"的激情。直到采访快结束的时候，罗忠武才告诉我，罗忠枢是他的老师，由于口才了得、思路清晰，在合作社专门负责对外联络和销售工作。罗忠枢之所以毫无顾忌"霸场"，并不是对罗忠武的不尊重，只是想通过新华社记者的笔杆子宣传猫寨村的油茶。

五、"奇迹"张琼：
爬行三十年，一朝站起来

在铜仁市扶贫的三年中，我曾碰到过一个奇迹——因病在地上爬行了30年的玉屏县皂角坪街道茅坪村建档立卡贫困群众张琼，双腿恢复了行走功能！张琼被"扶"起来了，这是医疗扶贫制造的奇迹！

撕心裂肺的尖叫

茅坪村的村民们几乎天天都要面临同一场噩梦：几乎每天都要听到张琼疼痛难忍的尖叫声从村口的小平房传出来。面对痉挛成一团、浑身汗如雨下的张琼，丈夫杨万江有时不得不拿着木棒抽打张琼的身体分散妻子的注意力，帮她减轻疼痛，或是拿来烧酒给妻子服下，或是大冬天里拿来风扇对着妻子猛吹……这些奇怪的举措，伴随着张琼家庭度过了数十年艰难岁月，直到2017年遇到贫困户家庭签约医生冉茂志。

张琼3岁时，在跟小伙伴们玩耍的时候，被纳鞋底的锥子戳进了脑门中央。在医院经过一个多月的救治后，由于伤势过重，加之初步包扎处理不当，导致张琼的左手不能再张开，右眼从此失去了光明，左半边身子疲乏无力，腿部肌肉僵硬，不能站立；行动的时候，只能用双手扶着墙壁，艰难地爬行向前。

随着年龄的增长，张琼的病情还在恶化。11岁的一天，正在扫地的张琼忽然感到一种前所未有的剧痛迅速遍布全身，身体不受控制地痉挛，浑身冒出冷汗，疼痛入骨。自这天起，每天午后，张琼都会遭受长达数小时的病痛折磨，

▷　未治愈时的张琼正在扫地（玉屏县委宣传部供图）

身体扭成一团，这让她身心俱疲，煎熬难忍。张琼真正体会到了什么叫"痛不欲生"。

　　为了缓解张琼的疼痛，母亲周二妹每天都要给女儿做长达数小时的按摩，实在由于农活太忙无法按摩的时候，就给女儿喝三杯烧酒。"喝醉了，就感觉不到痛了。"张琼说。

　　2006年，23岁的张琼和比自己年长近20岁的杨万江结了婚。杨万江跟我说，那时候自己的家里一贫如洗，张琼的家里也希望为张琼找一个依靠，于是就结合在一起了。从此，杨万江担当起了照顾张琼的重担。婚后不久，张琼便生下了一儿一女。

　　第一次到张琼家里采访的时候，张琼家的环境已经大为改善，3间砖房焕然一新，厨房收拾得干干净净。张琼远赴广东东莞去看望姐姐，10岁的儿子正趴在桌子上做作业，丈夫杨万江满脸幸福地感谢前来慰问的扶贫干部们。"以前天天都要在家里照顾她（张琼），还要下地干活养活一家子人，现在她可以

照顾自己了，还可以照顾家里，我也可以到附近去打工挣些收入回来了。"杨万江说。

疾病和残疾是武陵山区的主要致贫原因，以石阡县为例，因病致贫3712户13759人，占比13.56%；因残致贫2632户8639人，占比9.62%。这就意味着，贫困人口中大约有五分之一被疾病和残疾拖入了贫困深渊。正因为如此，铜仁市的各个区县几乎都出台了针对疾病和残疾贫困户家庭的保障政策。

玉屏县在医疗保障方面，全面推行贫困人口"先看病，后付费"模式，创新开展"一人一卡、一户一档、一病一方"的"六个一"家庭医生服务工作，实现家庭医生签约服务全覆盖，同时实行"四重医疗保障"，即通过新农合基本医疗保险、大病保险、民政医疗救助、医疗费用兜底四重保障，确保贫困户医疗费用报销比例达到90%以上。2014年以来，玉屏县财政共投入745.09万元用于资助建档立卡贫困人口参加新农合，确保应保尽保。2017年全县贫困人口住院就医6060人次，发生住院总费用2711.5万元，四重医疗保障补偿2529.93万元，实际补偿比达93.3%。

残疾扶持方面，针对残疾群众行动不便的问题，玉屏县统筹安排医生下村入户免费为残疾群众进行等级鉴定，打通服务群众的"最后一公里"。2014年来，累计发放残疾人困难救助金27.88万元，覆盖贫困户115户，开展残疾人培训8期194人次，新增就业453人。

"医疗保障政策先看病后付费以及扶助兜底，解决了建档立卡群众治疗费用的难题；而家庭签约医生一对一服务，实现了对患病群众的精准治疗，有效遏制了因病致贫、因病返贫现象的发生。"玉屏县副县长姚芬说。

签约医生上门

2017年初，玉屏推出了家庭医生签约服务，以县人民医院、县中医院为核心，与乡镇医院、村卫生室组建医共体，组织县、乡、村三级医疗机构医护人员801名，组建84个医疗服务团队，让所有贫困户、慢性病患者家庭享受到精准医疗扶贫。

县人民医院副院长、内科专家冉茂志成了张琼家的签约医生。当时，冉茂志带领的4人医疗服务团队负责茅坪村，成为全村54户150个村民的家庭签约医生。凭借多年的临床医学经验，冉茂志判断张琼一定是患了某种极为罕见的病。"第一次见到张琼，我就叫她赶紧去医院查明原因，但过了一个月之后再来，发现她还没有去，因为怕花钱。"冉茂志说。

结对帮扶干部吴斌和冉茂志一起做张琼和她丈夫的工作。"反复给他们宣传了现在的医疗报销政策，还对医疗可能涉及的费用进行了演算，他们才愿意去检查。"吴斌说。

张琼在玉屏县人民医院的初次检查并没有查出病因。冉茂志立即请来对口帮扶玉屏县人民医院的贵阳市第一人民医院的相关专家前来会诊。最终确定，张琼的病因是脑部感染导致肌张力障碍、扭转性痉挛。

张琼先后9次住院治疗。在玉屏县人民医院第一次住院的住院记录对张琼的病情做了如下描述：

因反复全身肌张力障碍20+年，再发并加重3+月入院。20+年前患者无明显全身肌张力障碍，伴全身多处疼痛不适。3+月前全身肌张力障碍症状再发并加重，伴心慌、全身多处疼痛不适，双下肢活动受限。入院诊断为：肌张力障碍、扭转性痉挛。第一次住院后的出院记录显示：全身多处疼痛不适及肌肉痉挛时有发作，次数较前减少，建议转上级医院手术治疗。

经过一段时间的治疗之后，"奇迹"终于出现了。2017年11月6日，躺在病床上的张琼忽然感觉身体比以前更通畅，骨骼肌肉都有了力气，一直未能完全张开的左手，舒展自如，弯曲了30年的双膝，也能灵活地伸展。张琼立即爬起来跑到卫生间端起水盆洗了个脸，确保她自己并不是在做梦。"立即给我妈打了个电话，哭着告诉她，我可以站起来走路了。"张琼说。

张琼在2017年11月13日的出院证明上写道：

患者肌张力障碍较入院时好转，无明显活动受限，能自行行走。

▷ 已初步治愈的张琼正在厨房炒菜（玉屏县委宣传部供图）

张琼所担心的费用问题也得到了很好的处理。2017年至2018年7月，张琼先后住院就医9次，产生总费用20387.78元，新农合补偿13179.97元，民政救助4273.95元，医疗扶助4985.22元，"四重医疗保障"共报销22439.14元，实际补偿比达110.06%。

从站起来到富起来

张琼站起来了，不仅是身体站起来了，精神也站起来了！2018年6月，穿着蓝色新裙子的张琼和杨万江赶制了一面大红锦旗，亲手送到玉屏县政府，上书"感谢党的扶贫好政策，让爬了三十年的我站起来了"。

2018年7月，我和冉茂志来到张琼家，看到张琼的脸上充满了自信和笑容，一家四口和和美美生活在一起。儿女努力读书，已经拿回了好几张奖状，丈夫杨万江早出晚归努力工作，张琼则在家养猪、照顾家庭。"以前都没有穿过裙子，现在终于可以穿裙子了。"张琼说。

张琼出院后，冉茂志继续关注着她的情况，每次入户随访，都会给张琼测量血压和血糖等，观察她的恢复进度，并针对性地给出康复意见和建议。当日，冉茂志照常拿出血压计等随身携带的医疗设备为张琼做体检。"你的病情已经稳定了，各项指标都正常，但必须长期服用药物控制，只是这种药物对肠胃会产生一些影响；我给你带了点奥美拉唑（一种胃药）来，你按要求服用。"冉茂志对张琼说。

　　对于张琼这样的贫困家庭，玉屏县采取了"扶上马、送一程"的帮扶措施。2017年底，张琼一家终于脱贫。杨万江被聘为村里的护林员，每月工资800元；全家每月领取1000多元的农村低保金；当年获得扶贫产业分红3000余元、"精扶贷"入股分红4000元。一家四口年收入首次接近3万元。

　　2017年底，玉屏县实现了全县最后3个贫困乡镇全部摘帽，出列贫困村23个，累计脱贫6235户22228人，档内贫困发生率从2014年的17%下降至1.64%。在2018年国务院扶贫办组织的第三方评估验收中，玉屏县以错退率0.04%、漏评率0、群众认可度95.13%的优秀成绩顺利通过验收，成功摘掉了贫困县的"帽子"。

六、周绍军：拦住省长讲"茶道"

身材高大、面庞黝黑的周绍军是石阡县龙塘镇大屯村的党支部书记，他的另一个身份是——全国人大代表。石阡的老领导们都记得，石阡的历史上总共产生过两个全国人大代表，一个是中国工程院院士、贵州大学校长宋宝安，另一个就是周绍军。在很多大屯村老百姓的眼中，全国人大代表、村支书、致富带头人周绍军是神话一般的存在，他的"茶道"代表了"石阡苔茶"的发展方向。

大众茶才是茶农的"活路"

2017年11月初，我下乡路过大屯村，意外发现大屯村的茶叶加工厂还在加工茶青，与之形成鲜明对比的是附近大部分茶叶加工厂早在半年前就已经停止作业。加工厂里，周绍军重金聘请的茶叶师傅戴着白色的帽子，穿着工作服不停地穿梭在轰鸣的制茶机之间。大屯村的茶山上，两个人操作着一台采茶机，采茶机源源不断采下的茶青被另一个农民装袋送到山下的加工厂。

临近冬天，还在加工茶叶，确实是石阡的一大新闻。长期以来，石阡茶叶产业发展的瓶颈在于茶农的亩产收入太低，普通茶农卖茶青的收入一般在每亩500元至1500元之间。亩产收入较低的核心原因在于，茶叶加工企业热衷于制作价格较高、利润空间大的名优茶（独芽、一芽一叶），而不愿意加工价格较低、利润空间小的大众茶（一芽二叶及粗茶）。名优茶的收购期间很短，多数茶叶加工企业仅在每年清明节前后一个月左右收购茶青进行加工，其他时间则主要忙于销售，加工厂不再收购茶青，老百姓的茶青只能在茶树上疯长下不

▷ 周绍军在茶园示范讲解采茶机操作技术（大屯村委会供图）

了树。这就意味着茶农的茶园一年只有2个月左右的时间可以卖出茶青获得收益，过低的收益难以激发茶农的采茶积极性，也让茶农疏于管护茶园。

另外，名优茶和大众茶的茶青收购价悬殊也影响到茶农的采茶收入。独芽的茶青下树期间，茶青收购价高达80—90元/斤，一个成人老百姓一天可以采1.5—2斤茶青，收入可以达到120—180元/天；而大众茶茶青则价值大减，收购价一般在1元/斤以下，成人老百姓手工采茶一天即便能采40斤，收入仅40元/天。

"必须加工大众茶，提高茶青下树率，否则茶叶产业就是死路一条。"周绍军说。2014年，周绍军在外打工多年后回到村里时，看到村集体的400多亩茶园基本荒废，茶树老化导致茶青产出率低，基本失去了生产功能。大多数的老百姓都把自家的茶园当成了柴山，把茶树砍回家当柴烧。

担任村支书以后，周绍军彻底改变了大屯村茶园的面貌。2017年夏，我再到大屯村调研的时候，周绍军兴奋地告诉我说："那片'死掉'的茶园很快就可以复活了。"周绍军自己掏钱把那片400多亩已经基本无法产出茶青的茶园承包了下来，在技术专家的指导下全部齐根砍掉。站在那片光秃秃的茶园里，我看到漫山遍野被砍倒的茶树堆放在一排排茶树根之间，地面上只剩下不

到一寸高的"茶树桩"似乎看不到任何生机。

"技术专家告诉我,如果留一尺高的茶树,第二年就能够产出茶青,但老化的问题没解决,估计产茶5年后茶园又会退化;如果齐根砍掉,管护3—5年之后,茶园才能产茶,但可以确保15年以上正常产茶。于是我选择了齐根砍掉。"周绍军说。

选择需要冒着巨大的风险,万一这些老化的茶树被齐根砍掉且3年后长不出较高质量的茶树,多年的投资可能会"打水漂"。除掉茶园租金不说,每年施肥、除草的管护费就需要600元/亩左右。400亩茶园一年的管护成本至少24万元。3年没有收入,并且要掏出至少60万元用于管护,足以掏空周绍军多年在外打工的积蓄。但这一切的风险都扛在周绍军一个人的肩上,他只是想把这片茶园做起来,树立一个茶产叶发展的标杆,让全村的群众看到"靠山吃茶"的希望。

周绍军还做了一件事情,就是成立村级茶叶专业合作社,整合了全村90%以上的茶园入社,进行统一经营、统一管护,合作社的茶园面积近2000亩。当我2017年11月份惊讶地看到合作社还在加工大众茶的时候,大屯村的茶农们已经一年四季都可以在茶园里工作,茶青采摘期已经从原来的3个月左右,延长到了9个月。每年3月到11月,茶农们都可以采摘茶青,卖给村里的加工厂;12月到次年2月属于冬季茶园管护期,茶农们可以到村级茶叶合作社的茶园里参与施肥、整地等工作,通过务工赚取收入。大众茶的采摘采用了采茶机,三个人操作,一天可以采1000斤左右,可以确保每人每天的收入达到120元以上。

大众茶的持续生产提高了茶农们的茶园亩产经济效益,一亩管护较好的茶园一年的茶青收入可以达到3000元以上,"一人一亩茶"就可以基本实现一个家庭脱贫。正如周绍军所言,茶叶已经成了老百姓真正的"活路"。

一句话拦住省长

《红楼梦》里有句名言"世事洞明皆学问，人情练达即文章"。周绍军就属于这类洞明世事、谙熟各种规则且情商极高的人。他善于"借势"，能巧妙地把各类能够接触到的资源不动声色地引入大屯村，引入到他所全力推进的事业中。

2016年，时任贵州省长到大屯村调研，陪同前来的还有市委、县委的主要领导。即将结束调研转身上车的时候，省长与县、乡、村的干部们——握手告别。正当与周绍军握手之际，周绍军终于抓住了说话的机会。

"省长，我搞茶叶，要求村干部必须全部懂茶，建好基层党组织，必须搞好利益联结机制……"周绍军的一句话让省长停住了脚步。

省长鼓励周绍军讲讲他的具体思路，于是周绍军滔滔不绝连续讲了5分钟。省长频频点头表示赞同，随后便指示，各级党委政府要关注大屯村的发展。在随后的一年多当中，贵州省委主要负责同志在多个场合分别赞赏大屯村的村级集体经济发展模式。2018年，在一份汇报大屯村发展情况的材料上，贵州省委主要负责同志批示肯定大屯村发展集体经济取得的成效，要求相关部门深入调研总结推广大屯村的发展经验。

省委书记对大屯村的肯定极大提高了大屯村在省、市、县各级各部门领导们心中的知名度，为周绍军争取项目、资金、政策大开方便之门。2018年底，在各方支持下，大屯村已建成名优茶加工厂房1200平方米、综合办公楼及接待场所1460平方米、大众茶加工厂房2150平方米，正在采购名优茶生产线和红茶生产线，为做强茶叶品牌，做大集体经济奠定了坚实基础。

机会不是随时都有，但偶尔出现的机会总是能够被周绍军紧紧抓住。2018年夏天，我陪同县委书记到大屯村调研大众茶生产情况，周绍军对大众茶生产的全流程、生产经营情况等进行了详细介绍。县委书记非常满意，旋即问周绍军有什么困难没有。周绍军说："大众茶生产的量增长特别快，但市场的

▷ 大屯村使用世界银行贷款建成的茶叶加工厂

开拓速度跟不上，现在有几百斤大众茶还在找销路。"大众茶生产得越多，意味着茶农销售茶青的收入就越多，贫困群众增收就越多，县委书记没有比听到这个情况更高兴的了，大众茶销售出现困难他没有理由不帮忙。调研结束大约一周以后，一家帮扶石阡的单位拟采购一千斤左右的石阡茶叶。县委书记立即安排我对接周绍军和帮扶单位，顺利把大屯村库存的茶叶销售一空。

除了争取党委政府的资源，他对于技术资源也是求之若渴。大屯村茶叶专业合作社办公楼的后山就是大屯村最核心的茶园所在地，这里有贵州省茶科所的科研基地，有宋宝安院士"以草制草"的实验基地，有高级技师毛万彬的苔茶母本园实验基地，有实时监控茶园的视频系统，有自动浇水的喷淋系统……如果把茶园比作周绍军的孩子，那么周绍军这个普通农民为了培育这个孩子健康成长，可谓费尽心血，使出了所有招数。

技术始终是卡住茶产业发展的主要障碍。龙塘镇是石阡县的产茶重镇，镇内大大小小的茶叶加工厂有18家，但几乎都碰到过这样的尴尬：客户在茶叶加工厂品尝到一款茶A，特别满意，愿意出高价购买1000斤A款茶，但茶叶加工厂所有A款茶的产量不到100斤。按照原来制作A款茶几乎同样的程序重复生产，却再也生产不出A款茶的味道。茶叶生产过程缺乏精细化控制，难以批量生产出质量稳定的产品，这是大多数小型茶叶加工厂都面临的共性问题。一位资深茶叶生产技师告诉我："同样品种的茶青，同样的生产程序，但因为制茶时的天气不一样，或者是炒茶的温度不一样，或者是搅拌的方向不一样，都会让成品茶叶的口感差异很大。"

为了解决这个难题，周绍军不惜花重金（1万元/月的工资）聘请了武陵山区著名的制茶大师毛万彬担任大屯村茶叶生产的技术指导顾问。石阡当地的茶叶加工厂绝大部分都没有聘请专门的制茶技术员，大多数情况下，老板既是技术员，又是种植者，还是销售者。周绍军突破了惯常的做法，拿出真金白银攻克技术难题甚是不易。

毛万彬给周绍军解决了两大核心问题：第一个是茶园母本园建设，第二个是茶叶生产的技术细节。

石阡苔茶是石阡县当地各族茶农长期栽培选育形成的一个地方品种，母树属古茶树系列，也是中国为数不多的茶树良种。抗逆性、适应性、产量、品质都比武陵山区的其他品种要胜几筹，而且栗香持久，滋味醇厚，色泽绿润，汤色黄绿明亮，叶底鲜活匀整。该茶发源于石阡，引种到黔东、黔北、黔东南等地，是贵州省铜仁地区石阡县特色茶产业的战略品种，曾被人誉为"金不换"和"品牌中的品牌"。

从石阡苔茶的老茶树上剪取枝条进行无性繁殖（主要是扦插），是近年来石阡当地拓展茶叶产业的重要方式。这种用于繁殖的枝条可以卖到0.2—0.3元/枝，卖茶树苗也是苔茶园区的主要收入之一。毛万彬来到大屯村之后，细心选育优质石阡苔茶的母本，力图建设一个纯度更高、质量更佳的苔茶母本园，进而提高石阡苔茶园区的整体水平。2018年夏天，我在大屯村的茶园里看到，部分长势旺盛、枝条粗壮的苔茶树被系上一根小红绳。"这是苔茶树中的佼佼者，新植茶园或者补种茶园如果采用这些树的枝条，就会提高整体茶园的品质。"毛万彬说。

　　毛万彬从茶叶种植、茶园管护、茶叶加工、母本园培育等方面作全方位技术指导，帮助大屯村调整单一的绿茶及名优茶产品结构，开始加工夏秋大众茶和红茶，产品品种从1种增加至6种，成功通过QS认证，获欧盟标准SGS认证，极大地提升了产品附加值。我曾品尝过大屯村的大众茶，感觉到虽然新制的绿茶都是采用夏秋季节茶树上粗糙的茶青制作而成，但汤色和口感并不逊色于名优茶。

▷ 周绍军正在茶叶加工厂做茶（大屯村村委会供图）

　　2018年秋，再次碰到周绍军时，我问起当年茶叶销售的情况。周绍军告诉我："现在正抓住'一带一路'发展机遇，正在和新疆的客户洽谈联合经营，将他们的销售渠道和我们的茶叶生产基地结合起来，把茶叶生意沿着古丝绸之路做到欧洲去。"当"一带一路"带来的机遇成为周绍军正在试图抓住的商机的时候，我感到很是惊讶，偏僻农村里文凭不高的村支书居然能够想到借助于国家的倡议做好自己的生意。且不论这种做法能否成功，能有这种意识就已经很不简单。惊讶之后，觉得此事放在周绍军身上又合情合理，历史已经证明周绍军从来都善于"借势"，以前是向省委书记、县委书记、工程院院士、老茶叶师傅借势，现在是向"一带一路"借势。

三大法宝

在周绍军带领下，大屯村的茶园建设成了省级现代高效生态苔茶示范园区。园区茶叶展厅里，大大小小排列着几十种茶叶产品，宣传栏内张贴着省、市、县各级领导前来调研考察的照片。

一片小小的茶叶，让大屯村785户群众，特别是其中的154户贫困户，从此走上了脱贫致富之路。从打工仔到老板，到村党支部书记，再到全国人大代表，大屯村党支部书记周绍军可谓一路艰辛，十几年的摸爬滚打硬是让昔日凋零的荒坡变成了如今的"金山银山"。

周绍军对于茶产业的发展有他明确的思路，那就是把党支部建在产业链上，通过建好"茶"队伍、做优"茶"产业、共享"茶"红利的方式，持续做大做强茶产业。

周绍军始终坚持"村干部必须懂茶"的核心理念，带动一个村不是依靠他一个人，而是依靠村级党组织的力量。在村级组织换届时，把不懂茶叶就不当村干部作为先决条件，选择能人进入党支部。能人的标准为：发动种茶的宣传员、带动种茶的示范员、茶园管理的护林员、茶叶加工的技术员、茶叶销售的营销员。现任6名村干部中，有4人擅长茶叶种植、管护、加工，有1人懂市场经营和企业管理，有1人熟悉财务管理，大都是茶产业发展的"土专家"。在村党支部里，村委会主任擅长于茶叶销售，村监委会主任擅长于种茶、管护茶园，并能够操作各类茶园能够用到的农机器具。

此外，坚持把热爱公益事业、乐于奉献，特别是懂茶爱茶的进步青年培养成党员，发挥党员在发展茶产业中的示范作用。目前，全村50名党员中，43名熟悉茶叶种植、管护、加工和销售，实现了党组织在产业链上的全覆盖。群众发展茶产业的积极性得到释放，种茶之风悄然形成。村党支部培养的入党积

极分子也要求必须学习茶、懂茶。48岁的大屯村入党积极分子柴邦文如今正在大屯村的茶叶加工厂学习制茶技术，决心跟着村支书一起发展茶叶这个传统产业。

周绍军的另一个法宝是依托村党支部，成立集体经济合作社和茶叶专业合作社，通过合作社发动群众、组织生产。大屯村村级集体经济合作社负责承接茶叶业务以外的其他经营性业务，比如：建设通组公路；大屯村兆丰茶叶专业合作社则负责茶叶种植、生产、销售的所有环节。村级合作社的优势在于，通过村级党组织和周绍军的带领，融合全村力量聚焦茶叶产业冲锋，形成规模效应，但劣势在于合作社缺少资金、人才积累，面临众多发展的障碍和困难。

2019年全国"两会"前，周绍军提前把他的一份发言稿给了我，请我帮忙修改。他准备在"两会"讨论的时候，向领导们提出他发展集体经济的几条建议，现摘录如下：

我们的集体经济发展还面临着经济底子薄、自然基础条件差、管理人才匮乏、抗风险能力弱等许多困难和问题。从这些问题着手，为提高竞争力，进一步支持和规范农村集体经济发展，充分发挥农村集体经济组织的带动作用，走出一条贫困地区农村集体经济发展的新路，我有三点建议：一是加强农村集体经济组织的队伍建设。一方面，建立农村集体经济管理人员的培训机制，定期组织他们到大专院校以及经济发达地区培训交流学习，不断提高管理水平。另一方面，建立高科技管理人才、专业技术骨干以及企事业单位人员到基层发展集体经济的激励机制，进一步充实农村集体经济管理队伍。二是加大对农村集体经济组织的资金投入力度。将农村集体经济组织的管理经费纳入财政预算，并明确按效益给予管理人员一定比例的工资或报酬。目前，多数农村集体经济都是由村委会或村干部代为管理，由于没有经费保障和工资报酬，很难激发他们干事创业的积极性。三是推进东部沿海企业与贫困地区农村集体经济组织融合发展。建立税收优惠和物流补偿等激励机制，鼓励东部沿海地区企业或经济组织与贫困地区农村集体经济组织联姻，实现优势互补，以解决贫困地区农村集体经济无人才、无技术、无资金、无市场的问题。

周绍军的第三个法宝是合作社与村民之间的利益联结机制。大屯村集体经济合作社的章程规定，合作社净利润按照"5212"的利益联结机制进行分配，即50%用于全体社员分红，20%用于村级集体经济积累，10%用作合作社管理人员报酬，20%给建档立卡贫困户分红。

大屯村兆丰茶叶专业合作社的章程规定，每年都拿出收购茶青的总金额的20%作为合作社固定成本，用于茶园管护和分红，分配比例是"622"，即60%用于全村村民管护茶园的奖励，20%用于村集体经济积累，20%给建档立卡贫困户分红，剩余的净利润则按照社员所占股份进行分红。

合作社的带动作用在逐步显现。2017年，大屯村人均纯收入达9000元，建档立卡贫困户人均纯收入达5830元，比2016年分别增收1468元、2495元，同比增长19.5%、74.8%。2017年大屯村建档立卡贫困户户均分红达551元。

2018年，周绍军被评为贵州省脱贫攻坚优秀党组织书记。组织给的荣誉是对他的肯定，同时也是一份沉甸甸的责任。周绍军跟我说他下一步的打算，一方面继续扩大种茶面积，把荒坡变成茶园，另一方面要提升茶叶品质，打响品牌，让市场青睐石阡苔茶，通过产业发展构建让老百姓持续增收的集体经济发展模式，让贫困户种茶脱贫，让村民们的子子孙孙都享受茶叶带来的红利。

七、赵春丽：志愿服务14年

"人们常常自称喜爱真相，甚至宣称愿意为了追求真相而献身，但往往真相血泪模糊，并非我们所愿意接受的那样。"采访完赵春丽之后，我心头不禁涌出了前面这样的感叹。

在石阡三年，援阡14年的志愿者赵春丽最难让我读懂，也是让我最难下笔描绘的人物，但正因为如此更加激励我一定要把她记录好。赵春丽的特点在于，她已经10多年不再做老师，但历届县委书记、县长及以下的主要机关干部大多认识她，并且都尊称她为"赵老师"；她不是石阡人，但无论她走到石阡的哪个村寨，总有群众热情招呼她"赵老师辛苦了，来家里坐坐、喝口水"；她不是体制内研究石阡文化的权威，但毫无疑问石阡范围内没有人比她更能讲得清楚石阡的文化。

"最是人间留不住，朱颜辞镜花辞树。"在石阡历经14年的艰辛旅程，曾经风华正茂、芳华绝代的少女赵春丽，如今已步入中年。与此同时，石阡也从一个落后、封闭的穷山沟，逐步变成了一个包容、开放的已脱贫县。赵春丽的命运与石阡这片土地上时代风潮蝶变如此紧密联系在一起，以至于我只能从文明冲突的角度去理解她和她的种种境遇。

支教与扎根

2006年，在朋友的介绍下，赵春丽独自来到石阡县国荣乡楼上村楼上小学支教，为期一年。那时，她刚刚离婚。

赵春丽的老家在东北。支教之前，中专毕业的她已经在广东深圳打拼了将近10年，做过临时演员、志愿者、大型活动策划等工作。"这个十年是人生阅历和知识爆发式增长的十年，总觉得有大把的青春可以挥霍。"赵春丽说，大城市的紧张生活塑造了她的性格，但曾让她患上了抑郁症和厌食症。

带着现代化大城市的气质，赵春丽来到了还处于农耕时代气氛的楼上村。楼上村是贵州省的传统古村落。明朝中后期以来，周姓家族在此繁衍了将近30辈人，至今尚有60余户人口居住在此。楼上村的古树、古庙、古桥、古道、古亭、古楼，形成了一个文化底蕴深厚、封闭而独特的社会生态系统。远望楼上村，村庄像一只硕大的蝙蝠张开双翅紧紧贴在山梁的上半部分，山顶是石林，山脚下一条河流环绕而过。

▷ 楼上村远眺

来到楼上村之后，山顶上一块大石头附近的山地被赵春丽长期租了下来。"第一次来到楼上村，我躺在那块石头上，不知不觉就睡着了，对这里有天然的亲切感。以后我要守着这里，死了也要埋在这里。"赵春丽曾跟我说。尽管是来短期支教，似乎却早就埋下了扎根的思想种子。

2006年的石阡交通不便，农耕社会耕读为生的习俗依然浓厚，外出打工谋生仍然需要莫大勇气。从省会贵阳到石阡，乘坐中巴要将近8小时才能抵达，一路在羊肠小道上穿梭的中巴时常把乘客摆弄得头晕目眩，腹中翻江倒

海。交通闭塞不仅阻碍了人们外出的脚步，也阻隔了各种新思想、新工具、新信息的流入。即便是在2017年，当我从广州来到石阡，发现这里居然没有滴滴车，没有共享单车，甚至很多地方没有手机信号。

赵春丽来到楼上小学正式支教的时候，她发现整个学校的窗户都没有玻璃，学生们的穿着几乎没有几个人干净、整洁、完整，文具和图书更是严重缺乏。"当时口袋里还剩2000元，从中掏出1000元给孩子们购买了正版《新华字典》，还联系深圳、浙江的朋友为孩子们捐赠衣服、文具等。"赵春丽回忆说。

赵春丽的一位学生说，那时候过"六一"儿童节，赵春丽班上的学生最有面子，因为可以拿到很多诸如铅笔、本子、糖果等奖品，这些奖品都是赵老师从外面世界拉来的赞助。

尽管在学生群体中赵春丽占尽了所有风光，但在楼上小学的教师群体当中，她显得格外突出，甚至与其他人格格不入。来自于少数同事的怀疑、诽谤、排挤，甚至嫉妒，让赵春丽顿感人性的无奈。

尽管一年支教期结束之后，国荣乡政府为优秀的支教老师赵春丽举行了热情的答谢大会，但自那以后，身边环境带给她的那种无奈感却一直如影随形。以至于2009年，在一次受委屈之后，她剪掉了齐腰的秀发，剃成了光头疏解精神压力。

诚然，像赵春丽这样思想前卫、才华横溢、坚持单身的女人，要融入无论从哪方面讲都几乎落后的本地社会实属不易。时过境迁，回过头去看赵春丽的遭遇，固然不能单单责备她周边人的短视，不能责备他们不懂得珍惜这个优秀的外地人，也许个人的境遇正是文明与野蛮、封闭与开放、进步与落后的文化冲突题中之意。

台上与台下

石阡有个不成文的惯例，无论哪位重要人物到石阡调研石阡文化或旅游景点，各个接待部门首先想到的就是：请赵春丽老师来帮忙解说。赵春丽对石阡文化的解说俨然已经形成了一个品牌，以至于所有部门都不约而同地遵循着这个惯例。

赵春丽的知识广度和深度令我折服。来到石阡之后，在国荣乡党委书记龚朝清强烈推荐下，我选择了一个周末去楼上村探访古迹。在周氏家族一位始祖的墓前，悬挂着一个牌匾，上面写着一首绝句："先人□□不谋官，建阁修桥美誉传。梦得层岩为墓地，新兴林木护屏山。"但□□的字迹不清楚。我问遍了周边能问到的人，也没人能讲清楚那两个字是什么。

直到后来，有同事推荐我问赵春丽才得到准确解释。"是'退旨'二字，这个在他们的族谱里有明确记载，讲的是周家的先祖决心不做官，把皇帝任命其官职的圣旨退了回去。"赵春丽还借了一本楼上村周家的族谱给我阅读。

由于工作关系，我经常陪同来访领导去楼上村调研古村落文化，总是由赵春丽来做解说。毫不夸张地说，这里每一块古匾的来龙去脉，每一所古房子的年代和历史，每一副对联蕴含的深意，每一个门槛的不同差异和内涵，她说得清楚。"松操鹤算""克绍箕裘"……楼上村居民家里悬挂的牌匾上这些古老而晦涩的字词，通过赵春丽的嘴里说出来便重新焕发出新的活力，让人感受到来自远古时代的文化底蕴。

▷ 赵春丽在楼上村为客人解说楼上村的历史

台上的赵春丽永远是不紧不慢，底气十足，光芒四射，才华横溢。在给客人解说的间隙，还会不时给客人唱一段本地的民歌，更加增添了解说的色彩。在领导的眼中，她随叫随到，似乎有使不完的精力。

有一天下午，赵春丽正在给两个学生指导解说课程，忽然接到县直部门某领导的电话，临时要求她立即赶到某地给客人解说。她二话没说，立即安顿好学生，还托一位朋友晚上照顾6岁的女儿，便赶往工作现场。"经常是倒贴钱，请朋友晚上陪女儿，得要开个宾馆房间，解说费往往抵不上宾馆的房费。"赵春丽开玩笑地说。她几乎从未拒绝过任何单位向她安排的工作。

台上、台下的赵春丽判若两人，让我颇受震动。2019年8月的一天，我约赵春丽在县城一家茶馆采访她，从晚上七点半一直聊到十点半。赵春丽穿着素常的连衣裙，带着女儿一起来赴约。三个多小时的采访交流中，赵春丽频频忍不住哭泣，以至于我不得不屡次停下了采访。

14年的志愿者生涯中，不理解和流言中伤让赵春丽感觉最伤心，当她奋力推进一项帮扶工作的时候，总是有少数人进行恶意的负面解读。"在一所职业学校教书的时候，取得学校允许的情况下，我把学生推荐到北京的一些单位去实习，居然有人误认为我在'贩卖'人口。"赵春丽说，自己一直都在提供志愿服务、义务劳动，但总有人认为你不怀好意。

"多少次都想抓起杯子就朝那些人头上砸去，但理智让我悄悄转身离去，去学会宽容，让时间来做最后的裁判。"赵春丽说。

梁启超在《李鸿章评传》中写道："天下惟庸人无咎无誉。"我也以此语安慰赵春丽，正是因为做的事情多，所以能被人评说的地方也多，但求此心安定，又何必去过度在意他人评说？

喧嚣与宁静

历经了10年大城市的喧嚣，又经历了这14年石阡的磨炼，赵春丽终于在石阡找到了属于她的宁静。石阡县城五老山山脚下，赵春丽和女儿住在多年前购买的一栋小楼里，只有一条一米左右宽的羊肠小径通往家门口。月色朦胧的夜晚，能听到虫鸣、犬吠。

终于可以坐下来好好读读书了。赵春丽说："读书和画画是我的爱好，我跟女儿讲，如果以后我不在了，家里的那些书就是留给她最大的财富。"在采访赵春丽的几个小时里，我深深感受到她文化底蕴之深厚，来源于老庄哲学、历史人文、文学典故里的词句被她信手拈来。

"她的知识面之广，在石阡找不出第二个，解说之精道堪与国内的优秀导游相媲美。"石阡的一位县级干部曾跟我这样讲起赵春丽。这位县级干部到任石阡之初，曾邀请赵春丽到办公室，请她介绍石阡的文化。"谈起石阡的夜郎文明，赵春丽很肯定地告诉我，石阡是古夜郎国的一部分，也是夜郎国最后消失的地点。她从一本很厚的历史书里面找到了历史依据，有这么一句话：'秦兵自巴蜀南下，夜郎仅剩石阡一地'。"这位县级干部说。

在采访过程中，赵春丽忽然接了个电话。"一年前把一幅字送去给仁正书院装裱，刚刚才弄好，店老板叫我明天去取。你看看，这就是这里的生活节奏，这在大城市是无法想象的，但我已经习惯了。"赵春丽说。

14年前，来到石阡的时候，赵春丽就是为了换一种活法，那时很多人都认为她待不上一个月就会离开。如今，白驹过隙，美人迟暮，历久弥珍的信念益发闪耀出光彩。"被需要是一种很好的感觉，证明我还有存在的价值，从这里面得到的快乐不是任何物质所能替换的。"赵春丽淡淡地说。

在石阡，能被赵春丽称得上朋友的人并不多。楼上村精通琴棋书画的文化名人周正典老先生是赵春丽的忘年交，年龄相差30多岁。周先生在世的时候，逢时过节总要邀请赵春丽到家里做客。周先生去世前的几个月，特意把赵春丽邀请到家里，亲笔写了好几幅字给她留念。"老先生去世之后，我曾去楼上村为他守灵，感念他对我的关心和照顾。"赵春丽说。

2018年冬天，我去楼上村看望赵春丽，她欣然送我一坛刚刚出锅的"茶酒"。"这是最近才研制出来的新酒，喝了不上头。"赵春丽说。

我把"茶酒"带回住处，经常晚上睡前喝上一小杯。"茶酒"的味道很是特别，带着茶香味，味道醇厚、平和，韵味悠长，多喝几杯也不会感觉到头疼、口干。时常在想，很多年后，再回石阡，我必定还会记得"茶酒"的味道，记得故人赵春丽在石阡的精彩演绎。

八、"花椒书记"胡熙

从地图上看，本庄镇雷洞村是石阡县最西北的村庄，乌江自南向北从雷洞村边沿穿过。"出门看见坡坡，山上不离山窝窝，望见乌江水，喝不到乌江水。"这是雷洞村的真实写照。村庄趴在乌江岸边的高山上，属于典型的"靠着乌江没水喝"的村，属贵州省的一类贫困村，下辖10个村民组，全村368户1192人，建档立卡贫困户122户487人。2018年底贫困发生率已下降到1.72%，脱贫出列。1985年出生的胡熙，就是这个村的党支部书记，也是这里土生土长的村民。

▷ 雷洞村远眺

2018年3月，我第一次去雷洞村调研并认识了胡熙，当时他正带领村民轰轰烈烈种花椒。后来，村集体种植的花椒谢花挂果及花椒加工厂建成的重要时间节点，他曾多次邀请我再去调研，还利用一次出公差的机会到我办公室看过我。但一直到2019年7月，石阡脱贫摘帽以后，我才腾出时间想起再去看看他。

意外的是，当我打电话联系去看望他的时候，他告诉我，脱贫摘帽之后，就辞去了村党支部书记的职务，去浙江打工去了。惋惜之余，我只能祝福他前程似锦、鹏程万里。

能挖"窝"的地方都栽上花椒

雷洞村以种植花椒而著名，尽管地处偏远，仍旧是省市县各级产业扶贫项目观摩的重要观摩点。驾车进入雷洞村地界，可以看到这样一幅奇观：马路边上、梯田里、茅草坡中、果林下……凡是能挖坑的地方都栽着花椒，映入眼帘的绿色九成以上都是花椒。

雷洞村平均海拔超过700米，80%的土地坡度大于25度，面积11.83平方千米，沿乌江带状分布。2014年，胡熙从一位外地朋友那里听说，重庆江津的花椒产业对脱贫致富的带动特别明显。"我们这里山上有很多野生的花椒树，他们可以靠种花椒'吃肉'，我们难道不能跟着种花椒'喝点汤'？"胡熙随即到重庆去调研花椒生产、加工、销售"一条龙"的情况。

考察结束之后，胡熙下定决心试种花椒，回村组织召开群众会讨论把花椒产业作为村里主导产业的议题。群众的意见反映出基层最现实的问题。

有群众说："花椒一般见效要三年，这三年间吃什么？喝什么？"

又有群众说："祖祖辈辈种玉米，虽然日子过得紧，但是毕竟有口粮，吃不完的可以卖，卖不掉的可以喂猪，花椒可不能吃！"

还有的群众说："花椒即便种出来了，怎么运出去？村里的海拔落差将近一千米，村里连出村的硬化路都没有！"

支持种植花椒的群众并不占多数，胡熙决定先试种少量花椒，如果实验能成功，再去说服村民跟着他种花椒。2015年秋，胡熙在村里试种了700亩花椒，花椒地选择在村庄距离乌江不到200米的地方。2017年夏天，这批花椒树居然提前结果。"每棵树挂了2—3斤鲜花椒，重庆的专家现场调研之后解释说，乌江沿岸水雾较多，从而促使花椒成长得比一般地区要快，挂果也比一般地区多。当年，鲜花椒一斤卖5元，干花椒一斤卖30元，初步尝到了产业发展的甜头。"胡熙说，从此更加坚定了大规模种植花椒的信心。

▷ 雷洞村生长旺盛的花椒（石阡县委宣传部供图）

为了取得更多村民的支持，胡熙随后便组织村民代表去"花椒之乡"重庆江津考察，邀请江津硕丰农业公司董事长和技术指导员给10位村民小组长上培训课，详细讲解花椒的生长环境、栽培技术及经济价值。

村民思想转变总是需要一个过程。多次群众会动员之后，胡熙的一位叔辈

仍旧坚持种玉米，拒绝种花椒。胡熙跑到这位叔辈的地里把已经栽下去的玉米秧连根拔掉，然后给叔辈做工作说："你这一亩地，种一年玉米最多收入不会超过1000元，你跟着我种花椒，我保证你三年后的亩产收入超过3000元，如果达不到，我赔你钱。"

2017年，原来被胡熙拔掉玉米秧的叔辈，一亩花椒地的收益最多达到了1万元。2018年底，这位叔辈自发把家里的6亩土地和荒山全都种上了花椒树。

▷ 雷洞村村民正在采收花椒（石阡县委宣传部供图）

雷洞村74岁的老党员胡亨金，如今是雷洞村有名的花椒种植大户。"花椒产业见效快，需要劳动力少，我把自己家的耕地全部用来种花椒，同时流转了120亩土地，扩大种植。"胡亨金说。

在胡熙的强力推动下，2018年底，雷洞村全村花椒面积达到了6800多亩。2019年春节后，胡熙给我发了一条信息告知我去年的花椒种植情况：2018年鲜花椒总产量20万斤，合作社按市场价6元/斤收购鲜花椒，总产值120万元。

"鱼"与"熊掌"都得了

花椒作为主导产业引进，其最大的意义可能并不在于现时为村民增加的收入，毕竟市场经济大潮中，产业发展有高峰就会有低谷，其最大的意义应该是由此带来农民农业生产技术的转型升级和市场意识的觉醒。

2017年的花椒收获之后，由于烘烤技术不过关，干花椒的卖相很差，只好降价销售。这种情况首先给了胡熙狠狠的一锤，他开始意识到，花椒种植成功了，"万里长征"才走出了第一步。

胡熙随后便组织10个村民组的13个种花椒种植积极分子，前往重庆江津系统学习花椒种植、加工技术。"现在村委会班子成员和种花椒的积极分子基本掌握了种花椒的技术细节和诀窍，村里的合作社主要负责收、卖、市场，村民自管自种，合作社还与重庆相关合作公司签了每公斤鲜花椒18元的保底收购价订单合同。"胡熙信心十足地说。

2018年春，我来到雷洞村花椒基地调研。村民胡波正扛着锄头在花椒苗之间锄草，准备在花椒树下套种其他作物。"这一棵苗前年没有修枝，去年的挂果情况就比较差；这一枝去年修了枝，今年所结的果实就比较壮实，数量也多得多，技术是最大的生产力，这两棵苗的效益对比就很明显。"胡波一边指着地里的花椒苗，一边说。如今，村里像胡波这样的花椒"土专家"越来越多，农村的农耕技术从原来种玉米时"撒下种，坐等收"，转变到了"靠技术

▷ 胡熙在花椒地进行技术培训（石阡县委宣传部供图）

含量吃饭"的精耕细作。

雷洞村的部分村民开始觉悟到，应该比照市场需要安排生产经营。村民何汝萍2014年便开始流转80多亩土地种植花椒，按照每亩地种植花椒苗80棵，每棵1元的价格支付土地流转费。"种植传统作物，收入最多不会超过每亩一千元，花椒的最低产量也能达到500公斤/亩，即便收购价低到10元/公斤，每亩的收入也能超过5000元。"

"我觉得应该建设一个花椒的烤房，这样不用担心鲜花椒卖不出去，并且干花椒更卖得起价。"何汝萍说。

2017年初，在几乎没有建设资金来源的情况下，雷洞村的花椒加工厂破土动工，并赶上了当年的花椒加工。我在加工厂现场看到，烘干机、简易包装机等设备基本齐全，加工出来的干花椒散发出淡淡的幽香。

▷ 雷洞村新建的花椒加工厂（胡熙 摄）

胡熙后来告诉我，2018年种花椒赚的钱，不仅把2016至2017年亏欠的账还了，还把建设花椒加工房的72万元支付掉了，集体经济还余留5万元分红。

发展的关键是什么?

坐在雷洞村村委会的办公室，激情四射的胡熙跟我讲起了他带领村民脱贫致富的三个关键。

他说，第一个关键：给力的班子是火种。"如果说集体经济发展是一场全村致富脱贫燃烧的征程，给力的合作社班子就是集体经济发展的火种。发展壮

大集体经济，重点在村级党组织，核心是经济，关键在合作社班子。"

2017年3月，石阡县本庄镇雷洞村集体经济专业合作社正式成立，并将村级班子成员嫁接到合作社管理层中，实现"一套人马、两块牌子"。村支书无法包打天下，村民难免一盘散沙，唯一可以依靠的是村级党组织和村级合作社的班子。雷洞村的驻村干部杨枕岳也赞同这个观点，他说，近年来，雷洞村产业发展能形成规模，关键在于选出了一个给力的村集体合作社班子。发展村级集体经济，必须着力抓好合作社班子建设，不断提高合作社成员的政治素质和适应市场经济的能力，使合作社班子成为带领群众致富奔小康的坚强堡垒。

绝大部分的劳动力外出务工、土地大量撂荒，曾是全国部分农村的共性问题。雷洞村以村级合作社班子带头，组成的这支"知识型""能人型""创新型"的合作社班子队伍成了实实在在的集体经济发展火种，点燃集体经济发展、村民脱贫致富的希望，为持续推动农村经济发展，实现长期稳定脱贫提供了强有力的保障。

胡熙说，第二个关键：广大的群众是柴薪。"发展农村集体经济，离开了农户的参与，一切都是空谈。因此，要积极动员广大群众参与集体经济发展，加入合作社，成为合作社的一员。点燃致富脱贫的火种，不断加入薪柴，才使村集体经济之火呈燎原之势发展壮大。"

缺乏技术型村民，胡熙决定自己培养。经常能够看到，自学成才之后的胡熙带领村民站在花椒山上，躬身示范剪枝、拉枝、摘果、施肥等。通过这样的实地教学，不少村民学会了花椒的种植、加工技术，更刺激了他们参与花椒产业的积极性和信心。为增强种植技术科学性，提升产业质量和效益，胡熙还多次邀请技术专家到村对农户进行一对多、点对点式的花椒种植技术培训。同时，合作社也积极对农户种植开展指导，结合花椒产业时间节点，在使用农药、肥料、修剪枝条、采摘花椒等生产技术方面予以规范，群众自主种植和管护的能力得到了极大提高。

胡熙的目标是，通过实地"手把手"培训，推广花椒的实用致富技术，不断提高村民的科学文化素质，争取在合作社成员中产生一批致富带头人，让村民尝到甜头，鼓实口袋，让他们真正成为依靠集体经济致富的受益人。

胡熙说的第三个关键：十足的信心是村集体经济发展的空气。"发展壮大集体经济专业合作社，关键要有十足的发展信心，认清本村实际情况，以问题为导向，明晰发展思路，克服重重困难，不断增强集体经济发展壮大的信心。"

信心来自于良好的机制。为确保村集体经济的发展壮大，雷洞村探索确立了"支部+合作社+农户"的发展模式，链接所有贫困群众，真正让贫困户实现务工收入、入股分红、保底分红三保障，以此激发贫困户内生动力，从"输血式"扶贫转向"造血式"扶贫。同时，通过与农户签订协议，与贫困户签订利益联结协议，统一定价收购农户的生鲜花椒，建设烘干厂房集中烘干后售往市场。"集体经济要呈燎原之势发展，需有十足的信心作为发展的空气，使集体经济发展之火熊熊燃起。"胡熙说。

胡熙可能没有意识到，村级集体经济发展的关键因素实际上是他自己这个领头人。在石阡，我曾深入调研分析过众多集体经济发展很好及很差的村庄，发现有无能人带领是成败的首要因素。如今，能人辞职下海，雷洞村的集体经济发展还能那么顺利吗？这个问题只能交给时间来回答。

九、张仕慧的"微创富"

54岁的石阡县龙塘镇大屯村农村妇女张仕慧是远近闻名的农村妇女创业致富带头人。在她家的厢房里，摆着一个两米高、三米宽的书架，上面摆满了近年来获得的国家级、省、市、县级各类荣誉及奖章。最让她觉得珍贵的是，全国妇联颁发给她的"全国城乡妇女岗位建功先进个人荣誉称号"，以及贵州省授予的"贵州省文明家庭"。

▷ 张仕慧的荣誉墙

与张仕慧的众多重大荣誉和浩大的名气形成鲜明对比的是，她一米五左右的矮小身段和识字不多的小学文化水平。凭借着一腔带领群众脱贫致富的热忱和精明的头脑，她硬是带着30多名平均年龄超过70岁的农村篾匠闯出了一片天空，同时也给她自己带来了无穷的荣誉。

重拾"古董"

石阡之地产竹，但长久以来，深山老林里的竹子无法作为建材，也无法变成商品出售，广袤的竹材资源是一笔长久沉睡的资产。直到2013年，石阡的竹子才迎来了"伯乐"——张仕慧。

"那年，县里决定打造茶叶大县，未来几年内要扩种茶叶数十万亩。采茶就需要背篓和篮子，晒茶需要簸箕和茶盘，我预见到未来几年肯定需要大量这类竹产品。"张仕慧说。

为了抓住县里发展茶产业的机会，张仕慧决定朝着茶叶的配套产业——竹编工具前进。对很多人来说，篾匠已经是个陌生的词语，竹艺也是一门"古董级"手艺。随着塑料制品的出现与普及，篾制品在日常生活中逐渐被淘汰，而与篾制品息息相关的篾匠也日渐没落。

张仕慧费尽心力才联络了石阡县、思南县的33个篾匠，组成了一个竹编合作社。彼时年龄最大的已经达到79岁，最小的也有62岁。张仕慧负责接单，然后由旗下的篾匠负责编织。

为了开拓市场，张仕慧经常带着竹艺品样本到各地推销。"在茅台镇的一家酒厂推销竹制的瓶装酒包装篮，客户一下子就定制了20万只，价格2.8元/只，一张订单足够'吃'好几年了。"张仕慧说，以2.5元/只的价格从篾匠师傅那里收过来，每只赚3角钱卖出去。

大订单不常有的时候，张仕慧便运着编出的背篓、篮子等，巡回往返于各个赶场的地方叫卖。"以52元每只的价格从篾匠手中收过来，拿上街卖55元一只。"张仕慧说。

张仕慧家厢房里，一个超大货架上存放着近30种竹编产品的样本，包括茶盘、果篮、背篓、针线盒等产品，大的实用产品美观轻巧，小的精致产品可以放在手掌中把玩。"这些竹编产品已经不再局限于实用的范畴，有的顾客把它当成一种艺术品来欣赏，买去当摆设，或者给小朋友玩。"龙塘镇党委书记兰显君说。

▷ 张仕慧家中货架上陈列的竹制品

精致的竹艺，伴随诚实的经营，让张仕慧的名气越来越大，大屯村产篾器的名声也像长了腿一样跑到了外地。"印江县发展黑木耳产业的老板来找我，希望按照他们的设计编制黑木耳包装篮；重庆一家水果农场的老板来找我，希望帮他们编制果篮。"张仕慧就这样慢慢构建起了自己的销售网络。

为了满足日益扩大的竹编产品市场，张仕慧一方面建立了厂房，另一方面推动让老师傅培养徒弟。2014年，在距离自家房子不到300米处，张仕慧投资近20万元，建设了近300平方米的厂房，同时注册成立了"石阡县龙塘镇慧萍竹韵编织厂"。

我在这个简单的厂房里看到，竹片加工机、烘烤机、劈竹机等设备一应俱全，竹材堆放区、产品储存区、产品加工区分布在不同的角落。"唯独编织这个环节没法用机器完成，技术含量太高，扩大产能只能依靠培养徒弟。"张仕慧说。

但培养篾匠徒弟的过程并不顺利，张仕慧发动20多个老师傅带徒弟，但几乎没有能够学成功的。大屯村69岁的老篾匠周绍禄一边织着箩筐，一边惋惜地说："村里的年轻人都外出打工去了，少数在家的年轻人学这门手艺嫌累，嫌来钱慢。带的徒弟才学了一个月，便坚持不下去，外出打工去了。"

"年轻的时候，一天可以织3个背篓；现在一天最多织一个，这门手艺怕是要成'绝技'了。"周绍禄说。

▷ 69岁的老篾匠周绍禄正在织箩筐

三度学艺

2014年夏，一位前来视察张仕慧竹编创业基地的省领导指着满地堆积的竹子边角料、废料问："你们这些东西怎么处理？"

张仕慧回答说："当柴火烧，可以煮饭。"

省领导说："太浪费了，建议你试着用这些废料去种植竹荪菌。"那是张仕慧第一次听到竹荪菌这个名字，更不知道竹荪菌长什么模样，价格如何。

淳朴的张仕慧从朋友那里获悉，福建生产竹荪菌，便决定以考察的名义去"偷学"技术。第一次去福建考察，她在福建的一家竹荪菌生产基地待了将近十天，基本搞清楚了竹荪菌的生产流程。自认为掌握了竹荪菌种植技术的张仕慧，立即从当地购买了原种拿回石阡试种。

第一年投资10万元，流转了十多亩田地，把竹编厂的边角废料粉碎成竹粉作底肥，把从福建购来的原种全部种植下去，但最终一个竹荪菌都没有长出来。面对"打了水漂"的投资和惨淡经营的竹荪菌基地，张仕慧陷入焦灼状态，但并没有丧失信心。

碰了壁的张仕慧硬着头皮第二次到福建"取经"。有技术人员告诉她："竹荪菌喜阴，福建的竹荪菌都是种在大棚里，避免阳光直射，你种在露天的田里，当然种不出菌子来。"这位技术人员建议，在田间露天种植竹荪菌的时候，在土壤上面盖上一层稻草，为竹荪菌生长创造一个阴凉的生长环境。

自以为取得"真经"的张仕慧回到石阡之后，又投资了10万元，试种了十多亩竹荪菌，同时吸取上次教训，在种下种子后的田地里盖上一层厚厚的稻草。然而，这一年10多亩田地里长出的竹荪菌全部收拢来不足1公斤。

再次失败，让张仕慧几乎掏空了家底，前所未有的压力扑面而来，家里人也不再像以前那样支持她创业。

出乎意料的是，张仕慧第三次踏上了到福建学习的征途。"有位资深技术员同情我的遭遇，叫我把石阡当地的水、土壤样本寄给他，他偷偷利用厂里的设备免费帮我检测水、土壤样本是否适合种植竹荪菌。"张仕慧说。

检测结果显示适合种植竹荪菌之后，那位资深技术员又指导张仕慧去一家专门生产竹荪菌菌种的企业，根据水、土壤样本检测数据和石阡当地气候环境培育出合适菌种。

2018年，拿着新培育出来的菌种，张仕慧在村里的老茶园里套种了36亩竹荪菌。当年竹荪菌种植终于取得了成功，亩产鲜菌700斤左右，基本达到了正常收获水平。

张仕慧算了一笔明细账：10斤鲜菌可制作成1斤干菌，每斤干菌的批发价200元，每亩竹荪菌的收入达到14000元；种植一亩竹荪菌的成本包括种子费、栽种与采摘的人工费、加工费，共计5000元左右，每亩的纯收入达到9000元左右。竹荪菌的成长期在75—80天之间，采摘期长达65天。"每天早晨采摘2小时，一般劳动力可以采20斤左右，以5元/斤的价格收购，每天的务工收入在100元左右。"张仕慧说。

过去两年探索种植竹荪菌的亏损，一年之间便扳回了本，让张仕慧赢得了满满的信心。

"微创富"的启示

谈起今年的经济效益，张仕慧脸上洋溢着非常满意的神色。"竹编卖了10多万元，还有4万元的订单正在生产过程中，2200多斤竹荪菌已经卖得只剩下几百斤存货，而且今年的价格卖到了270元/斤。"张仕慧说。

竹荪菌试种成功以后，张仕慧立即转变经营思路，号召附近的村民一起经营竹荪菌，带动石阡县五德镇、中坝街道、国荣乡、龙塘镇、花桥镇5个乡镇（街道）的200多户农户先后加入到竹荪菌种植行列。"我负责提供菌种和种植投资，提供技术指导，村民拿出自己的土地种植，同时负责采摘，最后由我按照市场价格回收鲜菌，进行烘干加工及市场销售。"张仕慧说。

随着时间推移，篾匠人才凋零，竹编产业将迎来瓶颈，这诚然不是张仕

慧凭一人之力所能解决的问题。然而，在从竹编产业到竹荪菌产业的转型过程中，我看到了张仕慧所代表的农村产业经营思路的样本价值，不妨称这种模式为"微创富"。

"微创富"的特点在于：参与人数少，核心成员一般不超过10人，甚至只有几个人；经营金额小，销售收入在100万元以下，甚至50万元以下；人均创收相比本地农村其他产业相对较大，人均创收金额达到数万元；立足本地资源，生产具有区域化、特色化、小众化的产品。

这种模式的优势在于，发展门槛低，经营方式灵活，经营风险小，容易快速转型。常常看到，有的地区辛苦发展产业得来的农特产品出现滞销，而"微创富"的产品由于其量小、具有特色的优势，产品往往在本地即可消化，一般不会存在滞销的情况；常常看到，规模化产业转型困难导致农民承受转型之痛，而"微创富"的条件下，可以随时更快速应对市场变化，可以更方便地关停或"掉头"，更不会引发地区的系统性风险。

实事求是地观察当下的产业扶贫，在深度贫困地区，尤其是交通不便的山区，由于其交通成本、单位面积的种植成本与平原地区相比大都不具有比较优势。贫困山区稍微上规模的同类产业发展起来后，很多都需要依赖帮扶单位解决销售难题，产业发展难以实现市场化，导致扶贫产业"一放手就倒，不帮扶就死"。与这些规模化产业相比，"微创富"形成的特色产业犹如满天星斗熠熠生辉，在市场大潮的起起伏伏中勇敢地搏击风浪。

产业扶贫是脱贫攻坚的核心举措，但长久以来，省、市的产业扶贫政策重点支持规模化、集约化产业，往往忽视了对特色化、小规模、活力强的"微创富"的支持。尽管目前很多人都从潜意识里驳斥这类"微创富"为小打小闹，不值一提；但我相信这些满天星斗式的"微创富"给脱贫攻坚带来的推动作用将在可见的未来越来越明显。

十、不朽的曙光

—— 记贵州省铜仁市印江县村支书张曙光

"活着不一定要鲜艳，但一定要有自己的颜色。"这是贵州省铜仁市印江县峨岭街道川岩村党支部原书记张曙光的座右铭。20年的村干部生涯中，张曙光时刻将群众的安危冷暖放在心上，激发基层党组织强大的向心力，以"燕子垒窝"的精神带领村民破山开道建起小康路，突破乡村农技瓶颈谋致富，最终在为贫困户建房的工地上不慎跌落楼梯身亡，生命定格在48岁。张曙光在村支书这个平凡的岗位上，展现出的执著精神、奉献精神、创新精神已在贵州大地广泛传颂，成为武陵山区推进脱贫攻坚的强大精神动力。

执著二十年三修通村路　垒窝"燕子"倒在扶贫路

"地无三尺平，生活不得行；一条泥巴路，婆娘不进门"曾是川岩村这个武陵山区典型贫困村的真实写照。从1996年开始担任村干部，到2016年在村支书任上去世，镌刻在张曙光20年工作生涯的标志就是三次带领村民修路。如今，这条跨越20年修成的硬化路成了村民致富的小康路。

第一次修路开始于1996年冬天。"那时唯一通往村外的路是条不足一米宽的泥路，去镇上买个煤球都要沿路攀爬六七公里。历届村委会都想修路，但是由于缺钱、缺炸药只好作罢。"76岁的村民田茂珍回忆说，"张曙光上任村会计的第一件事就是鼓动大家修路，挨家挨户做工作，原本畏难的村支书田儒祖也被他说服了。"

"他去县直部门和乡镇挨个'化缘'，有给200元的，有给500元的，最

后还缺2000元支付风钻机的租金，我和他决定一人分担1000元，当时村干部一年的工资只有1200元。"田儒祖说，经过"三个冬天三个春天"的几乎纯手工开凿，一条通到村委会4公里长的泥土路开通了，"三蹦子"可以直接开到村里了。

第二次修路是在2006年。为了把川岩村下面的5个村小组联通起来，时任村主任张曙光带领大家开始修一条4.7公里的环村路，迁祖坟是修路碰到的最大难题。"我当时想不通，开会时直接打了张曙光一巴掌，还骂他没良心。但第二天曙光便把他自己家的几座祖坟迁走了，接着村干部家的祖坟迁走了，最后我也就想通了。"村民杨军说。

第三次修路开始于2016年春天。"张曙光书记从县里争取来村道硬化项目，上面出资金，我们负责沿线拆迁。"川岩村现任党支部书记王正红说，"硬化路要占用贫困户田儒芬的老房子的一角，曙光和大家商量后，决定帮田儒芬把房子拆了，重建两间房。"2016年9月4日下午，张曙光在田儒芬家刚刚挖好的地基上帮忙接电线时，从梯子上摔下来，抢救无效去世。

小官要做不朽事　百姓口碑当丰碑

"我们要做永垂千古的事，不要做遗臭万年的人。"张曙光在工作日记上如此写道。甘当老百姓的24小时"主心骨"，张曙光用真心换得了民心和村党组织的凝聚力、号召力、战斗力。

"可以不记得自己的手机号，但一定要记得张曙光的手机号。"川岩村不少村民说，记住曙光的手机号关键的时候能顶用，贫困户、生病户、空巢老人尤其受到张曙光的特殊照顾。

川岩村贫困户田霞夫妻俩都是残疾人，两个孩子在读大学。"两年前，家里的房子倒了，恰巧又碰上两个孩子考上大学，两公婆急得团团转，曙光带着我到信用社为我做担保，借了12万元，交了孩子的学费，把房子建了起来，还承包了60亩地种柑橘。"田霞抹着泪水说。川岩村贫困发生率最高时达

33.6%，目前还有90户贫困户。

张曙光去世后的第一个稻谷收割时节，村里人带着镰刀相约来到张曙光家帮忙。63岁的村民张金林说："5年前，我因肠梗阻在一家医院动手术失败，曙光半夜开着车送我到遵义治疗，非亲非故的曙光不仅为我垫付了医药费，还在床前端屎端尿照顾我直到出院，我的儿子长期在外打工不回，他就像儿子一样亲。"

在十户人家中，九家只剩下老人和小孩留守是川岩村的现实状况，村里"抬得动棺材的人都不多了"。村民任明俊的二儿子张金权在医院病危，家里其他子女都在外地打工。任明俊说："我打电话给张曙光请求帮忙，他立即赶到医院，将我儿子接回家，到家几分钟就过世了，他又里里外外帮忙操持了丧葬的事情，直到安葬好。"

2006年以来，张曙光年年都被评为"优秀共产党员"或表彰为"先进个人""优秀党务工作者"。在他的带领下，多年来村里从未发生过上访事件，

干群关系、党群关系非常融洽。统计数据显示，10多年来，川岩村的各项基础设施建设中，村级党组织号召群众无偿投工超过2万个。

带着病妻进学堂 "翻书柜"求技若渴

川岩村1996年发动群众种植了5万株南方苹果苗，经过六年精心培育，却由于土壤和气候均不适宜而以失败告终。"投入了六年的苹果树不结果，全村都像泄了气的皮球，吃足了不懂技术的亏，让张曙光意识到，要想带领大家致富，掌握农业技术最关键。"田儒祖说。

经果林的栽培技术和果园管理技术、农村沼气建设技能培训、沼气后续服务及社会服务培训班……记者在张曙光留下的十几本工作日记里看到，近年来他参加了各类培训数十次，详细记载了每一次培训的技术细节。"为了不错过前年县里组织的一次培训，曙光骑摩托车带着生活不能自理、经常把洗衣粉当成盐来炒菜的妻子来参加学习，上课时把妻子锁在房间，下课后就去陪妻子。"张曙光的弟弟张亮说。

学会技术回村后，张曙光在田间地头开培训班把技术传授给村民。村里65岁的柑橘种植大户田井明就是张曙光的"学生"，他说："他总是拉着我站在柑橘地里，一边拿着剪刀示范，一边告诉我剪枝要'剪翘不剪掉'，用最'土'的话把剪枝的技术细节翻译出来教我。"村里的养猪户张海养猪的第一年50头猪全部得病死光，他说："曙光帮我找出了猪得病的原因，在于猪食、猪圈的卫生不过关；他教我每隔10天左右消毒一次，背着喷雾器手把手教我如何洒药。"

印江县的领导干部几乎都知道张曙光有个"翻书柜"的习惯。"曙光每次到县里或者乡里开完会，总会去各个领导那里串门，主要是去翻领导们的书柜看看最近又有什么好书或者报纸杂志，一旦发现有用的就要借回来或者要回来。他自己看完就给村委会班子成员看，等班子成员看完后他还经常提问'考核'，要求我们把学到的东西传授给有需要的群众。"王正红说。

如今川岩村几乎人人都有一门技术在手，土地不足600亩、人口不足千人的小村庄，种植的核桃、柑橘、柿子等水果年产量达到30万公斤，成了群众脱贫致富的最主要收入来源。

十一、大爱肖飞

"全国三八红旗手""全国文明家庭""贵州省道德模范""贵州省孝老爱亲道德模范""全国道德模范提名奖""2017中华慈孝人物"……如果把石阡"名人"肖飞获得的这些大大小小的荣誉奖章排成一排,大概可以沿着学校操场的跑道摆上一圈。

走入石阡县城,多处可以看到大幅宣传标语"弘扬肖飞精神,争做孝老爱亲模范"。"名人"肖飞已经成了石阡人孝老爱亲的代名词,"学学人家肖飞"已经成为石阡人教导儿女的口头禅。

现实中的肖飞,只是石阡县河坝镇普兴村的一名普通农村妇女;1989年出生的她矮矮的个头,初中文化水平;她的不普通之处在于,努力撑起了一个11个人的家庭,全心全意地照顾家里的8位老人。把平凡的事情做到极致,本身就已经不再平凡。

不离不弃圆家庭

第一次见到肖飞,是在石阡中学的大礼堂。2017年5月16日,以肖飞为原型改编的微电影《归宿》在石阡中学大礼堂举行首映仪式,讲述了肖飞孝老爱亲的感人事迹,"善良、感恩、执着、担当"的精彩故事娓娓道来,催人泪下、发人深思。

县委书记带领四家班子所有在家领导干部和主要县直部门负责人现场出席,并聆听了铜仁市委讲师团对肖飞精神的宣讲。尽管已经记不清楚肖飞当时在台上说了些什么,却清楚地记得看完微电影、听完肖飞的发言之后,我泪流满面。

▷ 《归宿》首映式现场（石阡县委宣传部供图）

肖飞的家庭实际上是由四个家庭所组成，丈夫的家、养父母的家、叔叔和婶婶的家、伯父和伯母的家。丈夫吴军的父母、叔婶、伯父伯母都有不同程度的智力障碍，婶婶腿部有残疾，母亲是聋哑人，大伯视力障碍，伯母体弱多病，养父患有肺气肿，养母体弱多病，八位老人（肖飞伯母于2014年初去世）平均年龄达到63岁。

四家合一的时候，肖飞的家庭十分艰难，正房是一间三柱二瓜的木瓦房，其中两间没有板壁，用木板栏着，木板之间有巴掌大的隙缝。屋顶的老式瓦片大多破裂，或缺边掉角；天气不好的时候，经常出现"外面下大雨，里面下小雨"的情况。

由于老人们缺乏照顾，肖飞和吴军结婚后，便决定把所有老人都聚集到一起方便照顾他们的饮食起居。"经济上再困难，一家人也要生活在一起。"肖飞说。

为了改善家里的居住条件，凭借着之前外出打工存下的积蓄和夫妻两人东拼西凑借来的钱，没日没夜地抓紧建房。2014年春，一栋两层的小楼终于建成，老人们有了一个属于自己的房间，但家庭却因此欠下了10余万元的外债。肖飞乐观地对家庭做出了安排，丈夫继续出去打工赚钱，她在家里照顾老人和

小孩。

除了住房条件的改变外，随之改变的还有卫生和饮食。吴军家附近的一位村民说："以前，家里没人照顾，老人们长期不洗澡，家里长期不搞卫生，在他们家端起饭碗不知道要走到哪里才能吃得下去。"肖飞来了以后，家庭面貌焕然一新，来家里串门的村民、来探望及关心肖飞家庭的各级领导越来越多。

家庭大了，摩擦也会增加，老人们偶尔因为琐事争吵，甚至大打出手。"大伯喜欢晚上喝点酒，公公和满叔又像孩童似的去'骚扰'，惹得大伯不高兴，就要借着酒劲伸手动脚'教训'人。"肖飞说。

婆婆跟满娘之间也经常不消停，有时两人为争一根板凳闹得不可开交，说话含糊不清的老人们，不停地唠叨，用力吼着，用手比划着。每当这时，肖飞就充当起了家庭矛盾纠纷"调解员"的角色，像安抚孩子一样调解着桩桩"矛盾"。

身体力行传家教

家是最小国，国是千万家。家风的"家"，是家庭的"家"，也是国家的"家"。十八大以来，习近平总书记多次强调家风，说的是"小家"，着眼的是"大家"。习近平总书记说："家庭是社会的基本细胞，是人生的第一所学校。不论时代发生多大变化，不论生活格局发生多大变化，我们都要重视家庭建设，注重家庭、注重家教、注重家风。"

"天下之本在国，国之本在家，家之本在身。"石阡农村家庭的堂屋内，香火神龛两边大多写着一副对联："忠厚传家久，诗书继世长。"风吹日晒，字迹或会模糊，但好家风却会如化雨春风，护着家，护着国。

30年前，石阡县河坝场乡高屯村年过五旬、膝下无子的肖守义夫妇收养了一个出生仅3天就被遗弃的女婴，取名肖飞。从小懂事的肖飞帮着养母做家务，煮饭、喂猪、洗衣、砍柴，家里的农活几乎样样都会做。为了贴补家用，她还经常到山里去挖药材，减轻养父母的经济负担。6岁那年，肖飞无意间得知自己的身世，也曾恨亲生父母遗弃自己，可养母却教育她："娃儿，他们不养你，也有难处，你要体谅，做人一定要善良、一定要晓得感恩。"

懂得感恩、乐于付出、勤劳简朴的家风，被肖飞默默传承下来。"我体会过被亲人抛弃的痛苦，所以我不会抛下自己的亲人，再难也要照顾好他们。"肖飞说。

几位老人或因智力低下或因身体不便，大部分都失去了生活自理能力，饮食起居都得靠人照料。伺候几位老人的担子就落在了肖飞的头上。最触动我的一件事情就是，为了给老人们搞好个人卫生，吴军不在家的时候，肖飞要给60多岁的叔伯擦澡和换衣服。一个20多岁的女孩，要去和自己没有血缘关系，且年龄超过自己好几轮的叔伯发生身体上的接触本身就很尴尬，更遑论是擦澡这样的事情。

家里老人们的吃饭速度非常慢。冬天，为了不使老人们吃凉饭，她用一个小盆倒半盆开水，将饭、菜放入盆内保温，让老人们慢慢地吃。

2013年的一天，肖飞的婆婆生病住院。期间，肖飞不但要照顾在家的老人，又要照顾嗷嗷待哺的孩子，还要照顾病床上的老人，几乎成了一台高速运转的机器：为婆婆喂饭、端屎、擦澡、守夜……在她精心的照顾下，婆婆的头发、衣服、被褥从来都是干干净净。每当亲属邻里来看望婆婆时，不会说话的婆婆都会流着泪水咿咿呀呀向他们伸出大拇指进行比划。

《论语》记载了孔子和子游谈论孝道的故事："子游问孝。子曰：'今之孝者，是谓能养。至于犬马，皆能有养；不敬，何以别乎。'"圣人的话讲得很清楚，赡养父母并不是单单让他们吃饱喝足了就行，更多的是要用心、用情去关爱。难得的是，肖飞通过这种生活中的小细节践行着圣人的话语，以博大的胸怀容人所不能容、做人所难做之事。回过头来审视我自己，圣人的话语或许可以背诵出一箩筐，却行不出来一句，那又有何益处呢？

洗衣、做饭、接送孩子、干农活，十多年来，肖飞就这样日复一日、年复一年地照顾着八位老人和两个孩子。对老人们的生活习惯，肖飞熟记于心，

比如：谁喜欢吃清淡的、谁喜欢穿什么类型的衣服，甚至他们只需一个动作、一个眼神，就能让肖飞明白他们的需求。看到她每天忙忙碌碌的身影，有村民劝肖飞说："带着孩子跟丈夫一起出去打工吧，这样在家熬着，什么时候是个头？"

肖飞说："我也想出去，这样孩子就可以天天见到爸爸了，但我们都出去了，谁来照顾老人呢？他们在家过得不好，我们在外面也不会心安。"

10多年来，面对这个特殊家庭，肖飞把苦和累压在心底，瘦弱的肩膀为老人、小孩、丈夫撑起了一片天。在她心中，丈夫的亲人就是她的亲人，照顾公公婆婆和叔叔婶婶及伯伯就是自己的责任。老人们虽然智力水平不高，但对她有深厚的感情和依赖；半天听不到媳妇说话，看不到媳妇的影子，心里就开始"不安逸"。

▷ 肖飞和孩子们在一起玩耍（石阡县委宣传部供图）

肖飞和吴军育有两个孩子，从小受到肖飞孝老爱亲的熏陶，小小年纪便在搞好学习之余，主动帮忙给长辈端洗脸水、洗脚水，帮肖飞做力所能及的家务劳动。良好的家风让这个家庭的下一代焕发出更加旺盛的生机与活力。常言道，"娶个好媳妇，幸福三代人"，肖飞的家庭为这句话做出了最生动的阐释。

▷ 肖飞在给家里的老人剃胡须（石阡县委宣传部供图）

　　为了将肖飞的孝老爱亲精神在村里传播，村委会决定挤出一间办公室装修成孝老模范室，把她的孝老事迹宣传上墙。普兴村村委会副主任潘景元说："只要村里有矛盾纠纷，特别是有关老人的赡养纠纷，首先请矛盾双方到孝老模范室学习两小时肖飞精神，再进行调解。"

　　肖飞参加了在北京举行的第一届"全国文明家庭"表彰大会。回忆起与全国300户文明家庭代表一起见到习近平总书记时，肖飞激动地说："我当时头脑一片空白，只记下了习总书记说的'注重家庭、注重家教、注重家风'这三句话。话不多，可有千斤重。我要好好爱我的家，也要让更多的人爱自己的家。"

自力更生扬新风

身处贫困，却不自怨自艾；面对贫困，敢于挑战；告别贫困，懂得感恩。石阡人对肖飞的这种精神掀起了一波又一波的学习热潮，构筑了近几年来石阡奋力推进脱贫攻坚的精神动力。

可喜的是，十多年来，伴随着石阡经济社会的发展，肖飞的家庭从一贫如洗，逐步摆脱了贫困，走上了小康的康庄大道，肖飞家庭的发展也成了整个贵州经济社会蓬勃发展的一个缩影。

肖飞回忆说："结婚时，他家里连一张像样的木床都没有！当时，紧挨着猪圈的一间破旧柴房，就是我们的新房。"

"结婚时吴家请了辆拖拉机来接亲，30块钱费用，他们拿不出，都是我付的。"肖飞的养父肖守义说。

在柴房当婚房、拿不出钱接亲的情况下，肖飞坚持嫁给吴军，她的另类选择让很多人为之不解。"我一直都相信，只要感情好、人勤劳，一切都会好起来的。"肖飞说。

在常年的艰辛岁月里，她从未到人前和政府哭穷，而是以不等、不靠、不要的决心和勇气，埋头苦干，试着用自己的辛苦付出去改变贫困。

为了偿还建房时欠下的债务，丈夫吴军外出务工，但每月也只能寄回500元的生活费，这对于十余口的家庭仍旧是杯水车薪。肖飞不得不抽出时间到镇上打短工，挣钱补贴家用。

"给别人家摘水果，我们都只能背八九十斤，但她却可以背一百多斤，目的就是为了多挣点。"同村村民饶正华说，每次打零工挣得多点，她都会带点好吃的为老人们改善生活，而对于自己，连一件廉价的衣服都舍不得买。

好在家里的几位老人都享受国家最低生活保障，大大缓解了家庭的负担。看到肖飞如此辛苦，家里的老人坚持把低保金集中在一起，交给她用于补贴家用，但都被肖飞回绝了。"有时很忙，做的饭不一定都合老人们的胃口，他们有点钱在身边，就不会受罪。"肖飞说。

肖飞的事迹逐渐传开了，市、县、乡各级领导都来关怀慰问这个特殊的家、这个特殊的"闺女"。每次别人捐款慰问，肖飞都会眼眶红润，从没想过自己应该做的一切会得到如此多的关心关注。待心情平复，她找出一个本子，一一记下人们的慷慨善举，留下了一本"爱心清单"。她说："做人要讲良心，孩子长大后要给他们看。"

河坝镇敬老院建成后，肖飞就在敬老院工作，用她的爱心呵护着更多的老人。2018年春，铜仁市委书记专程到河坝镇敬老院慰问肖飞。他说，肖飞用瘦弱的肩膀为整个家庭撑起了一片天，用最朴实的行动展现了人性的光辉，把中华传统美德体现得淋漓尽致，在脱贫攻坚中发挥了很好的示范作用。要引导更多家庭以肖飞家庭为榜样，注重家庭，注重家教，注重家风，争当社会主义核心价值观的践行者、中华优秀传统美德的传承者，把孝老爱亲模范的榜样力量转化为广大群众推进脱贫攻坚的生动实践。

第四章

扶贫之艰

一、那些堵在扶贫路上的"硬骨头"

习近平总书记指出，脱贫攻坚越往后，难度越大，越要压实责任、精准施策、过细工作。自1994年"八七扶贫"启动以来，大规模的扶贫工作已经走过了25年，扶贫的目标从原来的基本解决温饱问题，变成了"同步全面小康"。立足于2020年实现所有贫困县全部摘帽、所有贫困人口全部脱贫，在石阡扶贫的这三年，恰恰是全国脱贫攻坚的最后三年，也注定是"啃硬骨头"的三年。站在当下这个历史起点上，作为扶贫干部，首先要找准需要集中攻坚的"硬骨头"，才能有针对性地去"啃"。

"硬骨头"一：贫困群众内生动力

在轰轰烈烈的脱贫攻坚如火如荼地开展之后，广大贫困群众的精神面貌焕然一新，自力更生、不等不靠主动追求脱贫致富的内生动力得到了极大提升。回想起过去两年多的扶贫过程，最让我感觉到困难的是，改变内生动力不足的贫困群众的思想，扶贫难，扶志最难。

当下的扶贫惠农政策可谓面面俱到，对因病致贫的家庭，有医疗费用报销政策，费用报销比例在90%以上；对因学致贫的家庭，有费用补助政策，从幼儿园到大学都有不同程度的补助；对因缺技术致贫的家庭，有技术培训政策，不仅免学费还补助学习技术期间的生活费；对住房不安全的贫困家庭，有危房改造政策和易地扶贫搬迁政策，基本无需贫困户自掏腰包……在政策全部落实到位的情况下，一个贫困家庭只要有1—2个正常的劳动力，而且正常参加劳动和就业，脱贫是根本不用愁的。

难点在于，极少数贫困群众仍然存在等靠要思想或者对脱贫致富麻木不仁。习近平总书记指出："要聚焦深度贫困地区和特殊贫困群体，确保不漏一村不落一人。"为了真正把总书记提出的"不落一人"落到实处，基层扶贫干部们在这类极少数贫困群众身上付出的时间和精力远远超乎普通贫困群众。

在新华社石阡扶贫工作队挂点的一个村，为了激发贫困户左某的内生动力，工作队同志和乡、村扶贫干部20余次登门做工作，最终"扶志"才取得成功。

2017年9月，第一次接触到左某的时候，便觉得此人不可思议。邻居告诉我，左某属于吃"百家饭"的人——自己家里很少开伙、走到哪家吃哪家，不经主人邀请，自己直接拿起饭碗就舀饭吃。第一次到左某家里探访时，左某穿着一件红色长袖，衣领黝黑发亮；住在祖上传下来的三间木房子里，卧室里一根檩子断裂，瓦片掉了一地也不清理，床顶上用塑料纸垫着防水；用的家具里没有任何电器——是村里唯一一户没有用上电的家庭。村干部告诉我，左某没有用上电的原因是10多年前村集体组织村民去抬电线杆装电，左某拒绝出工，村民不允许他接电。左某的妻子多年前不堪忍受家庭的贫困离家出走，从此杳无音讯。左某有一个儿子，现年18岁，目前在外地打工。

与左某第一次交流后，便深感帮扶干部的无奈。多年来的积习已经让左某习惯了当下的生活方式，他既不觉得吃"百家饭"有什么不好，也不觉得有必要对住房进行改善，对家里搞不搞卫生、用不用电保持着无所谓的态度。

但不管左某的态度如何，扶贫干部都不能允许左某继续保持现状，因为继续住在危房中意味着贫困户的住房安全没有保障。村里给左某争取了危房改造的政策，可以由政府出资6.5万元，为其修建60平方米的三间小平房。由于左某家的地基所限，必须先拆除旧房，腾出地基才能建设新房。

左某一直不同意拆旧房。"祖宗留下的东西不能随便乱动。"左某宁愿住烂房子，也一直坚持这个观点。为了做通左某的思想工作，驻村工作队和村里的干部轮番上门做工作，一轮轮"拉锯战"之后，左某同意拆掉旧房，同时提出要求建设两层楼共80平方米的房子。

由于左某提出的建房面积远超政策规定，给左某家拆旧建新的计划又陷入了僵局。随后，乡党委书记、乡长、村攻坚队队长等先后找左某做工作，从国家大势到家庭幸福，再到个人健康找尽了所有能找到的理由，希望左某同意拆除旧房，按照60平方米的面积重建新房，但均遭拒绝。

情急之下，村攻坚队队长建议把左某的儿子请回来，通过左某的儿子去说服左某拆旧建新。左某的儿子回来以后，立即同意了村里的拆旧建新意见，约定第二天一早签协议。

第二天一早，以为啃下了"硬骨头"的扶贫干部们高高兴兴地带着协议来到左某家里时，左某临时反悔，拒绝在协议上签字。拆旧建新的计划又一次陷入僵局，气得扶贫干部们干着急。

又过了些日子，熟悉基层工作的乡党委书记再次上门做工作，处在摇摆之中的左某忽然口头同意了村里提出的拆旧建新方案。1小时后，乡党委书记就带人把左某家的旧房拆除了。"协议不用签了，有口头的也一样，直接拆房就好！"一位乡干部说。

大约两个月后，左某家的三间砖房建成投入使用了。村攻坚队队长说，建房子过程中，我们要求懒惰的左某必须天天都到工地上来一起参加劳动，不停地向他灌输自强自立、勤劳致富的理念。新房子建设的过程，也成了教育、引导左某思想成长转变的过程。其间，扶贫干部还募捐了部分衣物给左某，做通了村里其他群众的思想工作允许左某接电入户。

2019年春，我和村干部再次到左某家拜访，住进了新居的左某已经正式脱贫，满怀着对扶贫干部们的感激把自己出产的蜂蜜拿出来招待客人，同时正将菜园规划出来养猪，穿的衣服干干净净，基本不再吃"百家饭"。"要存点钱，准备将来给儿子娶媳妇"，左某说。

习近平总书记指出："要加强扶贫同扶志扶智相结合，让脱贫具有可持续的内生动力。"在基层，我看到扶贫干部们千方百计磨破嘴皮子，就只为通过

春风化雨般的思想工作，改变那极少数缺乏内生动力的群众的思想观念，让脱贫致富真正成为群众的自觉行动。尽管过程很艰难，但我们"改变一户、脱贫一户"，真正做到了脱贫攻坚的路上"不落一户、不落一人"，谁能说这不是啃下了一块"硬骨头"呢？

"硬骨头"二：缺钱

脱贫攻坚的任何一项投入都离不开一个字——钱，但作为需要脱贫的国家级贫困县和深度贫困地区，原本最缺的就是钱。钱从哪里来？这块"硬骨头"该如何啃？

2017年9月以来，石阡县投资9.7亿元，实施农村公路"组组通"项目646个1417公里，解决了10.9万人出山难的问题；投资3亿元，实施串寨路、连户路448.8万平方米，解决了全县所有农户出行"最后一米"的问题。亲身经历了石阡脱贫攻坚过程中修路的艰辛历程，才能真正体会得到这些项目工程的真正伟大之处。

单纯从经济学的角度看，修这些路恐怕并不"经济"，因为至少从未来数年的情况来看，这些路产生的直接经济回报难以覆盖修路产生的成本。但是换个角度看，正因为"市场之手"不会主动帮石阡把路修好，才需要政府主导、大力投入修建，这不能单单算经济账，还应该算政治账。

党的十八大以来，习近平总书记顺应时代和实践发展的新要求，鲜明提出了要坚定不移贯彻创新、协调、绿色、开放、共享的新发展理念。修筑通村通组公路，正是要解决农村基础设施建设滞后的问题，实现城乡协调发展；修路给农民带来更多发展机会，正是要让广大农民共享改革发展成果，使农民更有获得感、幸福感、安全感。在新发展理念的引领下，算得清这笔政治账的人，必定能够明白这些路该修，并且与路相关的水、电、房、讯等农村基础设施同样该大力投资修建。

在想为老百姓做的事，与口袋里的钱能支持做多少事之间，基层干部总是要面对左右为难的境况。

2017年10月底，国务院扶贫办公布全国26个贫困县脱贫摘帽，赤水名列其中，赤水也成为贵州、乌蒙山区首个脱贫出列县。2018年1月14日，新华社播发通稿《赤水：别了，贫困！》，文中提到："截至目前，赤水市政府、各类市场主体累计投入388亿元资金助推脱贫攻坚，累计减少贫困人口7495户24120人，贫困发生率由2014年的14.6%降至目前的1.95%。"

赤水市政府官网的数据显示，全市国土面积1852平方公里，辖11镇3乡3街道，总人口31.4万。2018年，一般公共预算收入完成6.35亿元，增长9.65%。

从上面的数据中不难看出，赤水市为脱贫攻坚投入的388亿元，是2018年一般公共预算收入的61倍！赤水市脱贫攻坚的投入在全国可能不具有普遍代表性，但是我相信如果把全国所有脱贫摘帽县的脱贫攻坚投入加起来，必定是个天文数字！

不妨再把石阡的情况拿出来做一个对比：石阡县国土面积2173平方公里，辖19个乡镇街道，总人口46万，其中贫困人口27384户108696人，贫困发生率为27.07%。与此同时，2017年，一般公共预算收入3.78亿元，同比增长14.7%。

那么，石阡的脱贫攻坚又需要花多少钱呢？诚然，这是一笔难以精确计算的账，但由此也能够管窥贫困地区推进脱贫攻坚对资金的渴求状态。

另一个问题就是，为了脱贫攻坚，项目建设好了，钱已经花出去了，但账还没有付清。贵州省"组组通"公路建设的资金标准大体为40万元/公里，但是很多地区通组公路的实际建设成本达到了80万元/公里。对于动辄需要修建通组公路1000多公里的贫困县，光修路一项就要出现数亿元的资金缺口。

这笔钱该让这些刚刚脱贫的县如何偿还呢？更何况当下正面临着"防范化解重大风险"的攻坚战，地方政府的融资、举债受到较多限制。隔壁县有位县级领导曾半开玩笑地跟我说："过去应对债务风险，还可以拆东墙补西墙、借

低债还高债、借长债还短债，现在墙都没有得拆了，债也轻易没得借了。"

"硬骨头"三：基层党组织弱

2018年初，根据新华社总社要求，我负责推动新华社职工"一对一"帮扶石阡建档立卡贫困学生的捐资助学活动。下发给各个乡镇的通知中，我设计了一个需填写的详细表格，并明确资助对象为"未脱贫建档立卡贫困家庭义务教育阶段的学生"，要求各乡镇严格把关资助对象，上报资助对象的名册必须加盖乡镇人民政府公章。

通知下发一周后，我收到了19个乡镇街道报来的加盖公章后的拟资助对象名册。但仔细一看拟资助对象的名册，发现好几个问题：一是填报表格里"学历"那一栏下面赫然出现了很多大学生；二是几乎没有哪个乡镇报来的全部信息均完整无缺，有的手机号码缺一个数字，有的银行卡卡号缺一个数字，有的甚至信息空缺。为了慎重起见，我根据国务院扶贫办系统内的信息挨个核对报上来的3000多名资助对象，发现200多名不属于建档立卡贫困户。

生气之余，我决定去深入了解一下出现这种状况的原因。各乡镇接到我的通知后，事情办理的程序是这样的：立即安排各村上报名单；各村小组长填写了名单之后，村支书审核盖章，交乡镇审核；乡镇盖章后，再交给我。但是，事实上，乡镇负责审核名单的同志，并不熟悉所上报名单上各人的实际情况，只能对信息作形式审查。一条看似经过层层审核才报给我的数据信息，实际上对其真实性把关的是各村民组组长和村支书！

在继续深入村里了解情况时，我邀请了其中一个村的所有村干部、小组长来座谈，发现9个村干部均超过60岁，年龄最大的组干部73岁。这群满头白发的村组干部，文化水平最高的仅仅是初中，有的甚至不会写字。通过乡镇递交给我的数据，原来就是这些村组干部填报的，我有什么理由苛求他们做得完美无误呢？更让我感到不安的是，还有多少数据不得不倚靠这些村组干部逐级上报？还有多少工作必须得倚靠这些村组干部？

党的基层党组织发挥着带领群众脱贫致富的战斗堡垒作用，但当下很多农村地区的基层党组织成员都面临着老龄化、文化低、收入低的严重状况。在一些地方采访时发现，有的组干部"工资"为100元/月，有的村干部"工资"为1800元/月，有的地方村组干部的"工资"一个季度或半年发一次，村组干部在全身心投入脱贫攻坚期间，仍旧不得不顶住生活带来的沉重压力。安顺市一位县委组织部长曾跟我说，有的村在一年内收到过6份村干部的辞职申请书，村干部流动性大，几乎两年换一茬。

这些情况，还让我想起多年前在南方一些农村采访基层党组织开展"三会一课"情况时，有的村级基层党组织为了能让会开得起来，不得不给来开会的同志发放误工费。

基础不牢，地动山摇。党的基层组织是确保党的路线方针政策和决策部署贯彻落实的基础。种种迹象表明，目前基层党组织的自身建设水平与其所需承担的使命和职责远远无法匹配，导致一些基层党组织弱化、虚化、边缘化。

目前，各深度贫困地区的村大多增派了驻村干部、第一书记，对强化基层党组织的战斗力和凝聚力起到了至关重要的作用。但是总有一天，第一书记和驻村干部都将撤回到其原来岗位上，而村级党组织则依旧要继续带领基层群众不懈奋斗。我们党有450多万个基层党组织，保持和发展马克思主义政党的政治属性不是一件容易的事，不能指望泛泛抓一抓或者集中火力打几个战役就能彻底解决问题。党的政治建设是一个永恒课题，来不得半点松懈。

二、国社担当

　　新华社党组高度重视定点扶贫工作，主要领导多次亲临扶贫一线开展脱贫攻坚，召开会议专门研究定点扶贫工作，成立了新华社扶贫领导小组，并持续不断向定点扶贫县派出驻点扶贫工作队。2016年7月，新华社社长蔡名照指出，"做好我们的定点扶贫工作，还要从新华社实际出发，扬长避短，发挥新华社自身新闻信息资源的优势、网络庞大的优势、信息丰富的优势，为铜仁、石阡扶贫工作作出努力。我们一定和铜仁市委、市政府，石阡县委、县政府一道，认真贯彻习近平总书记关于精准扶贫、精准脱贫的战略思想，齐心协力完成好这项任务。我们也为能够在这样一个历史决战中作出一份贡献感到自豪，这也是新华社肩负的重要职责、重要任务。"

　　2016年至2019年间，新华社社长蔡名照先后三次到石阡，深入深度贫困村和贫困户家中开展脱贫攻坚工作。2018年，新华社总编辑何平率队到石阡开展定点扶贫工作。2016年，新华社扶贫领导小组组长、新华社副社长刘正荣率队到石阡开展脱贫攻坚工作……在社领导的躬亲示范下，参加扶贫的三年中，几乎平均每个月都有新华社各部门、单位或分社的"一把手"前来石阡开展扶贫工作，对接扶贫需求，为定点扶贫工作出钱出力。各级领导同志到石阡一线调研指导，不仅切实解决了脱贫攻坚工作面临的实际问题，更鼓舞了驻点扶贫工作队全体同志的信心和激情，激励我们奋力投身于扶贫实践，为定点扶贫工作贡献全部心血。

▷ 2019年9月，新华社社长蔡名照（左二）在石阡开展脱贫攻坚工作时与石阡扶贫工作队
队员合影（新华社记者杨文斌摄）

新华人扶贫精神薪火相传

  1994年4月15日，国务院发出关于印发《国家八七扶贫攻坚计划》的通知。这个计划力争在20世纪的最后7年（从1994年到2000年），集中力量，基本解决当时全国农村8000万贫困人口的温饱问题，史称"八七扶贫"。当时的贵州曾被称为"三无地区"，即"天无三日晴、地无三尺平、人无三分银"。

  "八七扶贫"启动后不久，贵州的扶贫工作便与新华社结下了不解之缘。自那以后，新华社先后派出十多批扶贫工作队、数十名干部驻点扶贫，先后帮扶息烽县、思南县、石阡县。

  2017年4月，田朝晖、宾绍政、我作为新华社第十二批扶贫工作队队员派驻石阡扶贫。一年三个月之后，田朝晖结束挂职返回北京，我继续留在石阡，与邓诗微（时任新华社办公厅总值班室副主任，任扶贫队队长，挂职县委副书记）、杨琨（新华社中国经济信息社营销中心副总经理，挂职副县长）组成了

第十三批扶贫工作队。

20多年来，扶贫干部的面孔换了一茬又一茬，但新华人坚守的"对党忠诚、勿忘人民、实事求是、开拓创新"的新华精神没有改变，变的只有帮扶地面貌由穷到富、由弱到强、由落后到前卫。讲政治、讲规矩、讲纪律的新华社扶贫干部带着感情投入扶贫工作，在当地留下了许许多多的扶贫故事。

2018年1月，石阡县委、县政府向新华社致感谢信，信中说："新华社驻石阡扶贫工作队员政治素质高、纪律规矩严、工作作风实，在工作中始终发扬特别能吃苦、特别能战斗、特别能奉献的精神，呈现出宣传扶贫风生水起、信息扶贫捷报频传、搭桥扶贫喜结硕果、人才扶贫影响深远的帮扶工作格局，有效传播了石阡好声音，广泛拓展了石阡朋友圈，全面凝聚了发展正能量，为推动石阡县经济社会持续健康发展作出了突出的贡献。"

新华社的定点扶贫工作赢得了贵州省委、省政府主要领导的高度肯定。2019年1月，贵州省委书记对新华社定点扶贫工作作出肯定，认为新华社帮扶贵州以来，积极整合全社力量，引入各方资源，投入真金白银，倾注真情实意，多形式开展帮扶，有力推动了石阡县脱贫攻坚。

2018年10月，新华社社长蔡名照同志再次到石阡调研指导定点扶贫工作，并前往深度贫困村坪山乡大坪村进村入户调研。2019年9月，名照社长再访石阡，看到的石阡前后变化让他忍不住赞叹。

在随后的座谈会中，蔡名照同志说："今天，看到大坪村的变化，我对2020年全国实现脱贫的宏伟目标充满信心，这是一滴水见太阳，可以看到这样一个美好的前景。感触很深，尽管看到的还是贫困户，但是，和我两年前看到的贫困户有区别，精神面貌不一样，家里整理得干干净净，这反映了扶贫过程中贫困户的整体素质在提高，不仅仅是生活上发生了变化，而且精神上也得到了提高，非常令人振奋。"

巨大的变化源于石阡干部群众的巨大努力，其中也包含着新华社扶贫队全体同志的心血。驻石阡开展工作以来，石阡扶贫工作队始终坚决服从社扶贫办和石阡县委、县政府双重领导，以强烈的使命感、责任感、紧迫感履行好驻石阡工作队和县内挂职岗位职责，团结一心、加强统筹，艰苦奋斗、力求实效。在脱贫攻坚最紧张的将近一年半的时间里，邓诗微、杨琨任县脱贫攻坚指挥部副指挥长，并分别任中坝街道脱贫攻坚前线指挥部指挥长、坪地场乡脱贫攻坚前线指挥部副指挥长；我任县脱贫攻坚指挥部指挥长助理；宾绍政任坪山乡大坪村脱贫攻坚队队长。

大家在各自岗位上扛起岗位职责，落实县委、县政府和县脱贫攻坚指挥部要求不讲条件、不打折扣，完全放弃周末和节假日，扑下身子抓落实。邓诗微常驻中坝街道，领导推进街道脱贫攻坚各项工作，与街道党工委和办事处负责同志一起，吃住在一线，率领街道脱贫攻坚战线全体同志，紧扣县级指令，研究政策、制定措施、统筹部署、培训干部、严格督查，扎实推进水、路、电、讯等基础设施建设，稳步完善教育、医疗、住房保障，着力提升群众认可度和满意率，街道脱贫出列各方面工作成效显著。

杨琨常驻坪地场乡，协助乡指挥长督导和调度全乡脱贫攻坚工作，聚焦目标任务全力冲刺，就基础设施建设、两错一漏排查、动态管理完善、易地扶贫搬迁、农村危房改造、安全饮水工程建设、住房安全保障、农业产业结构调整、扶贫产业发展、环境卫生整治、群众满意度提升、资料档案归集、乡级交叉检查、问题整改等各方面工作进行督导及专题调度，协助推动乡脱贫攻坚各项重点工作责任落实、政策落实、工作落实。

我的主要职责是协助县脱贫攻坚指挥部指挥长，围绕全县脱贫攻坚中心工作深入各乡镇调研督导，就存在问题撰写调研报告供县委、县政府决策参考，总结突出经验撰写典型案例材料上报贵州省委参阅，并起草了《石阡县防范化解重大风险方案》《石阡县脱贫攻坚后续提升巩固方案》《石阡县迎接省级脱贫攻坚第三方评估验收汇报材料》等全县脱贫攻坚工作核心材料。

宾绍政常驻坪山乡大坪村，着力加强村基层党组织建设，激发贫困群众脱贫内生动力；推动新华社捐助的村茶叶加工厂建设，为村级集体经济产业发展

注入新鲜血液，夯实大坪村脱贫基础；带领大坪村党支部和驻村攻坚队员，为村水电路讯房等基础设施全面提升、村容村貌全面改善、村民素质逐步提高、农业产业结构调整、村级集体经济发展及乡村振兴，做了大量卓有成效的工作。

尤其是在迎接脱贫攻坚第三方评估检查工作最紧张的相当长一段时期，大家白天到村、进寨、入户巡查督促工作进展，晚上召集会议研究部署工作，深夜准备各种会议讲话材料和工作进展报告，一天只能睡四五个小时。但是大家始终热情高涨、斗志昂扬，以实际行动影响带动乡镇指挥部和驻村攻坚队同志忘我奋斗。在多轮次的市、县、村级交叉检查，国家东西部扶贫协作成效考核及省级第三方评估中，扶贫工作队各位同志均坚守岗位，加班加点奋战在一线，制定完备的迎检方案，督促各村完善迎检迎评准备，开展环卫大整治，进村入户查风险，统筹力量补短板，做好迎检现场调度、集中研判问题、佐证资料收集等，圆满完成各项迎检迎评工作。

2019年3月8日至14日，省级第三方评估机构对石阡整县脱贫出列成效进行了全方位检查，坪山乡大坪村、坪地场乡石尧村、中坝街道坪道溪村均接受了检查，实现了零漏评、零错退、零问题、群众认可度100%的目标，为石阡实现整县脱贫出列作出了贡献。2019年4月24日，贵州省政府正式批准石阡县等18个县（区、市）退出贫困县序列。

扶贫队队员们在一线的付出，赢得了当地干部群众的高度认可。2019年8月，新华社派驻石阡县坪山乡大坪村驻村第一书记宾绍政结束任期即将返回北京前夕。坪山乡党委组织乡班子成员、村级攻坚队、大坪村群众举行送别宾绍政同志的座谈会，不少群众在会议上谈起宾绍政曾给予过的帮助和对村里的付出，禁不住热泪盈眶。青山不改，绿水长流，佛顶山深处的大坪村永远记住了新华社扶贫队队员们曾在此流过的汗水，付出的真情。

产业扶贫里的数学

党中央提出"五个一批"的脱贫攻坚基本战略，即发展生产脱贫一批、易地搬迁脱贫一批、生态补偿脱贫一批、发展教育脱贫一批、社会保障兜底一批。新华社历来把产业扶贫作为推进定点扶贫工作的重中之重，紧密结合石阡实际精心设计产业扶贫项目。

中坝街道太坪村的茶山深处，新华社援建的茶叶加工厂耸立在山巅，银白色的钢架房成了村里最大的建筑，加工厂内烘干机、炒茶机等设备一应俱全。加工厂的墙壁上刻着建厂资金来源，其中新华社出资105万元。村支书冯鱼说，2019年初茶叶加工厂竣工以后，立即进行了春茶加工，春茶产值达20万元。

邓诗微率队到太坪村调研后，认为该村发展茶产业在自然条件、地理区位、产销对接等方面均具有一定优势，符合全县产业规划布局，建设茶叶加工厂有利于农民就近卖茶青、稳定茶青收购价格、赚取加工利润、促进农民增收。于是，扶贫队一致决定向总社申请资金，援建太坪村茶叶加工厂。

在邓诗微带领下，扶贫队后来又向总社申请资金，援建了坪山乡大坪村茶叶加工厂（支援资金95.6万元）、中坝街道大湾村酥脆枣产业园（支援资金90万元）。每一个产业扶贫项目推进之前，都有一个具体的方案提交给总社；总社批准后，扶贫队监督落实。

▷ 大坪村茶叶加工厂正抓紧施工（摄于2019年8月）

坪山乡大坪村茶叶加工厂已在2019年底全面建成。大坪村茶叶加工厂可覆盖大坪村及周边现有盛产茶园1110亩（大坪村520亩、佛顶山村200亩、镇远县大地乡210亩、施秉县马溪乡180亩），平均每亩每年可采（茶青）独芽15斤、毛峰30斤、大宗茶150斤。1110亩盛产茶园1年可采（茶青）独芽16650斤、毛峰33300斤、大宗茶166500斤。茶青收购单价为：独芽60元/斤、毛峰20元/斤、大宗茶2元/斤。因而，1年收购茶青需资金共计199.8万元（其中：大坪村520亩盛产茶园的茶农可获茶青收入约93.6万元）。按平均5斤茶青生产1斤成品茶计算，1110亩盛产茶园1年可生产成品茶独芽3330斤、毛峰6660斤、大宗茶33300斤。成品茶销售单价为：独芽500元/斤、毛峰200元/斤、大宗茶30元/斤。因而，1年成品茶全部销售总额约为399.6万元。成本及盈利情况大约为：399.6万元（年销售总额）−199.8万元（年茶青收购支出）−81.7万元（年运行成本支出）−10万元（年加工厂建设成本折算）=108.1万元。

该项目产品为富钾有机绿茶，茶树生长期20—35年，其根部本身的固氮保肥保水效果显著，对生态环境改善有积极作用；该项目建设对优化茶园管理、提高水土保持水平、调节气温、净化空气和水质均有显著的生态效益。项目建成后，除可完全满足大坪村、佛顶山村茶园加工需求外，还可辐射带动周边乃至坪山乡、马溪乡、大地乡6520余亩茶园发展，帮助500余户茶农实现增产增收，提升群众种植茶叶的积极性。

大坪村委会将新华社投入的项目资金以贫困户的名义入股到村级专业合作社（茶叶加工厂），并与贫困户签订入股分红协议书，由村委会负责监督合作社的分红事宜。由于加工厂前期投入成本大，需要较多的资金用于滚动发展，经大坪村脱贫攻坚队研究，决定采取以下利润分配模式：

第一年，保底分红。即合作社按照新华社投入项目资金5%的额度从合作社经营收入中提取资金，作为分红分给贫困户（如：新华社总投入100万元，则合作社从年度经营收入中提取5万元交村集体），按"721"（70%为贫困户分红资金、20%为村级管理工作经费、10%为村级公益事业经费）分红模式分给贫困户）。

第二年起，效益分红。即加工厂产生更多效益后，逐步提高分红比例，合作社至少拿出效益的20%—30%给贫困户分红。

项目还对贫困户的收益做了如下分析：①土地收益：农户将土地流转给专业合作社发展茶叶，流转单价为300元/亩·年，每户按2亩计算，每年可获收益600元。②茶青收益：2亩茶叶所采茶青（每亩独芽900元、毛峰600元、大宗茶300元）可获收益3600元。③分红收益：按每年108.1万元盈利计算，如拿出效益的25%进行分红，则合作社应提取27.025万元交村集体分给贫困户，大坪村95户贫困户每户可获收益2845元。综上合计，大坪村95户贫困户每年平均可获收益7045元。

▷ 中坝街道大湾村酥脆枣产业园的枣树已经开始挂果

大湾村位于石阡县中坝街道南部，距县城10公里，距办事处驻地2公里，共辖8个村民组，人口186户865人（其中建档立卡贫困户82户336人），贫困发生率为41.7%。全村山高坡陡，居住分散，产业基础薄弱，是贵州省深度贫困村。

在综合研判土质、气候、区位优势的基础上，大湾村从湖南祁东引进经济价值高、市场前景好的中秋酥脆枣品种，规划建设了400亩产业基地（2017年已种植350亩，2018年冬新植50亩）。同时，与供苗方湖南新丰果业有限公司

签订保底回收协议，优质果按每斤15元、次品果按每斤4.5元的保底价进行回收。新华社出资90万元援建该园区，以贫困户入股方式投入该项目建设。

在前期自身的科学种植和石阡盛丰果业有限公司的精心管理下，该产业园350亩果树中的120棵3年生枣树2018年已全部正常挂果，其余1年生小枣苗已从移栽时的10—15厘米高长到80—100厘米高且均已挂果。

大湾村农户采取"土地租金+土地入股分红+效益分红+务工收入"的模式实现利益共享。即农户通过收取土地租金、土地入股分红、村集体"52111"比例分红和务工收入的方式获得收益（"52111"即村集体盈利分红金的50%分给全村82户贫困户，20%作为滚动发展资金，10%作为管理人员工资报酬，10%作为风险金，10%作为公益金）。目前，大湾村100%的建档立卡贫困户已通过签订土地入股和分红协议实现利益联结。

预计2020年进入丰产期后，每亩可产中秋酥脆枣1500斤，现有350亩可产52.5万斤，按照平均每斤10元销售价格计算，350亩可获销售收入525万元，扣除肥料、农药、管护设施和工人工资等管护费用，包装、营销和运输等销售费用，以及日常管理费用，平均每亩可获利润1万元，350亩可获利润350万元，经济效益十分可观。

除了直接投入资金对石阡进行产业扶贫之外，扶贫队还积极协调总社各部门、单位和分社大力采购石阡农特产品，助推各村合作社的产品走出大山。2018年，新华社部门、单位、分社工会订购石阡农特产品组合装逾16000套，总价超592万元，惠及全县14个乡镇、20多个村的4200多家贫困户共13600多人，贫困户直接增收70多万元，增收超2000元以上的贫困户近百人。产品包装环节为20名贫困户提供了务工机会，发放务工工资25000多元。

扶贫队还承担了另一项产业扶贫的职责——帮助挂点帮扶村选择产业。群众要脱贫，发展产业是重点，选准产业是关键。在大坪村开群众会讨论2018年产业布局时，是否把辣椒产业作为村级集体经济的主要产业进行布局发生了较大的争议。

部分群众说，去年隔壁乡种辣椒赚了大钱，应该仿效他们的模式；另一部分群众则说，去年种辣椒亏损的也不少，有的地方辣椒烂在地里，经营风险太大。

　　时任分管农业的副县长董强告诉我：2017年全县辣椒种植大约6万亩，盈亏状况是三个"三分之一"，即三分之一赚钱，三分之一保本，三分之一亏损。赚不到钱的核心原因有两个：一个是技术不过关，产量达不到标准；一个是市场没找好，种出来了卖不出去或者贱卖。

　　"县政府也很头疼，辣椒产业、马铃薯产业、养蜂产业等都面临着类似的问题，长期困扰产业发展的'老大难'问题短期内难以有效解决。"董强说，建议慎重选择辣椒产业作为脱贫主抓手。

　　然而，随后我在县农牧科技局上报的一份2018年全县产业扶贫规划中看到，县里把工业辣椒作为今年扶贫主导产业之一进行推广，并预算了部分补贴资金用于鼓励建设工业辣椒加工厂。

▷ 枫香乡一家辣椒加工厂内工作人员正在分拣辣椒

发展辣椒产业关系全县脱贫攻坚工作，但无论在群众中还是在县乡领导层都存在一定程度的分歧。分管农业的县领导、群众的意见虽不无道理，但只能作为决策的参考依据之一，更重要的是要去实地调查，真正搞清楚成功与失败的原因，看看难题是否有解。为了科学决策，我决定对全县辣椒种植产业做个深入调查。

在一个多月的时间里，我走访了辣椒种植比较集中的枫香乡、国荣乡、石固乡、龙塘镇等四个乡镇的12个村，访谈了包括龙头企业负责人、种植大户、普通群众、村干部、乡镇干部等在内的40多个采访对象，终于形成了自己对县内辣椒产业的一些重要判断。

不是技术不过关，而是用心不到位。龙塘镇某村去年种植辣椒60亩，亏了5万多元，最后将亏损原因归结于：技术不熟练导致产量达不到1000斤/亩。在该村及周边调研走访之后，发现在相隔不到1公里的邻村，辣椒产量达到了2500斤/亩，然而两个村的气候条件、土壤条件、种植品种都相同。几番"纠缠"之后，村支书才向我吐露真实情况：去年种植辣椒时由于资金未及时到位，原本应该4月初就要移栽的辣椒苗，到5月底才移栽下去，栽种日期推迟一个多月，错过农时才是核心原因，但为了避免被追究责任只能把产业失败的原因归结于技术不熟练。类似的情况在其他几个宣称是技术不成熟导致辣椒产业亏损的村同样存在。这个调查结论恰好与贵州省农科院派出在石阡挂职扶贫的专家的调查结论相吻合。

失败的另一个原因是，经营机制未理顺，成本控制不精细。在枫香乡，同样是1.5元/斤的收购价，种养殖大户种植的工业辣椒达到4000斤/亩，每亩赚钱超过3000元；个别村集体经济种植的同品种工业辣椒产量也达到了3500斤/亩，但算下来每亩亏损了1500多元。种养殖大户道出了奥妙所在：他自己种植的辣椒所有成本加起来控制在1000元/亩左右，而集体经济种植的辣椒成本有的超过2700元/亩，多出来的这部分成本大多是劳动力成本。"不管劳动能力如何，村民只要向村支书提出要到辣椒地里来务工的请求，村支书大多难以拒绝，还得开同样的工资，就出现了私人种植的辣椒地里一个人能干完的活，集体经济辣椒地里五个人在干。"这位种植大户说。

不是市场找不到，而是传统习惯难改变。县内辣椒龙头企业总经理安绍强告诉我，这几年，他们每年接的工业辣椒订单都在100万吨左右，但是把石阡及周边几个县种植的工业辣椒收过来最终也只完成了70万吨的量，他们正采取为农户垫付肥料、地膜、辣椒苗成本的方式鼓励农民种植工业辣椒。眼皮底下就有供不应求的辣椒市场，为何还是出现辣椒卖不出去的情况？

坪山乡的一名种植大户去年种植了10亩食用辣椒，但辣椒成熟的时候价格一路下滑，最终出现卖掉辣椒的收入还抵不上采摘辣椒的人工费。我问他为什么不种植工业辣椒？他说："从来没有种过工业辣椒，不敢种；食用辣椒卖不出去还可以吃，工业辣椒卖不出去可吃不了。"国荣乡、石固乡也同样存在这种现象：市场需求旺盛的工业辣椒没有足够的人来种，而按传统习惯种植的食用辣椒不好卖却还在不停地种。

通过调研，我认为订单种植工业辣椒完全可行。但是要使得村民们接受这个观点却并不容易，一方面是长期以来形成的传统种植习惯难以改变，另一方面是前几年产业探索中出现的巨额亏损严重打击了农民们尝试新产业的信心。

为了增强农民们的信心，我邀请了县里最大的"辣椒大王"安绍强到坪山乡大坪村实地调研。安绍强考察之后说，大坪村的气候、海拔、土壤条件都是全县最适宜于种植工业辣椒的地方，公司可以1.5元/斤的保底价收购，肥料、地膜等生产物资还可以先行垫付年终结算。"只要按照公司的技术规程操作，工业辣椒每亩产量至少2500斤，除掉1200元/亩的正常生产成本，每亩收入可望达到2500元。"安绍强给当地农民算了一笔明细账。

随后，大坪村又在13个村民小组挨组召开群众会，讨论扶贫产业布局，消除思想疑虑，统一群众思想。我向大坪村的村干部们提议：可以采取订单方式种植工业辣椒，但必须严格按照公司要求的种植时间、管护举措进行操作，同时要严格控制好人工成本，建议把辣椒套种在新植茶园中以节省土地资源和人

工成本。

同时，驻石阡扶贫工作队也把辣椒种植项目基本方案上报总社扶贫办请求资金支持。最终，辣椒种植项目被列为当年大坪村脱贫产业的重要组成部分，社扶贫办专门批复了12万元资金用于支持该产业发展，最终也取得了较好的效益。

每一次给村里规划产业，扶贫队同志都要到一线充分调研、论证，再三考虑之后才确定产业投资方向。毫无疑问，产业扶贫仍旧是当下面临的最大难点。世上难有稳赚不赔的生意，尤其对于农业产业而言，种植、管护、市场价格波动等众多因素都会影响最终的收成。作为挂职扶贫的干部可以帮助提建议、给思路、找资金，但却不能越俎代庖、大包大揽，还是需要以乡、村党委及村民为主体推进工作。回想起当时和乡村干部一起讨论产业选择的情景，一群人为了选择什么产业让村民致富讨论异常激烈，如今竟然觉得那些记忆是如此美好。

基础设施里的温暖

步入石阡县原广播电视大楼，装饰一新、设备先进的融媒体中心赫然映入眼帘，大屏幕上稿件浏览量的数字不断往上跳动，前方传来的音视频素材被快速编辑成稿件，通过"今石阡"APP、石阡新闻网、"微石阡"微信公众号等终端平台向全国受众推送。目前，每天在"今石阡"APP客户端汇聚的各类报道达50多条，浏览量多数都在10000+，多的达到10万+，"今石阡"APP客户端下载量12500多人次，下载量正在稳步增长。

2018年8月，习近平总书记在全国宣传思想工作会议上明确提出："要扎实抓好县级融媒体中心建设，更好引导群众、服务群众。"同年11月14日，召开的中央深改委第五次会议，审议通过了《关于加强县级融媒体中心建设的意见》。中共中央宣传部随后部署开展县级融媒体中心建设试点，要求2020年底基本实现在全国的全覆盖，并于2018年先行启动了600个县级融媒体中心建设。

2018年10月，新华社党组书记、社长蔡名照同志到石阡调研时提出把石阡县融媒体中心建设纳入全社"宣传扶贫"重点项目，按照"节约、先进、实用"的建设原则，以新华社技术、人才优势为支撑，将石阡县融媒体中心打造成为全省县级融媒体中心示范点和可复制的样板。贵州省和铜仁市有关部门积极推动，石阡县迅速成立工作领导小组，全力推进融媒体中心建设。

根据《新华社县级融媒体中心建设整体服务方案》，新华社围绕平台建设、技术服务、渠道推广、人才培训等内容，组织专家团队现场指导和服务石阡县融媒体中心建设。随后，新华社新闻信息中心、新媒体中心投入大量人力物力，全力推进石阡县融媒体中心建设，按照"节约、先进、实用"的原则，投入资金近190万元，其中新华社帮扶资金89.48万元，贵州省委宣传部补助资金30万元，县级财政投入资金70万元。

石阡县融媒体中心于2018年11月5日开工，同年12月20日建成试运行，并于2019年3月26日挂牌正式运行。2019年6月5日，石阡县融媒体中心建设通过省级验收。建成后的石阡县融媒体中心包括中央厨房和客户端"今石阡"，本着"引导群众、服务群众"的宗旨，整合了县级广播、电视、报纸、微信、网站等平台，探索"新闻+政务+电商+服务"运行模式，实现"一体策划、一次采集、多种生成、多元发布"的新格局。

石阡县融媒体中心借助于新华社客户端和现场云等平台，推出了一大批爆款新闻产品，如：推荐石阡农特产品的微信公众号文章《这礼，我还真收定了!》阅读量达到10万+，评论达2461条；通过新华社现场云推出的报道《他们因脱贫攻坚推迟婚礼，今天情定十里桃林》，浏览量达120万+。

石阡县融媒体中心总编辑王勇说，融媒体中心广泛拓展综合服务功能，从之前单一做新闻转变为新闻+政务+民生服务，在"今石阡"APP客户端增加服务功能。将全县各部门在网上自主开展的民生服务，全部链接到"今石阡"APP客户端服务板块，同步实现网上服务功能。

在"今石阡"APP上可以看到,目前能够实现的行政和生活服务共35项,其中行政服务包括政务服务、车辆违章、公积金、学历证书等查询及侵权盗版、诈骗电话举报等20项;生活服务包括缴纳水电费、出行购飞机票和火车票、酒店预订等15项。同时,还及时发布天气、道路通行、招聘、寻人启事等信息,为全县人民提供更多方便快捷的服务。

石阡县委常委、宣传部长杨玲说,目前,石阡县融媒体中心全面实现了"五个100%"的建设目标,即采访力量迁入融媒体中心率100%、中央厨房建设率100%、移动端首发率100%、复合型融媒体新闻采编人员占比100%、接入"多彩贵州宣传文化云"新闻资源共建共享率100%等。

石阡县融媒体中心于3月25日开始接入多彩贵州宣传文化云平台,目前,新闻总数为33000余条,位居全省区县前列。石阡县融媒体中心建设、运行模式被全国百余家媒体相继报道,迎来省内外多家兄弟县市区同行参观交流。2019年5月还荣获新华社"现场云优秀融合奖"(贵州省唯一获奖单位)。石阡县融媒体中心的改革成功经验曾多次在省、市融媒体建设工作推进会上做交流发言,并在贵州省、铜仁市作为改革交流案例推广。

"初步形成了立体化、广覆盖、强效果的传播格局,成为可复制、可推广的典型,彰显了主流舆论阵地、综合服务平台和区域信息枢纽作用,提升了县级媒体的传播力、公信力、影响力、引导力和服务能力。"杨玲说。

在基础设施建设帮扶方面,新华社除了援建石阡县融媒体中心,还援建了坪山乡大坪村党员活动中心。

2017年5月,田朝晖和我第一次到大坪村和村支两委干部举行脱贫攻坚推进会,居然找不到一个合适的地方开会。村委会没有办公室,缺乏最基础的党员活动阵地,最终只能借用村卫生室的一间房开会。村支书胡登碧、村委会主任袁伟提出的第一个请求就是,希望新华社能帮助他们建设一个党员活动中心,让村级党组织能够有合适的地点组织村里的党员正常开展"三会一课"及举行群众大会。

胡登碧说，近几年来村委会一直借用村卫生室场所办公，村干部均是流动办公或居家办公，开会或组织集体活动都要到村干部或党员家中，非常不便，无形中增加了组织活动的难度。为了村党组织活动能正常开展，方便广大村民办事、参与村务管理和开展集中活动，提高基层组织的工作效率，希望新华社帮助建设大坪村党员活动中心。

2017年8月，经多次与坪山乡党委、政府研究讨论，决定在大坪村小塘组选址新建大坪村党员活动中心。新建的党员活动中心主要建设内容包括：场地平整、主体工程建设、装修、配套水电设施消防设施安装、办公设备采购和制作制度公示栏等。

大坪村党员活动中心计划新建砖混结构楼房3层11间，建筑面积为320平方米，主要包括：办公室、会议室、便民服务厅、图书室、档案室、卫生间及消防设施等。室内全部进行装修并达到"八有"标准，即有办公场所、有综合活动室、有学习培训设施、有上墙的规范工作制度、有永久的村务公开栏、有党建宣传栏板、有党报党刊和实用技术学习资料、有齐全规范的档案材料。

经初步资金需求测算，大坪村党员活动中心总投资70万元，其中上级划拨建设经费20万元，乡党委、政府自筹10万元。建设资金缺口40万元。随后，为了支持党员活动中心建设，新华社扶贫办划拨20万元专项资金，同时协调诺承公益基金捐助20万元，补足了党员活动中心的建设缺口。

随后，确定了该项目的建设期限：2017年9月1日—2017年12月31日。项目分4个阶段实施，其中准备阶段：2017年9月1日—2017年9月30日，协调土地、场地平整、确定施工工程队，并明确时间进度、完成时限；建设阶段：2017年10月1日—2017年11月30日，该阶段主要是按照设计规划，完成建设任务；基础设施配套阶段：2017年12月1日—2017年12月24日，该阶段主要完成装修、各项制度上墙、办公设施配置工程；验收阶段：2017年12月25日—2017年12月31日，完成项目验收并入驻。

建设期间，宾绍政日夜待在建筑工地上，和工人们同吃同住同劳动，监督

施工进度和施工质量。我因为要兼顾县委安排的其他脱贫攻坚工作，平均每半个月到建筑工地现场去检查一次，听取施工过程中面临的困难和问题，帮助协调关系、解决问题。

2018年7月1日，大坪村党员活动中心正式启用，所有办公用具配备齐全。耸立在大坪村小塘组的两层小楼成了村里最显眼的建筑，为大坪村两委班子和村级集体经济组织提供了较好的活动场所和条件，为村民提供了公益服务的基本场所。

2018年10月，新华社社长蔡名照同志来到坪山乡大坪村党员活动中心调研，对援建的项目给予了高度评价。坪山乡脱贫攻坚前线指挥部指挥长、县人大常委会副主任徐泽勇说，大坪村党员活动中心整合了现有土地和办公资源，给基层党组织提供了基本的阵地，从根本上提高了基层组织的工作效能，对发挥两委班子在基层组织建设、村域经济发展和村民稳定增收实现脱贫方面具有重要现实意义。

除了援助建设石阡县融媒体中心和大坪村党员活动中心外，援助石阡县人民医院一台核磁共振机是新华社推进的医疗基础设施建设帮扶的重要项目。

石阡全县共有46万人口，但仅一台核磁共振机（置于石阡县中医院），无法满足群众的就医检测需求。多年来，石阡县人民医院一直想增加一台核磁共振机，但这个梦想一直未能实现。"核磁共振对脑外、普外、胸外、妇科、心内科等疾病有绝佳的诊断功能，特别是对降低脑卒中患者死亡率具有极大的促进作用，这是石阡人民迫切需要的一种检查设备。"石阡县分管医疗的副县长石凌燕说，购买这类大型医疗设备还要向省里面争取指标，而且动辄近千万元的设备款对县级财政也是个沉重的压力。

2018年秋天，新华社旗下《上海证券报》董事长张小军同志到石阡开展脱贫攻坚工作，决定帮助石阡县人民医院实现"梦想"，向石阡县人民医院捐赠价值800万元的核磁共振机。2019年1月28日，一台联影品牌1.5T核磁共振机正式安装到了石阡县人民医院。石阡县人民医院院长史超说，新华社捐赠核磁共振机，解决了一直困扰该医院的县级医院核磁共振机采购指标受限问题，不仅极大地提升了医院的医疗服务保障水平，惠及全县相关患者，而且为医院进行医疗科研增添了新动力。

为将新华社对石阡的关爱落到实处，充分发挥此资助项目的社会效益，惠及更广大的贫困患者，石阡县人民医院决定成立"援阡医疗爱心基金"，每年从受赠核磁共振机的运行收益中提取10万元注入该基金，主要用于救助因患病刚性支出较大导致经济困难的家庭。

救助对象具体范围是：①因患病刚性支出较大，造成家庭实际用于日常基本生活消费支出低于当地最低生活保障标准的贫困家庭。②住院的"三无"（无身份、无监护人管、无支付能力）人员。③孤残儿童。④流浪汉及精神障碍的被遗弃人员。

对符合条件的救助对象，根据患者的具体情况，原则上按照下列标准实施救助：①对治疗费用在1万—3万元（含3万元）的救助2000元；②对治疗费用在3万—5万元（含5万元）的救助4000元；③对治疗费用在5万—7万元（含7万元）的救助6000元；④对治疗费用在7万—9万元（含9万元）的救助8000元；⑤对治疗费用在9万—10万元（含10万元）的救助1万—1.5万元；⑥对治疗费用在10万元以上的救助1.5万—2万元。

新华社作为文化单位，在脱贫攻坚过程中，举全社之力、集全社之智制定详细的年度定点扶贫工作目标和计划，整合一切资源，结合石阡实际，奋力推进脱贫攻坚工作。若干年之后，再回来石阡，必定能看得到我们援建的县级融媒体中心发挥出更大效应、所捐赠的核磁共振机惠及更多石阡老百姓、援建的党员活动中心成为基层党组织加强凝聚力、战斗力的坚强阵地！

一枝一叶总关情

带着感情来扶贫，就会尽我们一切的努力，把能够为石阡做到的点点滴滴都百分之百做到位。艾青的《我爱这土地》有句诗是这样写的："为什么我的

眼里常含泪水？因为我对这土地爱得深沉。"时常有人问我们，为啥扶贫队能这么长时间在石阡扎根和付出？因为，我们同样对这片土地和土地上的人民爱得深沉，每为之付出一分，就心安一分。

在总社的统一领导下，扶贫队队员们结合各自特长"各显神通"，协同配合。邓诗微常年在总社工作，利用其联系广泛、资源丰富的优势，发挥着协调各方资源支援石阡的核心作用。他负责对接总社民族品牌工程办公室，协助推进新华社投入上千万元广告资源推介石阡的广告宣传项目。2018年，新华网、新华社客户端及各报刊社、中经社等单位的网站、客户端、微信公众号、微博等新媒体终端，拿出重要版面、页面和屏幕位置，立体式、高频度、长时段投放石阡县形象广告，受众面广、到达率高，形成了全媒体综合推广效应，全年为石阡投放广告1588万余元。他还负责对接新华社各部门，推进新华社职工"一对一"资助石阡贫困学生的项目，2100多名石阡贫困学生获得人均1000元的资助。2018年以来，他还积极引进伊利、唯品会等社会资源为石阡捐资捐物超过174万元，引入电商平台为石阡县销售农特产品超过10万元。2019年前三季度，我社向石阡直接投入和帮助引进帮扶物资4027万元，其中直接投入2296万元、帮助引进1731万元。

杨琨积极联系其派出单位中国经济信息社，发挥其资源优势服务石阡脱贫攻坚。2019年7月，中国经济信息社为石阡县委、县政府领导免费开通"新华财经""新华丝路""新华信用"三大国家级信息产品平台专用账号，并免费提供中经社《新华精准扶贫》《新华精准扶贫·智库报告》《经济分析报告·乡村振兴》等扶贫系列信息产品，充分发挥了中经社的信息渠道和智库服务优势，在解读扶贫政策措施、介绍最新扶贫动向及模式和经验等方面为石阡县提供帮助。

为了协助石阡招商引资，2018年8月中旬，中国经济信息社新华金融信息交易所为石阡县开通"全国地方项目投融资服务平台"专设账号。目前，石阡县在该平台挂牌项目共43个，涵盖文娱、现代服务、工业制造、土建、生态环保、医药、特色农业等产业，有效扩展了项目投融资信息发布渠道。

2018年9月13日，中国经济信息社在2018梵净山国际天然饮用水博览会上发布了《2018年中国·梵净山生态养生指数报告》。作为新华社对口扶贫工作内容之一，中国经济信息社与铜仁市政府联合研发编制的"中国·梵净山生态养生指数"已连续三年发布，生动直观地刻画出铜仁市在新时代改革创新、探索生态脱贫新路子的样本经验。

2018年11月28日，新华社中国经济信息社与贵州省铜仁市政府联合编制并发布《中国·铜仁精准扶贫指数报告（2018）》，这是该报告连续第三年发布。报告从扶持对象精准、项目安排精准、资金使用精准、措施到户精准、因村派人精准、脱贫成效精准六个方面进行分析评价，直观反映了铜仁市的扶贫实践进程，以量化指数形式评估了铜仁市的扶贫工作，客观反映铜仁市脱贫成效，为扶贫成效评价提供了一个参考样本。铜仁市委书记表示，持续三年编制发布该报告，对铜仁脱贫攻坚工作进行精准度量，为打好打赢脱贫攻坚战提供了参考标尺，作出了重要贡献。

根据扶贫队分工，我主要负责"新闻扶贫"工作和人才培训。两年多来，新华社旗下媒体共刊发石阡各类新闻报道100多篇，其中我个人采写新闻报道超过30篇，总字数超过10万字，新媒体客户端阅读量超过1000万次。石阡脱贫摘帽之后，围绕石阡脱贫攻坚的过程和成效，集中策划、采写了一批稿件，比如《武陵深处"三山"巨变》《任家寨的77次群众会》《芹菜塘忆"苦水"》等，每篇稿件在新华社客户端上的点击量均超过50万次，《新华每日电讯》、学习强国、新华网等国家级高端平台进行了重点展示。

培训人才是新华社扶贫工作的重要组成部分。在石阡的两年多时间里，我先后组织开展3次培训，共培训干部、"西部计划"志愿者200多人次，为乡镇宣传干部讲授"脱贫攻坚中的新闻发现力""常用公文写作要点"等课程。连续2年在北京举行"铜仁市宣传干部培训班"，为铜仁市各区县及市委宣传部的70多名干部培训舆情应对、新媒体技术、宣传政策等。扶贫期间，协调新华

社保育院到石阡进行过两次实地教学培训，现场指导石阡县第二幼儿园提高教学质量，加强校园管理。

宾绍政常驻大坪村，把大坪村当成自己的家，把大坪村的群众当成自己的亲戚，驻村两年仅回过两次家。作为大坪村的攻坚队长，对村里所有的脱贫攻坚工作负总责，全面负责村里所有通村通组路建设、危旧房改造、安全饮水设施建设、矛盾纠纷调解、群众满意度提升……

流水账似的工作记录里，沉淀着两年多的岁月。一点一滴都是脚踏实地的奋斗，用心做好的每件小事情都包含着扶贫队同志们对石阡的深情厚谊。2019年8月，新华社总社调研组来石阡调研指导脱贫攻坚工作。当天的座谈会上，邓诗微队长的汇报代表了所有扶贫队队员的心声。

邓诗微说，石阡扶贫工作队时刻牢记新华社定点扶贫使命，以帮扶实效和长期稳定脱贫为目标，工作队全体同志凝心聚力，扎实推进帮扶项目落地。工作队始终坚持从大局出发，经常相互提醒要时刻牢记扶贫工作队员身份，事事将新华社的荣誉放在心中，处处体现"新华人"的忠诚，从学习、工作、生活各个方面严格要求自己，严守规矩和纪律，不懈怠，不激进，不越权，脚踏实地做人做事，为新华社"护牌""强牌"。始终坚持从实际出发，将新华社能做的和石阡县最需要的有效结合起来，发挥新华社新闻信息资源丰富、媒体平台矩阵强大、社会联络广泛等优势，从直接帮扶、新闻扶贫、信息扶贫、人才扶贫、推广扶贫、项目（搭桥）扶贫等方面着力，最大限度地提升帮扶效果。始终坚持从长远出发，从2019年开始重点抓产业扶贫和电商扶贫等长效工作，通过茶叶加工厂和酥脆枣产业园建设稳定农民增收、巩固脱贫成效，通过引入电商平台采购促使石阡企业和合作社增强公平竞争意识、加深市场规律认识进而改进生产、压低成本、加强营销，逐步增强市场竞争力。始终坚持从集体出发，不讲个人困难比拼投入付出，不谈工作艰苦比拼帮扶成效，不求奖励荣誉比拼谦虚退让，真正做到了团结友爱、一心为公。工作队同志各展所长发挥主动性、积极性，互帮互助形成合力，向心力、执行力不断得到加强，有效发挥了工作队整体的前哨作用，通过深入调研，搞清实际需求；发挥了桥梁作用，有效匹配需求和资源；发挥了尖兵作用，成为帮扶项目落地的抓手，实现项目落细落小落实。我们任何一点成绩的取得，主要得益于社党组高度重视和全社人、财、物各种资源的大力投入；得益于石阡县委县政府有力领导和全县干部职工的共同奋斗；也得益于工作队各位同志团结一心、扎实工作，舍小家为大家的不懈努力。

邓诗微说，他深刻体会到，打赢脱贫攻坚战，在中华民族几千年发展史上首次整体消除绝对贫困现象，是一项对中华民族、对全人类都具有重大意义的伟业，能够参与这项伟大事业是人生莫大的荣幸。同时，经过这一段时期的基层磨炼，我们对如期完成脱贫攻坚任务的艰巨性、重要性、紧迫性也有了更清醒的认识，进一步激发了"偏向虎山行"的豪情壮志；对百姓生活、基层民情及县乡村经济社会运行情况有了更直观更深入的了解，在拓宽视野、锻炼能力、锤炼作风等方面得到了绝佳的机会，进一步提振了打赢脱贫攻坚战的必胜信心。

理想在前，信念在前，威武雄壮的目标总是在激励我不断前进，但当夜阑人静、与书为伴、独坐对窗之时，偶尔会感觉到难以抵抗的疲劳和孤独。我总是在思考一个问题：支撑我们扶贫队同志在石阡忘我工作、不懈奋斗的动力是什么？

常常在做一个梦，恍惚中，古圣先贤排着队从面前走过，似乎听到陆游低唱"僵卧孤村不自哀，尚思为国戍轮台。夜阑卧听风吹雨，铁马冰河入梦来"；似乎看到屈子在江边低吟"日月忽其不淹兮，春与秋其代序。惟草木之零落兮，恐美人之迟暮"；似乎遇到王阳明先生在一边高唱"去得人欲，便得天理"，一边大步向前。

三、听老宾讲如何做群众工作

——新华社派驻石阡县大坪村第一书记宾绍政扶贫实操

解决的具体问题：

入户走访时，群众表现冷淡、不热情怎么办？

问题背景：

大坪村地处贵州省铜仁市石阡县坪山乡西南部，位于黔东南州镇远县大地乡、施秉县马溪乡与石阡县坪山乡三县交界处，距乡政府所在地18公里，距县城37公里。大坪村国土面积13.5平方公里，全村辖13个村民组，总人口210户865人，现有建档立卡贫困户95户402人，未脱贫贫困户5户17人。目前，贫困发生率为2.06%。属国家新阶段扶贫开发一类贫困村，省级深度贫困村。

大坪村绝大多数村民都属于民风淳朴、勤劳务实、热情好客的类型，但由于历史因素的累积，也有几户配合工作态度消极、冷淡对待入户走访干部的群众。比如，大坪村的左某就是典型案例。

如何面对现场群众的冷淡？如何逐步化解入户走访时群众的冷淡？如何化"冷"为"热"？这几乎是所有扶贫干部都可能要面临的尴尬而实际的问题。正确引导这些特别少数群众，科学解决类似的问题，是当下推进脱贫攻坚工作的核心议题之一。

宾绍政说：

一是要稳住阵脚。2017年12月，我到村里的建档立卡贫困户左某的家中入户走访。第一次走访持续了不到半个小时，自始至终，左某对我的慰问和提问

▷ 大坪村攻坚队全体同志欢送宾绍政（持锦旗者）（大坪村村委会供图）

都是面无表情，除了发出几声"嗯""哼"之外没有说过一句完整的话。对此，我始终保持微笑，同时以兄长的身份（我比他大两岁）跟他聊（主要是我讲他听）现在的脱贫攻坚政策。我一边说话，一边关注他的神色，我感觉到他尽管不说话，但是并不拒绝听我讲。于是，我坚持把他们家能够享受的所有脱贫攻坚政策跟他详细叙述了一遍。

　　入户走访时现场碰到这种尴尬场面，我是这样考虑的：面对走访群众的冷言冷语或拒绝交流，第一书记要稳住自己的语气、笑脸、心态，妥善总结本次入户走访的经验教训，为下次再入户打下基础。稳住语气就是要保持平缓的说话语调和口气，不因为群众的冷漠而过度提高声调，也不因为群众发脾气而采用居高临下的口气去责备，而是用不卑不亢的平等、舒缓语气与之交流。老百姓有句话："伸手不打笑脸人。"第一书记初次入户稳住笑脸，也就大大降低了群众与自身的"紧张度"，减少了群众的防备心理。更重要的是要稳住心态，不要因为群众的冷漠而给自己造成心理阴影或不自信，要树立起处理好群众关系、服务好群众的必胜信心和决心，第一次群众冷漠，第二次再去；第二次再冷漠，第三次再去……在驻村的一年多时间里，我一共去左某家做工作不

少于9次，左某的热情逐步升温。

二是要仔细观察。入户走访时，群众冷漠或冷淡在语言交流上造成了障碍，但并不妨碍我仔细观察群众的衣、食、房、用水、用电等，恰恰通过对群众家庭的这些核心要素的观察能够找到突破群众"心理防线"的突破口。尽管左某不愿意跟我交流，但是在其家里入户时，我看到左某衣着破损、脏兮兮，冬天穿着秋天的衣服——说明经济状况差、无人照顾；揭开他们家的锅，发现好几天吃过饭的碗堆在里面没有洗——说明卫生习惯很差；房子里没有电灯泡和开关——说明没有用上电；房顶漏光，墙壁有裂缝——说明住房不安全；猪圈里没有养猪，菜园里没有种菜——说明户主勤劳的力度有待加强；附近的邻居不愿意和他打招呼——说明户主的人际关系可能欠佳……入户走访的目的在于了解群众的生活状况，第一书记应该具备"眼观六路、耳听八方"的能力，嘴巴交流不行，那就充分利用眼睛去观察；听不到户主讲话，就去听他的邻居讲话。

三是要深帮实扶。"尔可欲学诗，功夫在诗外。"彻底打破群众的冷漠，实现化冷为热，最根本的还是靠沿着入户走访得来的线索，对群众进行深帮实扶。通过那些基本没有语言交流的入户走访，我认为必须要解决左某家的用电、用水、出行、住房问题。在再次到左某家入户走访时，当我把这些帮扶措施和决定告诉左某时，左某仍旧是不信任、不表态、不乐观，但我和驻村工作队的队员持续做工作。先后尝试了通过请他的亲戚来帮忙做工作，把左某的儿子从外地请回来做工作，等等。在一年多的时间里，我和驻村工作队先后帮助左某家解决了用电、用水、危房改造三大核心问题，同时推动募捐了部分衣物给左某，村集体的产业覆盖了左某的家庭，通村公路直接从左某的家门口经过。国家的扶贫政策落了地，左某不仅思想得到了彻底扭转，还在2018年顺利脱贫。

工作成效：

左某的精神面貌、居住环境、出行条件、生活质量得到质的改变，不仅热情接待来访干部，还主动参与打扫村道卫生、茶园管护等集体活动和义务劳动。入户走访时，群众从"冷"到"热"的转变过程，实际上也是我和驻村工作组队员成长的过程，由此做群众工作的能力得到了提升，应对复杂工作的经验得到了增长。通过对这些特殊少数群众的细致工作，村里脱贫攻坚的目标得以实现，尤其是2019年3月顺利通过贵州省脱贫攻坚第三方评估验收，本村群众认可度超过90%。

宾绍政的个人体会：

"群众可'冷'，但我们要'热'。"把群众放在心里、暖在胸口，再冷的心也会被我们的热情所融化。驻村工作就是从这一户群众、一个问题的点点滴滴中，构筑起脱贫攻坚的大战场，这是一场脱贫致富的攻坚战，这也是一场争夺民心的攻坚战，这也是一场没有硝烟胜过硝烟的攻坚战。

▷ 田朝晖（左一）和宾绍政（中）一起清理坍塌的道路

四、孤儿不孤

    2017年12月，我利用下班时间到石阡县社会福利院进行为期一个月的支教，辅导3个读小学的孩子复习功课。这些日记记录着我与孩子们相处的点点滴滴，也许一个月的补习时间无法提高孩子们的成绩，也无法从根本上改变孩子们的命运，但我用真心关爱孩子，和他们度过了一段快乐的时光。

2017年12月7日 星期四 阴雨

    是日清晨，在去办公室的路上，突然想到原来分管民政的副县长王勇近日已经晋升为县委常委，而我初到石阡时就跟他提过要去福利院看望孩子的事情至今还是句空话。择日不如撞日，立即给分管副县长石凌燕打了个电话，让她跟民政局打个招呼，我下午就去福利院看看。

    刚刚到办公室坐下，就接到民政局局长彭胜宏的电话，邀请我过去福利院调研。他告诉我，福利院的孩子要下午四点五十分才放学，五点半吃饭，建议我六点左右到福利院。于是，一下班，我就和县委办信息股股长蔡中强一起冒雨赶到民政局。福利院就在民政局的楼上，彭胜宏局长陪同我来到福利院考察。

    正赶上福利院吃饭时分，没带伞的中老年同志们一路小跑，穿过到处积水的操场到对面的食堂窗口处排队领取饭菜。伙食还算可以，两荤两素。我拿起勺子翻了一下菜，荤菜里的肉不少。发放饭菜的厨房相当宽敞，白色的瓷砖铺底、镶墙，不锈钢厨具干干净净。旁边的餐厅足可以容纳近百人同时就餐，但是福利院的同志们领着饭菜就回宿舍去吃了，极少人坐在餐厅吃饭。唯有一个小男孩（后来才知道他叫杜东霖）端着一盆白饭（没有菜）坐在餐厅吃干饭，旁边一个年龄稍大的女孩陪着他一起。

"小朋友你怎么不去打菜吃？"我摸着他的肩膀问。小朋友怯生生的，不敢说话。旁边的福利院院长梁丰说："他叫杜东霖，就是这里的其中一个小学生，他是在等那些老人们打完了，他再去打菜，懒得排队。"

接着又去看孩子们居住的宿舍。四楼是女生宿舍，三楼是男生宿舍，两人一间。意外的是，在房间我看到，所有房间的被子都折成"豆腐块"，就像军训要求的那样。房间里虽然简陋，但干干净净，洗手间也没有异味。"不是因为今天您要来才整理成这样的，我们天天都要求他们要折好被子，搞好卫生，每天晚上派人来巡查每一间房间。"梁丰说。

看完宿舍就到会议室座谈。梁丰说："福利院现在有60个人常住，30个是孩子，其中读大学的有8个，读初中、高中、中职的有19个，读小学的3个。"

"考的都是什么大学？"福利院有8个孤儿考上了大学，颇令我感到意外。

"有贵州大学的，有贵阳医学院（今贵州医科大学）的，其他的记不太清楚了，历年来从这里出去的大学生可不少。"福利院副院长杨茂平说。她翻开一个微信群给我看，说："这里有67个成员，很大一部分都是大学生，都曾经在这里住过，几乎每年都有人回来探望我们。有的带着孩子来，还让孩子叫我'外婆'，我都不好意思了。"

福利院周一到周五只有那3个小学生在院内居住，其他的学生都住在学校；初中、高中、中职的学生只有周五下午回来，周日下午去学校。

"那3个小学生的情况怎么样？"我问。

梁丰说："三个孩子两个读五年级，一个读三年级，都非常调皮，学习成绩都很差，不守纪律。违纪被我抓住了，只能让他写检讨。"说着把一个孩子写的检讨书给我看。

福利院作息时间

小学

早上 06：50 上学　　中午 11：50 回家
中午 14：10 上学　　下午 16：35 回家

初中

早上 06：20 上学　　中午 12：30 回家
中午 13：40 上学　　晚上 21：30 回家

二中　文博　职中
周日 17：30 回校

电脑室
周六开放一天
早上 09：00 至晚上 21：00 关门

▷ 贴在福利院墙壁上的作息时间表

　　彭胜宏局长和梁丰院长在接下来的座谈中谈了很多福利院目前面临的困难。最后，我说："有些难题，我看现在就可以开始着手解决，比如福利院的孩子晚上没人辅导功课的问题。我就来你这，做志愿者，晚上来辅导他们的功课。"

　　我感觉到梁丰有点不太相信，他说，以前也有老师志愿来教过，但教了一段时间后就没有再来了。我在心里默默地说："孩子们，我来了，至少在未来的一段时间当中，我还可以常常来陪伴你们。"

他们把我送出福利院大门时，已经是晚上七点半。我恰好接到县委办电话通知，县委书记叫我今晚八点跟他一起去大沙坝乡坡脚村开群众会。于是，我撑开伞又走回办公楼等候。

我不得不说一下，促使自己去福利院看望孩子们的最初动因。我人生中第一次去福利院，是在云南读大学时，作为班长代表全班同学去昆明市儿童福利院捐赠爱心物资。当时，有个细节永远刻在我的脑海中：我闯入一间光线暗淡的房间里，一个痴呆的孩子边走边冲着我傻笑，他年龄十七八岁，右手规律性地颤抖着，他一瘸一拐地从房间这头走到那头，又从那头走到这头。房间里没有床，地上到处脏兮兮，孩子穿的衣服也是到处黑漆漆。离开昆明已经十年了，那个孩子的画面还经常浮现在我脑海中。他也是基本与我同龄的人，但是他却过着这样难以想象的生活，我感觉到心痛。

第二次走进福利院，已经是2017年初。我和分社同事周科奉命去采访一起发生在广东韶关某托养中心的一起恶性案件，所看到的景象和了解到的情况令我痛彻肺腑。我无法用任何词来形容我的愤怒和痛苦，也无法用任何语言来表达我内心受到的震动。

总之，我深刻地认识到，福利院是社会公平的底线，人们对待居住在这里的人的态度是衡量这个社会文明程度最直接的尺度。我有幸来参与脱贫攻坚的"世纪决战"，作为新华社驻石阡县帮扶工作队的一员，决不能对福利院里的孩子们视而不见，决不能见而不帮，决不能帮而不帮到位。

2017年12月12日 星期二 阴雨

上午，给福利院院长梁丰打了个电话，告诉他我今晚六点十分左右到福利院辅导孩子们功课，请他把三个孩子的家庭情况介绍发个材料给我。

但直到我晚上六点十分左右抵达福利院，孩子们的情况我还是一无所知。进入自习室时，梁丰院长出来迎接我，然后去楼上把孩子们叫下来跟我见面。"我叫欧甸丘，罗密欧的'欧'，伊甸园的'甸'，丘比特的'丘'……"我

拿出了自创的经典自我介绍，同时把名字工整地写在笔记本上。

"丘比特我知道，他是爱神。"最小的孩子杜东霖（10岁）说，他在课外书上看到过。我颇感意外。"我一出生，爸爸就死了，妈妈跑掉了。"东霖似乎很坦然地说。

我让他们把自己的名字分别写在我的本子上。第二个孩子叫杨广，12岁。"你的名字跟历史上一个皇帝的名字一样，你知道吗？"我问。

"知道，隋炀帝杨广。"杨广回答说。又令我诧异了一把，这些历史知识我是在读初中的时候才从历史课本上知道的。杨广父母双亡，他还有个哥哥，原来跟他一起在福利院，但读完初中就出去打工去了，一年难得来看他一次。

第三个孩子李爽，13岁，家里只剩下伯伯、伯母。

在接下来的交流中，我了解到，孩子们有着共同的特征：①脏兮兮的衣服，身上带着点异味；②喜欢玩电子游戏；③喜欢吃辣条、方便面、面包等零食；④喜欢看课外书；李爽喜欢看《小故事大道理》，杨广喜欢看《查理九世》，杜东霖喜欢看《葫芦娃》；⑤学习成绩很差。

第一堂课该给孩子们讲些什么呢？我思考了一整天，设计了好几种模式，但最后决定把我自己的成长经历作为故事讲给他们听。跟孩子们一样，出生成长于农村、贫困家庭、单亲家庭；但幸运的是我读完了大学，又读完了硕士；毕业后到了新华社工作，建立了自己的幸福家庭。毫不夸张的故事，讲了半个小时。孩子们默默地听着，没有任何小动作。

"我来了，你们就是我的孩子，希望你们首先要做个好人，做个有爱心的人，然后要努力学习，做个对社会有用的人。"我最后说。

做完自我介绍，讲完故事，孩子们就开始做各自的作业。

在回宿舍的路上，似乎有个声音总是在耳边响起：孩子们，我来了，我跟你们一起改变。

▷ 三个孩子正在一行晚自习

2017年12月13日 星期三 阴

石阡的冬天，天黑得比较早，六点十五分我赶到福利院，窗外已经是万家灯火。

课前分享，李爽说，今天最开心的事情就是借阅了一册《小故事大道理》；最不开心的事情就是上体育课时和同学打闹，被老师罚做蛙跳绕操场两圈。杨广最开心的事情就是今天掏了1块钱给校门口书店的老板，得以允许试读《查理九世》。杜东霖最开心的是同学掏了一块钱，请他吃了一包辣条；最不开心的就是自习课时间擅自跑到操场上去玩，被罚站了一下午。

"李爽、东霖，有了错误就要改正，这才是好孩子。你们以后不会再违反纪律被罚了吧？"我和他俩坐成一排，搂着他们的肩膀，盯着他们问。孩子们不好意思地点点头。

孩子们的世界，快乐很简单，不开心也很简单。一册图书就足以给他们带

来一天的快乐，对知识的渴望仍然是支撑他们快乐生活的重要源泉。我不禁想起，小学时代我也很喜欢读书，但那时候的农村找不到书看，我甚至把妈妈的高中语文课本翻出来阅读，那时读过的牛郎织女故事至今记忆犹新。福利院没有图书馆；图书缺乏的问题，我要尽力帮助孩子们解决。

他们身上也有难以克制的惰性，一面懊悔，一面抱着侥幸心理违反规则。就如同我自己小时候，也是那样调皮地去伯伯家的豌豆苗地里打滚，逃课跑到山里去采"茶泡"吃，上学路上偷偷把农民收好在地里的稻草拖出来烧掉……

分享完之后，开始学习。孩子们最差的课程是英语，尽管临近期末，他们的课程都已经学完了，但我翻开英语课本第一课让他们读给我听时，他们居然不知道怎么读。第一课仅4句话："Good morning, Peter; Nice to see you again. We have a new Chinese teacher. What dose she look like?"带着他们读了十五分钟左右，李爽和杨广居然都能背诵出来了，只是老是把"see"背诵成"meet"。我狠狠地表扬了他们一把，孩子们的热情似乎高涨起来，站起来大声朗读起来把隔壁值夜班的老师都吸引过来了。"这里好久没有读书的声音了。"那个值班老师说。

杜东霖似乎是受到了感染，背诵不了英语，就把语文课本拿过来给我看，他来背诵《三字经》。8句三字经，在试着背诵了好几次都失败之后，东霖决定抄写几遍再来背。临近晚课结束的时候，他终于背诵出来了。

"你明天要争取默写出来！"我摸着东霖的头说。

"那太难了，这怎么可能？"东霖夸张地瞪大眼睛、张大嘴巴望着我。于是，我立即默写了一遍给他看，并告诉他："这是我小时候背过的，现在还能默写得出来，你也可以的！"东霖拿着课本核对了一下我默写的，发现真的没有错别字，就默默地拿起书来读。

杨广还请教了我3道数学题。尽管最后他明白了如何做这些题目，但讲解的时候我明显感觉到有些不对头。我是按照自己的理解和思路给他讲题目，但是他接受的却是他老师教给他的那个思维，这二者并不一致，看得出他听起来很费劲。

第一次课，孩子们还算配合，孩子们的单纯、可爱、聪明让我感觉很好。尽管讲了两个多小时，但走在回宿舍的路上，我一身轻松，喜悦的心情似乎从来就没这么好过。用心辅导了孩子们，他们可能收获还不多，我自己倒是切切实实收获了那份什么都换不来的喜悦和开心。

2017年12月14日 星期四 阴

有客商来到石阡考察产业，为了既完成陪客商的任务，又不耽误给孩子们辅导课程。我和客商们决定下午五点就开始吃晚饭，5点50分离开饭桌去福利院。吃饭的时候，又接到县委办的电话，告知我晚上六点五十分开县委常委扩大会，要求我参会。

抵达福利院时已经是六点五分，最小的孩子杜东霖歪在椅子上和几个大人在接待室看电视，另外两个孩子把自己锁在房间不知道在玩什么秘密游戏。来到自习室，东霖有些懒洋洋的；李爽又没有带书回来，说是没有书包；只有杨广立即拿出数学作业来开始请教我题目。

看着孩子们的精神状态不佳，我便提议今天先分享最开心的事情和不开心的事情。杨广说，今天最开心的事情是同学请他吃了一个面包，以及4包一块钱的麻辣丝；最不开心的事情是数学课上被老师叫到黑板上做题目，错了几个步骤，被老师吼了。

我说："做错题不要紧，只要做错之后把它弄懂，下次不再错就好了。每天学会一道，时间长了就全都会做了。"我摸了摸他的头，他也点点头。

东霖说，今天没什么开心的事情，不开心的事情就是李爽未经他允许，借用了他的书包，以至于今天早上找书包耽误了时间，差点迟到了。我忽然想起来，昨天他带书回来时是用的塑料袋，问李爽："你的书包去哪里了？""我现在没有书包。"他说。我说，明天我买个书包送给你。同时把我手提的公文包内的文件取出来，把公文包给了李爽，说："你明天先用这个把书带回来，

新书包明天晚上给你。"

李爽得意地说，今天最开心的事情就是上课的时候做作业没被老师发现，没什么不开心的事情。我有点愣住了，以前我读书的时候，碰上自己不喜欢的数学课，就开始上课时做语文家庭作业，回家后就没有作业负担只管玩。今天的李爽也是这样，本想批评几句，但忍住了。

令我意外的是，杨广主动说："老师，您昨天教我的课文，我完全可以背出来了。"我鼓励他说："是吗？你给我们大家背一下。"杨广很流利地背出来昨天学的4句英语句子，虽然把"Nice to see you"背成了"Nice to meet you"，但我还是狠狠地冲他竖起了大拇指，同时说："不错，你真棒！"

听到我的表扬，东霖也说："老师，昨天学的三字经我也会背了。"12段三字经瞬间背出，但是把"幼不学，老何为"背成了"幼不学，老为何"。我纠正了他的错误，同时摸着他的头说："不错不错，很厉害嘛！昨天学的今天就能背诵了。"

李爽不好意思地说，老师您昨天教我的那几句英语我也会念了。尽管他与杨广是同一个年级，昨天我教的也是同样的4句英语，但李爽还是有好几个词忘记了。我鼓励加提示，他终于念了出来。我说："很好，你今天比昨天好多了，尤其是你读的'Good morning'非常标准！"

我也分享道，今天我没什么特别开心的事情，就是特别累，年底的事情特别多。"老师你累的话，应该在家好好休息一下。"李爽说。

我很是感动，谁说孩子们不懂事，他们分明懂得关心人。"跟你们在一起就不觉得累，我喜欢和你们在一起。"我说。

分享完毕，我安排李爽继续背诵和默写昨天教的那六个单词；东霖开始抄写今天来时安排的课文；开始给杨广讲解数学题。晚上六点四十分，我起身告别，嘱咐他们完成好今天的作业，一路飞奔到政府大楼参加县委常委扩大会。

晚上七点半，会议结束了。看着时间还早，我便又来到福利院；孩子们都回宿舍了，见到我来了，又来到自习室开始学习。先是我念单词，让李爽在黑板上默写那六个英语单词，没想到这孩子只弄错了一个，把"short"写成了"shour"。他立即把默写在黑板上的单词全部擦了，说："老师，您帮我再念一遍，我重新默写。"再念一遍之后，他工整地写出了"tall、long、short、young、old、round"，表现真是令我意外。

▷ 孩子们在黑板上默写古诗

杨广默写古诗《泊船瓜洲》，第一遍默写时错了4个字。他看到李爽出错后重来，也要求擦掉重新默写，第二遍默写时还是把"明月何时照我还"写成了"明月合时照我还"。于是，他又开始一边大声念一边默写第三遍。终于第三遍全部正确了，令我意外的是，就在杨广一边背诵一边默写的时候，在一旁看着的东霖居然默默地背诵了这首古诗的全文。

默写完后，东霖跟我说肚子饿。"我们都在吃'长饭'（生长时期要吃很多饭的意思），晚饭吃饱了，现在又饿了。"东霖说。

杨广说："李爽13岁了，还跟我一样高，长不高，他读了两个三年级，现

在还跟我同读五年级。"

杨广说的"长不高"刺痛了我。20多年前，我读小学的时候，家庭贫困，吃得最多的菜就是"蒜苗汤"；几根蒜苗炒一下，放点水煮着就吃。那时候吃不起猪油，家里买来牛油炒菜吃，那种恶心的味道我毕生难忘。我立即跑到楼下的小卖部，买了几个面包、几根火腿肠、4瓶"娃哈哈"上来，呆呆地看着他们吃。

▷ 结束当晚学习之后，孩子们开心享用小吃

八点五十分左右，孩子们吃完了，我跟李爽说："你是哥哥，要监督好两个弟弟今晚一定要洗澡，你带头。老师要回家了。"李爽欣然答应。

今天辅导了一个半小时。在回宿舍的路上，我想的最多的就是，这些孩子们真的不是不努力，也不是笨，他们只是缺乏表扬和鼓励，缺乏引导。今生与我相遇在这里，是我们共同的缘分。

2017年12月15日 星期五 阴雨

贵州省扶贫办要对在贵州驻点的各扶贫单位进行考核，今天是最后的材料上报日期。从早上上班开始，到下午六点二十分，除了中间吃了个午餐，我都在埋头整理材料，并和总社沟通，直到晚上六点半左右才把材料交给县扶贫办。走出行政大楼，饥肠辘辘，口干舌燥，其实累得真的不想再说话。但想着那几个孩子还在那里等着我，便一手提着中午出去午餐时在街上给李爽买的书包，一手提着一个盒饭，匆匆忙忙地来到了福利院。

走进福利院的自习室，一大堆孩子围着烤火桌坐着。原来今天是星期五，部分初中、高中学生也回福利院过周末来了。看到我进来，大家不约而同地让开位置给我坐，一位年龄大一点的孩子立即倒了一杯开水给我喝，杨广拿着一个苹果塞到我手中。"老师，这是我送给你的。"我不想当着所有人的面拒绝孩子，于是说了声谢谢，便把苹果塞进了口袋。

"李爽，这是老师给你买的新书包，你看看大小是否合适？"我一边说，一边把书包递给李爽。

李爽从旁边拿出一个黑色的书包，从里面掏书出来准备做作业，一边说："我这两天都是用的东霖的书包，新书包给东霖用吧，我用他的这个包就好了。"尽管眼神里有些不舍，但李爽还是接过新书包转交给了坐在旁边的杜东霖。杜东霖接过书包像宝贝似的捧在怀里。

安排好他们拿出书本复习今天的功课后，我便到隔壁房间抓紧吃盒饭。等我吃完回来，李爽已经默写出了昨天背诵和默写过的古诗《泊船瓜洲》，嚷着要我给他检查有没有错别字。我接过来一看，用笔在每个错别字上画了一个圈，共4个圈。"李爽，你今天默写得很快，很不错，但是出现了几个错别字，你对照一下书本抄几遍吧，这样以后就不会错了。"跟李爽坐在同一条板凳上，我左手搂着他的身子，右手指着那几个错别字说。尽管我并没有要求他具体抄写多少遍，但李爽工工整整地把每个字抄写了十遍给我检查。

杨广今天的表现也不错，连续背诵和默写了《泊船瓜洲》《秋思》等三首古诗，都是要求背诵的课文。杜东霖一直在做数学试卷，有几道题，本来他不知道怎么做。我让他先把图形画出来，然后再引导他进行分析，接着他自己就把演算过程和结果都顺利写出来了，令我感到意外。

福利院一名职工看到我天天晚上来给孩子们辅导功课，也把自己的孩子送过来让我指导他学习。这名孩子叫涂康，很腼腆，刚刚读六年级。他主动让我拿着他的语文书，配合他背诵课文《伯牙砸琴》。他一字不差地背出来了，然后又全部默写正确了。看着他那虽然不漂亮但是却工整的字迹，我似乎看到了小时候的自己。

▷ 福利院的老师陪同孩子们一起晚自习

周五晚上，可能是由于哥哥姐姐们都回来了的缘故，李爽有些懒洋洋的，东霖也老是打哈欠。于是我决定今天的辅导课要早点结束，提议分享今天最开心的事情和最不开心的事情。李爽说，最开心的事情是昨天背的那六个单词今天还记得，没啥不开心的事情。他立即站起来，大声背诵了一遍。我朝他竖起大拇指，大声说："很好，非常好，记得很准确。"

杨广说今天最开心的事情就是晚课上背完了三首古诗，最不开心的事情是默写晚上背诵的三首古诗时出现了5个错别字。"你今天背诵的古诗词数量是不是达到历史最高纪录了？"我问。

"老师，不是的！最高的时候我一个晚上背诵了7首。"杨广得意地朝着大家说。

东霖说今天既没有特别开心的事情，也没有特别难过的事情，今天没有被老师批评，也没有被表扬。

我起身告辞，杨广和涂康一直送我到楼下的门口，等我走出大门，他们才转身上楼回房去。我问他苹果从哪里来的？他告诉我："是午餐时学校发的，我舍不得吃，拿回来送给您。"看着他们的背影，一个苹果带来的那份沉甸甸的感动让我感受到了那份纯真和美好。这是什么可以交换得来的呢？

2017年12月18日 星期一 阴

下班已是六点十分，匆匆吃了个盒饭就来到福利院辅导孩子们。孩子们已经等候多时，听到我上楼的脚步声，他们纷纷拿出课本放在桌子上开始做作业。福利院的副院长杨茂平立即给我倒了一杯水过来，不停地感谢我来辅导孩子们。

还没有来得及分享今天最开心的事情，李爽就先拿出数学试卷问我题目。偌大一张数学试卷，除选择填空题外的大题目外，他几乎一个也不会做。我给他讲第一道题是求一个三角形和一个正方形组合成的图形的面积。这道题刚刚讲到一半，从东吴证券到石阡挂职县长助理的俞斐，领着他一个在澳大利亚留学的小弟俞成龙一起来到自习室辅导孩子们。

俞斐毕业于华东政法大学法学院，后又在美国修读了硕士学位。他知道我近日开始辅导福利院的孩子后，昨天在食堂吃饭时问我，他能不能也一起来帮助孩子们，我欣然应允。没想到他今天真的就来了，并且还带来了俞成龙。

"这两位老师都是美国留学回来的，以后我没空来辅导的时候，俞老师就过来辅导大家。"我介绍了俞斐给孩子们之后说。孩子们听着"美国"两个字，似乎有些惊讶，又有些茫然，他们并不知道那是什么国度。

▷ 本书作者正在给孩子们做辅导

　　俞斐说，他来辅导涂康做数学作业，俞成龙则辅导杨广背英语单词，杜东霖自己在做数学试卷，我来辅导李爽做数学题。正准备接着开始讲解数学题，石阡县第二幼儿园的杨再梅园长带着他们的工会主席一起过来探望，了解辅导的情况。

▷ 俞斐（右二）和俞成龙（左二）正在给孩子们辅导功课

石阡县第二幼儿园是新华社保育院定点帮扶的单位。前几天，我跟杨再梅园长联系，请她在他们学校招募志愿者老师来福利院辅导孩子们功课。她欣然答应，并且今晚就亲自前来考察环境和福利院的实际需要。"我们有必要把新华社帮助我们的爱心，传递给福利院这些孩子们。每周三和周五晚上，我们派出两个老师来辅导，明天晚上我先过来。"杨再梅园长说。

我非常感动，尽管自己才来补课几天，仅仅是献出了些微薄之力，但是这点滴的爱心之举却引发了身边俞斐、杨再梅等的效仿。"有朋自远方来"诚然是不容易做到，但"有朋自身边来"却是做到了。

匆匆忙忙聊了几句，便送走了杨再梅园长，进来继续辅导李爽做那道求三角形和正方形组合图形的面积，但是根本无从讲起。李爽诚实地告诉我，他完全不懂除法。我让他把教科书翻出来，拿了支粉笔在黑板上一边写，一边从课本上的例题开始讲起。

从最基本的除法"$22.6 \div 2 =$"开始讲，我列出算术式，一笔一画一个段落地给他讲。讲了第一遍，他说他明白了。于是我让他做"$55.4 \div 2 =$"，他拿着粉笔又愣住了，不知道商数怎么选择。

于是我又把"$22.6 \div 2 =$"的演算过程讲解了一遍，同时详细演算了"$55.4 \div 2 =$"。讲完后，他仍旧似懂非懂。于是，我把黑板擦了，让他重新演算"$22.6 \div 2 =$"。他还是做不出来，基本上愣在那里不知道从何下手，似乎我刚刚讲的东西根本没有进他的脑子。

我气得扬起手来，李爽吓得头缩了一下。我立即把扬起的手放到自己的头上装作挠痒。我耐着性子，又给他讲了一遍"$55.4 \div 2 =$"的演算过程，他仍旧是感觉听懂了，但做起题目来就是不会。

"老师，我今天还是做语文作业吧，这除法学不会。"李爽说。我迟疑了一下，说："你不要灰心哦，今天对除法有点感觉就好，明天我们继续学，每天学一点以后慢慢就学会了。"

▷ 本书作者和孩子们的合影

我心想，自己是人民大学硕士毕业的，读了那么多年书，做了那么多年新华社记者，居然教不会一个13岁的孩子算最简单的除法？这绝不是孩子的问题！然而，要怎样我才能教得会这孩子呢？

辅导课在我自己的迷惑中结束。辅导孩子们2小时，留给我自己反思的时间注定要超过2小时。

2017年12月19日　星期一　晴转多云

由于晚上七点半要在县委办开会讨论月底举行的党代会报告。下班后，我匆匆吃了个盒饭就直奔福利院。在去的路上，我给第二幼儿园的杨再梅园长打了个电话，问她今晚是否方便来辅导孩子们。她欣然应允今晚安排一个老师来辅导。

李爽和杨广的作业全部做完了，我给他们布置了今晚的任务就是默写英语课本第二单元的单词。杜东霖今晚要完成一张语文试卷。"我晚上要开会，你们乖乖把我布置的功课做好，等会有个老师会来辅导你们，有问题可以问她。"布置完功课，我就准备离开了。

"老师您今晚晚些时候还会再来吗？"杨广歪着头问。

"我可能来不了了，明天老师再来。"我说。杨广有些失望地说："好吧，我送您到楼下。"

今晚只有半小时左右跟孩子们在一起，但如果晚上不来看看他们，总觉得缺了点什么。被孩子们惦记着，我也很感动。

2017年12月20日　星期二　晴

写了整整一天的县党代会报告，直到将近六点半才下班，来到福利院已经是晚上七点了。今天，我的心情有些糟糕。工作上出现的一些事情，让我猝不及防，但不管怎么样，我还是要把给孩子们的晚课坚持下去。

课前分享时，李爽说今天最开心的是朋友送了他一个可以变形的赛车，杨广买了辣条和泡泡糖给他吃。最不开心的是自己这个月的10元钱零花钱花完了。"本来是50块钱一个月的，但是因为违反了福利院的纪律，我们三个人的零花钱都被扣得每月只有10元了。"李爽告诉我。

"不遵守纪律，当然要受处罚喽，你们以后不会再去干那些傻事了吧？"我望着李爽说。他有些不好意思地低下了头。

杨广今天最不开心的事情，就是由于福利院负责购买复习教材的那个彭叔叔出差了，自己复习的卷子没有人买给他。回到宿舍后，我立即给福利院院长

梁丰打了电话，督促他们尽快帮孩子们把试卷买好。

杜东霖说，今天最不开心的事情，就是昨晚我没有辅导他作业，昨晚来的那个老师讲的听不太懂。"老师，您以后能不能周日也过来啊？周日太无聊了，不让出去玩，也没人教我们功课。"杜东霖说，他的这句话也得到李爽和杨广的响应。

这个情况，倒是我始料未及的！原本想着周末要让孩子们好好休息一下，没想到孩子们倒是希望我来。"以后周日，我有空就带你们出去玩吧！"我说。孩子们欢呼雀跃。

李爽和杨广的作业已经做完，我给他们布置的作业是读会、背诵、默写第二单元的四个单词：beef，fish，food，coke。孩子们最缺乏的是学习的耐心，第一次默写杨广错了3个，李爽全部错了。我让李爽每个单词默写20遍，他二话没说立刻开始抄写。杨广磨蹭好久，才极不情愿地抄写完。

▷ 李爽在黑板上默写单词

抄写完，再次默写时，杨广全部默写正确了，我给他在黑板上写了一个大大的"100"，并写上两个字"真棒！！！"

李爽再次默写时，拼写全部正确，但单词的汉语意思搞错了3个。"真厉害，你的拼写全部正确，只要把汉语意思搞准确就可以了。"我一边朝他竖起大拇指，一边说。他立即拿起英语书对照把错了的汉语意思调整了过来。

▷ 孩子们在认真学习中

杜东霖几乎看不懂拼音，又不愿意查字典；碰上要默写的语文填空题，就只想跑过来，求我直接告诉他答案。我不由得想起，以前我妈妈治我这毛病的办法就是坚持让我自己先去翻课本或者翻字典。今天，我同样也要求他先去课本上找答案，找不到再来问我。

回家的时候，我一边走一边想，孩子们真正需要的是什么呢？我觉得，首先是关爱。孩子们从内心上就缺乏父母的爱，哪怕是一个拥抱，哪怕是牵着他们的手，都能够给他们真正的温暖，这也是促成他们今后良好性格的重要因素。其次他们缺乏学习的兴趣。从智力水平上看，他们四个人都不差，但是长期的放养状态让他们对学习失去了兴趣和信心。第三就是很多不好的习惯需要改正。三个孩子估计都是一个星期洗一次澡，李爽身上总是带着浓浓的异味。我要求他们每个人三天至少要洗一次澡，以后我要检查。实际上，我很难教会

他们多少知识，但希望以后能在这三点上有所突破。

辅导了两个小时，临近晚上九点，三个孩子一起把我送到福利院门口，我走出大门回头说"再见"，他们才冲我挥手后回去。

2017年12月24日　星期日　晴

上午十点半，我来到福利院接孩子们出来玩。东霖被他爷爷接回乡下去过周末了，杨广和李爽跟着我一路走到县城的老街。两个孩子都没有穿袜子，于是我给他们各买了两双袜子。路过水果摊的时候，李爽眼盯着水果摊上的草莓出神，于是又买了3盒草莓给他们。路过新华书店，给他们每人买了一本书，李爽挑了一本《西游记》，杨广挑了一本《辽宁寻宝记》。孩子们兴致勃勃，一盒草莓、一本书都能带给他们灿烂的笑脸。

逛了一个多小时后来到我的宿舍，孩子们看到满沙发都堆满了各种各样的书，便主动要求帮我收拾沙发。李爽歪着头问我："老师，你为什么读这么多书？"

我说："人类的智慧都被老祖宗们存放在书里面，多读一本书，以后就多一分智慧。你们现在好好念书，就是为将来的生活打基础。"两个孩子似懂非懂地点点头，然后跟着我去食堂吃午餐。

食堂吃饭时，两个孩子的到来令前来就餐的同事们感到意外，都围过来关心地问孩子们的情况，食堂的阿姨还专门为孩子们炒了两个菜。行善之心存在于每一个人的心中，只是很多时候，我们都把那份善深深藏在心底，既不善于表达，也不善于行动罢了。

临时接到通知，要马上出差，饭后便送孩子们回到了福利院。

2017年12月28日　星期四　阴

年底会议多，连日加班写材料、出差，导致无暇来辅导孩子们，直到今晚方能继续。分享孩子们这一天生活的时候，杨广和杜东霖不约而同地提到"今天得了5元钱，买了好多小吃，甚是开心"。我问他们钱从哪里来的。

"拿中午营养餐的牛奶在小卖部换的钱。"杜东霖说。

"为什么要拿牛奶去换钱呢？"我问。

"没有钱，多尴尬喽，多尴尬喽。"杜东霖用一种强调的语气。

跟孩子们在一起，都是小事情，可是杜东霖拿牛奶换钱的事情却刺痛了我的心。平常人家的孩子或许也会遇到没有钱的尴尬，但是碰到拿牛奶去换钱这种事情，家长绝对会制止，但这群孩子却没人管，福利院的阿姨再细心，也关心不到这个事情。这些孩子，真的太缺乏普通孩子随时能够得到的家庭关爱了。

由于我马上又要出差，等我出差回来，孩子们都放寒假了，今天是今年的最后一节课了。当我告诉孩子们这个事情的时候，杨广问："老师，你明年还会再来吗？"

"我一定会来。"我回答说。

五、做实"三精准"提振精气神

"感谢政府感谢党，扶贫政策放光芒；房前屋后亮堂堂，户户通了产业路……为了群众谋幸福，你们离开了亲人；扶贫干部费了心，实事求是为人民。"贵州省铜仁市万山区敖寨乡瓮背村贫困群众杨胜妹不顾身患癌症，召集村民编演了这首"快板"，表达对驻村扶贫干部的感激。

2018年金秋时节，武陵山集中连片特困区的铜仁市万山区、碧江区、江口县、玉屏县同时通过国家验收，甩掉了"贫困帽子"。近年来，铜仁市紧紧围绕"精准"二字，下苦功夫、做实文章，提振了贫困群众的精气神，铺就了全面小康的康庄大道。

精准识别：一个不能漏，一个不许假

精准识别是所有扶贫工作的基础，基础不牢，地动山摇。贵州省2017年贫困县退出专项评估检查结果显示，铜仁四个退出区县均未检查到漏评现象，群众认可度均在95%以上。

识别贫困户，要对所有群众家庭都进行筛查。"精准识别就像用筛子筛米，要越筛越细，越筛越准。"碧江区扶贫办主任田源说，碧江区曾开展"五人大走访"活动，即乡（镇、街道）包村领导、驻村工作队队长、驻村第一书记、村党支部书记、村委会主任一起挨家挨户遍访所有群众，不论是贫困户还是非贫困户，都要做到情况摸透，心中有数。

▷ 挂在贫困户家中的扶贫资料袋

对现有建档立卡贫困户，何时脱贫、如何脱贫都要有一笔明白账，达到脱贫标准的贫困户要及时识别并脱贫。"客观有的、系统录的、袋里装的、墙上挂的、嘴上说的必须实现'五个一致'，客观、全面、准确反映脱贫攻坚推进情况，切实做到扶真贫、真扶贫。"铜仁市扶贫办主任说，贫困群众的客观情况要与扶贫系统录入的信息、"一户一袋"里面装的佐证材料、墙上挂的收入信息卡、帮扶信息卡、政策明白卡、贫困户基本信息卡等"四卡合一"信息、贫困户说的信息完全一致。

识别建档立卡贫困户，必须确保不漏一人。玉屏县皂角坪街道铁家溪村一户群众因主要劳动力患大病，生活陷入困境，完全符合纳入建档立卡贫困户的标准，但因该户邻里关系欠佳，组内开会民主评议时得票不足，未能纳为贫困户。

"既不能违背贫困户纳入程序，又不能让这户群众漏评，于是街道成立了专门工作组进驻该村，挨家挨户做工作，说服组内群众重新开会评议、投票，最终把这户纳为了贫困户。"皂角坪街道党工委书记张红波说。

精准帮扶：扶到穷根处帮到心坎上

一线扶贫干部聚焦贫困群众的痛处、苦处、难处，通过"五个一批"解决贫困群众最关心、最迫切的问题，推动贫困群众实现稳定脱贫。

"必须坚持以极高的政治站位、极深的民生情怀、极强的全局统筹、极佳的脱贫成效、极准的路径举措、极硬的工作作风、极优的组织保障推动贫困群众脱贫，精准定位、精准施策，坚决夺取脱贫攻坚的全面胜利。"铜仁市委书记说。

群众有痛处，干部有回应。玉屏县皂角坪街道茅坪村33岁的贫困户张琼，3岁时因意外事故导致下肢行动障碍，"走路"只能靠两手撑地、双膝跪地艰难爬行，并且每天午后全身肌肉会出现痉挛，伴随着钻心的疼痛。爬行了30年，疼痛了30年，她做梦也没想到，健康扶贫居然让她奇迹般地站立起来了。

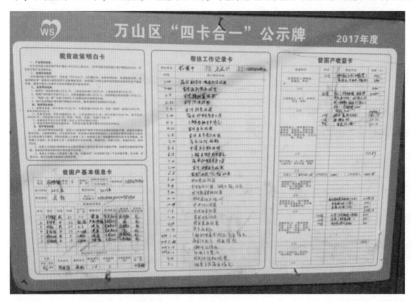

▷ 贴在贫困户家外墙上的"四卡合一"

玉屏县人民医院医生冉茂志是张琼的健康扶贫签约医生。从第一次见面开始，冉茂志先后六次把张琼送进医院治疗。2018年11月6日开始，张琼双腿恢复直立，可直接下地行走了。

近日，张琼前往广东探望在那里打工的大姐。"30年没有走出过村，从没奢望能再站起来，但现在能出远门了，扶贫干部就是我的'再生父母'。"张琼说。

群众的难处就是帮扶的焦点。万山区敖寨乡瓮背村贫困户吴元花一家三口原来挤住在一间木房子中，百年老屋"下雨漏雨、刮风漏风"。如果选择易地扶贫搬迁，全家能在城区免费获得一套60平方米的新房，但吴元花一想到自己不识字，进了城也无法谋生，就想打退堂鼓。

敖寨乡党委书记杨勤得知情况后，鼓励吴元花一家易地搬迁到万山区城中心的城南驿小区，还帮她找了份做洗碗工的工作。"她搬过去的第二天就给我打电话说'这门锁坏了，你帮我来看一下'。我跑去一看，原来锁并没坏，而是新居的锁和老家的锁不一样款式，她拿着钥匙插不进锁眼。"杨勤如是说。

精准脱贫：干部辛苦指数换来群众幸福指数

"一达标两不愁三保障"是判断贫困户脱贫的基本标准，但老百姓的直观感受强过任何数字的证明。

"以前要想吃肉，得等到每周一次的赶场，走路到十多里外的镇上买。通村公路修好后，天天都有卖肉的车直接开到每家每户家门口。"碧江区川硐街道板栗园村党支部书记万兆飞说，"以前喝水靠天，现在扭开水龙头就有水喝。"

统计数据显示，2017年以来，铜仁市启动实施"组组通"公路8629.4公里，完成路面5524.4公里，工程总体进度达68%；农村饮水安全巩固提升工程投资3.13亿元，有效解决建档立卡贫困人口15.9万人饮水安全问题；完成产业结构调整199.6万亩，累计辐射带动贫困人口21.6万人；获批贵州省扶贫产业子基金项目116个、资金96.64亿元，市级自筹匹配脱贫攻坚专项资金投放42亿元，重点建设了生态茶、中药材、生态畜牧、蔬果、食用菌、油茶六大主导产业。

▷ 贴在贫困户家外墙上的收入明白卡

无论是基础设施建设，还是产业扶贫项目，任何推进贫困群众脱贫的举措后面都凝聚着扶贫干部们的心血。"已经完全习惯了吃住在办公室，下乡时上车睡觉、下车工作的状态，最多的一天接过400多个电话"，万山区扶贫办副主任田维宽如是说。

脱贫不易，但不能因为难，就降低标准。江口县扶贫办副主任王天华说，铜仁市要求把看"屋里摆的、身上穿的、床上铺的、柜里装的、锅里煮的""五个看"作为判断贫困群众是否实现"两不愁"的基本方法，提高识别精度和有效度，防止出现错退。

江口县怒溪镇骆象村村委会墙上，挂满了群众送来的20多面锦旗，都是为了感谢扶贫干部们在一线的辛勤付出。江口县委书记说，这些红色的锦旗后面饱含着群众的浓浓深情和干部辛勤的付出，也意味着干群关系不是"油水关系"，而是"鱼水关系"。

六、乡土人才"回流","田秀才"成脱贫主力

——贵州石阡乡土能人带动脱贫攻坚调研

人才资源匮乏、结构分布不均、整体素质不高历来是妨碍贫困地区脱贫攻坚的绊脚石。我在武陵山区国家级贫困县石阡县蹲点调研时发现，石阡县抓住人才这个核心要素，探索农村人才资源开发新机制，利用乡土人才回流的大趋势，激活"田秀才""土专家"等乡土人才奋力发展集体经济，形成的"以才兴业，以业育才"良性循环，为贫困地区实现"造血"式脱贫闯出了一条新路。

"田秀才""土专家"领军集体经济

贫困地区乡土人才一方面是数量和质量有限，另一方面是有限的人才没有得到充分利用，人才资源短缺与闲置的状态并存。石阡县在乡土人才资源的遴选、培育、保障、使用上创新机制，推动人尽其才，物尽其用。

动态遴选机制激发人才"磁场"。石阡县19个乡镇（街道）均建立有本地人才资源库，将有威望、有技术特长、有经营经验等可能成为管理人才、技术人才、经营人才的人员，详细记录其工作经历、家庭背景、专业特长等。石阡县委常委、组织部长敖华说，乡土人才数量逐年增长的趋势已经形成。

"以村为单位统计，每个季度更新一次，对新出现的人才动向进行集中研讨，并开发其中的积极因素。"龙井乡党委书记李晓丹说，比如：返乡企业家大量增加，就借助村两委换届，把部分优秀分子推选为村干部。目前，石阡县310个村（社区）中，进入村两委班子或担任村级集体经济组织负责人的返乡

企业界人士共有192名，304个村级集体经济组织中136个由返乡企业界人士领头发展。

集体经济培训机制孵化技术人才。石阡县310个村（社区）均建成了集体经济组织，每个村都结合县产业规划建立了自己的核心产业，依托少数核心技术人才推动产业发展，同时孕育出一批批乡村"土专家"。两年前，石阡县枫香乡新屯村第一书记、贵州省农科院畜牧兽医研究所草叶研究室主任张锦华提供技术支撑，牵头组建了枫香乡蜂香养蜂专业合作社，迈出了石阡县养蜂产业的第一步。

张锦华说，掌握养蜂技术的村民从最初的几个人发展到现在全县的100多人，最初一个人只能养20箱左右，现在一个娴熟的技术员可以养100箱，全县养蜂数量从几乎为零发展到现在的1万箱左右。

▷ 新屯村养在树林里的中华蜂

利益联结机制调动经营人才积极性。石阡县建立了"6211"的集体经济发展利益联结机制，即集体经济组织获得的利润中，60%分发给全体成员，20%归集体经济滚动发展，10%奖励给集体经济的领头人，10%分给建档立卡的贫困户。

这种利益联结机制大大刺激了领头人的积极性。"去年集体经济分红，我拿到9万元，今年县财政发的村支书工资涨到每月3600多元，今年总收入突破12万元没问题。"回乡带领群众致富的本庄镇凉山村党支部书记李文安如是说。

区域协作机制弥补人才结构性短缺。"地古屯村适合养蜂，但找不出合适的带头人，隔壁村新屯村有养蜂能手，于是两个村共同组建养蜂合作社，由新屯的养蜂能手担任合作社理事长，地古屯村的人参与管理。"枫香乡党委书记张晓亮如是说。类似的人才互补、区域协作在各个村集体经济组织发展中呈现出蓬勃生机。

"能人经济"促成县域经济三个转化

在"能人经济"的带动下，石阡县集体经济经历了从无到有、从小到大、从弱到强的发展历程，产业区域化、规范化、现代化的发展格局已经初步形成。2016年，石阡县160个村的集体经济收入实现了零的突破，2017年310个村的集体经济收入全部超5万元。

产品优势转化为商品优势。长期以来，由于交通不便、区位优势欠缺，石阡县品质优良的茶叶、矿泉水、茶油等产品长期处在"养在深闺人未识"的状态，如今集体经济发展带动石阡产品远销国内外各大城市。

龙井乡猫寨村创建的村级农林专业合作社，将全村2万亩林地、荒地折价入股，由合作社统一经营，从事油茶种植、加工、销售。"没有合作社时，种下去的油茶林被村民砍去当柴烧，现在成了脱贫致富的'摇钱树'。"猫寨村委会主任罗忠枢说，去年注册了"大其成""仙人街"商标，产品远销广东、

江浙等地，村里的油茶产值已经超过800万元。

人力优势转化为人才优势。石阡县村村有产业、户户有事干，借助于集体经济组织的技术带动，村内闲置、低素质的劳动力逐步成了掌握一技之长的"乡土工匠"，部分留守在村的"386199部队"逐步转化成了优质的人才资源。坪地场乡大水井村58岁的村民覃勇，如今是村里400亩石榴的技术员，只有初中文化的他已经成了地地道道的"土专家"。"驻村第一书记集中给我们讲了3次课，在石榴园里实地教了我们大半年，硬生生地把15个老农民培养成了娴熟的技术员。"覃勇如是说。

个体优势转化为集体优势。2016年村两委换届，在广东经营企业十多年的本庄镇岩门村村民白红松毅然回村当起了村支书。在白红松的带动下，村民董登军放弃在外省经营多年的工程队回村担任村主任，村民谢军州辞掉月收入8000元的货运工作回村担任村副主任。"'三个臭皮匠顶个诸葛亮'，依托村集体这个大舞台，三个人的资源优势聚集在一起，必定会产生'1+1+1>3'的效果，单打独斗的个体优势嫁接村集体资源就变成了整体作战的集体优势。"白红松如是说。

构建基于精准扶贫导向的人才培养机制

培养一支素质高、能力强、技术硬的乡土人才队伍，并让其能战斗、会战斗是实现精准扶贫、精准脱贫的重要基础。石阡县的实践表明，构建基于精准扶贫导向的人才培养机制，对推进深度贫困地区脱贫攻坚具有重要意义，也带给其他贫困地区脱贫攻坚工作重要启示。

一是要转变乡村人才甄选及培养观念。打破人才就是研究生、大学生的狭隘观念，树立"懂经营、懂技术就是财富，有本领就是人才"的新观念。敖华说，发现和开发乡村人才资源，不能单纯依靠人才引进，而要综合发挥驻村扶贫人才、返乡人才、本地原有人才、外地来乡人才的带动效应，着眼于培育、壮大适合本地需要的人才队伍，以点带面实现农村人才资源的自我再生。

二是要分类优化集体经济领军人物的鼓励政策。石阡县带动集体经济发展的能人群体中，主要包含退休教师、返乡企业家、家族长老、驻村干部、离退休干部、老党员、返乡创业大学生等。石阡县扶贫办主任说，对发挥了重要作用的乡土能人的鼓励方式要因人而异，根据个人的敏感点，由村和乡镇共同研究出最佳激励方案按需激励，比如对经济需求强烈的，以物质鼓励为主；对荣誉需求强烈的，以精神鼓励为主；对培训需求强烈的，以为其争取培训机会为主。

三是发展产业与培养人才相互促进良性循环。以少数核心人才带动产业发展，以产业发展为平台孕育更多产业人才，是石阡县村级集体经济组织发展的一条主线。产业发展计划与产业人才培育计划做到同步实施、同等考核，在产业资金、财政补贴、优惠政策向发展产业倾斜的同时，培训投入、人才待遇、创业保障等方面政策同步实施。"产业可能因为市场风险而失败，但培养出的产业人才却是一支永不撤离的脱贫致富力量，农民也吃上了'技术饭'。"国荣乡建英村党支部书记刘成义如是说。

七、构建驻村扶贫的"三心机制"

——论驻村扶贫的难点如何破解

习近平总书记指出："农村要发展，农民要致富，关键靠支部。农村基层党组织是党在农村全部工作和战斗力的基础，是贯彻落实党的扶贫开发工作部署的战斗堡垒。抓好党建促脱贫，是贫困地区脱贫致富的重要经验。"[1]在习近平总书记重要论述指引下，位于武陵山区的贵州省铜仁市石阡县，派出3300多名国家干部奔赴全县311个村（社区）驻村扶贫，与村组干部组成了拥有全新号召力、战斗力、凝聚力的基层党组织，并与群众形成了共同奋斗、协力攻坚的坚强战斗堡垒，形成了一个推进脱贫攻坚的全新"生态系统"，成为推动群众实现长期稳定脱贫的核心举措。

2019年4月24日，贵州省人民政府正式批准石阡县退出贫困县序列。贵州省省级第三方评估验收的结果显示，石阡县的验收成绩为"零漏评、零错退"。立足于基层调研和扶贫亲历，笔者认为石阡县构建乡村脱贫攻坚"生态系统"，其不仅具有激发各方脱贫攻坚积极性的经验价值，还具有重构乡村治理新模式的重要理论价值。

一、干部驻村扶贫面临新问题

石阡位于贵州省东北部、铜仁市西南部，国土面积2173平方公里，辖19个乡镇（街道）、311个行政村（社区），总人口46万；仡佬族、侗族、苗族、土家族等12个少数民族占总人口的74%，属典型的多民族聚居区。石阡地处云贵高原向湘西丘陵过渡的梯级大斜坡地带，境内沟壑纵横、山高坡陡、土

---

[1] 中共中央党史和文献研究院. 习近平论述摘编[M]. 北京：中央文献出版社，2008：31-32.

地贫瘠，属武陵山集中连片特困区，是贵州省66个贫困县之一，同时也是全国592个国家级贫困县之一。2014年以来，全县经过多轮精准识别动态管理，共识别建档立卡贫困群众27384户108696人，省级极度贫困乡1个（国荣乡）、贫困村173个（深度贫困村29个），贫困发生率为27.07%。经过五年奋力攻坚，全县脱贫攻坚取得初步成效，至2018年底，全县只剩2380户7247名建档立卡贫困群众未脱贫，29个贫困村（其中深度贫困村14个）未出列，贫困发生率降至1.92%。

为了能在2018年顺利通过国家验收，实现脱贫出列，石阡县贯彻落实习近平总书记关于脱贫攻坚的系列重要指示精神，按"1+9+N（1名驻村干部帮扶9户建档立卡贫困户，联系N户非贫困户）"方式，县乡两级按干部总人数不低于80%的比例共选派3300名干部，带着对贫困群众的深情厚谊，全脱产驻村包组住户，与贫困群众同吃同住同劳动，实现27384户建档立卡贫困户和所有非贫困户干部结对帮扶包保全覆盖。

国家干部派下去驻村不久，产生了一系列新的问题：

一是部分驻村干部无农村工作经验，难以应对复杂的农村工作。"驻村干部工作能力主要是指驻村工作过程中的协调沟通能力、组织实施能力和学习能力。协调沟通能力是驻村干部在开展驻村工作过程中与贫困户、村干部和县级扶贫干部的协调沟通能力。组织实施能力是驻村干部开展驻村工作过程中参与组织实施村级扶贫项目的能力。"[1]根据统计，在石阡3300名驻村干部中，有一半以上干部从县直机关派出，"80后""90后"的县直机关干部基本没有与群众打交道的直接经验，更缺乏处理矛盾纠纷、做群众工作的经历。特别是在一些矛盾纠纷积累较多、群众关系复杂的村庄，驻村干部缺乏农村工作经验的"短板"更是让扶贫工作难以开展。基层调研时，一位从县直机关下派驻村的第一书记告诉笔者："第一次到村里开会，会还没开始，就有群众闹场；闹

[1] 蒋永甫，莫荣姝. 干部下乡、精准扶贫与农业产业化发展——基于"第一书记产业联盟"的案例分析 [J]. 贵州社会科学，2016(5).

完之后，会还没开到一半，人已经走了大部分。"

二是部分驻村干部与村干部难以融合共事。有学者指出："实现精准帮扶的关键是扶贫资源要发挥最大限度的增收功能，但现有的扶贫做法把扶贫资源的实际使用权赋予了驻村干部和村干部，贫困户只享有收入权，使得扶贫资源的使用权与收入权相分离，出现了类似于激励不相容的问题，即驻村干部和村干部有自身的利益，他们对扶贫资源的使用并不会完全朝着最大限度增加贫困户收入的方向决策。"[1] 驻村工作队进村以后，与村组干部的关系大体可以分为三种：第一种是驻村干部当队长、当主力，村组干部协助，工作配合得当；第二种是强势的村干部当队长，驻村干部协助，工作配合得当；第三种是驻村干部和村干部各自为政，各唱各的调、各走各的路。整体上拥有较高教育水平的驻村干部大多能够与村组干部和谐共处，共同工作，但是也有一小部分则属于前面的第三类。导致第三类关系产生的原因之一就是，驻村干部到来在一定程度上削弱了村组干部的"权力"。一位群众说："村里的低保名额原来是村干部想给谁就给了谁，但现在驻村干部要求严格按程序公示，不符合条件的当场就撤下来。"有的村庄，群众把外来的驻村干部当成了给村里主持公道的"包青天"，把驻村干部当成了实现资源公平分配的"父母官"。

三是部分驻村干部难以密切联系群众。有的驻村干部认为派驻时间短、不久就要返回原单位上班，甚至有"脱贫攻坚主要是乡镇的事情"的想法，对于村里急需推进的扶贫项目、急需解决的扶贫矛盾、急需反馈的扶贫信息往往不愿冲锋在前，工作上的态度是"上面安排一点做一点，上面没有安排就歇着"。脱贫攻坚越往后，难度越大，越要压实责任、精准施策、过细工作。然而，在部分省市，有的干部则处在另一个极端，比如："脱贫攻坚后期面临的都是难啃的'硬骨头'，广大驻村干部面临着脱贫压力强度高、脱贫目标任务

[1] 李超，张超.农村精准扶贫的实践困境及其深层原因探析[J].社会科学家.2019（9）.

高、脱贫责任要求高的'三高'压力。"[1] 更有驻村干部因为工作困难导致滋生懈怠心理，不按程序请假便擅离岗位，不按规定要求完成具体工作任务。

二、构建"三心"机制，激发脱贫攻坚"生态系统"活力

习近平总书记指出："脚下沾有多少泥土，心中就沉淀多少真情。工作队和驻村干部要一心扑在扶贫开发工作上，强化责任要求，有效发挥作用。"[2] 针对干部驻村出现的新问题，石阡县创新机制，全面激发了驻村干部、村组干部、贫困群众三力合一，全力推进决战脱贫攻坚、同步全面小康。

第一，驻村干部的安心机制。习近平总书记指出："党政一把手特别是贫困问题较突出地区的党政主要负责同志，肩上有沉甸甸的担子，身后有群众眼巴巴地热盼。要当好扶贫开发工作第一责任人，履行领导职责，深入贫困乡村进行调查研究，因地制宜提出措施办法，亲自部署和协调落实。"基层干部大多有认真履行职责、推进工作的能力水平和政治自觉。在此基础上，一系列保障措施持续跟进，让驻村干部驻村又驻心，将感情倾注于所在村的扶贫工作、贫困群众。

"一把手"带头驻村稳定军心。石阡县委县政府下派驻村扶贫的队伍中，包括几乎所有县直部门的一把手。按照"部门包保到村，干部吃住到户"的原则，因村因户分类选派帮扶部门。石阡县114个县直部门以党建帮扶形式全覆盖包保173个贫困村，把基础设施建设、村级集体经济发展及"两率一度（漏评率、错退率、群众认可度）""一达标两不愁三保障"核心指标包保责任到帮扶部门，实行"一网覆盖、一包到底"，做到不少一个单位、不掉一个村组。特别是县直部门的主要负责人与帮扶干部、村组干部、贫困群众同吃同住同劳动，既当好"局长"，又当好"村长"，亲自为包保村组理思路、出点子、找路子。此外，从县直部门选派21名基层工作经验丰富、组织协调能力强

---

[1] 卢冲，庄天慧.精准匹配视角下驻村干部胜任力与贫困村脱贫成效研究[J].南京农业大学学报(社会科学版)，2016(5).

[2] 中共中央党史和文献研究院.习近平扶贫论述摘编[M].北京：中央文献出版社，2008：37.

的科级领导干部到12个深度贫困村所在乡镇（街道）挂任党政副职，协助乡镇主要领导抓好脱贫攻坚工作；选派29名熟悉农业农村工作的副科级干部担任29个深度贫困村党支部书记，选派179名副科级或副科级后备干部到贫困村和后进村担任第一书记，夯实基层组织力量。

强化驻村干部的关怀激励机制。石阡创新基层干部一线关怀激励机制，2014年以来提拔任用脱贫攻坚一线干部659人次，为所有驻村干部购买不低于50万元的人身意外伤害保险，有效激发了脱贫攻坚一线干部热情。石阡县坪地场乡雷首山村党支部书记余启良在带领群众推进脱贫攻坚过程中，被检查出患有晚期癌症，仍旧坚持不下火线。县委、县政府相关领导，到余启良的家里、住院的医院慰问，并给予资金援助。县直部门驻村干部安天宇因突发脑溢血倒在驻村工作的岗位上，县委、县政府主要领导带领全县所有驻村干部参加追悼会，并慰问家属。

第二，村组干部的贴心机制。习近平总书记曾说："你们党支部和村委会的干部，生活在乡亲们中间，生产在乡亲们中间，整天同乡亲们打交道，党和政府的好政策能不能落到实处，你们的工作很关键。"[1]脱贫攻坚政策能否顺利落地，关键在于村组干部负责的"最后一公里"。在中国不少农村，由于历史原因积累下来的群众与村干部之间的矛盾冲突时有耳闻，成为提高群众对脱贫攻坚工作认可度的重要障碍。石阡县推广村组干部与群众之间、村组干部与驻村干部之间的贴心机制，将原来的"油水"关系转变为"鱼水"关系。

联手定期召开群众会。在石阡县的各个村，驻村干部和村干部联手牵头组织召开群众会已经成为脱贫攻坚"生态系统"三方平等交流、推进合作的重要平台。调查显示，开展脱贫攻坚的一年多间，几乎每个村小组至少一个月开一次群众会，由驻村干部宣讲脱贫攻坚政策，村组干部做具体工作布置，允许群众充分发表意见和看法。石阡县大沙坝乡任家寨村为了将矿泉水开采的扶贫项

---

[1] 中共中央党史和文献研究院. 习近平扶贫论述摘编[M]. 北京：北京中央文献出版社，2008：32.

目落地，一年时间内召开了77次群众会，最终全体同意加快建设矿泉水开采项目。目前，已经实现矿泉水产品销往县内外。

不定期举行谈心交心组织生活会。驻村干部的党组织关系全部转到村里，与村组干部一起过组织生活，参加民主生活会，不定期开展谈心交心的谈话、座谈活动，推进彼此深入交流、相互理解、密切配合。驻村干部充分发挥其知识水平高、文字功底强、协调能力高的优势，村组干部充分发挥其密切联系群众、熟悉村情、便于沟通的优势，形成工作上的优势互补，生活上的友谊互助。有学者指出："下派驻村干部在某种程度上是'空降'到所驻村庄的外生主体，这种主体角色具有超然于村庄内部纷争的独立特征，从而也具有更加客观、公正的角色优势。"[1]不少驻村干部因为长期吃住在村里，受到村组干部的照顾，从而与之建立了深厚的私人友谊，为共同做好脱贫攻坚工作、化解工作和生活中的难点打下了基础。

第三，贫困群众的信心机制。习近平总书记强调："要适应和引领经济发展新常态，把握和顺应深化改革新进程，回应人民群众新期待，坚持从实际出发，带领群众一起做好经济社会发展工作。"[2]贫困群众最需要的就是信心，最难接受的就是看不到信心和希望的盲目工作。石阡县创新设计各村产业发展的利益联结机制，把长效产业和短效产业链接到家家户户，实现户户有增收项目。

以石阡县龙塘镇大屯村为例，该村原来是远近闻名的空壳村、问题村，脱贫攻坚使之发生了翻天覆地的变化，变成了人均纯收入超9000元的富裕村。该村围绕"发展成果共享"这个核心，探索了多种、多层利益联结机制。一是项目资金利益联结。政府投入产业发展的每一笔项目资金，都以5万元为一个单元，量化联结到贫困户，按5%—8%的比例进行分红，既保证村级集体经济组织用得起资金，又让群众得到实实在在的效益。二是集体经济收入联结。集

[1] 张义祯. 嵌入治理：下派驻村干部工作机制研究[J]. 中共福建省委党校学报，2015(12).

[2] 中共中央党史和文献研究院. 习近平扶贫论述摘编[M]. 北京：中央文献出版社，2008：38.

体经济实现收益后，按照生产要素进行分红。可以用土地等资源折价入股分红，可以用现金入股方式分红，也可通过"本村村民身份或者建档立卡贫困户身份"得到分红。比如，大屯村实现了所有农户利益联结全覆盖和按户分红全覆盖。三是实行多种分红模式。各村探索实施了"5221"（可分配利润的50%作为全体村民分红，20%作为集体经济积累，20%作为建档立卡贫困户二次分红，10%作为管理人员报酬）或"6211"（60%全体村民按股分红，20%作为集体经济积累，10%作为贫困户二次分红，10%作为管理人员报酬）等分红模式，群众收入大幅提升。

驻村干部和村组干部的积极性被激发出来，群众发展生产、脱贫致富的积极性被调动起来，重塑了基层社会结构，让乡村脱贫攻坚的"生态系统"呈现出新的特点：

一是推进脱贫攻坚的成果更加显著。经过五年奋战，石阡脱贫攻坚取得明显进展。2014年—2018年，全县贫困人口从27384户108696人减少到2380户7247人，173个贫困村中仅剩29个未出列，贫困发生率从27.07%下降到1.92%，脱贫成效明显。农村居民人均可支配收入从2014年的6148元，增长到2018年的9066元，年均增长11.5%。全县农村居民近年人均可支配收入增速高于城镇居民人均可支配收入增速1.5个百分点。

建档立卡贫困户联结到产业，贫困群众通过土地流转、进园务工、按股分红等形式从发展产业过程获得实实在在收益。2018年通过产业发展吸纳农民务工26万余人次，发放务工工资2165.6万元。2018年全县茶叶面积达36.47万亩，覆盖建档立卡贫困户10709户，户均增收1505元；水果面积15.4万亩，覆盖贫困户4863户，户均增收586元；生态养殖业覆盖贫困户8019户，户均增收830元。

创新"互联网+扶贫"模式。2016年以来，建成农村电商服务站（点）281个，完成电子商务交易987.3万单6.8亿元，覆盖贫困村173个贫困户6307户。2015年，全县村级集体经济收入只有584.7万元，2018年收入达2062.5万元，彻底消除了"空壳村"。同时，全面深化利益联结机制，2018年，全县村级集体经济分红1296万元，贫困群众在产业发展、项目实施中受益实现全覆盖，村支两委的凝聚力、战斗力得到增强。

二是推动党的执政基础更加牢固。3300多名干部驻村扶贫将近两年的时间里，大多深度认识了基层农村的生活，了解了基层工作的实际，实现了从不懂农村到懂农村、从不会做群众工作到会做群众工作、从怕群众到亲群众的转变，达到了干部和群众空前大融合的良好局面。此外，在脱贫攻坚过程中，石阡的每个村围绕本村历年来存在的矛盾纠纷及重点难点问题进行了多轮排查、化解，一大批基层矛盾纠纷在各方协调努力和群众理解下得到彻底化解，极大增加了农村社会的和谐程度，提高了群众对基层党委政府及干部的满意度。

三是推动群众向心力更加强化。石阡脱贫攻坚过程中，几乎所有重要资源投入都向农村倾斜，在短短的两年内，基础设施迈上了新台阶，极大增强了群众"听党话、跟党走"的信心。2014年以来，全县累计投资3.9亿元，规划实施人饮安全项目411个，建设蓄水池1151个、铺设管网6215千米，全县100%的村组安装自来水，家家户户"水质达标、水量充足、水压稳定"，农村安全饮水实现全覆盖；2014年以来，全县累计投资59.3亿元，在崇山峻岭间，修建县乡村组公路3142.7千米；全县累计投入资金3.6亿元，实施农村危房改造32462户。2018年全县筹集资金8.6亿元，对61482户进行"三改一维一化"，实现安全住房全覆盖。2016年以来，全县累计投入资金13亿元，建成县内易地扶贫搬迁安置点14个，实现建档立卡贫困群众5042户21841人搬出大山，住进新居。这些数据的背后，是农村基础设施稳步提高，为群众实现可持续发展奠定了基础。

三、脱贫攻坚"生态系统"的后续巩固机制

习近平总书记指出："什么东西只有抓得很紧，毫不放松，才能抓住。抓一阵子松一阵子，热一阵子冷一阵子，就会'沙滩流水不到头'。"[1] 从

---

[1] 中共中央党史和文献研究院.习近平扶贫论述摘编[M].北京：中央文献出版社，2008：35.

石阡县的实践来看，乡村脱贫攻坚"生态系统"的成效已经初步显现出来，但是仍需持续发力，将良好的生态维持下去，推动各方相应主体顺利履行各自职责，实现脱贫攻坚的后续提升巩固更加喜人的效果。"政府主体，是贫困治理的主角和主导力量；市场主体，是贫困治理的'调节器'和引擎力量；社会组织主体，是贫困治理的'助推器'和社会力量；扶贫对象主体，是贫困治理的'关节阀'和基础力量；政党性组织主体，是贫困治理的中枢和领导力量，农村脱贫致富的核心是农村党组织。"[1]

（一）要用好脱贫攻坚"生态系统"，推进实施脱贫攻坚巩固工程，筑牢脱贫保障。始终坚持把实现"贫困村全部出列、贫困人口全部稳定脱贫"作为今后一段时间内的核心任务，紧扣已脱贫群众稳定脱贫目标，打好责任、政策、工作"三个落实"组合拳，做到"脱贫不脱政策、脱贫不脱帮扶、脱贫不脱责任"，实现贫困群众稳定脱贫。紧扣未脱贫建档立卡贫困户如期脱贫目标，坚持做到"队伍不散、干劲不松、力度不减"，拿出绣花功夫，做足精准文章，破解脱贫攻坚的"坚中之坚"。紧扣因特殊原因致贫、返贫的群众生活有保障目标，建立更有效的贫困人口动态监测机制、返贫风险预警机制，谨防出现"致贫无人问，返贫无人管"的情况，以"钉钉子"精神稳步推进定期脱贫。

（二）要用好脱贫攻坚"生态系统"，实施产业发展提升工程，推动产业升级。始终坚持把做大、做强农业产业作为脱贫攻坚的核心举措，以规模化、产业化、标准化、品牌化发展为重点，通过实施"农业+"推动农村产业发展再上新台阶，实现农业增效、农村增美、农民增收。实施"农业+旅游"，坚持"农业园区化、园区景区化"，延长农业产业链，提高农特产品附加值，让农民分享全产业链上的合理利润。实施"农业+互联网"，宣传石阡农特产品，增强品牌效应；对接京东、淘宝等电子商务平台，打通"阡货出山"通道，拓展销售市场。实施"农业+大数据"，利用大数据精细化管理基地、专业分析产品市场、科学制定发展规划，解决好农民"种什么、怎么卖"的

---

[1] 龚晨.基于主体视角推进全面脱贫攻坚行动的对策探讨[J].中国发展,2016(3).

问题。

（三）要用好脱贫攻坚"生态系统"，实施群众内生动力增强工程，提高群众素质。"群众参与，就是尊重贫困群众扶贫脱贫的主体地位，不断激发贫困村贫困群众内生动力。"[1]始终坚持人民群众在脱贫攻坚中的主体地位，以"三创（创新、创业、创富）改革"探索新的致富门路，来一场推进群众自我教育、自我革新的农村变革。提高农民创新意识，引导农民从苦干向"苦干+巧干"转变，从"什么安全种什么"向"什么赚钱种什么"转变，从"为吃生产"向"为卖生产"转变。提高农民创业能力，推动农村"大众创业、万众创新"，鼓励有一定经济基础、技能技术的农民或返乡农民工从事涉农特色产业，开展创意经营。提升农民创富精神，教育引导农民抛弃安于现状、小富即安的小农意识，树立与市场经济、与新时代发展要求相适应的勤劳致富、科技致富的发展理念。

（四）要用好脱贫攻坚"生态系统"，实施乡村治理畅通工程，推进乡村振兴。"虽然乡村振兴和脱贫攻坚在有机衔接方面取得了积极进展，但是仍然存在着体制机制衔接不畅、产业发展升级困难和内生动力难以激发等问题。为此，应该着力在体制机制统筹落实、产业发展多元鼓励和主体意识积极培育等方面精准发力，推动乡村振兴与脱贫攻坚的有机衔接。"[2]始终坚持走中国特色社会主义乡村振兴道路，全力补齐交通、通讯、乡村治理短板，让农村成为安居乐业的美丽家园。让通讯更快捷，大力推进有线和无线宽带建设，扩大第四代移动通信（4G）网络覆盖，布局第五代移动通信（5G）。让治理更有效，强化农村基层党组织领导核心地位，实施农村带头人队伍整体素质提升计划，健全和创新村党组织领导的充满活力的村民自治机制，引导农民自我管理、自我教育、自我提高，实现家庭和睦、邻里和谐、干群融洽。

[1] 黄承伟.党的十八大以来脱贫攻坚理论创新和实践创新总结[J].中国农业大学学报，2015（5）.

[2] 豆书龙，叶敬忠.乡村振兴与脱贫攻坚的有机衔接及其机制构建[J].改革，2019（1）.

八、乡镇干部一天工作时间有多长？

"上面千条线，下面一根针。"一个通常数十人的乡镇政府，一头要承担县市级以上部门数十种甚至近百种具体工作，另一头则关系农村几千乃至数万农民的利益。乡镇干部一天工作时间有多长？

近期走访全国十余个乡镇的几十名乡镇干部，发现他们中很多人每天平均工作10到12个小时，数月不回家是常事。多年前，社会上有人概括乡镇干部的主要工作是"收粮收税，计划生育"。目前，随着我国免除农业税、调整计划生育政策，如今基层干部主要在忙啥？

每天工作10到12个小时很正常，没拿过加班费

城市机关干部工作时间大多是"早八晚五"，特殊时段会加班，而对于很多基层乡镇干部来说，几乎一年四季都是"上班没点，下班也没点"。

寒冬里的东北，早上五六点钟天色还是黑漆漆的。可黑龙江省青冈县祯祥镇党委书记王帅，已经接了好几个工作电话。他把最近几天的手机通话记录给我看，只有午夜、凌晨时分没有电话进出。"我们的工作是随农时走，春天农忙季节会更早。赶上突发事件就不必说了，一夜也不消停。"

在河南，乡镇干部工作时间也很早。早上9点半，记者见到河南省郸城县汲水乡乡长梁辉时，他已在乡里开完一个扶贫工作统筹会，在一个村里看了扶贫车间进展，正匆忙赶往县城。梁辉说："一会儿，还约了县国土资源局商量空心村整治；下午全县召开脱贫工作部署会，今天晚上还要驻村。平均算一下，每天工作十到十二个小时是很正常的。"

起早贪黑是当前不少乡镇干部的工作常态，在一些贫困地区更是如此。"平时晚上11点到12点下班睡觉。最近白天入户调查，跟老百姓研究退种玉米发展辣椒的事，有时夜里两点多才睡。"贵州省绥阳县宽阔镇副镇长王兴勇说。

　　近期，全国气温骤降，贵州省石阡县道路多处结冰，发生多起交通事故。2018年1月26日早上7点半，石阡县大沙坝乡党委书记杨雁巡查乡内多个海拔较高、通行车辆较多的路段。路面太滑，车不能开的地方就步行，整个上午都穿行在事故易发的结冰路段。

　　杨雁这一天的时间表如下：7:30—12:00，巡查乡内结冰路段；12:00—13:00，午餐；13:30—14:55，开乡党委班子会讨论与脱贫产业有关的年货节；15:00—16:00，参加市里安全维稳工作会；16:00—17:30，现场督促邵家寨村中药材种植；18:00—20:00，与任家寨村村干部座谈讨论村集体经济年终分红事宜；20:30—22:00，参加任家寨村群众会。

　　如果不是亲眼所见，很难相信不少乡镇干部的工作时间如此之长。夜里10点，西南地区贵州乡镇干部挑灯夜战之时，东北黑龙江省庆安县庆安镇会议室

▷　杨雁（左一）正在和班子成员开会商讨乡里事务

也灯火通明——乡镇干部正在例行总结并填报前期入户调查的扶贫动态情况。

加班是常态，但干部们几乎都没加班费，多位乡镇干部说"从来没拿过"。

据有关统计，我国公务员有700万人左右，其中乡镇公务员是80多万人。黑龙江省绥化市委组织部最近对一些乡镇的调查显示，乡镇干部平均每天工作10到11个小时，不少乡镇干部五六年没休过假。

脱贫攻坚、振兴乡村忙得"脚打后脑勺"

我零距离观察发现，脱贫攻坚、安全维稳、环境保护等国家重要工作部署，都在通过乡镇干部贯彻落实，他们经常忙得"脚打后脑勺"。

"国投项目必须惠及所有贫困户""挣的大部分钱全分了影响承包者积极性""项目下来后新识别的贫困户怎么办""动态调整会把饼越摊越薄"……刚吃过中午饭，黑龙江省青冈县祯祥镇党委书记王帅就和一位村支书研究扶贫项目落实问题。两人时而争得面红耳赤，时而蹙眉思索。

我发现，乡镇干部至少有一半以上工作是围绕脱贫攻坚展开的。处于贫困地区的干部杨雁则"现在几乎百分之九十以上时间和精力都放在这上面"。

比起收农业税的时期，"发钱"的工作一点也不轻松。"把扶贫项目和资金落实好，前期摸排时要精准。哪家房子破旧、哪家存款少、哪家有重患，都要清楚、公平。"王兴勇说，后期落实时也要有针对性。比如，给贫困户发放人均200元的物资，对搞养殖的就帮着买仔猪、饲料，对搞农业生产的就帮着买种子，不对路就起不到作用。

相比发钱，争取政策、资金的支持更难。农民文化水平不高，往往自己争取不到资金，只能靠乡镇干部。"我们从百姓的诉求出发，去跟省里、县里的部门接洽、争取，真是腿都跑细了，口都说干了。"梁辉如是说。

随着城镇化发展和基础设施改善，乡镇征地拆迁等方面工作也在增加。贵州省务川县石朝乡乡长冯俊说："为了修公路，10天拆25栋房子，我每天晚上跟工人一起吃面条，现场推进。"

黑龙江省庆安县庆安镇是一个城关镇，建设拆迁量大。镇党委书记周海波感慨地说："招商引资企业征地、县里棚改拆迁等需要配合的具体征地工作，都需要属地协调。任务一到都是急活，有时几天几夜不睡觉。"

很多人都出身农村，最大的成就感来自振兴乡村

"忙、累、压力大"是很多乡镇干部的深切感受。是什么动力在支持他们？

李玉玲是黑龙江省绥化市北林区兴和朝鲜族乡党委书记，从1998年至今，已在5个乡镇工作过，宣传委员、组织委员、副乡长、副书记到乡长、书记，乡镇几乎每个岗位都干过。

"乡镇是最基层的行政机构，但麻雀虽小，五脏俱全。产业发展、土地问题、安全生产、宗教信仰、安全维稳……能最深刻地了解中国农村，最全面地锻炼干部能力。"李玉玲说。

河南省兰考县固阳镇副镇长温振等人坦言，干部想更长远发展，乡镇经验非常重要。目前选拔干部很看重基层工作履历，不少有抱负的年轻人从中看到机遇。

2017年，中共中央办公厅、国务院办公厅印发了《关于加强乡镇政府服务能力建设的意见》，强调加强乡镇干部队伍建设。实行县以下机关公务员职务与职级并行制度，落实乡镇工作补贴和艰苦边远地区津贴政策。

但最重要的还是工作的成就感。"我们很多人都是农村出身，能够帮助农民做点事，心里特别安慰。"地处贫困地区的贵州省桐梓县马鬃乡乡镇干部梁正强，带领群众克服海拔高、交通条件差、缺工人缺材料等困难情况，2017年9月到11月改造了71栋房子，深受群众好评。

（新华社国内部2018年1月30日通稿）

九、别了，穷山恶水！

——贵州铜仁打破区县壁垒推进易地扶贫搬迁断"穷根"

位于武陵山区集中连片特困区的贵州省铜仁市，改变以往从山上搬到山下、从村里搬到镇里、农村搬迁到县城的易地扶贫搬迁惯常模式，将居住在"一方水土养不活一方人"的地方群众，跨区县搬迁到铜仁市两个中心城区和两个省级经济开发区的主城区，采取一揽子政策解决建档立卡贫困户"搬得出、稳得住、能致富"的问题，为探索"易地扶贫搬迁脱贫一批"走出了一条新路。

打破区县壁垒，易地搬迁促"三变"

"十三五"期间，铜仁市计划实施跨区县易地搬迁安置12.5万人，占全市易地扶贫搬迁总人口的42.6%，占全市建档立卡贫困人口的17%，占贵州省跨区县搬迁总人口的54.3%。目前，已实现跨区县搬迁入住2.6万人。

打破小农观念，推动村民变市民。跨区域搬迁政策启动之初，部分贫困群众宁愿守着"养不活一方人"的故土，也不愿跨区县搬到生存和发展条件比较好的铜仁东部县区安置。沿河县副县长陈凤说，第一次去宣传政策时，县内的一口刀村没有一户愿意搬迁；随着政策宣传给村民来了一场思想革命，如今搬迁户数达到了233户，占全村总户数的60%。身份转变让搬迁群众享受的教育、医疗、交通、住房等公共服务，从贫困村庄的水平直接提升到了市内最好的水平。

铜仁市扶贫办主任说，围绕"整合资源、就近入学、适度集中、规模办学"的要求规划建设安置学校，确保易地扶贫搬迁群众子女3.5万人"有学上、上好学"。同时，市级统筹从迁出地补充迁入地教职工编制2520个，充实教师队伍。

夯实就业基础，务农变务工。职业转换，对农民而言，脱离一产业，投入了二、三产业，有希望争取更高收入；对迁入地而言，劳动力转入增加了人口红利；对迁出地而言，减轻了生态建设及脱贫的压力。铜仁市原水库和生态移民局局长黄万清说，通过加大劳动技能培训、组织外出务工、就近就业、开发公益性岗位、扶持自主创业等途径，确保每户搬迁家庭至少1人就业。

碧江区灯塔工业园美洁餐具消毒有限公司经理肖永华说，公司每天出租20000套消毒餐具，工人的需求量越来越多，但与当地多数企业一样面临招工难。跨区域搬迁的移民迁入，为企业带来了新工人，招工难的现象得到了大大缓解。

盘活迁出地土地资源，资源变资产。德江县委书记说，群众搬迁后原有的承包地、林地、宅基地承包关系或受益关系保持不变，并进行确权颁证，原有的承包地和复垦后的宅基地由县级政府或集体经济按照每年每亩300元的价格统一打包流转和开发经营。

我在碧江区、万山区多个跨区域搬迁安置小区了解到，附近商品房的价格在每平方米3500元至4000元之间，按照人均20平方米的标准搬迁入住后，四口之家的房产市场价值在30万元左右。

服务不"断线"，生活在融入

我走访了铜仁市多个跨区域搬迁安置点，看到搬迁群众正在逐步融入迁入地的生活，就业、就医、就学问题基本得到妥善解决，新的社区治理结构正在逐步形成，原来困扰着搬迁户的那些担忧正在逐步消除。

每个安置点都有高效的就业推荐服务，基本实现了一户搬迁家庭至少一人就业。碧江区环北街道铜江社区响塘龙安置点的社区办公室门口，电子显示屏

全天候滚动播放着碧江区的就业信息，不时有群众前来询问相关信息。碧江区环北街道办事处副主任夏雨凡说，社区服务搬迁群众的大数据系统涵盖每个搬迁户的劳动力基本情况、就业状况、就业需求、薪酬期望等，除了每天更新就业信息外，还不定期进行精准匹配，主动送工作上门。

也有不少贫困群众选择了自主择业。思南县贫困户张婧夫妇带着三个孩子搬迁到万山区河坪社区，孩子均已实现就近入学。为了既照顾好孩子的生活，又获取一定收入，她利用空闲时间，推着小推车在附近卖麻花。"平均每天可以卖完一箱，可以赚到120元左右。"张婧说。

脱离故土的熟人圈子是众多贫困群众不想跨区县搬迁的主要原因之一，如今新的熟人圈子正在悄悄形成，搬迁户正快速融入当地。万山区搬迁户赵红琼刚刚在当地群众的帮助下办理了女儿的"出嫁酒"。

"她家穷，摆不起酒，后来附近一个社区低价把办酒席的工具租给她，原本不是很熟悉的左邻右舍也跑来帮忙炒菜，就在小区的院子里摆了酒席，帮她热热闹闹把女儿嫁出去了。"所在社区党支部书记罗焕楠说，搬迁户和搬迁户之间、搬迁户和本地人之间关系变得越来越紧密。

在各个安置点，临时党支部、临时党小组或移民服务中心正和物业管理公司、工青妇等社会团体共同发挥着最基层的社会管理职能。郭永飞是沿河县派驻铜仁碧江区移民工作组10名成员的组长。"作为迁出地，并非一搬了之，我们每个派驻干部都有包保具体安置点、具体搬迁户后续服务过渡任务，及时帮助搬迁群众提供就业、就学、就医等方面服务，帮助他们解决生活中的困难和问题，引导他们快速融入新的城市生活。"郭永飞说。

期盼加强对跨区县易地扶贫搬迁的扶持

跨区县搬迁让贫困群众一举斩断了"穷根"，但也给迁入地带来了配套设施建设资金压力大、社会治理难度加大、贫困群众城市生活成本增加的问题。基层干部群众建议：

加大对跨区县易地搬迁的迁入地资金扶持力度。铜仁市大龙经济开发区承接德江县、石阡县跨区域易地扶贫搬迁26468人。贵州大龙经济开发区管委会主任江旭坦言，跨区县易地扶贫搬迁的资金压力较大，开发区承接跨区域易地扶贫搬迁建设约需资金30多亿元，中央预算内投资和省级统筹应到位资金约15亿元，开发区还需要自筹社会公共服务配套建设资金约15亿元。

铜仁市委书记说，安置点社会公共服务设施建设资金目前由市、县级统筹解决，铜仁市配套跨区县搬迁安置点规划新建35所学校，计划需要资金51.34亿元，配套新建（改建）30所卫生服务站，计划需要资金0.7亿元，资金压力较大，建议从中央和省级层面加大对跨区县易地扶贫搬迁迁入地教育、医疗卫生、交通、办公用房等社会公共服务设施建设资金支持力度。

支持增设迁入地安置区管理服务机构。万山区副区长刘祖辉说，万山区中心城区常住人口约2.5万人，但今明两年累计搬迁入住5万人（其中：跨区县搬迁4万人，区内搬迁1万人），相当于增加了一倍的人口。铜仁市水库和生态移民局总工程师周文建议，针对跨区县搬迁安置区搬迁群众规模分布情况，科学、合理增设街道办事处及社区，对安置区移民群众进行规范化管理，同时需要省级层面增加安置地参公和事业人员编制。

协调出台搬迁户的殡葬政策。铜仁市对易地扶贫搬迁的群众采取了三年内免物业管理费的优惠政策，尽力降低搬迁群众生活成本。万山区水库和生态移民局常务副局长徐昌正说，城区丧葬成本远高于农村，商业性墓地价格在3万元/块以上，火化费用1000元/次，骨灰盒300元/个，多数贫困家庭难以承担。黄万清建议，移民安置地尽快规划修建公益性殡仪馆及墓地，在省、市级层面出台移民群众殡葬优惠政策，解决搬迁群众高昂丧葬费用的后顾之忧。

十、反对分红式扶贫要抓住真问题

最近，批评"分红式扶贫"的声音此起彼伏，有的将其简单等同于"直接发钱"，有的则将其效果定性为"养懒汉"。冷静思考之下，方知部分同志反对"分红式扶贫"是否准确理解了分红的扶贫手段，是否真正抓住了应该反对的核心问题，大有疑义。

"分红式扶贫"只是舆论对部分涉及用分红去扶贫的扶贫手段所贴的一个标签，其内涵并无权威规定。那么，不妨对当下扶贫重点地区涉及用分红去扶贫的情况进行列举，主要有如下几种情况：

一是各方扶贫资金量化到贫困群众户头（人头）或量化到贫困村下发之后，注入扶贫项目，要求项目每年按照注入扶贫资金的量拿出一定比例（一般10%左右，相当于资金使用成本）或按照项目效益给贫困户分红。比如，某村养牛致富带头人获得扶贫部门100万元资助用于建设牛舍，被要求每年拿出10万元分给全村群众（含贫困群众），10年后牛舍使用权收归村集体。

二是村级集体经济发展所获利润给贫困群众的分红。比如，有的村规定，村级集体经济获得的纯利润按照"6211"的分红模式进行分红，即纯利润的60%拿给全村村民分红，20%拿给全村贫困群众分红，10%留作集体经济积累，10%作为村级集体经济管理人员报酬。

三是贫困群众贷款（每户3万元左右）入股到相关企业，由该企业每年拿出所用资金的利息（10%左右）给贫困群众分红，企业到期偿还本金，地方财政对贫困群众进行贷款贴息，有的地方称这种情况为"户贷企用"。比如，某地方龙头企业获得了100户贫困群众入股的300万元贷款的使用权，每年拿出

30万元利息给入股贫困群众分红，3年后偿付所有贷款本金，县级财政为贫困群众贷款进行贴息。

平心而论，这三种通过分红进行扶贫的制度，从制度设计上看，便存在贫困群众在过程参与程度上的差异；这种差异，表现在参与分红获得全过程的贫困群众数量多少及贫困群众参与的时间长短。不必也不可能期望，所有扶贫手段在群众参与度上都能达到完全一样的效果，正如国务院扶贫办提出的"五个扶贫"各有不同的侧重点，解决的是不同的核心问题。

分红资金大多来源于扶贫项目，判断贫困群众的过程参与程度，不光要看分红过程本身，还要看分红背后的扶贫项目的实施过程。从这个意义上看，前述三种"分红式扶贫"大多数都为贫困群众的过程参与留下了或大或小的空间。以争议最大的"户贷企用"为例，使用该项资金的企业往往能够因该项资金使用成本较低，而愿意吸纳更多贫困群众在企业内就业，或者在招聘员工的时候优先录用符合条件的贫困群众。在扶贫实践中，通过这种途径获得工作机会的贫困群众不在少数。

"分红式扶贫"过程中，贫困群众的过程参与度实际上取决于两个方面，首先是该项扶贫手段能够吸纳的贫困群众的最大数量。如果参与机会（或工作机会）少，而待参与的贫困群众数量较多，则客观上总有部分贫困群众无法参与。当前，贫困地区尤其是深度贫困地区，"僧多粥少"的情况比较常见。特别值得注意的是，在地方"五级党委书记"共抓扶贫的当下，地方党委、政府正在尽量拓宽扶贫项目中群众参与度，创造更多工作机会，同时尽量把扶贫项目用工向本地贫困群众倾斜。

另一个决定性因素则是贫困群众的参与能力与参与意愿。不排除每个县、乡镇都可能出现个别有参与能力但无参与意愿、只想坐享其成的贫困群众，但这种极端个案并不能说明扶贫面上的问题。在举国上下齐心谋脱贫、奔小康的良好气氛中，勤劳致富、主动脱贫是绝对主流。

由此看来，真正需要反对的是，有参与能力而拒绝参与扶贫过程，坐享分

红、等待"被送钱"而谋求脱贫的现象，而非整个通过分红进行扶贫的手段。

在客观评价"分红式扶贫"的作用时，不光要看到给贫困群众带来的直接收益，还要看到这部分资金对所注入项目或企业带来的积极意义；不光要算资金收入的经济效益账，还要细算它给基层社会稳定、村级集体经济壮大、地方企业发展带来的社会效益账；不光要看到特殊情况下的个案，还要看到该项扶贫手段带来的面上效益。决不能因为"分红式扶贫"在局部地区伴随出现个别"养懒汉"现象，就因此否定掉整个扶贫手段。

十一、脱贫标准：不像问题的大问题

在脱贫攻坚过程中，经常会有对扶贫干部相关脱贫攻坚基础知识的抽查和考试。听外省的扶贫干部说，偶有扶贫干部因没有回答好上级领导干部提出的基础知识问题，而被认为不适合干这份工作，进而被降职或受到处分。

为了应对临时考查，很多记不住相关材料的扶贫干部把关键数据和有关名词解释打印成小纸片，贴在手机的后盖上。

如果上级领导问：脱贫的标准是什么？

标准的回答是：实现"一达标两不愁三保障"，即收入达到省定标准，不愁吃、不愁穿，义务教育、基本医疗、住房安全有保障。

回答结束了，问题却并未结束。在实践中，这个看似不成为问题的问题让基层绕了很多圈圈。

按照省扶贫办的相关文件，2017年贫困群众脱贫的"一达标"要求是：年人均纯收入达到3335元，还明确了计算方式：家庭人均纯收入=（家庭经营收入+工资性收入+财产性收入+转移性收入）÷家庭人口总数。标准很明确，看上去操作性很强，但到了运用这个标准的时候，就产生了意想不到的难题。

为了能确保贫困群众的收入真正达标，帮扶干部会和贫困群众算收入账，就是把贫困户家庭的所有收入及支出摆出来，看最后的年人均纯收入是否达到3335元的标准。

贵州农村居民家中大多养猪。算账过程中，有贫困户提出"家里养的那头猪是准备过年宰了做腊肉的，供自己消费，不会对外出售，是否不该计入家庭经营收入？"这是扶贫标准所没有明确的事情。

就这样一个问题，我在去多个县调研过程中，特别留意了一下他们的几种做法：

第一种：计入经营性收入；

第二种：不计入经营性收入；

第三种：1头猪不计入，养2头及以上均计入经营性收入；

第四种：按照猪的市场售价除掉养殖成本后剩余的部分计入经营性收入。

我惊奇地发现，甚至同一个县或同一个乡范围内，同时存在好几种不同的算法，不同的扶贫干部采取不同的算法。同样的问题不止出现在猪身上，自给自足养的鸡、鸭、鹅、狗……是否能计入经营性收入？

计入与不计入的影响会很大。举例来说，4口人的某贫困户家，养了2头猪（300斤/头）自己消费，如果按照市场价格8元/斤计算，2头猪的价值大约在4800元，平均到每个人头上就是1200元的收入。如果这个家庭除猪以外的其他收入算下来，年人均收入为2500元，那就意味着如果把猪的收入计入经营性收入，则这户能达到脱贫的收入标准，可以脱贫；如果不把猪的收入计入经营性收入，则这户不能达到脱贫的收入标准，不能脱贫。

跟贫困户算账的是基层干部，来检查的是国务院扶贫办或省扶贫办委派的第三方脱贫验收评估团队。这二者之间，由于时间和空间的关系，基本无法提前有效沟通，以至于基层干部的工作标准和评估团队的验收标准大相径庭。贫困县能否脱贫的一项重要指标是"错退率"，错退率如果超过3%，则不能脱贫。如果基层干部算账时把猪的收入计入了经营性收入，进而让这户脱贫了，但评估验收团队认为猪的收入不得计入经营性收入，认为这户收入不达标，进而可能认为该户为错退。

凡属地方主官，谁都不会拿这种事情开玩笑，必须减少这类可能出现的"错退"。最后的结果就是，谨慎的待脱贫县都要求，即便在省定脱贫标准为年人均纯收入为3335元的时候，扶贫干部给贫困户算账时，贫困户的年人均纯收入低于4000元则不予办理脱贫，以便留出一个"提前量"。

除了"一达标"之外，"两不愁三保障"也存在困扰基层的地方。

什么叫"不愁吃"？有基层干部问："是不是只要能够有饭能吃饱就可以了？顿顿吃'苞谷面'或红薯行不行？没有菜吃行不行？一个月只能吃一次肉算不算？喝水要到两公里以外去挑算不算不愁吃？"

什么叫"不愁穿"？有基层干部问："是不是有两件替换衣服就算不愁穿了？没有过冬的棉被算不算不愁穿？夏天的时候只有冬衣算不算不愁穿？天天穿着有洞或补丁的衣服算不算不愁穿？"

什么叫"义务教育有保障"？有基层干部问："贫困家庭的孩子上不起幼儿园该不该管？贫困户因贫读不起高中和大学该不该管？该不该对读幼儿园、高中、大学的贫困户家庭子女给予教育补贴？贫困家庭子女读不起高中和大学算不算因贫辍学？"这些问题在基层干部心中大多没有底。曾经一度，很多贫困地区，均设立了对贫困户家庭的子女从幼儿园到大学期间的补贴政策。

什么叫"基本医疗有保障"？有基层干部问："要不要给生病的贫困群众报销来回路费以便他们能顺利到医院就诊？要不要给生病的贫困群众报销误工费以保障其家庭的生活？给生病贫困群众的医疗费报销比例要不要超过90%？基本药物目录外的用药要不要报销？"有的地方，生病的贫困群众住完院回去报销之后，居然发现报销得来的钱比生病花出去的钱还多！

什么叫"住房安全有保障"？有基层干部问："贫困户家正房安全，厕所的门坏了算不算住房不安全？贫困户家的屋顶破了5片瓦导致漏雨，算不算住房安全？贫困户家的木房子上有0.5厘米宽的缝，算不算住房不安全？贫困户家的厨房与正房之间有一道一尺多宽的空隙用于通风和采光，算不算'跑风漏雨'？"

前面这些问题，看上去问得很夸张，像是在钻牛角尖，但确确实实在现实中就是困扰着基层扶贫干部。铜仁市江口县委书记说，尽管国家对贫困县脱贫验收的标准是"一达标两不愁三保障"，但是各个贫困县的实际脱贫标准大有不同，不同的县根据其不同情况，应该有自己的独特的脱贫标准。

十二、从挂职扶贫经历看新闻调查：
确保"三农"报道真实性要规避三个陷阱

新华社组织实施扎根工程，推动采编人员到基层去、到群众中去、到生活中去，扎下新闻业务之根、人生价值之根、为民情怀之根，推动采编人员在基层调研中提高脚力、眼力、脑力、笔力，使新闻报道真正来自人民，植根人民，服务人民。

2017年4月开始，我被总社选派挂职贵州石阡县委书记助理、县委办副主任，参与定点扶贫工作，成了新华社驻石阡扶贫工作队的一员。挂职的头一年多，我走遍了石阡县19个乡镇街道的150多个村，积极用心做好扶贫工作的同时，扎根基层的调研经历也让我重新审视应该如何做好"三农"报道。农村调研报道应该避免非权威论断、预判性结论、隐瞒式陈述三个陷阱。在恪守新闻报道真实性原则上面体会尤其深刻。

非权威论断陷阱

2019年6月初，县城一所小学的班主任李老师向我反映一个情况：班上的一个学生家境十分贫困，父亲是残疾人，母亲离家出走多年不知去向，住的是烂房子，经常吃了上顿没下顿，但没有能够评上建档立卡贫困户，也没有评上低保户。李老师说，她和学校分管扶贫的副校长曾多次到学生家里实地调研，情况属实，希望我向县领导反映一下情况，帮助解决这个贫困学生家庭的实际困难。

我邀请该校领导一起到学生家里调研。学生家距离县政府不到3公里，属于城乡接合部。学生家里的情况令我震惊：三间老旧木房子立在泥地上，不足两厘米厚的三合板贴在木房子的柱子上就构成了"墙壁","墙壁"与屋基之间有约一尺高的空档，属于典型的危房；家里除一张床、一床棉被、一张桌子、一个电饭煲外，几乎没有其他家具；谷仓里没有粮食，厨房的米缸里剩下的米只够吃几天。孩子的父亲今年47岁，是泥水匠，右腿有轻微残疾，靠打零工为生。旁边的几个邻居也告诉我，这家确实很贫困、很可怜。

根据精准识别政策和实地调研了解的情况，我判断这家人应该属于"漏评户"，于是立即到所在地的街道办找党工委书记告知情况。街道党工委书记两天后传来一份调查报告并附上了相关证明文件：该学生家在县城还有一套240平方米的商品房，学生的父亲在附近某工地上务工，今年以来已经收入3万多元。那三间木房子是几年前该学生家的宅基地被国家征用后，应拆而暂未拆的危房。按政策，该户不应识别为建档立卡贫困户，也不应享受低保政策。我再次实地查看，确如街道办的调查结论所言，那个学生家的商品房租给了别人居住，每月租金2000元。

常言道，眼见为实，但这件事情，却说明眼见不一定为实。找到了现场，并不等于找到了事实的核心；走到了基层，并不等于深入了基层。容易在假象面前迷失的原因一方面是对于贫困群众的天然同情和长期以来形成的对乡镇村基层干部的"妖魔化"印象，另一方面是调查方法上出现了问题。

从调查的方法上看，为了获取事实真相，我采访了学生本人及其家长、班主任、副校长、校长、邻居等多个信息源，既实地察看了学生家庭中房屋的现状，又调取了学生父亲的残疾证、户口簿等书证，所有信息都指向同一个观点：这个学生家属于"漏评户"。以往的很多调查性报道取证往往就此停止，并且自以为获得了足够的证据支撑，但实际上恰恰容易忽略最权威的信息源：当地政府。

决不能因为获取的初步信息证明了自己最初的预想或者符合自己的惯常情感，就放弃对权威信息源的核实。不权威的信息源说一百次，不如权威的信息源说一次。

隐瞒式陈述陷阱

隔壁县某村的冷水养鱼特别有名。我先后三次到这里调研，最后一次才获得这个养鱼项目的真实情况。2018年5月，我第一次到该村调研，看到鱼池不到一亩，水深不足半米，里面只有几条鱼在游动。村支书和驻村干部都跟我说，现在的养殖和销售都非常顺利，形势一片大好。2018年11月，我第二次到该村调研。村干部告诉我，中华鲟供不应求，卖得只剩下刚刚购进来的鱼苗了，鲤鱼和草鱼成了饲养的主要鱼种。我问负责饲养工作的村支书，鲤鱼和草鱼池每天要投多少饲料？村支书模糊地说，几百块钱的饲料。

2019年4月，我第三次来到该村调研该冷水养鱼项目。中午吃饭的时候，多次跟我打过交道的村支书才告诉我真相：养鱼是假的，卖鱼才是真的。他说，本地不适合养七星鱼，2018年5月我来调研的时候，刚刚买进来2000斤七星鱼死掉了1100斤，但好在进货价只有20元/斤，出售价则在50元/斤左右，卖掉剩下的900斤还赚了几千元；鲤鱼和草鱼经营则是从外地购入成品鱼，进货价在8元/斤左右，买回来后养在池子里，不用喂，两三个月之后，等每条鱼瘦掉1-2两，再把这些鱼包装成本地生态养殖的鱼出售，价格达到15元/斤以上；养殖中华鲟鱼苗只是为了告诉别人这里真正在养中华鲟，但实际上这里出售的中华鲟都是出售前几天从外地拉过来的。

对真相的深入了解，是一个渐进的过程，能否避免落入隐瞒式陈述陷阱，有赖于从以下两个方面努力：一是与采访对象建立信任关系。对于这个冷水养鱼项目而言，真实的情况实际上是村干部们经营集体经济的"机密"。一旦这些"机密"泄漏出去，不仅会对他们的经营带来极大负面影响，还可能因此得不到来自各个层级政府部门的项目资助。只有与采访对象之间建立起信任感，才能让他们放心将真相和盘托出。二是细致观察，保持怀疑精神。任何虚假的东西都难免留下蛛丝马迹，也无法让所有人都为其虚假本质进行粉饰。第一次、第二次调研冷水养鱼项目时，七星鱼存池量太少、村干部说不清每天投入饲料的量、中华鲟等鱼的销量与生长速度矛盾等问题都是这个项目中的疑点。如果抓住这些疑点深入采访，必然能够拨开覆盖在真相上面的那些迷雾，让真相尽快浮出水面。

预判性结论陷阱

2018年5月，县里举行全县产业项目观摩，19个乡（镇、街道）各拿出一个自己认为做得最好的产业项目进行观摩，县委书记和县长各带一支由乡（镇、街道）党政主要负责同志、县直部门主要负责同志组成的队伍分赴各项目现场观摩。所有观摩同志对每个项目打分后取平均分作为该项目的最后得分进行全县排名。

我参加了县委书记带队的那支观摩组，并作为评委之一对项目打分。村支书介绍：村集体经济组织种植工业辣椒200亩，保底产量为2500斤/亩，龙头企业的保底收购价为1.5元/斤，还派技术人员现场指导种植，除掉每亩1200元的成本投入，年底最少可以赚到30万元；套种了部分凉薯在辣椒地里，产量至少2万斤，凉薯市场价为1.5元/斤，除掉种植成本，最少可以赚2万元。村支书对此信心满满，观摩队也给予了较高的评价，我给的分数是95分，超出该项目的最终得分5分。

2019年4月，我再度到这个项目所在村进行调研，村支书沮丧地告诉我，去年的观摩项目最终亏了20多万元。村支书解释说："由于辣椒苗移栽迟了1个月左右，导致平均产量连1000斤/亩都没有达到，有的甚至没有结出辣椒；凉薯成熟后，市场价暴跌到5毛钱一斤，100斤凉薯的收入还抵不上挖这100斤凉薯要支付的人工费，几万斤凉薯烂在地里了。"

有的新闻报道，往往容易把预先设想的"事实"当成最终发生的事实，容易把想象的美好场景当成新闻现场。尤其是在脱贫攻坚报道中，有的出于"鼓舞士气"的现实需要，故意增加"正面元素"；有的记者甚至认为脱贫攻坚正面报道即便出现事实偏差也不会有人追责。如此种种，都是导致新闻报道丧失

真实性的根本原因。

慎重对待预判性结论，防止落入采访对象一厢情愿设下的"陷阱"，需要从两个方面提高警惕。一是应当对采访对象画出的完美蓝图保持警惕。很多事实和经验告诉我们，蓝图看上去越完美、计划越周密，就越需要明辨是非。就像这个村支书，他的赚钱蓝图极其美好，但仔细一想竟然忽略了技术因素、市场因素、气候因素对工业辣椒和凉薯的影响，更无从谈起对影响项目收益的负面因素的规避。二是应当对采访对象说出的对其自身有利的信息保持警惕。在这个案例中，村支书为了让他的观摩项目在评审中赚取更高的分数，必然会故意放大项目的积极效果，有意无意地淡化项目的风险。在这种情况下，新闻调查如果不去对村支书淡化的风险进行"补课"，则很容易扔掉新闻的真实性，不恰当地为人抬了轿子。

第五章

为政之道

一、让群众一步住上好房子，
快步过上好日子

——专访铜仁市德江县委书记

问：过去三年，德江易地扶贫搬迁工作的推进进度如何？

答：2016年，我县共搬迁1443户6706人（其中建档立卡贫困人口1418户6611人），分两批实施，涉及9个乡镇和县城楠木园安置点，去年6月已全部搬迁入住。拆除旧房1402户160.93亩，拆除率为98.3%，宅基地复垦复绿1179户143.85亩。2016年，全县易地扶贫搬迁劳动力就业创业2364人，享受就业帮扶3000多人次；各乡镇安置点用产业扶贫资金1637万元实施了21个项目，实现了搬迁对象产业全覆盖。

2017年，省下达我县计划搬迁3763户16816人（其中建档立卡贫困人口16340人），整体搬迁16个自然村寨245户1066人，共设2个安置点。大龙开发区易地扶贫安置点安置2346户10804人，截至目前，已搬迁入住1337户6678人（其中：152户718人属2018年任务，深度贫困村的村民提前搬迁）。县城楠木园安置点，安置农村人口1417户6012人（其中建档立卡贫困人口5798人），A地块安置144户792人，B地块安置1273户5220人。目前，已经将房屋分配到户到人，并建立分房台账，待跨区域搬迁完成后即启动县城搬迁工作。

2018年，我们对搬迁对象再次进行摸底核实，共锁定2609户11664人（其中建档立卡贫困人口2132户9490人），搬迁对象落实率100%。

问：德江的跨区域易地扶贫搬迁群众的就业、就医、就学情况如何？

答：我县在大龙经济开发区有大德新区、德龙新区、龙江新区3个安置

区。目前，已搬迁1360户6620人，办理户口迁入807户。在就业方面，已就业2194人，其中在大龙企业就业811人，外出务工1112人，开店经商143户。比如，潮砥镇杨通维在大龙开柴火鸡餐馆，年收入20多万元；高山镇何芝军在大龙生产德江绿豆粉，年收入10万多元。在就学方面，我县选派23名教师到大龙任教，已搬迁群众中在大龙入学学生939人，计划搬迁还需转学103名学生。在就医方面，开展合作医疗转接1275户6374人。

问：部分符合易地扶贫搬迁条件的贫困群众为什么不愿意搬迁？

答：一是部分群众对铜仁市大龙开发区的搬迁安置点缺乏足够了解。有的群众一辈子没有走出过大山，而安置点距离德江约有300公里。二是老百姓担心目前获得的待遇难以得到持续保障。主要是担心户口迁过去以后，老家的土地就被剥夺了。同时脱离了原来的熟人圈子，进到陌生环境中，心理上存在害怕。三是有的老人害怕火葬，不愿搬离故土。四是担心无法就业，坐吃山空。搬到城里生活成本上升，部分群众担心生活不下去。

问：针对群众的担心采取了哪些措施？

答：一是广泛宣传政策。发动驻村干部进村入户宣讲政策，告诉群众易地搬迁后，原有的山林、土地权属不变，原享受的低保待遇水平将提高。二是带领群众实地到大龙开发区安置点考察。我们以乡镇为单位，组织了符合易地扶贫搬迁的3万多人前去看过安置点的房子。同时还把已经搬过去的人请回来，讲述他们搬迁后的生活情况，消除群众顾虑。三是做好搬迁保障工作。给搬迁户家庭的新家配备必备生活用品，让他们心里有安全感、温暖感。在优惠政策方面，所有搬迁户3年不上缴物业管理费；一年不交闭路电视费；水电费3年内由政府补助每户10%进行帮扶；户籍迁移大龙的住户每户可贷款50000元，每年分红4000元，共3年，可以分到12000元，3内由政府贷款贴息帮扶。四是确保搬迁群众的后续教育、医疗、就业保障。我们派了23个教师过去那边的学校，带领相关家庭的学生在安置区的学校办理报名手续和入学；同时，大力帮助有意愿就业的搬迁家庭实现至少"一户一就业"。五是反复上门做群众的思想工作。扶贫干部要与贫困群众交心谈心，坚定搬迁决心，树立对未来美好生活的信心。

问：如何确保易地扶贫搬迁对象精准？

答：我们通过各乡镇（街道）自查和县易地扶贫搬迁工程建设指挥部办公室督导，各乡镇（街道）现已经全部严格按照相关步骤完善程序，并严令各乡镇在今后的对象识别过程中，严格按照程序执行。全面清退"四有人员"（有小轿车、有商品房、有国家公职人员、有工商注册登记）10户43人；全面清退已享受过扶贫生态移民政策搬迁对象2户4人；对88户445人享受危房改造又进行了易地扶贫搬迁的，已经将享受的危改资金收缴上交国库。

问：易地扶贫搬迁群众搬迁后，原来的土地山林等权益如何保障？

答：德江人均土地不足一亩，荒坡地比较多。目前，已经百分之百确权颁证。农户搬离后，原有承包关系不发生变化，可以选择自己经营原有土地，也可以选择流转给私人，还可以选择兜底流转给村集体经济合作社。较好的土地租金在300元/亩左右，荒坡地在50元—100元/亩左右。

问：搬迁后的老人过世后丧葬成本会上升，这个问题如何解决？

答：德江农村老人过世后就地埋葬不用买墓地，但是到了搬迁地之后需要花几万元购买墓地，这是主要上升的成本。这个问题正在与相关各方协商解决。

问：如何安排易地扶贫搬迁后的群众的工作？

答：一是借助大龙开发区的企业解决一部分就业。45—65岁的这部分人群都能比较容易找到合适工作，有的企业保底工资就是2500元/月。但进企业，就涉及到改变群众自身的原有松散型作息时间，要严格按照"朝九晚五"的时间上下班，需要一段时间的适应。二是到农业园区就业。无法转变成工人的群众，我们就安置在附近的农业园区里继续从事农业生产，比如搞野山鸡养殖、食用菌种植等。三是设立环卫、保安等公益性岗位，解决一部分就业。四是支持自主创业。我们的银行开发了针对易地扶贫搬迁群众的特殊金融政策，

在创业贷款方面给予相应扶持。

问：搬迁后群众的后续公共服务如何保障？

答：在具体工作中，我们成立了易地扶贫搬迁后续服务工作领导小组，设办公室在大德、德龙、龙江新区，1名总负责人和3名分区负责人，各区明确3名干部为水、电、讯专干，重点抓实各区域安置房水、电、讯、家具等室内设施装配任务，除专干以外，其他工作人员包栋、包户，实现全过程、全方位、全覆盖跟踪管理监督。在解决就业方面，由工作组入户走访进行家庭成员登记及户籍迁移对接；由工作组协调对接大龙开发区就业局组织集中开展厨师大培训、手工工艺分层培训等多方就业岗前培训，在培训期间每人每天补助40元。根据培训的结果和搬迁群众基本情况有选择性、针对性地安排到箱包厂、东亿打火机厂，以及家门口就业。在就医方面，按照工作分工，由德江工作组1名干部专职协同大龙1名干部专职负责该项工作。在就学方面，各工作组进行搬迁户随迁小孩的入学统计，积极对接大龙开发区，做好开学前期准备，做到应入学的学生个个入学，没有辍学现象发生。

问：搬迁之后，原有干部与贫困群众的结对帮扶关系何去何从？

答：干部与群众的结对关系仍旧保留，至少要保留到整县脱贫摘帽之后。我们要求结对帮扶干部每个月至少要与搬迁群众联系一次，要不定期上门走访，到群众家里吃餐饭，逢年过节要上门拜访或通过电话、微信加强联系，继续引导搬迁群众感恩、勤劳、守法、和睦。

问：您注意到搬迁后群众的生活中有哪些典型的困难？

答：有的搬迁群众从农民向市民的转型及农业向工业转型不适应，或是认为工资低，或是因为民风习俗不同，或是因为生活方式不适应等，一系列客观、主观因素存在导致搬迁工作组在开展工作中存在诸多被动和阻力。

问：当前的易地扶贫搬迁工作还存在哪些具体困难？

答：总的来说，我县在推进易地扶贫搬迁中取得了一些成效，但仍然存在一些问题和不足。主要体现在：一是对象锁定难，搬迁户意愿变化频繁；二是随着农村基础设施迅速完善，越往后搬迁难度越大，特别是跨区域搬迁；三是县内就业岗位开发不足，就近就业难以满足需求，特别是县内的楠木园安置点及乡镇安置点，群众多为自主择业；四是部分享受2016年、2017年危改政策的建档立卡贫困户，主动要求退回危改资金，纳入易地搬迁，而政策无法突破；五是旧房拆除难，拆除不彻底，部分搬迁户多房拆一房，拆小留大，拆偏留正。

问：如何确保后续帮扶措施落实到位？

答：我们对易地扶贫搬迁的后续扶持措施问题进行了专项治理。一是对2016年1443户搬迁户开展了全面排查，涉及4户零就业家庭，采取土地流转分红、督促子女履行赡养义务等措施，已经整改完毕。二是培训、就业不落实问题。指导有安置点的乡镇，针对当前就业紧缺岗位编制培训内容，并建立就业台账，实行动态管理。三是产业扶持未全面覆盖问题。针对2016年的乡镇安置点产业扶持未全面覆盖问题，正在编制产业扶持方案，调整扶贫资金，待方案审批后立即实施。四是针对2016度旧房拆除问题，督促未完成旧房拆除的乡镇抓紧完成2016年度旧房拆除工作。五是"三块地"流转方面，明确由村级合作社和龙头企业对搬迁对象耕地进行流转；一时难以流转的，县级国有经营实体按保底价收储流转或统一打包开发经营；不宜耕种的坡耕地，结合农村产业结构调整实施退耕还林还果。

2018年7月26日

二、现在农村比城市漂亮

——专访铜仁市江口县委书记

问：脱贫攻坚改变了什么？

答：一是农村的面貌发生了很大的变化，现在农村比城市漂亮。农村的基础设施补齐了过去几十年来的短板。我们围绕全面改善农村基础设施和发展条件，统筹抓好"小康路、小康水、小康房、小康电、小康讯、小康寨"等基础设施建设。建设小康路，2014年以来，累计投入125亿元用于交通建设。外联上，建成杭瑞高速，使江口融入了国家交通大动脉，建成安江高速，使江口融入了省城3小时经济圈；内畅上，2017年又投入9.7亿元，实施全县通村公路、通组公路、桥梁工程，全面完成1213公里"组组通"公路建设。建成高速公路75.78公里，普通国省干道324.2公里，县乡道518公里，通村公路582.5公里，实现了100%的乡镇通三级油路、100%的行政村通水泥路，30户以上村民组100%通硬化路。建设小康水，2014年以来，累计投入水利建设资金7亿元，实施农村安全人饮、病险水库整治、骨干水源等各类综合水利项目473个，建成鱼粮中型水库并成功向县城供水。2017年又整合各类涉农资金9000万元，实施600余处人饮全覆盖提升工程，100%的村民组修建自来水、覆盖95%以上群众。建设小康电、小康讯，2014年以来，累计投入4.67亿元，新建和改造输电路线91条1336千米，装配变压器628台，并对城乡电网进行改造升级，实现农村户均2千瓦的目标，全县供电可靠性达到99.68%。推进"三网融合"工程，光纤宽带实现乡镇（街道）全覆盖、村级覆盖80%以上，移动电话网络实现村村通，4G网络实现县城、集镇、景区、交通主干道全覆盖，4G网络信号交叉覆盖率达96%。

二是干部的能力发生了重要变化。干部"机关化"的问题得到了很好解决。有的机关干部下乡扶贫，才去的时候看到群众都害怕，现在，当着几百名群众可以侃侃而谈。

三是干群关系发生了很大变化。很多老百姓自发的给扶贫单位送锦旗，表达对扶贫干部们的感激，这是很多年都没有见过的景象。这充分表明，通过脱贫攻坚，巩固了党的执政基础，密切了党群关系。在脱贫攻坚过程中，我们的干部走访每户贫困户20次以上、非贫困户5次以上。很多干部都跟群众结成了亲戚，会到群众家吃酒，春节也会到群众家里走动，干部收获了人心。到了老百姓家里，老百姓都会主动端茶送水，把好吃的好喝的都拿出来，人与人之间的信任感都已经建立起来了，这是党执政的一笔重大财富。

问： 干部的变化主要是哪些方面？

答： 一是思想变化。过去很多年来，从来没有出现过县级干部和县直部门的科级干部住在村里工作几个月甚至大半年的现象，但是脱贫攻坚过程中，县级干部和各个县直部门主要领导带头住到了村里，一住就是大半年，尤其是那些从没在基层工作过的同志对农村的认识有了根本性转变。

二是作风上的变化。大半年来，驻村干部们都没有休息过一天，经常是"5+2""白加黑"连续作战。过去干部进了机关就以为进了"保险柜"，端上了"铁饭碗"，但是现在天天步行到老百姓家里上门服务，服务不到位的要被问责，从为民办事中充分理解了什么叫为人民服务。

三是思维方式发生了变化。过去干部与群众是"官民关系"，见到干部，老百姓只会说"当官的又来了"；现在是鱼和水的关系，干部上门走访都被群众拉着到家里吃饭。过去，干部在机关更多的是安排布置工作，即使没有群众支持，他的工作也能干得下去，但现在到了村里就不一样了。干部直接要去解决具体问题，群众不支持的工作根本干不下去，只能想方设法去争取群众支持。工作方式发生了转变，从原来的强制行为转变到现在的协商行为。

问：您是否带头去基层做过群众工作？

答：当然带头去做。县里要求每个县级干部要动员10户以上符合条件的贫困群众进行易地扶贫搬迁，要求县级干部亲自去做工作，我也不例外。去年10月份，我在一户贫困户家住了一个晚上。当晚找了村里一些群众开"火炉会"，一边烧着炭火，一边倾听群众关于易地扶贫搬迁的想法，一边琢磨如何做群众的工作。听着群众的倾诉，就能够理解他们进行易地扶贫搬迁的担忧。将心比心，小时候我们考到县城去读书都害怕，让群众从村里搬迁到城里，就相当于要我现在从江口搬到北京永久居住，我也会有后顾之忧。

闵孝镇有户贫困户就是我去动员搬迁的。这一户一家三口人，独户居住在交通不便的大山里，老婆生病，儿子在县城读书。我到他家跟男主人说，住在现在这个地方，儿子将来讨媳妇都难，老婆去看一趟病要走3个小时，如果搬到城，去医院只需10分钟，并且单独一户住在山上，发生什么意外事故，别人都不知道。后来，他同意进行易地扶贫搬迁。我允许他有半年反悔期，在这期间，老房子暂时不拆，打消了他的疑虑。

问：您认为脱贫攻坚过程中做好群众工作的关键是什么？

答：全县上下都在冲刺整县出列的时候，仍然有小部分群众对脱贫攻坚政策不清楚、对农村变化不明白、对扶贫济困不理解、对帮扶成效不认可、对下步发展不知晓。我认为关键需要给群众讲清楚五个方面的问题，才能不断巩固提升群众认可度。一是要给群众讲清楚，农村面貌是历史以来变化最大的。过去农村村寨破旧，环境脏乱差，现在村村小康寨、环境干净整洁。过去农村贫穷落后，吃不饱、穿不暖，现在农村逐步小康，吃得饱穿得好。过去农村住的是烂木房，现在住的是小康房。过去交通不便，走的是泥巴路，肩挑背驮，现在乡乡柏油路、村村水泥路、寨寨硬化路、户户联户路，农村"走路不湿鞋、喝水不用抬、煮饭不用柴"。农村面貌实现了历史以来最大的变化。二是要给群众讲清楚，农村群众是脱贫攻坚受益最多的群体。我们在一年不到的时间里，干完了1200多公里"组组通"公路、290多万平方米联户路、600多处安全饮水、2.5万户"五改一维一化"等基础设施建设，工程总量比过去10年的总和还多。解决了一系列农村长期想解决而没有解决的困难，办成了一系列群众最关心、最迫切、多年想办而没有办成的实事。不只是贫困群众受益，所有群众都得到了实惠，农村基本实现有病不愁医，读书不愁钱，住房有保障。三是要给群众讲清楚，扶贫济困是最重要的文化传承。扶贫济困是美德，党和国家进行精准扶贫、社会开展扶贫济困是针对全社会所有公民的保障，这是一个兜底保障的制度安排。天有不测风云，人有旦夕祸福。我们任何群众碰到困难，陷入贫困时，党委政府和社会同样会伸出援助之手。所以我们要传承扶贫济困美德，感恩党，感恩社会，绝不躺在国家帮扶的温床上睡大觉，绝不争当"两争两瞒"（争当贫困户、争要贫困待遇，隐瞒收入、隐瞒住房）户。四是要给群众讲清楚，干部作风是近些年来最扎实的。广大党员干部战晴天、斗雨天，放弃双休日，放弃节假日，"5+2""白加黑"，风里来雨里去，起早摸黑，舍小家顾大家，走千家万户，说千言万语，想千方百计。要大张旗鼓、旗帜鲜明地给群众宣讲党员干部带领群众脱贫致富的先进典型和为脱贫攻坚付出的艰苦努力，让群众以感恩之心、感动之情、感谢之举，对待整县退出工作。五是要给群众讲清楚，脱贫摘帽是最值得骄傲的大好事。天无三日晴，地无三尺平，人无三分银，这是长期以来外人对贵州的印象。这三座大山压得贵州人民喘不过气。近年来，不甘贫穷落后的贵州人民在党中央和国务院的关怀下艰苦奋斗，自力更生，逐渐撕掉了贫穷落后的标签。江口作为全省第2批14个拟退出县之一，走在了贵州贫困县的前面，走在了全省10个生态县的前列，有望即将摘掉贫困帽，这是一件值得我们每一个江口人骄傲的大事、自豪的喜事。脱贫只是农村大发展的起点，不是终点。国家将实施乡村振兴战略，农村将迎来更多机遇，更大发展。我们只有摘掉贫困帽，脱下贫困衣，才能走上小康道，共谋大发展。

问：江口如何落实"一达标两不愁三保障"标准？

答：江口县对国家验收的这个标准进行了细化，组织制定可操作、可落地

的脱贫攻坚政策江口标准："一达标"明确主要以经营性收入、工资性收入、财产性收入和转移性收入作为计算指标；"两不愁"明确"不愁吃"的江口标准为有米、有油、有肉、有橱柜，"不愁穿"的江口标准为有衣、有被、有床、有衣柜；"三保障"明确，教育有保障的江口标准为人人有学上、费用有保障，医疗有保障的江口标准为生病不愁医、看病不愁钱，住房有保障的江口标准为功能齐全、结构安全。

问： 您如何调动扶贫干部们的积极性？

答： 我们从县、乡两级选派862名机关干部与692名村干部组成104个驻村工作队，负责驻村抓脱贫工作。组织县、乡2853名干部结对帮扶12176户贫困户，实现村村有驻村工作队、户户有帮扶责任人。为了充分调动这些干部的工作积极性，我们将脱贫攻坚分为"战略总攻、全面冲锋、堡垒攻克"的"三大战役"，建立了"三种机制"（转段动员机制、观摩互学机制、授旗奖惩机制），实现比学赶超增动力。转段动员机制就是，每场战役结束后，及时召开转段动员会，总结上阶段战役工作，安排部署下阶段战役工作。对各阶段工作按照"群众不认可要一律重来，评估不通过要一票否决、工作不到位要一概问责"进行考核，经考核达到要求的乡镇（街道），可从上一战役阶段转段进入下一战役阶段；经考核达不到要求的，延迟转段，直至达到考核要求方可转段。观摩互学机制就是，"三大战役"每个阶段均开展考核评比，每个阶段转段动员会召开前，在全县分别选取阶段工作先进乡镇（街道）、村（社区）和后进乡镇（街道）、村（社区）进行观摩，根据不同阶段主题制定观摩重点，达到激励先进、鞭策后进、共同提高的目的。授旗奖惩机制就是，每个战役转段时进行评比，评比设两面流动红旗、一面流动白旗。对阶段目标完成好、考核排名全县第一、第二的乡镇（街道），授予流动红旗、颁发"骏马奖"，分别奖励工作经费50万元、40万元，年终单位绩效总分加1分；对阶段目标完成差、考核排名垫末的乡镇（街道），授予流动白旗，颁发"蜗牛奖"，年终单位绩效总分扣1分，并对党政主要负责人和分管负责人给予提醒谈话、诫勉谈话，直至组织处理。真正评出责任、评出压力、评出动力，在全县营造脱贫攻坚比学赶超浓厚氛围。

问： 对脱贫攻坚工作严重滞后的情况，该如何处理？

答： 乡镇的工作滞后与乡镇的"一把手"关系紧密，在查明情况后，县委会考虑调整乡镇的主要领导。比如，坝盘镇党委书记直接降为副书记，县委派出一名县委常委去兼该镇党委书记；桃映镇的党委书记直接调离岗位，由镇长主持工作。脱贫攻坚就像打仗，打仗的中途允许失败和牺牲，但目的是取得最后的胜利。对于那些在脱贫攻坚过程中犯过错误的同志，不会一棍子打死，只要他们能将功补过，组织还是会考虑他们的下一步工作。此外，必要的时候，我们会派出"加强团"去帮助工作严重滞后的乡镇把工作搞上来。比如，今年5月，针对桃映镇脱贫攻坚工作中存在的问题和短板，县委派出了县人大常委会主任任团长、4名县级干部任副团长、12名工作骨干任成员的"加强团"去帮工。工作严重滞后的乡镇，就像一个"碉堡"，任何一个"碉堡"都可能把全县的全盘脱贫攻坚工作炸废掉。我们就会选择合力攻坚，确保每一个堡垒都攻克下来。

问： 江口如何推进教育扶贫阻断贫困代际传递？

答： 2014年以来，我县坚持"小县办大教育，穷县办美教育"理念，实施教育布局"581"工程，新建维修学校105所，新增建筑面积27.3万平方米，新增学位4500余个，建成80所山村幼儿园，率先在全市实现农村学前教育全覆盖，实现50%左右的小学生、80%左右的初中生、100%的高中生集中在县城上学。探索推行"三破三立"（破教学管理单一化，立多元办学新机制；破职称评聘过场化，立聘用督导新机制；破考核评价封闭化，立综合考评新机制）教育体制改革，实施教学质量"3223"教育赶超战略工程，用3年时间，打造了2所知名高中、20所品牌中小学、300名教育先锋。2014年以来，新增教师450人，教育经费从2014年的2.8亿元增加到2017年的4.56亿元。通过深化教育体制改革，全县教育教学质量稳步提升，2015、2016、2017年，小学六

年级终端检测学科总人均分连续3年排全市第一名，中考总均分分别排全市第一、第一和第二名，高考二本及以上上线人数分别为288人、664人、786人，上线率分别为17.26%、46.3%、53.32%。

2018年7月24日

三、像英雄一样自豪

——专访铜仁市碧江区委书记

问：碧江区是铜仁市市区核心地带，为什么还会存在脱贫摘帽的问题？

答：碧江区作为铜仁市的主城区，自撤市设区以来，坚持城镇化工业化"双轮驱动"。城市建设老城提质、新区提速，规模不断扩大、功能逐渐完善；碧江经济开发区从小变大，"一心三品"产业体系逐渐成型，升级为省级经济开发区。但由于历史和现实原因，城乡发展不平衡、不充分矛盾凸显，农村扶贫开发任务仍然很重。2014年开展精准扶贫时，我区与周边区县相比，虽然贫困面相对较小，但我们与全国、全省、全市一样，脱贫攻坚进入深水区，面临着"攻坚拔寨"和"啃硬骨头"的严峻形势。全区85%的贫困村集中连片分布在离城区较远、基础条件较差的乡镇。当时所有贫困村都没有实施亮化工程，通组路没有硬化，群众出门"晴天一身灰、雨天一身泥"；还有30%的贫困村没有通宽带，25%的贫困村未通移动通讯信号。由于生产条件差，交通不便，贫困村基本没有主导产业，群众增收难。同时，教育、医疗等基本公共服务普遍滞后。面对这样的现状，我们一刻不敢放松、一丝不敢懈怠，始终把脱贫攻坚作为重大政治任务和第一民生工程，牢牢抓在手上，扛在肩上，发起"摘穷帽、撕穷签"总攻战役。

问：脱贫之后扶贫干部们的心情怎么样？

答：像英雄一样自豪。

问：您认为脱贫攻坚给农村带来了哪些变化？

答：首先是基础设施发生了根本变化。12个乡镇街道的"组组通"公路全

部完工，2017年至2018年共修建了814公里。并且这些通组公路都是6.5米宽的路基、5.5米宽的路面。现在，通组公路的等级高于原来的通村公路（路面4.5米宽）。完成683个村民组556公里联户路硬化，实现区、乡、村、组硬化路全覆盖。我们坝黄镇的一个村，以前去铜仁要2个小时，一下雨路就不通，现在只需1个小时就能到达；从镇里到这个村以前要1个小时，现在只需要20分钟。

二是乡村让城里人更向往。尤其是农村的垃圾和污水得到有效处理。我们投入2.7亿元进行垃圾清运，引进智慧环卫云管理平台，在全区建设17座垃圾转运站、1056个智能垃圾收集清理点，设置93000余个分类式塑料垃圾桶、4135个果皮箱，新增62辆垃圾清运车，实现全区自然村寨全覆盖。按照"户分类、村收集、乡转运、区处理"模式，收集到的垃圾统一清运至垃圾焚烧发电厂用作发电原料。碧江区成为全省第一个全面实现"智慧环卫"的区（县）。为引导村民养成垃圾分类处理习惯，创新试点设立"环保银行"，村民用可回收废旧物品兑积分，再用积分换生活用品，实现废旧物品回收再利用。试点取得良好成效，逐步向其他村（社区）推广。新建污水处理厂5个、污水处理站413个，建设污水收集输送管沟1008公里，实现农村污水处理全覆盖。

三是进行人居环境改造。我们按照"户为单位、整组推进、村有亮点、应改尽改"的原则，投入6亿元对全区2.9万户农户进行"五改一维一化"（改厨、改厕、改圈、改水、改电，危旧房维修，房前屋后硬化），大大改善了农户居住的生活环境。

四是解决了人畜安全饮水问题。我们投入1.2亿元，建设全区的安全饮水工程，基本解决了所有人口的安全饮水问题。

问：碧江区如何推进产业扶贫？

答：坚持把发展产业放在脱贫攻坚最根本的位置，按照"强龙头、创品牌、带农户"的思路，大力发展扶贫产业。2014年以来，发展扶贫产业项目

333个，实现行政村（社区）产业项目全覆盖，带动贫困户户均年增收3000元以上。发展工业推扶贫。充分利用碧江开发区获评国家级产城融合示范区的机遇，持续深化与昆山对口帮扶协作，加快推进铜仁·苏州产业园建设。引进农夫山泉、同德药业、好彩头、百丽鞋业等知名企业落户园区。2014年以来，园区入驻企业200余家，累计完成工业产值398亿元，实现税收30.5亿元，带动就业2万余人，其中贫困群众800余人。2017年，铜仁·苏州产业园建设上升为省级层面战略，致力于参照苏滁现代产业园建设模式，将产业园打造成东西部合作高端装备制造业基地。发展农业促脱贫。以农业供给侧结构性改革为主线，牢牢把握农村产业发展"八要素"，推行"五步工作法"，按照"一村一特"的要求，坚持"长短结合、以短养长"，因地制宜发展果蔬、中药材、油茶、食用菌、生态畜牧业五大主导扶贫产业。种植蔬菜16.8万亩，精品水果3.7万亩，中药材1.7万亩，油茶8万亩，食用菌206万棒，年存栏生猪12.8万头、牛1万头、羊1.9万只、家禽70万羽。2017年，全区实现农林牧渔业总产值23.82亿元。引资3.2亿元建设桃李春风花生食品生产项目，直接带动240户贫困户增收。引进五新农业杜仲产品全产业链生产项目，采用"公司+集体经济+贫困户"的模式，带动300余户贫困户户均年增收4000元。大力发展特色养殖，以贵州铁骑力士公司为龙头，推行"1211"（1栋圈、2夫妻、年出栏1000头、年代养费10万元）生猪代养模式，共发展代养户260户，年出栏生猪12万头，带动1700余名群众增收。与高校共建西南地区规模最大的梅花鹿养殖基地，按照"6211"分红模式（60%用于贫困户分红，20%用于村集体经济滚动发展，10%用于村集体公益性事业支出，10%用于村级管理费用），覆盖124户贫困户，户均年分红800元。发展电商助扶贫。借助贵农网、淘宝、智慧购等平台，开拓网上农产品营销市场，2017年实现网络零售额3.1亿元，带动600余名贫困人口增收。引进山久长青社区智慧云购物便民服务平台，采用"数据+贫困户+产业+电商服务站+市场"经营模式，实现产、供、销精准衔接，业务覆盖全省并拓展延伸至四川、云南等省，覆盖6783所学校115万学

生，2017年实现交易额6.3亿元，带动47家农业专业合作社发展，直接带动965户贫困户户均年增收3800元。发展旅游带扶贫。坚持"旅游+""+旅游"理念，搭建旅游帮扶平台，2017年全区接待游客1228万人次，实现增收117亿元。按照"农旅一体化"思路，建成马岩百花渡田园综合体、坝黄农林科技产业园等农业园区12个，通过土地流转、就业带动、创业发展等方式带动周边贫困户户均年增收5000元以上。依托九龙洞等景区，带动贫困户经营农家乐50余户，户均年增收1万元以上。建成乡村旅游扶贫村19个，瓦屋油菜花节、路腊樱花节等成为了省内外颇具影响力的乡村旅游品牌。

问：如何解决不熟悉农村工作的干部下乡从事农村工作中存在的困难？

答：我们主要通过现场培训、会议培训、实地培训、岗位培训四种方式提高干部从事农村工作的水平。通过不断培训，干部们与群众交谈的能力、为群众解决问题的能力、做群众工作的能力均得到了提高，全区90%以上的干部都得到了很好的培训。我们有的干部才去驻村扶贫的时候因为工作推动不了，经常哭，但是现在这些干部都跟群众打下了很好的感情基础，与群众难舍难分。

问：碧江区如何做到对贫困户精准识别？

答：我们有个思路转变的过程，原来是将群众集中起来开会识别，现在是将干部集中起来到群众家中开会识别。脱贫攻坚开始的一段时间里，出现了比较多的问题，比如扶贫干部仅到贫困户家里走访引发了非贫困户的不满，有的村支书、主任熟悉村民家庭情况但并不熟悉脱贫攻坚政策，督查中仍旧会发现错评、错退。后来，我们及时调整思路。按照"组内最穷、村级平衡、乡镇把关、区级统筹、群众公认"的原则，采用"一申请一比对两公示一公告"，实行"五级审核"链条式把关，逐户逐人比对信息。扎实开展对象识别"回头看"，明确贫困村由联系村县级领导带队，非贫困村由村"三支队伍"总负责人带队，包村领导、驻村工作队队长、第一书记、村"两委"主要负责人一同参加，逐组逐户开展"五人大走访"，所到村民组包组干部、村民组长及帮扶干部参加走访，对重病户、残疾户、低保户等"五类人群"进行重点走访，摸清每家每户信息，做到识别"不漏一村、不漏一组、不漏一户、不漏一人"，确保对象精准。在脱贫攻坚实践中，驻村干部对政策的知晓率和把握度远超村干部，而村干部与群众感情更深，交流方式和渠道比驻村干部更接地气，"五人大走访"结构合理、相互促进，等于是带着一个办公会深入村组现场办公，现场不能解决的现场研判明确责任人、整改时限，并把所有问题汇总编号，责任人跟踪整改对应销号，责任人无力解决的通过联席会议解决。

问：碧江区如何构建脱贫攻坚的干部责任体系？

答：实行领导干部脱贫攻坚定点包干帮扶机制，2900余名干部结对帮扶7090户贫困户、包保非建档立卡贫困户中的重点人群。择优选派贫困村第一书记，8个深度贫困村第一书记均由科级领导干部担任。从区直部门选派292名优秀干部组建67支脱贫攻坚驻村工作队，与原单位工作脱钩，吃住在村，专抓脱贫攻坚工作。充分发挥乡（镇、街道）主体责任，实行干部包组负责制，会同驻村工作队、村"两委"，形成"村三支队伍"，合力开展帮扶。一是压实责任，层层分级负责。区里把相关责任压实到乡镇街道，乡镇街道再把责任压实到村级驻村攻坚队长。每个贫困村都有县级领导挂点负责。二是区直部门的主要领导对本部门派下去扶贫的同志要进行监管，如果派出的同志工作不力，派出部门也要被问责。三是派下去扶贫的机关干部的工资关系、党群关系转移到乡镇，乡镇干部的工资关系、党群关系转移到村。如果在督查中发现工作不力，先扣除责任人当年的绩效奖金，再进行党纪政务问责。

2014年以来，扶贫领域共约谈119人次、诫勉谈话67人次、通报282人次、组织处理3人、立案396件、党政纪处分384人，移送司法机关38人。出台《碧江区脱贫攻坚一线干部职工关怀激励实施细则》，明确对全区脱贫攻坚一线干部在培养使用、表彰奖励、待遇保障、人文关怀、抚恤救助、能力提升、创新创业、容错纠错八个方面强化正向激励。2014年以来，在全区脱贫攻坚一线干部中提拔任用副科级以上领导干部319名，占提拔干部总数的67%。脱贫攻坚一线干部年终绩效考核被评定为"优秀"等次的，绩效奖金在所在单位考核等次基础上给予上浮10%的奖励。按每人50万元额度标准为驻村干部购买人

身意外险。对因公牺牲的戴红蓉同志，区委决定申报追记二等功。

问：碧江区如何确保易地扶贫搬迁的群众顺利脱贫？

答：碧江区始终把易地扶贫搬迁作为脱贫攻坚的头号工程，坚决扛起政治责任，狠抓工作落实。一是狠抓搬迁入住。为了不让搬迁群众因搬迁负债，政府统一对搬迁房进行了简单装修，购置了部分电器、家具等生活必需品，让群众拎包入住。同时，免除三年物业管理费。2017年我区搬迁总目标任务为6710户28597人，其中区内搬迁700户3013人，目前区内搬迁任务已全面完成，已完成跨区域搬迁513户2590人。二是狠抓后续扶持。依托碧江开发区企业用工需求，有针对性地组织搬迁群众开展技能培训，大力开发家政、环卫等公益性岗位，优先向移民群众倾斜，搬迁户全部实现"一户一就业"。同时，全面落实搬迁群众教育、医疗、社保等政策。三是创新移民党建。创新安置区党建工作，探索移民搬迁组织全域化、关爱人性化、服务惠民化、治理民主化、产业融合化的"五化"工作法，有效帮助搬迁群众融入城市生活。

问：易地扶贫搬迁还存在哪些困难和问题？

答：虽然我区的易地扶贫搬迁工作取得了一定成绩，但仍然存在一些困难。一是安置点教育、医疗、市政道路等基础设施建设的配套资金紧张，超市、农贸市场等商业部分建设融资难，建设进度受到影响。二是安置点安置人口规模大，比如有的安置点安置近2万人，社区治理存在较大压力。

问：您如何指导干部做好老百姓的思想工作？

答：主要是做好"三个一"，跟群众讲清一个道理：贫困村、贫困户是一个阶段现象，不要争当贫困户；跟群众算好一本账：2014年以来，我们对农村的投资，户均达到十万元，现在各项基础设施基本齐备；跟群众增强一份荣誉感：脱贫退出是好事情，不要让外人觉得一谈到贵州就想到穷。

2017年7月19日